FOLIO SCIENCE-FICTION

Pierre Pevel

Les Lames du Cardinal, III

LE DRAGON DES ARCANES

Gallimard

Né en 1968, Pierre Pevel débute l'écriture, dans les années 1990, par la scénarisation et la création de jeux de rôles, avant d'adapter en romans, sous pseudonyme, un de ces univers ludiques. Dès 2001, il publie, sous son propre nom, le premier roman de *La trilogie de Wielstadt*, qui sera récompensé par le Grand Prix de l'Imaginaire. Suivront une petite dizaine de romans, dont *Les Lames du Cardinal*, couronné par le prix Imaginales des lycéens 2009 en France et le Morningstar Award 2010 du meilleur nouvel auteur en Grande-Bretagne. Déjà traduits en dix langues, ce roman et ses deux suites sont reconnus comme l'une des réussites majeures de la *fantasy* historique. *Le chevalier*, premier tome de sa nouvelle série, *Haut-Royaume*, a paru en 2013 aux Éditions Bragelonne.

Ce livre est dédié à mon père.

Juillet 1633

La nuit s'est lovée autour du Mont-Saint-Michel.

Élégante et sévère, l'abbaye bâtie à son sommet domine une baie immense qui s'étend, encore humide de la dernière marée et sillonnée de ruisseaux éphémères. Un mince croissant de lune flotte dans un ciel d'encre. Au ras des sables, des dragonnets chassent, virevoltent et traversent des brumes auxquelles leurs ailes arrachent des lambeaux aussitôt dissipés. La rumeur lointaine de la mer hante le silence, régulière, monotone et paisible.

Une cavalière s'arrête à la limite des grèves. Elle est jeune et belle, élancée, a le teint pâle et les yeux verts, les lèvres sombres et pleines. Les lourdes boucles de sa chevelure noire sont réunies en une natte qu'une longue chevauchée a mise à mal. Elle a l'épée au côté, porte des cuissardes et des chausses, une chemise blanche sous un épais corset de cuir rouge. Elle n'est pas une cavalière ordinaire. Elle est baronne, se nomme Agnès de Vaudreuil et appartient à une unité d'élite aux ordres du cardinal de Richelieu – les Lames du Cardinal. Mais son passé recèle d'autres secrets encore, douloureux pour la plupart.

L'un d'eux l'a amenée ici.

Agnès considère un moment l'abbaye et sa flèche gothique, ses hauts bâtiments enténébrés et le village endormi au bas de ses murs, à l'abri de solides remparts. Après avoir connu bien des aléas au cours des siècles, le lieu appartient à l'ordre des Sœurs de Saint-Georges, les fameuses « Châtelaines ». La mission de ces religieuses est de défendre le trône de France contre les dragons, auxquels elles mènent une véritable guerre. Or il n'est de guerre qui se puisse gagner sans bonne citadelle. L'abbaye du Mont-Saint-Michel devint celle des Châtelaines, qui l'agrandirent, l'embellirent, la renforcèrent, creusèrent sous elle des salles mystérieuses et couvrirent ses toits de draconite — une pierre alchimique aussi noire et luisante que l'obsidienne. Les pèlerinages cessèrent. Et l'on parle désormais plus volontiers du « Mont-des-Châtelaines », que du Mont-Saint-Michel.

Non sans une certaine crainte, d'ailleurs…

Bien droite, les mains sur le pommeau de la selle, Agnès porte légèrement les épaules en avant et baisse les paupières. Peut-être pour goûter la caresse de la brise marine. Peut-être pour se recueillir et rassembler son courage. Elle ne rouvre les yeux qu'en entendant un cavalier s'approcher derrière elle. Elle ne se retourne pas, cependant. Elle sait de qui il s'agit.

Ballardieu vient se placer à son côté. Massif et trapu, grisonnant, ce vieux soldat a la mine rubiconde de ceux que les abus de vin et de bonne chère n'ont jamais effrayés. Il s'est empâté avec les années, et sans doute marche-t-il d'un pas trop lourd. Mais on aurait tort de s'y laisser prendre, car l'homme demeure une force de la nature.

— Personne ne nous a suivis, annonce-t-il.

Agnès le regarde.

— Bien, dit-elle en acquiesçant.

Guettée du coin de l'œil par Ballardieu, elle considère de nouveau l'abbaye. Son beau visage est grave, une boucle de cheveux noirs lui caresse la joue.

— Allons-y.

Elle pique des talons.

*

Le Mont-Saint-Michel est un îlot rocheux que les marées hautes isolent. L'imposante et mystérieuse abbaye des Châtelaines le coiffe, cependant que le village occupe ses deux versants les plus accessibles — si accessibles, en fait, qu'il a fallu édifier des remparts pour les défendre. En revanche, même à marée basse, les versants ouest et nord du mont restent imprenables. Ici, ni murailles, ni tours, ni portes. Seulement des pentes abruptes et rocailleuses qui disparaissent sous une futaie dense et condamnent d'éventuels assaillants à une impossible escalade.

Agnès et Ballardieu ont fait un large détour avant de revenir vers le mont par le nord. Ils s'arrêtent à l'abri de l'éperon rocheux sur lequel est bâtie une ancienne chapelle dédiée à saint Aubert. Ils mettent pied à terre et, confiant ses rênes au vieux soldat, Agnès observe le ciel nocturne avant de dire :

— Je dois me hâter…

— Tu es sûre que tu ne préfères pas que…

— Reste ici et assure-toi de bien garder les chevaux hors de vue. Je serai bientôt revenue.

— Sois prudente, gamine. Ne m'oblige pas à venir te chercher.

Et c'est d'un regard soucieux que Ballardieu observe la jeune femme s'éloigner rapidement vers une vieille tour qui se dresse en bas des premiers escarpements rocheux. Cette tour abritait une fontaine qui a longtemps alimenté le Mont-Saint-Michel en eau douce. Elle était alors accessible par un escalier étroit qui, entre deux hauts murs, descendait tout droit de l'abbaye. L'escalier n'est plus entretenu mais il reste praticable. Respectant la consigne, Agnès frappe à la porte qui en défend l'accès et attend.

Le battant s'entrouvre et une sœur de Saint-Georges passe prudemment la tête. Elle est jeune. Sans doute n'a-t-elle pas prononcé ses vœux depuis plus d'un an.

— Je me nomme Agnès de Vaudreuil.

La religieuse acquiesce et s'empresse de laisser Agnès passer. Elle porte, sur sa robe et sa coiffe blanches, une ample cape noire à capuche. Elle en tend une autre à la baronne de Vaudreuil et lui dit :

— Voici pour vous. Je suis sœur Marie-Bénédicte.

— Ne verrouillez pas la porte, ma sœur, réclame Agnès en enfilant prestement le grand vêtement.

— Mais je…

— Si je dois m'échapper seule, je préférerais ne pas me casser le nez sur cette porte.

— Vous échapper ?

— On ne sait jamais, ma sœur…

Inquiète, pressée par le temps, la jeune Châtelaine cède.

En la suivant dans l'escalier, Agnès songe à la novice qu'elle a été. Était-elle aussi jeune que cela, à l'époque, quand il lui fallut faire des choix qui décidèrent de son avenir ? Elle peine à le croire. Et pourtant elle était passée si près de prendre le voile…

L'escalier est d'une telle raideur qu'on ne peut le gravir sans s'essouffler. En haut, il faut déverrouiller une seconde porte qui ouvre sur une étroite terrasse que domine la haute façade d'un bâtiment gothique aussi impressionnant par sa taille que par son élégance : la Merveille. Cette terrasse servant de chemin de ronde, Agnès et la châtelaine se hâtent de la franchir. Puis la baronne se laisse guider dans le secret de l'abbaye.

*

Les sentinelles, heureusement, sont rares.

Si bien que, malgré ses craintes, sœur Marie-Bénédicte mène Agnès à destination sans trop de difficultés. Elle pousse une porte au fond d'une voûte étroite, entre la dernière après avoir jeté un coup d'œil inquiet aux alentours. Elles sont dans un vestibule obscur, où une lampe à huile brûle en veilleuse. La jeune châtelaine y allume un flambeau pour les éclairer dans un couloir aveugle.

— Nous y sommes, dit-elle en s'arrêtant devant une porte.

Elle regarde furtivement à droite et à gauche, pousse le battant et s'efface.

— Faites vite, murmure-t-elle. On peut découvrir à tout moment que j'ai pris les clés.

La baronne de Vaudreuil acquiesce et entre seule dans une cellule monacale austère, aux murs nus et sans fenêtre. Sur le lit étroit dort une femme dont elle peine à reconnaître le beau visage dans la pénombre, tant il est pâle et marqué par la fatigue. Il s'agit pourtant bien de la sœur Béatrice d'Aussaint. Quelles épreuves ont-elles pu l'affecter à ce point ?

Agnès et elle se sont connues et liées d'amitié durant leur noviciat. Mais sœur Béatrice a pris le voile, elle. Elle est même devenue une « louve », suivant en cela le destin promis à la jeune baronne. Les Louves blanches forment une élite chez les Sœurs de

Saint-Georges. Si on les nomme de la sorte, c'est parce que leur monastère est à Saint-Loup, mais aussi parce qu'elles sont des guerrières et ne dédaignent pas chasser en meute. À la fois religieuses et amazones, les louves montent à cheval et manient l'épée contre les dragons qu'elles traquent, et auxquels elles n'ont souvent à opposer que le bouclier de leur foi et une lame en draconite. La sœur Béatrice d'Aussaint est une des meilleures, ce dont Agnès ne doute pas.

Ôtant sa cape noire, elle s'assoit sur le lit, près de la religieuse endormie, et lui touche la main. Sœur Béatrice lève aussitôt les paupières et Agnès retient un réflexe de surprise en découvrant ses yeux, des yeux aveugles, d'un blanc laiteux.

— Agnès ? Est-ce toi, Agnès ?

— Oui, Béatrice. C'est moi.

— Dieu soit loué ! Enfin mes prières sont entendues !

— Mon Dieu, Béatrice, tes yeux ! Mais que t'est-il arrivé ? demande Agnès d'une voix douce.

— Ce n'est rien. Rien que le prix de... Cela ne durera pas, je crois.

— Le prix de quoi ?

— Tu dois savoir, Agnès. Tu dois voir comme j'ai vu !

La louve veut se redresser dans son lit, mais Agnès l'en empêche en appuyant doucement sur ses épaules et lui dit :

— Calme-toi, Béatrice. Il te faut du repos. Je reviendrai.

— Non ! Maintenant ! C'est trop grave !... Donne-moi tes mains, Agnès. (Les doigts de la religieuse agrippent ceux de la baronne.) Et maintenant, vois... Vois, ajoute sœur Béatrice d'une voix qui faiblit. Il faut... que tu... voies...

Ses yeux blancs s'obscurcissent comme si un liquide

noir les noyait, et Agnès bascule dans leurs ténèbres abyssales.

Alors elle voit.

C'est la nuit. Des foules paniquées courent dans des rues qu'éclairent des incendies dont les crépitations assourdissent. Le feu tombe du ciel en cataractes éphémères et puissantes. Il est craché par un grand dragon noir. Des jets brûlants frappent les toitures ; des colonnes éblouissantes soulèvent des explosions de tuiles ; des pluies ardentes tombent en particules incandescentes. Tous les tocsins battent à la volée. Les habitants terrifiés veulent fuir. On hurle, on se bouscule, on se bat et se piétine. La peur et la panique tuent autant que la fournaise et les effondrements. Quelques soldats tirent vers le ciel des coups de mousquet dérisoires. Des torches humaines se débattent. Les brasiers dévorent des quartiers entiers, et leurs flammes immenses se reflètent dans les eaux sombres de la Seine, qui longent le Louvre incendié.

Paris brûle, livré à la colère d'un dragon dont les écailles d'onyx luisent de rouge et d'or. Il rugit, crache et triomphe. Un joyau façonné flamboie à son front. Son feu frappe à droite et à gauche tandis que, tombé des hauteurs, il plane au ras des toits. Puis il s'élève en quelques battements d'ailes, laissant derrière lui un sillage de destruction. Il est immense et puissant. Sa colère est bestiale. Il reste un moment dans les cieux noirs, à contempler son œuvre, à chercher sans doute où poursuivre ses ravages. Alors, ayant trouvé, il replonge vers les flammes et l'effroi…

Soudain, le glas de Notre-Dame sonne.

Agnès sursaute en revenant à elle.

Les yeux pleins de larmes, elle reste un moment

abasourdie par ce qu'elle vient de vivre, par cette vision partagée qui lui a semblé si forte, si vive, si réelle. Puis ce qu'elle a vu la frappe et l'effraie.

Elle s'aperçoit que sœur Béatrice lui lâche les mains. Les yeux de la louve sont redevenus laiteux, mais elle perd conscience, son visage laissant paraître une forme d'apaisement et d'abandon : elle vient de se libérer d'un fardeau qu'elle a supporté jusqu'au bout de ses forces.

— Non… Non ! s'exclame Agnès. Ne t'endors pas ! Tu dois m'expliquer ! Tu le dois !

Elle saisit la châtelaine par les épaules, la redresse, la secoue, la fait réagir un peu :

— Explique-moi, Béatrice ! Qu'était ce que j'ai vu ? Ce que tu m'as montré ?

— Cela… Cela adviendra, balbutie la louve.

— Qui est ce dragon ? D'où vient-il ?

— Pas… Pas de nom… L'Archéen… L'Archéen des Arcanes…

— Quoi ? Je ne comprends pas, Béatrice. Je t'en supplie, ressaisis-toi !

Luttant contre l'épuisement, sœur Béatrice répond :

— Les Arcanes… Méfie-toi des Arcanes… et de l'Héritier… Ils sont plusieurs… L'Alchimiste…

— L'Alchimiste ?

À cet instant, sœur Marie-Bénédicte ouvre la porte depuis le couloir et annonce :

— Il est temps, madame.

— Un moment, dit Agnès sans se retourner. (Tenant toujours sœur Béatrice par les épaules, elle lui demande :) Cet alchimiste, c'est l'Alchimiste des Ombres, n'est-ce pas ?

— L'Alchimiste… des Ombres.

— Il faut partir, madame ! insiste la jeune sœur châtelaine.

— Alors partez ! lui rétorque Agnès d'un ton vif. (Puis, s'adressant de nouveau à la louve, dont la tête dodeline :) L'Alchimiste des Ombres est hors d'état de nuire, Béatrice. Tu ne peux le savoir déjà, mais nous l'avons vaincu. Il ne peut plus faire de mal à p…

— L'Alchimiste… La reine… en danger…

— Non, Béatrice. Apaise-toi. La reine est sauve, te dis-je. Mais tu dois me parler du dragon noir. Il faut que je sache ce que…

— La reine… L'Héritier…

— Le dragon, Béatrice ! Le dragon !

Mais sœur Béatrice a perdu conscience, et Agnès couche sa tête sur l'oreiller avant de se retourner vers le seuil de la chambre…

… où la jeune châtelaine n'est plus.

La baronne peste, sort dans le couloir qu'elle découvre désert : sœur Marie-Bénédicte ne l'a pas attendue. Jurant de plus belle, elle s'élance en passant, d'un geste ample, sa cape noire sur ses épaules. Retrouvera-t-elle son chemin toute seule ? Elle gagne le vestibule où la jeune châtelaine a allumé son flambeau à leur arrivée et, là, manque de heurter quelqu'un : c'est sœur Marie-Bénédicte qui revient.

— Des louves sont arrivées, expliqua-t-elle. Trois. Sur des vyvernes.

— Et alors ?

— Elles n'étaient pas attendues, précise la jeune Châtelaine avec angoisse. L'une d'elles est allée réveiller la mère supérieure. Les deux autres réunissent la garde et…

Elle n'achève pas, interrompue par le tocsin qui sonne.

*

Travaillé par l'inquiétude, aiguillonné par son instinct, Ballardieu s'est convaincu que quelque chose n'allait pas en voyant arriver les trois vyvernes harnachées de blanc. Il est déjà à mi-chemin dans l'escalier qui mène à l'abbaye lorsque le tocsin se met à sonner. Le vieux soldat accélère l'allure et grommelle de terribles jurons tout au long de son ascension.

*

— Laissez-moi, dit Agnès à voix basse.

Son ton est des plus résolus.

Sœur Marie-Bénédicte et elle sont arrêtées à l'angle d'un bâtiment. Le tocsin sonne toujours et l'abbaye se réveille.

— Pardon ? répond la jeune Châtelaine.

— Laissez-moi. Retournez… Retournez là où vous devriez être.

— Madame, j'ai promis à la mère de Cernay de…

L'interrompant, Agnès l'attrape par les épaules et la regarde droit dans les yeux.

— Écoutez, ma sœur. Vous avez fait tout ce qui était en votre pouvoir. Bientôt, l'endroit grouillera de gardes. En outre, je suis accoutumée à ces choses et je sais que je tromperai plus facilement les sentinelles si je suis seule. Alors, sauvez-vous !

— Retrouverez-vous votre chemin ?

— N'en doutez pas, mentit la baronne de Vaudreuil. Allez ! Allez, sauvez-vous ! Et merci.

D'abord à regret, puis d'un pas vif, la jeune sœur châtelaine s'éloigne et disparaît sous une arche.

Parce qu'elle espère encore sortir de l'abbaye comme elle y est entrée, Agnès se dirige vers la longue et étroite terrasse qu'elle a découverte, à son arrivée, en haut du vieil escalier oublié. De là, elle compte redescendre dans la baie et rejoindre Ballardieu au plus vite, près de la chapelle Saint-Aubert. Le vieux soldat doit entendre le tocsin et elle le connaît assez bien pour savoir qu'il ne restera pas longtemps sans rien faire…

Évitant une patrouille trop pressée, Agnès progresse au jugé entre les bâtiments imbriqués de l'abbaye. Elle est presque rendue lorsqu'elle se trompe et monte une volée de marches. Cette erreur lui permet d'échapper à une deuxième patrouille plus lente et attentive que la précédente, mais elle la mène sur une sorte de balcon d'où elle ne peut qu'admirer la terrasse qu'elle voulait rejoindre. Un mal pour un bien, cependant. Car des gardes vont et viennent sur cette terrasse, cependant qu'une silhouette blanche – une louve, à n'en pas douter – leur donne des ordres. Des hommes en armes descendent déjà l'escalier menant à l'ancienne fontaine.

Et à la liberté.

– Merde ! lâche Agnès entre ses dents en songeant à Ballardieu.

Réussira-t-il à fuir ? Si oui, il partira avec les chevaux.

Résolue à ne plus compter que sur elle-même, la baronne de Vaudreuil s'écarte de la balustrade, se retourne et se fige : trois hommes qu'elle n'a pas entendus approchent, menaçants. Vêtus de noir, ils appartiennent à la redoutée compagnie des gardes de Saint-Georges, plus communément appelés les « Gardes noirs ». Tous sont gentilshommes. Tous sont des bretteurs émérites et tous servent et protègent les Châtelaines avec dévouement.

Les trois gardes ont tiré l'épée.

– Rendez-vous, madame, dit l'un tandis que les deux autres s'écartent à droite et à gauche.

Sûrs d'eux, ils n'ont pas encore appelé. Cela froisse l'orgueil de la fougueuse baronne de Vaudreuil, qui se demande s'ils savent à qui ils ont affaire. Mais cet excès de confiance peut lui être profitable. Écartant les pans de sa cape, elle dégaine sa rapière, dont la lame est du meilleur acier de Tolède.

Elle se met en garde, mais son poignet tremble et ses yeux vont et viennent nerveusement.

— Allons, madame. Votre épée, je vous prie.

— Si vous insistez.

Agnès attaque et feinte en profitant de l'étroitesse du balcon. Elle assomme l'un des gardes en le frappant du coude sous le menton, pare le fer du suivant, s'efface devant le troisième qui se fend trop tôt et le plie en deux d'un méchant coup de genou dans le ventre. Les deux hommes qu'elle a frappés s'effondrent, l'un inanimé et l'autre guère plus vaillant. Le dernier à rester debout croit avoir le temps d'agir. Mais la jeune femme fait volte-face et se colle à lui en l'agrippant par le col. Un déclic. Un chuintement métallique. Du pouce, Agnès vient de libérer la lame de stylet cachée dans la poignée de son épée. L'acier effilé a jailli du pommeau et son tranchant agace la glotte du garde sidéré.

— Un mot, un murmure et tu meurs. Compris ?

L'homme acquiesce.

Malheureusement, celui qu'elle a neutralisé d'un coup de genou se remet. Chancelant, il va s'agripper à la balustrade et crie :

— À L'AIDE !

Depuis la longue terrasse, tous les regards — dont celui d'une louve — se lèvent vers le balcon. Réagissant aussitôt, Agnès pivote sur ses talons et profite de l'élan pour envoyer le garde qu'elle maintenait vers la balustrade. Surpris, l'homme trébuche et bascule dans le vide. Il se voit mourir, hurle brièvement, tombe sans trop de dommages sur un toit deux mètres plus bas.

Silhouette drapée de noir, Agnès s'enfuit.

Aux coups réguliers et obsédants du tocsin se mêlent maintenant les voix des gardes qui s'appellent et se guident. Rapière au poing, elle court. Le Mont-Saint-Michel est devenu une nasse d'où il faut à tout prix qu'elle s'échappe. Car il ne s'agit pas seulement de sa liberté, elle doit désormais faire connaître le terrible danger qui menace Paris. Cependant, agrandie par les Châtelaines qui ont bâti et creusé la roche, l'abbaye est un dédale de passages, de galeries et d'escaliers étroits souvent prisonniers de murs vertigineux. Agnès craint de se perdre, redoute à chaque instant de se heurter à une sentinelle, ne ralentit pas l'allure pour autant.

En déboulant d'une petite cour, elle est soudain obligée de s'arrêter. Une patrouille arrive vers elle. Elle doit rebrousser chemin, retourne dans la cour, entend d'autres poursuivants approcher. Elle est prise au piège. Les gardes seront là dans moins d'une minute. Elle se jette sous une arche, se heurte à une porte close et grimace. Elle se colle le dos au battant. Y a-t-il une chance que les soldats passent sans la voir ? Probablement aucune. Elle est acculée, impuissante. Une seule question se pose à présent :

Se rendre ou se battre ?

Mais un mouvement attire l'attention d'Agnès qui, incrédule, voit Ballardieu derrière la balustrade d'une galerie couverte dominant la cour. Elle lui adresse un signe auquel il répond. Il a compris la situation et va agir. Elle aussi comprend et acquiesce à contrecœur en se répétant qu'elle doit pouvoir témoigner de ce qu'elle sait.

Les patrouilles arrivent dans la cour des deux côtés en même temps. Ce ne sont pas seulement des gardes noirs : il y a également des hallebardiers et quelques arquebusiers tirés de la garnison du village. Ballardieu laisse racler la coque de sa rapière au fourreau contre le mur en pierre qu'il frôle. Le son peut passer pour involontaire et alerte aussitôt les hommes d'armes.

— LÀ ! LÀ ! À L'INTRUS !

Le vieux soldat fait mine d'être saisi par la surprise avant de fuir. Des coups de feu sont tirés et la traque prend un tour nouveau qui éloigne les gardes d'Agnès. Celle-ci attend néanmoins un moment avant de quitter sa cachette. Elle tend l'oreille, guette les ombres, puis s'élance.

Une idée lui est venue.

*

Les pans de sa cape fouettant des ombres épaisses, Agnès court à grandes enjambées silencieuses. À deux reprises elle doit se cacher dans un recoin ou le renfoncement d'une porte, car des gardes se hâtent à sa rencontre dans le lourd cliquetis de leurs équipements, leurs semelles cloutées raclant les dalles de pierre. Ils ne font que passer, cependant.

Ballardieu attire et occupe la meute avec art, mais il n'offre qu'un répit à la baronne. Elle sait que le temps travaille contre elle, qu'elle aura bientôt la garde aux trousses de nouveau. Pour autant, il n'est plus question d'emprunter le vieil escalier de la fontaine. Ni de descendre dans le village et d'espérer franchir son enceinte à bon compte. Et à supposer qu'elle parvienne à quitter le mont, que fera-t-elle ensuite ? Rejoindre la terre ferme à pied ? Elle sera à coup sûr repérée et rattrapée dans l'immense baie, maintenant que toutes les sentinelles sont en alerte. Ou noyée par la prochaine grande marée attendue à l'aube, et dont la vitesse est ici proverbiale. Sans compter le danger que représentent les lises et les dragonnets des sables sauvages.

Restent les airs.

Restent les vyvernes sur lesquelles les louves sont arrivées.

Les montures ailées doivent toujours se trouver sur la plate-forme d'envol de l'abbaye. Soutenu par une solide charpente, son plancher est accroché à l'angle nord-est de la Merveille. On y accède par le dernier étage du bâtiment, mais aussi par une nacelle suspendue et par les escaliers et les paliers étroits d'une structure permanente qui, tout en bois, s'élève contre le mur.

Comme elle s'y attendait, Agnès trouve une sentinelle en bas de la première volée de marches. Elle l'assomme rapidement, puis entreprend son ascension vers la plate-forme. Elle monte les marches quatre à quatre, ralentit l'allure et, prudente, tire l'épée en arrivant en haut de l'escalier. Un vent fort souffle et hurle dans la nuit. L'endroit semble désert, mais les vyvernes sont bien là, sous des appentis qui prolongent le toit d'ardoises.

Elle pose le pied sur le plancher qui, si solide qu'il soit, grince comme un navire au large. Soudain, elle entend l'écho de détonations lointaines. Ce n'est pas sur elle qu'on tire. Ce ne peut être que sur Ballardieu. Elle s'élance, traverse prestement la plate-forme, va regarder en bas de l'autre côté.

Le point de vue est vertigineux. À la hauteur de la Merveille s'ajoute celle du mont. La plate-forme culmine ainsi à près de cent cinquante mètres et domine la longue terrasse qui, gardant le versant nord du rocher, sert de chemin de ronde. C'est par là qu'Agnès est arrivée et c'est là que Ballardieu court désormais, poursuivi, talonné, des balles lui sifflant aux oreilles. Sans doute espérait-il se sauver par l'escalier menant à la fontaine. Mais il n'y arrivera pas. Acculé, il dégaine et se retourne, dos au parapet. Une balle le frôle. Il comprend qu'il est fait et écarte largement les bras en signe de reddition. Un garde noir ordonne de ne pas tirer. Mais des arquebusiers ont déjà mis le genou à terre et font feu. Les tirs crépitent dans un nuage de fumée. Frappé de plein fouet, Ballardieu bascule dans le vide.

Agnès a ouvert des yeux immenses et incrédules, un cri prisonnier de sa gorge nouée. Tremblante, elle s'écarte du vide, recule d'un pas incertain vers le centre de la plate-forme d'envol.

Elle vient de voir Ballardieu mourir.

Elle est livide. L'air lui manque, cependant que le vent hurlant ne l'empêche pas d'entendre :

— Une mort bien inutile.

Elle fait volte-face, se découvre en présence de trois Châtelaines, dont l'une reste immobile tandis que les deux autres, prudemment, s'écartent pour l'entourer. Elles sont armées de rapières en draconite. Elles portent la coiffe et la guimpe, mais sont bottées et vêtues de chausses sous les pans de leur robe blanche.

Ce sont les louves arrivées un peu plus tôt.

— C'est fini, dit celle qui a déjà parlé. Votre épée.

Alors, dans sa cape qui la drape de noir et claque au gré des bourrasques, Agnès de Vaudreuil se met en garde et, le regard haineux, indifférente à l'issue d'un combat qu'elle sait perdu d'avance, lâche :

— Venez la chercher.

*

Au-dessus de l'abbaye, trois formes sont apparues dans le ciel nocturne. Trois formes blanches, diaphanes et spectrales qui retiennent la lueur du mince croissant de lune. Trois grandes formes qui battent des ailes sur place et semblent attendre, observer quelque chose en dessous d'elles.

Trois formes de dragons.

LA PRISONNIÈRE
DES CHÂTELAINES

S02 – E01

1

Le capitaine Étienne-Louis de La Fargue se recueillait sur la tombe. Les jambes légèrement écartées, il tenait son chapeau dans ses mains réunies devant lui. Son regard était baissé, immobile, sur la croix de pierre grise. Mais la voyait-il vraiment ? Dans son œil, une lueur douloureuse vacillait derrière des brumes lentes.

Peut-être priait-il.

Grand et large d'épaules, c'était un gentilhomme blanchi par les années, mais endurci par les épreuves, les batailles et les deuils. Sa veste et ses chausses étaient noires, de même que son chapeau et ses bottes. Sa chemise, elle, était du même incarnat que son baudrier et que l'écharpe qui, nouée sur la hanche droite, lui serrait la taille. Sa rapière était une lourde, longue et solide *Pappenheimer*. Elle allait bien à ce vieux soldat guidé par l'honneur et le devoir, dont on disait qu'il était de ceux qui brisent plutôt que de céder, et qui n'ont jamais brisé. Son visage de patriarche – bouche sévère et barbe rase, belles rides et mâchoire volontaire – était marqué de petites estafilades en voie de cicatrisation, cependant qu'un bandeau cachait son œil gauche. Sa lèvre inférieure, fendue, était barrée d'un renflement sombre.

Le capitaine releva la tête et cette fois son regard attristé se perdit pour de bon, en direction des toits de la magnifique abbaye de Saint-Germain-des-Prés. Il était seul dans la quiétude d'un petit cimetière du faubourg. Le cadre était agréable, ici, parmi les vieilles pierres, le silence et les lierres. Il faisait beau et, même si tout laissait craindre une nouvelle journée de canicule, l'air était encore doux, à Paris, en cette matinée de juillet 1633.

C'était un temps à goûter la vie, à rire et à aimer.

*

Sans y paraître, un jeune homme surveillait l'entrée du cimetière. Adossé au mur près des grilles, il semblait attendre un rendez-vous et faisait sauter une pièce de monnaie en l'air, pour tuer le temps. Il se nommait Arnaud de Laincourt. Il n'avait pas trente ans et portait depuis peu la chevalière en acier des Lames du Cardinal.

Une jolie soubrette – qui passait dans la rue d'un pas guilleret en serrant contre son ventre un panier vide – le gratifia d'une œillade coquine et d'un petit sourire effronté.

Mince et brun, Laincourt était vêtu en gentilhomme avec une discrète élégance – feutre à bord relevé sur le côté, pourpoint rouge sombre à crevés, chausses assorties, chemise en lin blanc, bottes à revers. Un talon remonté contre le mur auquel il s'appuyait négligemment des omoplates, il ne manquait pas d'une certaine allure, sa main gauche reposant de surcroît sur le pommeau d'une rapière d'excellente facture. Quant au bleu cristallin de ses yeux, il n'ôtait rien à son charme.

Poli, Laincourt salua la jeune fille d'un léger hochement de tête.

— *Tu plais, gamin.*

Il ne répondit pas à celui qui venait de lui parler. Non pas parce qu'il était le seul à le voir et à l'entendre, mais parce qu'il ne savait que dire. Lui aussi avait remarqué que les femmes ne le regardaient plus de la même manière.

Sans pouvoir l'expliquer pour autant.

— *C'est parce que tu as gagné en assurance*, reprit l'autre.

— *Crois-tu ?*

— *Mais oui ! Tu as cultivé pendant trop longtemps l'art d'être invisible. C'était devenu une seconde nature pour toi. Et tu te complaisais en cet état…*

— *J'étais un espion.*

— *… mais à présent, tu acceptes que l'on te voie. Or il se trouve que tu es beau garçon. Tu plais, gamin. C'est ainsi.*

Laincourt sentit sur son épaule la tape d'une main amicale. Il adressa alors un regard au vieil homme à côté de lui. Le Vielleux lui apparaissait toujours ainsi, vêtu de hardes. Mais son visage n'était plus meurtri et sanglant, c'est-à-dire qu'il n'était plus tel que Laincourt l'avait vu pour la dernière fois. Il souriait, même. Et il avait le regard fier et affectueux d'un père pour son fils.

Pouvait-il avoir raison ?

Laincourt sentait en effet qu'il avait changé depuis qu'il avait rejoint les Lames du Cardinal, ce groupe secret composé d'une femme et cinq hommes d'élite sous les ordres du capitaine La Fargue.

Non. D'une femme et quatre hommes.

Et peut-être même trois.

— *Et qu'en est-il de cette jolie personne qui occupe*

la plupart de tes pensées ? demanda le vieillard en faisant mine de s'intéresser à sa vielle.

— *Aude de Saint-Avold ?*

— *Celle-là même.*

Le regard du jeune homme se fit vague.

— *Elle est retournée chez elle, en Lorraine. Et je doute qu'elle puisse un jour revenir en France.*

— *La Lorraine, ce n'est pas si loin…*

Laincourt garda le silence.

La Lorraine était un duché indépendant que la France se préparait à envahir. Bientôt, des régiments royaux marcheraient sur Nancy, capitale lorraine et un foyer d'intrigues renommé. Nul doute que le cardinal de Richelieu, alors, trouverait à employer ses Lames. Les occasions de missions secrètes et de coups de main clandestins ne manquent jamais en temps de guerre.

— *Où est Maréchal ?* demanda soudain le Vielleux.

Maréchal était le dragonnet borgne et efflanqué qu'il emmenait avec lui, attaché au bout d'une laisse, quand il jouait dans les rues pour gagner sa pitance. À sa mort, Laincourt avait hérité du petit reptile ailé.

Le jeune homme sourit.

— *Dans sa cage*, répondit-il.

— *Tu sais qu'il déteste être enfermé…*

— *Je le sais. Mais c'est encore là qu'il est le plus en sécurité, par les temps qui courent.*

— *Oui*, acquiesça tristement le Vielleux. (Puis, se reprenant :) *Jolie chevalière, gamin. Au revoir.*

Saint-Lucq arrivait de la rue du Sépulcre.

Laincourt ne regarda pas, mais il savait que le Vielleux avait disparu.

*

Saint-Lucq adressa un signe de tête à Laincourt en entrant dans le cimetière.

Il était entièrement vêtu de noir – chausses et pourpoint, bottes et gants, feutre. Même la belle garde en panier de sa rapière était noire. Une fine plume écarlate, cependant, ornait son chapeau. Elle était de la même couleur que les verres des curieuses bésicles rondes qui protégeaient ses yeux reptiliens. Car Saint-Lucq était un sang-mêlé. Du sang de dragon coulait dans ses veines, ce qui pouvait se deviner au charme animal et ténébreux qui émanait de lui. Souple et racé, sinistre et élégant, Saint-Lucq était une arme magnifique et mortelle.

Il rejoignit La Fargue et s'arrêta à quelques pas de lui, dans son dos et à sa droite. Certain que son capitaine l'avait entendu et reconnu, il ne se manifesta pas et attendit sous le soleil. Almadès aurait dû occuper cette place, la meilleure pour guetter les environs et garder un œil sur La Fargue, sans trop s'imposer. Mais Almadès n'était pas là et l'on ne verrait plus jamais l'Espagnol dresser sa grande et maigre silhouette nulle part.

– Il a frappé trois fois, lâcha La Fargue en baissant le regard sur la tombe.

Saint-Lucq ne répondit rien.

– Juste après avoir refermé la porte, reprit le vieux capitaine. Il a frappé trois fois de la main… Trois fois comme à son habitude. Malgré les circonstances. Malgré le danger. Malgré…

Il n'acheva pas.

Almadès était son ami et son garde du corps. Chassé d'Espagne par une sombre affaire, cet ancien maître d'armes se trouvait déjà à son côté lorsque les Lames du Cardinal avaient été créées. Grave et silencieux, secret, sévère jusqu'à l'austérité, Almadès était d'une dignité ne souffrant aucun écart. À une manie près, celle de répéter ses gestes à trois reprises. Sellait-il son cheval ? Il tirait trois fois sur la sangle. Dépoussiérait-il son pourpoint ? La brosse triplait les allers et retours. Aiguisait-il son épée ? C'était trois coups d'un côté, trois coups de l'autre.

Et sans qu'il y puisse rien.

– Il a frappé trois fois, répéta La Fargue. Il a frappé trois fois et tout s'est embrasé.

Saint-Lucq acquiesça gravement.

*

C'était arrivé au beau milieu de la journée. Un grand dragon noir avait attaqué le Châtelet, cette place forte dont le donjon abritait une prison en plein Paris. Les cloches de la capitale sonnaient à la volée et ceux qui avaient vu passer la créature n'en croyaient pas leurs yeux.

La Fargue et Almadès se trouvaient alors au quatrième étage du Châtelet, où le capitaine rencontrait un prisonnier dans sa cellule. Ce prisonnier était l'Alchimiste des Ombres – un dragon, mais de ceux à qui la forme humaine était devenue plus naturelle que sa forme véritable et monstrueuse. Dernièrement, il avait été le maître d'œuvre d'un complot visant à enlever la reine lors d'un bal donné par la duchesse de Chevreuse. Les Lames du Cardinal avaient empêché que cela se produise. Mais si la reine était sauve, si le scandale avait été évité et si la plupart des coupables avaient été arrêtés ou tués, de nombreuses questions restaient sans réponse. Ces questions, La Fargue était venu les poser à l'Alchimiste.

Les uns après les autres, tous les clochers de Paris s'étaient unis pour sonner le tocsin et une grande ombre, arrivée à lents et puissants battements d'ailes, s'était bientôt couchée sur le donjon du Châtelet. Dans la pièce soudainement obscurcie, La Fargue s'était tourné vers la fenêtre…

… et s'était figé en voyant s'ouvrir la gueule énorme, au fond de laquelle luisait une fournaise.

Almadès avait réagi aussitôt.

D'un bond, il avait poussé un La Fargue hébété hors de la cellule et claqué la porte sur lui. Et il fallut que le vieux capitaine manque de basculer dans l'escalier pour qu'il se ressaisisse.

— NON ! avait-il crié en faisant volte-face tandis qu'Almadès tapait trois coups rapides contre le battant.

Mais déjà le dragon crachait et déjà la porte volait en éclats, balayée par une tempête de feu hurlante. Une onde de choc ardente avait percuté La Fargue dans une mitraille d'esquilles de bois. Projeté en arrière, il avait roulé en bas des marches, où il s'était assommé en se cognant la tête. Cette chute lui avait sauvé la vie. Il n'avait fallu à Almadès qu'une fraction de seconde pour comprendre qu'ils n'avaient pas le temps de sortir tous les deux et de refermer la porte sur eux.

Ni lui ni l'Alchimiste des Ombres ne survécurent.

De l'un comme de l'autre, il ne resta que des cendres éparses et quelques ossements. L'Alchimiste était certes un dragon. Néanmoins, sous forme humaine, il ne s'avérait guère plus résistant que le commun des mortels. Besogne faite, le grand dragon noir s'en était allé. Une à une, les cloches de Paris s'étaient tues…

Comme toujours, La Fargue s'était vite remis car il était un vieux chêne noueux qui ne mourrait que foudroyé. Il souffrait seulement de quelques contusions et blessures superficielles, et les médecins affirmaient que son œil guérirait. Mais la douleur était ailleurs. Elle était dans le deuil et dans la colère, dans la frustration née de l'impuissance, dans la culpabilité d'avoir survécu au prix d'une vie sacrifiée.

*

Se redressant, La Fargue prit une profonde inspiration.

Il attendit, puis se tourna vers Saint-Lucq. Son bandeau sur l'œil augmentait son allure de rude gentilhomme éprouvé par les guerres, mais son regard était fatigué.

— Toujours aucune nouvelle d'Agnès ? demanda-t-il.

— Aucune. Non plus que de Ballardieu.

— Cela devient inquiétant.

— Oui, confirma froidement le sang-mêlé.

Le capitaine des Lames baissa une nouvelle fois les yeux sur la tombe d'Almadès. Il réfléchit, jusqu'à ce que son attention soit attirée par un dragonnet qui survolait rapidement le cimetière. Ces petits reptiles ailés se faisaient rares en liberté car, depuis peu, les Parisiens les abattaient volontiers à coups de fronde, d'arbalète ou d'arquebuse. On leur tendait des pièges et on les martyrisait à loisir, faute de pouvoir s'en prendre à leurs lointains et puissants cousins.

— Rentrons, dit La Fargue en remettant son chapeau.

*

L'hôtel de l'Épervier était une très austère et assez inconfortable demeure qu'un gentilhomme huguenot avait fait bâtir après le massacre de la Saint-Barthélemy. Il se dressait rue Saint-Guillaume, dans le faubourg Saint-Germain, non loin du grand hôpital de la Charité. Tout en pierre grise, il avait des allures – fort peu avenantes – de manoir fortifié. Une haute muraille séparait sa cour de la rue. Flanqué d'une tourelle et d'un pigeonnier, son corps de logis principal était haut d'un rez-de-chaussée auquel on accédait par un perron de quelques marches, de deux étages de fenêtres à meneaux de pierre et d'une rangée de lucarnes au ras de sa toiture d'ardoises. Les lieux n'étaient pas immenses, mais bien agencés. Ils étaient restés longtemps inoccupés à cause d'une querelle d'héritage, avant que le cardinal de Richelieu les achète discrètement. Les Lames y avaient leur quartier général, avec pour tout personnel un vieux concierge, une jeune cuisinière et un soldat devenu palefrenier.

*

De retour à l'hôtel de l'Épervier, La Fargue, Saint-Lucq et Laincourt trouvèrent la grande porte cochère ouverte, cependant qu'un carrosse attendait dans la cour. L'attelage était superbe et le cocher qui patientait sur son siège était propre, rasé de frais et bien vêtu. Des armoiries prestigieuses décoraient les portières.

– La voiture du marquis, nota Saint-Lucq.

Le capitaine des Lames acquiesça.

Un vieil homme, déjà, descendait du perron aussi vite que son âge et sa jambe de bois le lui permettaient. Petit et maigre, les sourcils broussailleux et le crâne orné d'une couronne de longs cheveux filasse, c'était Guibot, le concierge. Il portait des souliers à boucle, des bas douteux, une culotte en gros drap et une chemise en lin jauni sous un long gilet sans manches. Empressé, il voulut parler mais La Fargue le prit de court.

— Un instant, voulez-vous ?

S'en revenant du Palais-Cardinal, Marciac entrait dans la cour à cheval. Il sauta de selle et, tenant d'une main les rênes de sa monture, tira de son pourpoint une lettre cachetée qu'il brandit.

La Fargue la saisit.

— Une bonne nouvelle ? demanda-t-il.

— Une audience, répondit le Gascon.

— Enfin !

Marciac regarda le capitaine faire sauter le cachet de cire et ouvrir la lettre. Il affichait une évidente satisfaction mais avait les traits tirés, les joues râpeuses et les cheveux en désordre. Sa tenue était assez négligée, ce qui lui était habituel même s'il avait aujourd'hui l'excuse d'avoir passé une partie de la nuit debout — pourpoint rouge sang déboutonné, chausses assorties poussiéreuses, col de chemise bâillant, bottes usées. Blond, séduisant, l'œil charmeur et le sourire canaille, il portait l'épée avec désinvolture.

— Nous devons sans doute d'avoir obtenu gain de cause à ce cher Charpentier, expliqua-t-il. Je crois qu'il nous a pris en pitié. Ou peut-être ne supportait-il plus de voir l'un de nous dans la Galerie Étroite, matin et soir.

Au Palais-Cardinal, la « Galerie Étroite » était un couloir mal éclairé, meublé d'une paire de banquettes se faisant face entre deux portes, où patientaient ceux que le cardinal de Richelieu ne recevait pas officiellement. Ces derniers jours, Marciac, Laincourt et Saint-Lucq y avaient passé tour à tour de longues heures d'attente.

— Le Cardinal, annonça La Fargue en repliant la lettre, me recevra à 10 heures.

Cela ne lui laissait pas beaucoup de temps.

— Va te rafraîchir, dit-il à Marciac. Et repose-toi un peu. (Puis, se tournant vers Guibot :) Où m'attend-il ?

— Dans la salle, répondit le concierge.

— Bien. Merci.

— Capitaine ? hasarda Laincourt alors que La Fargue avait déjà un pied sur la première marche du perron.

— Oui ?

— Avez-vous besoin de moi maintenant ?

Incertain, La Fargue fronça les sourcils.

— Non, dit-il. Je ne crois pas.

— Il y a plusieurs jours que je ne suis rentré chez moi, capitaine.

C'était la vérité, mais Laincourt souhaitait surtout rassurer son ami Bertaud et sa fille Clotilde. Jules Bertaud était libraire dans le quartier de la place Maubert. Laincourt avait table ouverte chez lui et s'il ignorait les sentiments que la jeune et douce Clotilde éprouvait à son égard, il savait que le père et la fille s'inquiétaient quand ses visites s'espaçaient trop.

— Entendu. Mais soyez là à mon retour du Palais-Cardinal. Dieu seul sait ce qui ressortira de mon entrevue avec Son Éminence. C'est entendu ?

— Merci, capitaine.

Et tandis que Laincourt s'en allait et que Marciac faisait un détour par la cuisine, La Fargue et Saint-Lucq entrèrent dans le corps de logis principal.

*

À l'époque, les demeures d'importance avaient une *salle*, à savoir une pièce assez vaste destinée aux réceptions. On disait la « salle », les autres pièces étant des *chambres* sans affectation particulière. L'hôtel de l'Épervier avait la sienne, mais les Lames l'avaient convertie en une salle d'armes où ils s'entraînaient et se retrouvaient volontiers, du moins lorsqu'ils ne pouvaient se réunir dans le jardin.

Ainsi que l'avait annoncé Guibot, c'est là que le marquis d'Aubremont attendait. Âgé d'une soixantaine d'années comme La Fargue, c'était un élégant gentilhomme à l'air digne et au cheveu gris, qui portait encore l'épée avec assurance et dont le regard ne tremblait pas.

Lorsque le capitaine des Lames entra, les deux hommes échangèrent une accolade et, sans plus de cérémonie, La Fargue dit :

— Soyez le bienvenu. Mais je dois à la vérité de dire que le Cardinal vient de m'accorder une audience que j'attends depuis longtemps. J'en suis sincèrement désolé, mais je n'ai que peu de temps à vous accorder.

Il désigna un fauteuil à son ami, en prit un semblable et ils s'assirent l'un en face de l'autre dans la lumière d'une fenêtre donnant sur le petit jardin de l'hôtel.

— Vous n'avez pas à l'être, répondit le marquis. Je n'ai pas même pris la peine de me faire annoncer.

La Fargue et d'Aubremont étaient non seulement des amis, mais des frères d'armes. Ils avaient combattu ensemble durant la guerre civile et religieuse qui ensanglantait la France, et ils avaient aidé Henri IV à conquérir son trône. La vie les avait ensuite séparés. Au contraire de La Fargue, le marquis avait un nom, un titre, des terres et une fortune dont il lui fallait s'occuper. Pour autant, leur amitié était restée intacte.

Dans la grande salle d'armes silencieuse, d'Aubremont se pencha en avant et, La Fargue l'ayant imité, il lui dit d'un ton plus bas :

— Tu devines ce qui m'amène, Étienne. Mais je veux avant tout te présenter mes condoléances. Il était malheureusement trop tard lorsque j'ai reçu ta lettre m'annonçant la mort d'Almadès, et je regrette de ne pas avoir assisté à ses obsèques.

— Merci.

— C'était un homme courageux. Un homme intègre.

— Il m'a sauvé la vie. Sans lui…

— Mais que s'est-il passé, au juste ? Est-ce vrai, ce que l'on dit ?

Le capitaine des Lames acquiesça tristement.

— Un grand dragon noir a attaqué le Châtelet, expliqua-t-il.

— Comment ? En plein jour ? Et tout soudain ?

— Oui. Il venait détruire l'Alchimiste. C'est un coup du sort si Almadès et moi nous trouvions là.

— Alors l'Alchimiste est également responsable de cette mort-ci, n'est-ce pas ?

La Fargue comprit ce que son ami voulait dire et croisa son regard douloureux.

— Oui. En quelque sorte.

L'Alchimiste des Ombres. Cet agent de la Griffe noire était un vieil adversaire des Lames. Cinq ans plus tôt, en 1628, dans la ville de La Rochelle assiégée par les armées royales, La Fargue avait cru pouvoir le mettre hors d'état de nuire. L'opération se solda cependant par un terrible fiasco au cours duquel une Lame perdit la vie – un jeune gentilhomme nommé Bretteville, et qui se trouvait être le fils aîné du marquis. D'Aubremont pleura son fils mais n'eut jamais un mot de reproche pour La Fargue qui, lui, avait la pleine conscience de sa responsabilité.

Quelqu'un frappa et la blonde Naïs, sans doute à l'initiative de Guibot, entra avec une bouteille et deux verres sur un plateau. Douce et effacée, elle évoluait sans bruit, le regard souvent baissé, comme dans la crainte d'être remarquée. Elle s'en retourna presque aussitôt et La Fargue fit le service. Pour brève et discrète qu'elle avait été, la venue de la jeune fille avait ramené les deux hommes dans le présent.

Et au motif de la visite du marquis.

— As-tu découvert quelque chose concernant François ? demanda-t-il.

Dernièrement, d'Aubremont était venu demander de l'aide au sujet de son second fils, le chevalier d'Ombreuse. Celui-ci appartenait aux Gardes noirs des Sœurs de Saint-Georges, dont l'ordre défendait la France et sa couronne contre les dragons depuis deux siècles. Les Gardes noirs avaient la charge de protéger les Sœurs de Saint-Georges, quand ils n'effectuaient pas pour elles des missions de confiance ou des opérations militaires. Or le chevalier d'Ombreuse semblait avoir disparu après une mystérieuse expédition en Alsace, et son père désespérait d'apprendre ce qui lui était arrivé. Jusqu'alors, toutes ses démarches auprès des Châtelaines — ainsi appelait-on communément les Sœurs de Saint-Georges — avaient été vaines.

— Ce sont toujours les mêmes portes closes, les mêmes silences, les mêmes mensonges, avait déclaré le marquis. Car je sais que l'on me ment. Ou qu'à tout le moins l'on me cache quelque chose... Or n'ai-je pas le droit de savoir ce qu'il est advenu de François ?

La Fargue avait estimé qu'il l'avait, de même qu'Agnès, qui seule pouvait aider d'Aubremont parce qu'elle avait failli, naguère, prononcer ses vœux chez les Châtelaines. Même s'il lui en coûtait, elle avait donc accepté de renouer avec une communauté qui lui avait laissé d'amers souvenirs, à quelques amitiés près.

— Agnès a rencontré la mère Emmanuelle de Cernay, expliqua La Fargue en resservant un verre de vin au marquis.

— L'ancienne supérieure générale des Sœurs de Saint-Georges, déclara d'Aubremont avec espoir. Eh bien ?

— Mère Emmanuelle n'avait que peu de lumières sur notre affaire. Mais pour discrète qu'elle fût, la visite que lui fit Agnès eut un effet presque immédiat, celui de susciter l'intérêt et peut-être même l'inquiétude de l'actuelle supérieure générale, la mère Thérèse de Vaussambre.

— Que s'est-il passé ?

— Vous savez que la reine déteste les Châtelaines à tel point qu'elle rend la tâche particulièrement difficile à celles qui, dans son entourage, ont la charge de garantir sa sûreté. Usant de cet argument, la supérieure générale a obtenu du Cardinal qu'Agnès soit dépêchée auprès de la reine. Agnès ayant été initiée à certains secrets de l'ordre durant son noviciat, elle serait à même de protéger la reine sans que celle-ci se défie d'elle pour autant. Et afin de donner un caractère d'urgence à tout cela, la générale des Châtelaines a argué d'un surcroît de danger menaçant la reine et rendant nécessaire un surcroît de précaution.

— Mais il ne s'agissait que de tenir la baronne de Vaudreuil à l'écart.

— Sans doute, dit La Fargue.

Il songeait cependant que la mère Thérèse de Vaussambre avait peut-être fait d'une pierre deux coups. Certes, en l'attachant au service d'Anne d'Autriche, elle mettait Agnès à l'écart. Mais la suite des événements avait démontré que la reine était effectivement menacée par un grave danger. La supérieure générale avait-elle eu vent du complot que les Lames devaient déjouer dans les jours suivants ?

— Quoi qu'il en soit, reprit le capitaine des Lames, Agnès fut très vite admise au service ordinaire de Sa Majesté la reine. Néanmoins, plus tard, à l'issue d'événements dont je ne puis malheureusement rien vous dire, Agnès reçut une lettre de la mère Emmanuelle. Je ne sais ce que disait cette lettre, mais Agnès s'en fut aussitôt, escortée par Ballardieu. C'était il y a environ une semaine, et l'on est sans nouvelles d'eux depuis.

— Quoi ? s'étonna d'Aubremont.

— Après François, Agnès et Ballardieu ont disparu. Considérant les circonstances, je peine à croire qu'il s'agisse d'un hasard.

*

Dans la modeste chambre qu'il louait rue Cocatrix, Antoine Leprat, chevalier d'Orgueil, regardait son reflet dans la psyché que le tailleur et son apprenti avaient laissée, à sa demande, après le dernier essayage. L'artisan avait poliment accepté, avec un sourire qui masquait mal son embarras.

Aussi Leprat lui avait-il dit :

— Il suffira que quelqu'un revienne chercher votre miroir dans une heure. Je désire seulement m'assurer qu'aucune retouche n'est nécessaire.

Il avait menti.

Leprat n'était pas vaniteux et, d'ailleurs, il ne doutait pas plus de la coupe que de l'étoffe de l'habit qu'il avait commandé : le pourpoint comme les chausses lui allaient parfaitement, et la nuance de gris que lui avait conseillée le tailleur était à la fois élégante et discrète. Mais sitôt seul, il avait passé une casaque qu'il gardait dans un coffre. Ensuite, non sans appréhension, il s'était tourné vers son propre reflet.

C'était une vieille casaque qu'il avait fait laver et

repasser. Une casaque bleue à croix et galons argent. Une casaque de mousquetaire du roi.

Ganté et botté dans cette petite chambre où il faisait déjà plus que tiède, sa fameuse rapière blanche au côté, Leprat devait s'assurer que la casaque des mousquetaires n'était pas incongrue sur ses épaules.

À ses yeux du moins.

Car ce n'était pas rien que d'être aux mousquetaires de la Garde. Dirigée par le comte de Tréville, cette compagnie appartenait à la maison militaire du roi. Elle réunissait des gentilshommes d'élite qui, tous, avaient prouvé leur valeur par une action d'éclat ou par plusieurs années de service dans un autre corps. On n'entrait pas aux mousquetaires du roi par faveur. Cet honneur se méritait, et il fallait ensuite se montrer digne de porter la célèbre casaque.

Le chevalier d'Orgueil ajusta la sienne.

Admis chez les mousquetaires du roi peu après sa vingtième année, il s'y était illustré avant d'être recruté par La Fargue. Puis il y avait eu ce fiasco à La Rochelle, la mort de Bretteville et la dissolution infamante des Lames, sacrifiées par le cardinal de Richelieu sur l'autel de la nécessité politique. Leprat avait alors rejoint son corps d'origine. Il y avait encore servi cinq ans, jusqu'à ce que La Fargue reforme les Lames et fasse appel à lui. Il avait accepté par devoir mais, lors de sa dernière mission, il avait été contraint à des compromissions morales qui lui étaient devenues insupportables. Or comme Tréville lui avait bien répété que sa porte lui serait toujours ouverte…

Leprat prit une inspiration, se raidit et adressa un regard déterminé à son reflet. Il n'avait en définitive qu'une conviction, mais elle était absolue : il avait perdu le feu sacré et ne serait jamais plus une Lame du Cardinal.

*

La Fargue raccompagna le marquis d'Aubremont à son carrosse, puis il regarda l'attelage passer la porte cochère et s'aventurer dans l'étroite rue Saint-Guillaume.

Saint-Lucq le rejoignit.

— Que lui avez-vous dit ? demanda le sang-mêlé.

— La vérité, répondit La Fargue en marchant vers l'écurie.

Saint-Lucq lui emboîta le pas.

— Et ?

— Et il m'a fallu le dissuader d'en appeler au roi.

Dans la pénombre tiède de l'écurie, André sellait déjà deux chevaux à leur intention. Ils attendirent.

— Le marquis a un nom, un titre et de la fortune, dit le sang-mêlé en nettoyant les verres rouges de ses bésicles avec un mouchoir. Il est chevalier de l'ordre de Saint-Michel et le roi l'honore de sa confiance. S'agissant de son fils, pourquoi n'a-t-il pas fait appel à Sa Majesté plus tôt ?

— Précisément parce qu'il s'agit de son fils. Le marquis est de ceux qui estiment que le rang n'autorise pas les privilèges. Demander de l'aide pour son fils aurait été comme demander de l'aide pour lui-même, en récompense de ses services passés. D'Aubremont a trop de noblesse pour cela.

Saint-Lucq remit ses bésicles rondes et lâcha :

— Mais il n'est plus seulement question de son fils, désormais.

— Oui. Aussi le marquis se sent-il autorisé à user de son rang. La faveur n'est plus pour lui, ou pour quelqu'un de son sang, mais pour un autre. Une autre, en l'occurrence…

— C'est tout à son honneur. N'empêche, pourquoi l'avez-vous convaincu de ne rien faire ?

— Parce que nous ne sommes certains de rien et que je désire m'entretenir avec Son Éminence d'abord. Mais d'Aubremont m'a bien dit qu'il nous aidera du mieux qu'il pourra si nous lui demandons de l'aide.

André sortit les deux montures sellées par la bride. La Fargue remercia le palefrenier et enfourcha son cheval, aussitôt imité par Saint-Lucq. Dans la cour, l'air cuisait déjà sous un haut soleil incandescent. Les cloches de l'abbaye de Saint-Germain, au loin, sonnèrent la demie.

— Bon sang, quelle chaleur ! murmura La Fargue avant de piquer légèrement des talons.

*

La pierre était fraîche dans l'obscurité profonde.

Des claquements métalliques ébranlèrent la lourde serrure, avant que la porte s'ouvre en un grincement qui fut comme un hurlement aigu dans l'épais silence. La lumière des torches du couloir entra. Elle découpa un trapèze irrégulier qui, à mesure que le battant s'écartait, s'étira sur le sol jonché de vieille paille, jusqu'à se briser en rencontrant le mur du fond. S'élargissant encore, la lumière finit par atteindre Agnès qui, assise par terre dans un angle du cachot, releva la tête et, une mèche tombant devant son visage fatigué, grimaça en plissant douloureusement les paupières.

2

La canicule durait depuis de trop longs jours, et le bref orage nocturne qui l'avait interrompue la semaine passée avait été d'un maigre réconfort. Paris subissait un calvaire sous un soleil acharné. À la chaleur s'ajoutaient les odeurs et la crasse. L'air immobile puait, alourdi jusqu'à la nausée par les relents âcres des fossés, des tas de fumier dans les cours, des latrines où urines et excréments fermentaient. Et il y avait la « crotte », cette boue ignoble née de toutes les ordures et de toutes les déjections, et dont on ne parvenait jamais à débarrasser les rues de la capitale. Elle était devenue une couche dure que les semelles, les sabots et les roues cerclées de fer effritaient, et qui se muait en une poussière qui s'immisçait partout, collait aux peaux moites, brûlait les yeux, irritait les gorges et les narines, envahissait les poumons. Cette pollution provoquait des écœurements et des maux de tête chez les plus endurcis, et l'on devine les ravages qu'elle pouvait faire sur des bronches fragiles. Chaque année à la même époque, elle chassait les nantis, qui s'en allaient en quête d'air pur à la campagne. Et ce jour-là, alors que La Fargue et Saint-Lucq franchissaient le Pont-Neuf en direction du Palais-Cardinal, le roi lui-même s'apprêtait à emmener la Cour au château de Saint-Germain.

Mais était-ce seulement pour fuir l'atmosphère viciée de Paris ?

*

Assis derrière le bureau de sa splendide bibliothèque, le cardinal de Richelieu grattait de l'ongle le crâne écailleux de Petit-Ami. Roulé en boule sur ses genoux, le dragonnet pourpre soupirait d'aise, paupières mi-closes tandis que son maître songeait, un regard absent posé sur les documents devant lui.

On frappa à la porte. Parut Charpentier, le fidèle et vieux secrétaire de Son Éminence.

— C'est La Fargue, monseigneur.

— Faites entrer.

S'inclinant, Charpentier se retira en même temps que le capitaine des Lames, le chapeau à la main, entrait d'un pas martial, se plantait devant le bureau et attendait, le poing gauche serrant le pommeau de sa lourde *Pappenheimer*.

Il ne bougea pas lorsque le Cardinal se leva pour remettre Petit-Ami dans sa cage suspendue, où le dragonnet se laissa enfermer d'assez mauvaise grâce. Cela fait, Richelieu ne retourna pas s'asseoir. Tournant le dos à la pièce et à son visiteur, il resta un moment à sa fenêtre. Il avait vue sur les magnifiques jardins et le bassin qu'il faisait aménager à l'arrière de son palais, mais son regard se perdait bien au-delà.

— Paris gronde, dit-il. Je l'entends. Paris gronde de colère et cette chaleur n'est guère propice à l'apaiser. Mais comment lui en vouloir ? (Le Cardinal se tut un moment, puis lâcha :) Un dragon a attaqué Paris, capitaine. En plein jour, et sans que l'on sache au juste pourquoi. Et non content, il s'en est pris au Châtelet, c'est-à-dire à l'un des symboles de la justice et de l'autorité de Sa Majesté. Savez-vous ce que l'on raconte ? Que le dragon, avant que de repartir, a fait trois tours au-dessus du Louvre en rugissant. Un dernier défi, comme pour ajouter l'insulte à la blessure. Cela est faux, bien sûr. Mais cela en dit long, ne trouvez-vous pas ?

Le Cardinal revint s'asseoir. La Fargue lui trouva l'air particulièrement las. Visage maigre, teint pâle et lèvres sèches. Et dans ses yeux, un éclat soucieux.

— Les Parisiens sont en colère pour la raison qu'ils ont peur. Et comme il leur faut diriger cette colère, je leur semble être une cible de choix. (Richelieu retint un petit rire.) Sur ce chapitre, je ne vaux guère mieux que ces pauvres dragonnets que l'on extermine... Mais cela ne serait rien si les Parisiens n'étaient tels qu'on les connaît, je veux dire s'ils n'étaient prompts à l'émeute. Et ces messieurs du Parlement, qui prétendent parler pour le bien du royaume, ont beau jeu de demander des mesures propices à calmer les esprits. Car ne doutez pas que la première de ces mesures serait de m'écarter du pouvoir. Ce que ni vous ni moi ne souhaitons, n'est-ce pas ?

La question n'était peut-être pas totalement rhétorique.

– Il se murmure que la supérieure générale des Châtelaines pourrait être bientôt admise au Conseil du roi, dit La Fargue.

Richelieu lui adressa un regard indéchiffrable, puis il l'invita à exposer son cas. Alors La Fargue expliqua qu'il était sans nouvelles d'Agnès et Ballardieu depuis plusieurs jours, qu'il s'en inquiétait et qu'il demandait la liberté d'enquêter auprès des Sœurs de Saint-Georges.

– Pourquoi ? demanda le Cardinal en fronçant le sourcil.

Il fallut parler d'une autre disparition, celle du chevalier d'Ombreuse, fils du marquis d'Aubremont.

– Ainsi, le fils de monsieur d'Aubremont est aux Gardes noirs, intervint Richelieu.

– Oui, monseigneur.

– Je l'ignorais. Continuez.

La Fargue reprit son récit, en racontant comment Agnès avait promis de faire son possible pour découvrir, auprès des Châtelaines, ce qu'il était advenu de François Reynault d'Ombreuse. Il en vint bientôt à la lettre de l'ancienne mère supérieure générale, et au départ précipité d'Agnès et Ballardieu.

– Depuis, conclut-il, aucune nouvelle.

— Connaissez-vous la matière de cette lettre ?

— Non, monseigneur.

Les coudes sur les bras de son fauteuil, Richelieu réunit ses doigts osseux en clocher devant lui, et demanda d'une voix posée :

— Qu'attendez-vous de moi, capitaine ?

— D'abord, je sollicite de Votre Éminence la liberté de rechercher Agnès de Vaudreuil et Ballardieu.

— Et je devrais faire cela plutôt que de vous employer à découvrir comment et pourquoi un dragon attaqua le Châtelet et tua l'Alchimiste des Ombres, lâcha le Cardinal en s'abandonnant à une ironie froide. Ou de vous charger de quelque mission clandestine en Lorraine, où les armées de Sa Majesté s'apprêtent à pénétrer...

— Monseigneur...

— Et ce ne sont là que les deux premières idées qui me viennent en tête, capitaine.

— Monseigneur, Almadès est mort et le chevalier d'Orgueil a définitivement réintégré la compagnie des mousquetaires de la Garde. Comment pourrais-je accomplir quoi que ce soit sans Agnès et Ballardieu ? Songez que s'il n'y avait Laincourt, je ne compterais plus que sur deux hommes !

— Marciac et Saint-Lucq. Il y a des capitaines qui donneraient cher pour avoir ces deux-là...

— Deux hommes néanmoins, monseigneur.

— Que ne recrutez-vous pas ?

— Le temps manque, monseigneur. Et les circonstances ne s'y prêtent guère.

— Il est vrai... Alors ?

— Alors je prie Votre Éminence d'obtenir de la mère supérieure générale des Châtelaines qu'elle me reçoive.

Avant de répondre, le Cardinal s'accorda quelques secondes de réflexion, secondes durant lesquelles son regard resta rivé à celui du capitaine.

*

— Comment vous portez-vous ? demanda Tréville.

— Je me porte bien, capitaine.

— Vraiment ? Bien remis ?

— Parfaitement remis, capitaine. Je vous remercie, dit Leprat.

Il mentait, cependant.

Car s'il se sentait bien en cet instant, il se savait gravement malade, ce que personne n'ignorait depuis qu'il s'était écroulé au bas du grand escalier de l'hôtel de Tréville, une bile noire aux lèvres et le corps agité de convulsions terribles devant tous ceux — mousquetaires et gentilshommes, valets et servantes, marchands et solliciteurs — qui se trouvaient là. On l'avait aussitôt secouru et porté sur un lit, cependant que les cloches de Paris sonnaient à la volée. C'était le jour même où il était venu annoncer à Tréville qu'il quittait les Lames pour rejoindre les mousquetaires. C'était l'heure même où le grand dragon noir avait attaqué le Châtelet.

Leprat avait la ranse, cette maladie dont on affirmait qu'elle était transmise par les dragons, ou provoquée par les effets délétères de leur magie. Les médecins occidentaux considéraient que la santé d'un individu dépendait de l'équilibre de quatre humeurs imprégnant les organes : le sang, la bile, la phlegme et l'atrabile. À ces quatre humeurs, certains ajoutaient une cinquième, l'obâtre, propre à la race des dragons. Selon les tenants de cette théorie, la ranse était le produit d'une production anormale d'obâtre par l'organisme, mais cela importait peu aux malheureux qu'elle infectait. Ceux-là se savaient condamnés à une lente corruption de leur chair et à une irrémédiable déchéance sociale, car la mort ne les libérerait pas avant qu'ils soient réduits à l'état de créatures difformes et pathétiques, d'idiots tremblants hantés par d'incompréhensibles délires, le corps tordu et envahi d'ulcères, l'œil insane, la lèvre humide et bredouillante quand ils tendraient leur sébile en quête d'une misérable aumône.

Leprat avait résolu de se suicider avant que cela arrive. Il n'en était pas là, cependant. Certes, le mal était en lui et le rongeait. Certes, la ranse étendait sur son dos une rugosité violacée et veinée de noir qui lui semblait parfois sourdement palpiter d'une vie propre. Certes, il se sentait moins vigoureux qu'auparavant, et récupérait plus lentement de ses blessures. Il n'était ransé, cependant, que depuis deux ans et pouvait encore mener une vie normale, pour alarmante qu'ait été la crise qui avait publiquement révélé son état.

Une vie normale, soit. Mais une vie de mousquetaire ?

Voilà précisément ce qui inquiétait M. de Tréville sans qu'il puisse tout à fait l'admettre. C'était aujourd'hui que Leprat reprenait du service sous la casaque, et son capitaine l'avait convoqué pour un entretien particulier, comme de coutume en semblables circonstances. Les deux hommes étaient dans le bureau de Tréville, au premier étage de son hôtel, rue du Vieux-Colombier.

— Je puis vous assurer, dit Leprat, que je suis en condition d'assurer mon service, et plus si nécessaire.

Tréville, qui avait de la tendresse pour ses mousquetaires mais ne souffrait pas qu'ils manquent à leurs devoirs, afficha un sourire sincère.

— Bien, bien… Trinquons, voulez-vous ?

Sans attendre, il alla remplir deux verres à l'aiguière d'argent posée sur une petite table, entre les deux fenêtres donnant sur la cour. Ils trinquèrent, Leprat souriant mais conservant une certaine réserve et ne se départant pas de cette sévérité toute militaire qui lui était devenue naturelle — quand bien même n'aurait-il pas été en casaque que l'on aurait deviné en lui l'officier. Grand, athlétique, le regard tranquille et l'air volontaire, il était gaucher et portait donc à droite sa rapière blanche qui, du pommeau à la pointe, était taillée d'un bloc dans une dent de grand dragon supérieur.

— Je suis vraiment ravi de vous accueillir de nouveau parmi nous, dit Tréville.

— Merci, capitaine.

— Vous verrez que rien n'a changé. D'Artagnan est toujours mon lieutenant. Bien sûr, depuis votre départ, le grade d'enseigne qui vous était promis est allé à un autre…

— Je comprends.

— Mais il y a deux enseignes dans ma compagnie. Et il se peut que l'autre se libère bientôt. Je ne vous promets rien, cependant.

Leprat acquiesça.

— Bon ! reprit Tréville en se frottant les mains. Si vous avez encore quelques affaires à régler, réglez-les. Le roi part bientôt pour son château de Saint-Germain et nous l'accompagnons, comme de juste. Départ après-demain, avec le grand équipement. Avez-vous un mousquet, un cheval et un valet ?

— Il ne me manque que le valet.

— Vous en emprunterez un.

Leprat salua et Tréville tint à le raccompagner jusqu'à la porte, où il le prit par l'épaule et lui glissa :

— Votre ranse est jeune, je crois.

— Deux ans.

— Alors sachez que mon médecin, à qui j'ai fait des questions vous concernant, pense que votre… que votre faiblesse de l'autre jour, là, en bas de mon escalier, dut sans doute moins à votre mal qu'aux effets conjugués de la fatigue et de la chaleur… Tout cela, après tout, est peut-être moins grave qu'il y paraît…

— Merci, capitaine.

En descendant le grand escalier, Leprat sourit en songeant à l'aimable sollicitude de M. de Tréville. Cependant, il savait qu'il n'aurait pas dû ressentir la première crise de ce genre avant des années, et il savait qu'elle ne devait rien à la chaleur ni à la fatigue. Quelques jours avant que cet accès de ranse le foudroie, il avait visité une salle de rituels particulièrement puissante, où un premier malaise l'avait pris. Il ignorait pourquoi et comment, mais il était convaincu dans sa chair que la magie draconique qui imprégnait ces lieux interdits avait accéléré son mal.

Une vie normale, oui. Et peut-être même une vie de mousquetaire.

Mais pour quelques mois seulement.

Après viendrait la mort et Leprat doutait fortement de voir les prochaines neiges.

*

L'un des rares agréments du sombre et austère hôtel de l'Épervier était un jardin laissé sauvage, où les herbes folles étaient hautes et où les broussailles grimpaient aux murs. Un châtaignier y poussait, à l'ombre duquel se trouvait une vieille table en chêne. On ne la rentrait jamais, si bien qu'elle semblait être en bois flotté et qu'un liseron gaillard emprisonnait désormais ses pieds torsadés.

Lorsque le temps le permettait, les Lames aimaient se rassembler autour de cette table et c'est là que La Fargue et Saint-Lucq trouvèrent Marciac et Laincourt qui bavardaient autour d'un pichet de vin frais. La mine lasse, le capitaine se laissa tomber sur une chaise qui grinça dangereusement. Sans un mot, Saint-Lucq remplit deux verres et en tendit un à La Fargue. Celui-ci remercia d'un regard, puis sirota sombrement.

Et comme Marciac et Laincourt attendaient, le sang-mêlé expliqua :

— Nous revenons du Palais-Cardinal.

— Et ? s'enquit le Gascon.

— Et le Cardinal a dit oui à ma demande d'être reçu par la supérieure générale des Châtelaines, précisa La Fargue. Mais seulement du bout des lèvres. En clair, il n'interdit rien mais il nous faudra nous passer de son appui.

— Malgré vos inquiétudes concernant Agnès et Ballardieu ?

— Malgré elles.

— Peut-être, tenta Laincourt, le Cardinal a-t-il préféré vous confier une mission qui…

— Il n'a pas été question de cela, l'interrompit le capitaine des Lames.

Un silence s'installa sous le châtaignier, dans l'ombre mouchetée de taches claires que faisait la ramure. Et ce fut l'ancien espion du cardinal de Richelieu qui se lança. Prudemment, cependant. Car quand bien même lui avait-on remis, au même titre que les autres Lames, une chevalière en acier frappée d'une croix grecque fleurdelisée, il ne la portait que depuis peu.

— Capitaine, dit-il. Nous ne sommes sans nouvelles d'Agnès et Ballardieu que depuis quelques jours…

— C'est quelques jours de trop, glissa Marciac d'un ton qui laissait entendre que Laincourt s'aventurait sur un terrain dangereux.

— Certes. Mais c'est également moins qu'il n'en faut pour aller à Lyon et revenir. Peut-être le Cardinal a-t-il jugé qu'il n'y a pas encore lieu de s'alarmer. Et peut-être devrions-nous en faire autant…

La Fargue darda sur le jeune homme un regard calme et terrible, son visage ne laissant rien paraître de sa lente réflexion. Sans s'émouvoir de la tension qui naissait, Saint-Lucq, impassible derrière ses bésicles rouges, attendit avec un mélange de curiosité et d'amusement d'assister à la suite des événements. Marciac, lui, redoutait le pire et voulut arrondir les angles.

— Arnaud, dit-il à Laincourt en guettant le capitaine des Lames du coin de l'œil, tu ne connais pas Agnès et Ballardieu depuis aussi longtemps que nous. Tu ne peux donc être attaché à eux autant que nous le sommes. Peut-être que si tu les aimais comme nous les aimons, tu aurais les mêmes inquiétudes que nous.

Ce à quoi le jeune homme répondit tranquillement :

— Sans doute. Mais aurais-je raison pour autant ?

De nouveau le silence se fit, jusqu'à ce que Saint-Lucq propose :

— Et si le Cardinal savait de quoi il retourne ? Et s'il ne souhaitait pas nous donner le loisir de le découvrir ? N'oublions pas que la mère Thérèse de Vaussambre a quelque lien de parenté avec lui, et qu'il aida à ce qu'elle devienne supérieure générale.

— Non, fit La Fargue. Lorsque j'ai exposé les faits, j'ai parlé du chevalier d'Ombreuse. À sa réaction, j'ai bien vu que Son Éminence ignorait que Reynault d'Ombreuse servait chez les Gardes noirs. Or c'est un fait que le Cardinal n'aurait pas ignoré si l'affaire était connue de lui.

— Ce que le Cardinal connaît, lâcha Laincourt, il le connaît sur le bout des doigts…

Le capitaine des Lames réfléchit, puis reconnut à contrecœur :

— Laincourt a raison. Le Cardinal a sans doute jugé qu'il était encore trop tôt pour aller faire des questions à la supérieure générale, au risque de lui déplaire en ayant l'air de supposer que les Châtelaines ont à voir avec la disparition de deux Lames.

— C'est sûr que présenté comme ça, fit Marciac. Quand serez-vous reçu par la Vaussambre ?

— Demain. Mais je doute que cette entrevue soit fructueuse.

— Pourquoi ? demanda Laincourt.

— La Vaussambre nourrit quelque ressentiment à mon égard. Avec l'appui du Cardinal, peut-être aurais-je pu obtenir des réponses d'elle. Mais si nous devons nous en remettre à son seul bon vouloir…

*

Cela se passait ainsi. La porte s'ouvrait dans un grincement, puis le geôlier qui tenait la torche restait dans l'encadrement tandis que l'autre, toujours le même, entrait dans le cachot. C'était un homme grand, fort et lourd qui parlait d'une voix calme et posée, sur un ton aimable qui apaisait. Ses gestes étaient tout aussi doux et précautionneux, presque affectueux. Il était de ces êtres qui semblent sincèrement gentils, et qui font naître chez nous l'envie de leur faire plaisir en retour.

En s'accroupissant près d'Agnès, le geôlier découvrit qu'elle n'avait pas touché à son repas et qu'elle n'avait bu que quelques gorgées d'eau. Il s'agissait pourtant d'un bon ragoût, dont il faisait lui-même son ordinaire. Et l'eau était fraîche et claire.

— Madame, reprocha-t-il, vous n'avez encore rien mangé. Si ce n'est pas malheureux de vous voir ainsi dépérir…

Il secoua la tête d'un air désolé.

Assise par terre dans un coin, Agnès regardait ostensiblement ailleurs. Elle était pâle et amaigrie, sale dans les vêtements qu'elle portait lors de sa capture, ses longs cheveux noirs et bouclés échappés aux vestiges d'une natte défaite. Elle était faible, elle avait mal au ventre et dans ses yeux verts brillait une lueur maladive et sauvage, celle de la faim. Car il y avait maintenant plusieurs jours qu'elle refusait de s'alimenter. Pour une part parce qu'elle s'abandonnait au désespoir, hantée par la vision de Ballardieu basculant dans le vide. Mais aussi parce que c'était l'une des rares choses qu'elle pouvait encore faire dans sa cellule sans lumière ni air.

— Il ne sert de rien de se laisser mourir de la sorte, madame, ajouta le geôlier en ramassant l'assiette pleine et la cuiller en bois. Mais je vais vous laisser l'eau.

Alors Agnès le foudroya d'un regard assassin comme s'il l'avait insultée et, d'un coup de pied, renversa le broc posé par terre. Elle ne supportait plus cet homme à cause de la bonté qu'il lui manifestait. Elle aurait préféré un gardien silencieux et impitoyable, qu'elle aurait haï tout naturellement, et voulu égorger à la première occasion. Et le pire était que, pour autant que les circonstances le lui permettaient, il veillait sur elle comme Ballardieu l'aurait fait.

Chagriné, le geôlier demanda :

— Allons, madame… Pourquoi faire cela ?

Il n'attendit pas la réponse, se redressa et marcha vers la porte.

Puis, un certain découragement pointant dans sa voix, il dit :

— On ne veut pas que vous mouriez, madame. Et je pourrais bien recevoir la consigne de vous contraindre à vous nourrir. Cela se fait avec une soupe, un entonnoir et un boyau de cuir huilé. C'est… C'est extrêmement désagréable.

Résolue, Agnès se tourna vers le mur.

Avec un soupir, le geôlier sortit dans le couloir où son collègue l'avait précédé avec la torche. Il referma la porte doucement et donna deux tours de clé, abandonnant la prisonnière dans le noir.

*

La nuit passa, et avec elle sa fraîcheur.

Le lendemain, Paris se réveilla dans un air déjà tiède et le soleil, impitoyable, flamboya vers son zénith. Mille puanteurs chaudes s'élevèrent alors et, faute de vent, restèrent à cuire tout le jour sous la voûte d'un ciel éblouissant.

*

Avant midi, La Fargue et Laincourt demandèrent à André de seller deux chevaux. Ils quittèrent le faubourg Saint-Germain et franchirent la Seine sur le Pont-Neuf où marchands, comédiens et charlatans attiraient sous la canicule une foule à peine moins nombreuse que d'ordinaire. Monté sur un tabouret, un homme distribuait des libelles et haranguait la foule contre le Cardinal. Il était urgent, prétendait-il, que le roi renvoie Richelieu et appelle les Sœurs de Saint-Georges aux affaires, car elles seules sauraient protéger le royaume des dragons qui, déjà, attaquaient

Paris. Et l'homme tendait le bras vers la massive silhouette du Châtelet dont on voyait, à quelque distance, se dresser le donjon incendié. La Fargue lui prit un libelle qu'il lut en selle, au pas, chemin faisant. Après quoi il froissa le feuillet sans mot dire et le jeta tandis qu'ils atteignaient, rive droite, le quai de la Mégisserie.

Longeant le fleuve à rebours de son cours, La Fargue et Laincourt gagnèrent la place de Grève, passèrent devant l'Hôtel de Ville et, par la rue des Coquilles puis la rue Barre-du-Bec, ils s'engagèrent dans la rue du Temple qu'il leur fallut emprunter tout du long, sous un soleil de plomb et ralentis par les encombrements, l'envahissement des étals, les livraisons et les disputes qui étaient le lot quotidien des rues parisiennes.

Enfin ils arrivèrent, le dos ruisselant et le front moite sous le bord du chapeau. Silencieux, ils passèrent le pont-levis de l'Enclos du Temple, cette ancienne commanderie templière qui était toujours ceinte d'une muraille crénelée en plein Paris, et qui appartenait désormais aux Châtelaines.

*

La mère Thérèse de Vaussambre reçut La Fargue dans la salle du chapitre, une pièce vaste et haute, lumineuse, presque vide, qu'éclairaient des vitraux en ogive. Recouverte de lourdes nappes blanches qui semblaient n'en faire qu'une et tombaient jusqu'au sol dallé, une table s'étirait devant le mur du fond, sous une grande tapisserie montrant saint Georges, en armure et à cheval, terrassant le dragon d'un coup de lance. Il n'y avait qu'une chaise à cette table, une chaise en bois noir, étroite avec un dossier haut. Et sur cette chaise, au centre, faisant face à la salle et au capitaine des Lames qui entrait seul, la supérieure générale des Sœurs de Saint-Georges attendait.

Les talons de ses bottes claquant dans un lourd silence, La Fargue avança d'un pas ferme, tête nue, le chapeau dans la main droite et le poing gauche serré autour de la poignée de sa *Pappenheimer* au fourreau. Il salua dignement, et attendit lui aussi. La mise en scène glaciale de l'audience qui lui était accordée, si elle ne l'impressionnait guère, ne lui disait rien qui vaille.

— Il y a longtemps que nous ne nous étions retrouvés, monsieur, dit la mère de Vaussambre d'une voix claire.

— En effet.

La supérieure générale pouvait avoir de quarante-cinq à cinquante ans. Grande et mince, son visage impassible pris dans l'ovale de la guimpe, elle portait la robe et la coiffe blanches de son ordre. Elle était assise bien droite, les bras tendus et légèrement écartés, les mains posées à plat de part et d'autre d'une lettre dont le cachet de cire brisé avait répandu des miettes écarlates sur la nappe immaculée.

— On m'a priée de vous rencontrer, dit-elle sans baisser les yeux sur le pli que lui avait écrit le Cardinal. Parlez, je vous prie.

Cette prière sonnait comme un ordre.

— Je suis venu requérir votre aide, ma mère.

— Mon aide ?

— Je veux dire : l'aide des Sœurs de Saint-Georges.

— Je vous écoute.

— Agnès de Vaudreuil a disparu, commença le capitaine des Lames…

Mais il n'acheva pas : il venait de surprendre l'esquisse d'un sourire sur les lèvres fines et sévères de la religieuse.

— Ne trouvez-vous pas cocasse, monsieur, que vous veniez, vous, demander secours, à moi et à nulle autre, pour une affaire concernant la jeune baronne de Vaudreuil ?

La Fargue garda le silence.

— Car n'est-ce pas vous, insista la mère de Vaussambre d'un ton égal, qui l'avez emmenée juste avant qu'elle prononce ses vœux ? Sans vous, sans vos Lames, Marie-Agnès aurait pris le voile et serait aujourd'hui à ma droite.

Sagement, le vieux capitaine préféra se taire. Si elle suivait cette pente, la conversation ne pouvait que s'envenimer. Or déplaire à la Vaussambre était la dernière chose qu'il souhaitait.

— Sans vous, conclut la supérieure générale, Marie-Agnès aurait suivi sa destinée. Avez-vous seulement idée des conséquences qu'eut son refus de prononcer ses vœux ? Savez-vous ce qu'il en a coûté ? Et savez-vous ce qu'il en coûtera encore si elle ne revient pas à la raison ?

— À la raison, c'est-à-dire à vous, ne put s'empêcher de lâcher La Fargue.

Il le regretta aussitôt, en voyant un éclair passionné traverser le regard d'ordinaire glacial de la mère de Vaussambre. Mais celle-ci reprit aussitôt le contrôle de ses émotions. Une diversion bienvenue l'y aida d'ailleurs. Après avoir frappé, une sœur de Saint-Georges entra par une petite porte et, à pas feutrés dans un profond silence, se glissa entre le mur et la longue table pour aller murmurer quelques mots à l'oreille de sa supérieure générale.

Laquelle écouta avant d'acquiescer.

Redevenue totalement maîtresse d'elle-même, elle attendit d'être de nouveau seule avec La Fargue, et dit sur le ton le plus formel :

— Ainsi, capitaine, vous voilà depuis peu sans nouvelles de la baronne de Vaudreuil. A-t-on seulement quelque motif sérieux de s'en inquiéter ?

— Je le crois.

— Vous croyez, souligna la supérieure générale.

La Fargue serra le poing autour de la poignée de sa rapière.

— Je suppose, concéda-t-il.

— Ah. Voilà que vous supposez. Bientôt, vous imaginerez…

Et plantant son regard dans celui du capitaine, la mère de Vaussambre leva la lettre du Cardinal et, lentement, ostensiblement, elle la déchira par le milieu.

*

La Fargue revint bouillant de rage à l'hôtel de l'Épervier. Il traversa en trombe la salle d'armes où Saint-Lucq et Marciac attendaient, et s'engouffra dans le petit cabinet qu'il avait fait aménager pour son usage personnel. Laincourt arriva au moment où le capitaine refermait violemment la porte derrière lui.

Le battant claqua mais rebondit et resta entrouvert.

— LA GARCE ! hurla La Fargue.

Dans la grande salle meublée de bric et de broc, Marciac et Laincourt échangèrent un regard, le premier demandant : « C'est si grave ? », et l'autre répondant : « J'en ai peur. » Mais le jeune homme n'en savait guère plus, car le capitaine des Lames avait fulminé sans desserrer les dents sur le chemin du retour. Assis de profil dans le profond encadrement d'une fenêtre, Saint-Lucq tourna la tête vers le jardin.

Un instant d'hésitation passé, Marciac prit une inspiration, claqua des deux mains contre ses cuisses, se leva de sa chaise et alla toquer à la porte de La Fargue.

— Mouais ? entendit-il.

— C'est Marciac, capitaine.

— Entre.

Le Gascon obéit.

Après avoir tourné en rond en contenant l'envie de casser quelque chose, La Fargue venait d'ôter son chapeau et d'accrocher son baudrier. Il se laissa tomber dans son fauteuil, croisa les pieds sur son bureau et, respirant fort, la mine sombre, battit des doigts une chamade de très mauvais augure sur son accoudoir.

— La Vaussambre s'est moquée de moi, lâcha-t-il d'une voix blanche. (La chamade cessa subitement.) Elle ne m'a reçu que pour me manifester son mépris et souligner mon impuissance. Elle sait que je ne puis rien obtenir d'elle sans qu'elle le souhaite, et elle ne s'est pas retenue de me le laisser entendre. Peu lui importe que je serve le cardinal de Richelieu. Ou le roi. Ou le pape. D'ailleurs, elle n'a pas été longue à me renvoyer, au prétexte que Sa Majesté la réclamait en urgence au Louvre.

— Ce qui est fort possible, dit Laincourt.

Il se tenait désormais sur le seuil, tandis que Marciac s'était assis devant le bureau en prenant le seul autre siège du modeste cabinet. Saint-Lucq, dont les sens étaient supérieurs à ceux du commun des mortels, pouvait tout entendre d'où il était dans la salle d'armes. Il avait baissé les paupières derrière ses bésicles rouges et semblait somnoler.

— Il est question que la mère de Vaussambre soit bientôt admise à siéger au Conseil, précisa Laincourt.

— C'est pourtant vrai, fit La Fargue en fronçant les sourcils.

— La situation est grave. Le peuple a peur et le

Parlement réclame que les Châtelaines soient rappelées aux affaires, comme elles le furent déjà naguère. Certains seraient même d'avis de leur confier les clés du royaume, si cela pouvait débarrasser la France des dragons.

– Pour l'heure, intervint Marciac, je me moque bien que la Vaussambre soit faite papesse ou sultane. Que vous a-t-elle dit d'Agnès, capitaine ?

– Rien, dut avouer le capitaine des Lames. Non plus que de Ballardieu… Mais elle sait quelque chose, j'en suis convaincu.

Dans la pièce voisine, Saint-Lucq rouvrit les yeux une fraction de seconde avant que Guibot pousse la porte de la salle d'armes, puis entre en boitant sur sa jambe de bois. Il apportait une lettre qu'il se hâta de remettre au sang-mêlé.

Lequel demanda :

– De qui ?

– D'un garçon qui vient d'arriver sur un mulet, répondit le concierge. Il dit…

– Le mulet ? l'interrompit Saint-Lucq sans l'ombre d'un sourire.

– Non, le garçon… (Troublé, Guibot peina à retrouver le fil de sa pensée. Il observa le sang-mêlé d'un regard à la fois étonné et craintif, puis balbutia :) Il dit… Il dit être valet d'écurie à l'*Auberge du Lion couché*.

– Connais pas.

– C'est à Trappes.

Trappes n'était alors qu'un village des environs de Paris, où le vieux Guibot n'avait sans doute jamais mis les pieds. Saint-Lucq le considéra d'un œil intrigué.

– C'est lui qui me l'a dit, expliqua le concierge. Le garçon, précisa-t-il au cas où.

Le sang-mêlé acquiesça et laissa tomber :

— Merci.

Se sachant congédié, Guibot s'inclina, mais demanda :

— Et pour la réponse ?

— Merci, Guibot.

Le vieil homme s'en fut en se disant que le garçon pouvait bien attendre un peu, ou s'en retourner à Trappes sur sa mule comme il était venu. Après tout, il avait, lui, Guibot, d'autres sujets de préoccupation. Et c'est le front barré d'un pli soucieux qu'il referma la porte, en se demandant encore si Saint-Lucq plaisantait lorsqu'il avait demandé si le mulet avait parlé.

La lettre était simplement adressée à : « Hôtel de l'Épervier. Rue Saint-Guillaume. Faubourg Saint-Germain. » Saint-Lucq l'ouvrit, la lut et leva un sourcil circonspect.

Or donc, Ballardieu était vivant.

*

Ils arrivèrent couverts de poussière et trempés de sueur, sur des chevaux fatigués d'avoir soutenu un grand trot depuis Paris. La Fargue fut le premier à sauter de selle dans la cour du *Lion couché*. Marciac, Laincourt et Saint-Lucq l'imitèrent aussitôt, et tous entrèrent dans l'auberge. Si le fracas des sabots de leurs montures avait attiré tous les regards vers les fenêtres, leur irruption fit taire toutes les bouches.

Un homme d'une cinquantaine d'années, au front dégarni et aux joues molles, portait un tablier sur son ventre replet. Qui pouvait-il être, sinon le patron ?

— Je m'appelle La Fargue, lui dit le capitaine des Lames en montrant la lettre arrivée une heure plus tôt à l'hôtel de l'Épervier. Où est-il ?

D'un index incertain, l'aubergiste désigna l'escalier

et, plus généralement, l'étage supérieur, où sans doute étaient les chambres. Les quatre hommes grimpèrent les marches quatre à quatre, dans un cliquetis d'éperons et un martellement de bottes ferrées qui résonna bientôt au plafond. Ils trouvèrent Ballardieu assis dans un lit à la troisième porte qu'ils poussèrent. La tête bandée et les joues mangées par une vilaine barbe, le vieux soldat afficha un sourire qui effaça la fatigue de son visage buriné.

*

Il fallut écourter les embrassades dont Ballardieu était prodigue. Puis, comme il se portait aussi bien qu'on pouvait l'espérer en dépit d'une grande fatigue, d'une soif de tous les diables et d'une faim pantagruélique, La Fargue lui fit raconter son histoire tandis qu'il dévorait omelette, pâté et jambon en vidant bouteille sur bouteille. C'était un spectacle assez impressionnant, Ballardieu ayant un appétit d'ogre au naturel. Il fallut néanmoins chasser la servante qui apportait les victuailles. Atténué par un sourire de Laincourt, un regard de Saint-Lucq y suffit, et l'on referma la porte de la chambre, au grand regret des curieux entassés derrière l'aubergiste dans l'escalier.

Ainsi, Agnès et Ballardieu étaient partis pour l'abbaye du Mont-Saint-Michel sur la foi d'une lettre de la mère de Cernay, l'ancienne supérieure générale des Sœurs de Saint-Georges. La jeune baronne de Vaudreuil espérait y trouver des renseignements au sujet d'une expédition secrète en Alsace, expédition à laquelle avait participé François Reynault d'Ombreuse, lieutenant aux Gardes noirs et fils du marquis d'Aubremont.

– Or c'est précisément depuis cette mystérieuse

équipée que Reynault a cessé de donner de ses nouvelles, précisa Ballardieu entre deux bouchées.

— À la grande inquiétude de son père, dit La Fargue. Et sans que les Châtelaines consentent à lui donner la moindre explication. Sais-tu qui Agnès allait rencontrer au Mont-Saint-Michel ?

— Une sœur châtelaine qu'elle connaissait du temps où elle faisait son noviciat.

— Le nom de cette sœur ?

Le vieux soldat réfléchit, mais dut avouer :

— Non, je l'ai oublié.

— Pas grave. Continue.

Ils avaient profité de la nuit pour agir. Tandis qu'Agnès entrait secrètement dans l'abbaye grâce à une complicité, Ballardieu était resté au pied du rocher, dans la baie, à garder les chevaux. Mais une inquiétude l'avait pris. Il avait alors emprunté le même escalier que la jeune femme et s'était à son tour introduit dans l'abbaye.

— Et c'est là que l'alerte fut donnée.

— Par ta faute ? demanda Marciac.

— Non ! Mais j'ai vite compris que la gamine avait des ennuis.

Ballardieu ne raconta pas comment il avait volontairement attiré sur lui les poursuivants d'Agnès. Il en vint rapidement au moment où, acculé, il avait été blessé d'une balle à l'épaule et avait basculé dans le vide.

— J'espère qu'Agnès n'a pas assisté à ça, dit-il d'un air désolé. Parce que sinon, elle doit me croire mort, la pauvre petite…

— Mais tu ne sais donc pas ce qu'il est advenu d'Agnès, commenta La Fargue.

— Pas vraiment. M'est avis qu'elle est gardée prisonnière dans l'abbaye. (Et voyant les regards inquiets que les autres échangeaient, il comprit et s'insurgea :) Eh là ! Pas de ça ! Agnès est vivante ! Je le saurais, s'il lui était arrivé quelque chose...

— Comment ? demanda Laincourt.

— Je le saurais, articula le vieux soldat en détachant toutes les syllabes d'un air buté.

— Soit, intervint le capitaine des Lames. Considérons pour l'heure qu'Agnès est vivante et retenue prisonnière au Mont-Saint-Michel. Mais toi, Ballardieu, que t'est-il arrivé ensuite ?

L'intéressé but une grande gorgée de vin.

— Eh bien je peux vous assurer qu'elle est drôlement haute, cette abbaye. Et même qu'on ne se rend pas compte à quel point elle est haute tant qu'on n'a pas dégringolé de ses murs.

Sa chute avait été douloureusement amortie par les ramures de la futaie qui couvrait le versant nord du mont. Pour le reste, il devait de ne s'être pas brisé les os à sa constitution taurine et, peut-être, à la chance proverbiale des ivrognes. Sa tête n'en avait pas moins brutalement heurté une pierre. Ainsi, c'est chancelant et hébété, mais craignant qu'on vienne s'assurer de sa mort, qu'il s'était hâté de dévaler la pente abrupte et rocheuse, s'appuyant aux arbres d'une main incertaine, agrippant des branches basses pour s'aider, trébuchant souvent, tombant parfois et se relevant toujours. Enfin il sortit de sous les frondaisons et foula le sol sablonneux de la baie.

— J'avais la tête qui tournait et je voyais trouble. Mais je savais que le jour se levait et que le temps m'était compté. Alors j'ai marché vers la côte. Ce qui n'était pas une excellente idée.

Car il n'avait pas songé aux grandes marées. La mer à l'assaut des terres le rattrapa, et les vagues qui d'abord lui battirent les mollets, puis les cuisses et les reins, eurent raison de ses dernières forces. Emporté, il s'évanouit.

— J'ai bien cru périr noyé. Mais mon heure n'était pas venue et je me suis échoué sur une plage, où je suis revenu à moi plus tard.

De ce qui s'ensuivit, Ballardieu n'avait que des souvenirs épars. Hébété et presque délirant, les oreilles bourdonnantes et le sol tanguant sous son pas lourd, il avait marché, écrasé par un soleil terrible qui l'aveuglait, sans savoir où il allait. Erra-t-il longtemps ?

Il finit par s'effondrer, et se réveilla dans un lit.

— Des paysans m'avaient trouvé dans un fossé et confié au curé de leur village. Ce saint homme pansa mes blessures, me soigna et me veilla jusqu'à ce que je revienne à moi. J'étais faible et affamé, mais j'étais sauvé.

Seul, il ne pouvait rien pour Agnès. Il lui fallait donc retourner au plus vite à Paris et, sans attendre d'être totalement remis, il reprit la route sur une vieille mule que le curé eut la bonté de lui céder contre la promesse d'un paiement prochain. Car Ballardieu avait tout perdu lors de son échappée : ses armes, sa bourse et même ses bottes.

— Pour ce qui est de mes bottes, commenta-t-il, je me demande si elles ne chaussent pas à présent l'un des paysans qui me portèrent chez le curé. Enfin, ne dit-on pas que tout travail mérite salaire ?

Parce qu'il ne la ménagea pas, la pauvre mule mourut près de Trappes après quatre jours d'un voyage épuisant, et qu'il fit le ventre vide ou presque.

— Et me voilà. Le reste se devine... Mais au fait, où est ce triste sire d'Almadès ? L'avez-vous laissé à Paris ? Et Leprat ?

*

Les Lames prirent bientôt la route de Paris, au petit trot sous un grand soleil, Ballardieu chevauchant une monture louée. Ils restèrent silencieux, par respect pour le vieux soldat dont des larmes difficilement contenues avaient troublé le regard quand il avait appris la mort d'Almadès et ses terribles circonstances.

— Un dragon, marmonnait-il parfois, incrédule et peiné. Brûlé vif par un dragon…

Enfin, alors qu'ils dépassaient les premières maisons du faubourg Saint-Germain, Laincourt lui demanda :

— Pourquoi ne pas avoir écrit ? Une lettre aurait voyagé plus vite que vous…

— Mais je l'ai fait !

— Nous n'avons rien reçu, indiqua La Fargue par-dessus son épaule.

— Ma lettre se sera perdue…

— Ou elle arrivera tantôt. Peu importe, désormais.

Ballardieu piqua des talons pour se mettre à la hauteur de son capitaine.

— Il faut secourir Agnès, capitaine. Et lorsque ce sera fait, il faudra venger Almadès.

— Crois-m'en, Ballardieu, je n'aurai de cesse qu'Agnès soit libre. Mais la mère de Vaussambre nous est hostile et je n'imagine pas prendre d'assaut le Mont-Saint-Michel.

À présent, ils remontaient au pas la rue du Chasse-Midi, vers la place de la Croix-Rouge.

— Et Richelieu ? insista Ballardieu.

— Il n'y a guère à espérer du Cardinal, avoua La Fargue.

— Reste la mère de Cernay ! Elle a de l'affection pour Agnès et ne porte guère la Vaussambre dans son cœur. Elle nous aidera, elle ! Elle l'a déjà fait !

— Sais-tu où la trouver ?

Le vieux soldat se rembrunit.

— Non, avoua-t-il. Je sais seulement qu'elle réside non loin de Paris. Agnès n'a pas été longue à revenir, quand elle est allée la trouver dernièrement.

— Impossible d'aller frapper aux portes de tous les couvents et de toutes les retraites et autres seigneuries que les Châtelaines possèdent dans la région, intervint Marciac.

— Une semaine n'y suffirait pas, dit Saint-Lucq.

— Et pour quel résultat, sinon celui d'alarmer la Vaussambre ? renchérit le Gascon avec regret.

À ces mots, une lueur s'alluma dans le regard de La Fargue.

*

Les Messageries Gaget étaient situées rue de Gaillon, au débouché de la rue des Moineaux, non loin de la butte Saint-Roch et de ses pittoresques moulins à vent. Leur propriétaire exerçait son activité avec un privilège royal depuis quelques années déjà et se trouvait donc être le seul, à Paris, à pouvoir user de dragonnets dressés pour porter des lettres jusqu'à Reims ou Rouen, Amiens ou Orléans, voire jusqu'à Lille, Rennes ou Dijon. Les services des Messageries Gaget étaient plus chers, mais aussi plus sûrs et plus rapides que ceux des postes et courriers ordinaires.

Ce soir-là, Urbain Gaget se tenait avec un air de grande satisfaction à l'ombre de la tour circulaire qui, percée de rangées d'ouvertures en demi-lune, abritait ses dragonnets voyageurs. Mince et grisonnant, assez bel homme, il était vêtu en bourgeois. Indifférent à l'activité qui l'entourait dans la cour de ses messageries, il regardait les cinq vyvernes enchaînées qu'il avait acquises récemment. Il s'apprêtait, grâce à elles, à élargir le champ de ses activités. Certes, son affaire était florissante et le resterait tant que le privilège royal protégerait son monopole, privilège qu'il devait à la confiance du cardinal de Richelieu. Mais les ministres passent et les rois meurent. De plus, Gaget était un entrepreneur dans l'âme et ses messageries avaient commencé de l'ennuyer dès qu'elles étaient devenues prospères. Il était temps de relever un nouveau défi.

Après avoir donné quelques ordres aux soigneurs des grands reptiles, Gaget s'en retourna satisfait dans son cabinet en demandant qu'on ne le dérange pas. Mais il avait à peine refermé la porte qu'une voix le fit se retourner d'un bond.

— Pour quoi, les vyvernes ? demanda Saint-Lucq.

Le sang-mêlé était adossé, les bras croisés, dans un coin d'ombre.

Le reconnaissant, l'autre poussa un soupir et, sur le ton du reproche, lâcha :

— Seigneur ! Mais d'où vient que vous vous glissez toujours ainsi chez moi ? Un jour, vous me ferez mourir.

— Je n'aime pas frapper aux portes. Et puis, souhaitez-vous vraiment que l'on me voie frapper à la vôtre ?

— Non… Non, bien sûr que non, admit Gaget à contrecœur.

Il s'assit.

— Alors ? Pour quoi, les vyvernes ? insista Saint-Lucq. C'est nouveau.

— Eh bien puisqu'il se trouve des voyageurs pour louer des chevaux…

Le sang-mêlé acquiesça : il avait compris.

— Mais tout le monde ou presque sait monter à cheval, objecta-t-il. Et quand on ne sait pas, on peut encore espérer tomber sans se faire trop de mal. Tandis qu'à dos de vyverne…

— Mes bêtes sont les plus placides qui se puissent trouver. En outre, l'on peut monter à deux, mes vyverniers guidant.

— Quand commencerez-vous ?

— Bientôt. Tout est prêt.

— C'est bon à savoir.

Gaget préféra ne pas relever.

Le privilège royal qui avait fait sa fortune n'allait pas sans quelques contreparties, car Richelieu avait très tôt compris comment employer utilement ce service de messagerie par dragonnets. De là les courriers qu'il fallait parfois transporter en urgence et sans poser la moindre question. De là les plis qui faisaient un rapide détour par le Palais-Cardinal avant d'arriver à destination. Et de là Saint-Lucq qui, du temps où il continuait à servir Son Éminence après la dissolution des Lames, venait très discrètement prendre ses ordres ici.

Gaget ne doutait pas qu'un jour ou l'autre ses vyvernes de louage seraient mises à contribution. Mais il n'eut pas le loisir d'y songer plus longtemps, Saint-Lucq lui demandant :

— Combien, pour porter un message ?

— Cela dépend. Où faut-il le remettre ?

— Dans les environs de Paris.

— Les environs de Paris ? Mais ce n'est pas une destination, ça !

— À la vérité, il y a plusieurs destinations dont j'ai ici le détail.

Le sieur Urbain Gaget ouvrit de très grands yeux en parcourant la liste que le sang-mêlé déplia sous son nez.

— Vraiment ? demanda-t-il, incrédule.

— Vraiment.

— À votre guise. Mais mes dragonnets ne voyagent plus que la nuit. Il y a trop d'imbéciles qui les prennent pour cibles, ces derniers temps.

*

Les premiers dragonnets de Gaget s'envolèrent juste après le crépuscule, puis d'autres suivirent, nombreux, jusqu'à minuit passé. Tous arrivèrent à destination et, dès le lendemain matin, dans l'Enclos du Temple, le comte d'Orsan demanda audience à la supérieure générale des Châtelaines. Mince, les traits fins et l'œil sombre, il portait l'habit noir et le plastron de cuirasse de la compagnie des gardes de Saint-Georges, dont il était le capitaine à trente ans. La mère de Vaussambre le fit entrer aussitôt et reçut de sa main une lettre décachetée qui ne lui était pas adressée et dont elle découvrit le contenu en fronçant le sourcil.

— Eh bien ? fit-elle en relevant les yeux.

— D'autres, identiques à celle-ci, ont été envoyées cette nuit à tous nos couvents, fiefs et domaines d'Île-de-France.

La supérieure générale des Châtelaines relut le pli :

« À la mère supérieure de Cernay,

Agnès est retenue prisonnière au Mt-St-Michel. Aidez-nous si vous le pouvez.

La F. »

— Faut-il que le capitaine La Fargue soit désespéré pour tenter pareille manœuvre, constata-t-elle avec un demi-sourire. Cela lui ressemble assez peu… Décevant.

— C'est une manœuvre qui pourrait rencontrer un certain succès, ma mère.

— Croyez-vous ? s'amusa la mère Thérèse de Vaussambre. Admettons que l'une de ces lettres parvienne à la mère de Cernay. Ou même qu'on lui en rapporte la matière… Et après ? Que peut-elle ? Rien. Strictement rien.

— La mère supérieure de Cernay jouit encore d'une certaine influence.

— A-t-elle comme moi l'oreille du roi ? Est-ce elle que le Parlement veut voir entrer au Conseil ?

D'Orsan esquissa une révérence.

— Certes non, ma mère…

Un instant songeuse, la supérieure générale des Sœurs de Saint-Georges joua distraitement avec la lettre décachetée.

— Ce message m'inquiète cependant sur un point, dit-elle.

— Lequel ?

— La Fargue sait désormais que nous retenons Marie-Agnès, et il sait même où. Voilà qui est nouveau et doit nous donner quelque motif d'inquiétude. Qui peut l'avoir renseigné ? Et que fera-t-il lorsque sa dérisoire tentative d'en appeler à la mère de Cernay n'aura mené à rien ?

Voyant que la mère de Vaussambre réfléchissait, le capitaine des Gardes noirs se tut.

— Déplacez Marie-Agnès, ordonna-t-elle. Au plus tôt et au plus vite. Ce n'est pas à la mère de Cernay que ce message était destiné, mais à moi. La Fargue savait que l'une de ces lettres me parviendrait. Il veut endormir ma méfiance. Il veut que je l'imagine se perdre en vaines entreprises. Mais ce cher capitaine n'est pas homme à perdre la tête et à tirer une mousquetade dans le noir. Soyez sûr qu'en ce moment il œuvre très utilement. Peut-être même prépare-t-il l'évasion de Marie-Agnès. Cela serait assez dans sa manière…

— Oserait-il ?

— Oui. Et connaissant l'homme, il pourrait même réussir.

— Où souhaitez-vous que l'on emmène la baronne de Vaudreuil ?

— La Tour me semble particulièrement propice à l'accueillir, désormais.

D'Orsan hésita un bref instant, mais s'inclina :

— À vos ordres.

Une fois seule, la supérieure générale des Châtelaines alla à sa fenêtre et pensa à La Fargue. Elle se demanda quel coup lui préparait ce vieux cheval de guerre sur le retour, convaincu qu'il était d'avoir trompé son monde, convaincu qu'il était d'avoir repris l'avantage.

Elle sourit.

*

Rue des Francs-Bourgeois, le capitaine La Fargue découvrit l'hôtel d'Aubremont en plein déménagement. L'usage était à l'époque de voyager avec ses meubles et, la Cour quittant bientôt Paris, le maître des lieux se préparait à regagner ses terres. Celles-ci se trouvaient d'ailleurs non loin du château de Saint-Germain, où le roi se retirait comme chaque année à la même époque, loin de l'atmosphère viciée de la capitale.

Le marquis d'Aubremont reçut La Fargue dans son cabinet particulier, une pièce agréablement décorée dont les deux fenêtres à petits carreaux en losanges regardaient le jardin. Par là entrait la lumière, découpée et cristalline.

Les deux hommes échangèrent une amicale poignée de main, avant que le marquis propose un siège au capitaine, qui refusa.

— Je ne reste pas, dit-il.

D'Aubremont fronça les sourcils.

— Est-il question de notre affaire ?

— Oui. Et plus particulièrement d'Agnès.

— La baronne de Vaudreuil ? Sais-tu ce qu'il est advenu d'elle ?

— Nous le savons presque certainement.

La Fargue hésita, regarda en direction de la porte close, prit le marquis par le coude pour l'en écarter et, à voix basse, dit :

— Nous pensons qu'Agnès est retenue prisonnière par les Sœurs de Saint-Georges, sur ordre de la mère de Vaussambre. Sans doute a-t-elle percé un secret. Un secret d'importance que les Châtelaines ne veulent pas voir révélé et qui concernerait votre fils… Quoi qu'il en soit, Agnès vit et doit être secourue.

— Je vous ai promis mon aide, Étienne. Je vous la propose encore.

— C'est précisément la raison de ma venue. Il y a seulement quelques jours que je vous dissuadais d'user de votre rang pour faire appel au roi, n'est-ce pas ?

— Oui, en effet. Vous m'en avez convaincu.

— J'ai eu tort.

*

Peu après, en sortant de l'hôtel d'Aubremont, La Fargue rencontra Saint-Lucq qui l'attendait à l'ombre d'un porche. Le sang-mêlé revenait du quartier du Temple — ou du quartier des Châtelaines, tel qu'on l'appelait volontiers désormais.

— Alors ? demanda-t-il.

— Le marquis nous aidera, indiqua La Fargue. Et de ton côté ?

— J'ai trouvé.

*

L'après-midi finissant, Laincourt retrouva Marciac et Ballardieu dans le jardin de l'hôtel de l'Épervier. Ils étaient à l'ombre du châtaignier, parlant peu. Les mains réunies sous sa nuque, le Gascon était allongé sur le banc étroit, paupières closes, un brin d'herbe à la bouche. Ballardieu, lui, était aussi vautré qu'on peut l'être sur une chaise sans en tomber, un bras passé par-dessus le dossier et une botte posée sur un tabouret. Il s'enivrait lentement de vin blanc. Trois pichets de grès gisaient sur la vieille table blanchie, et il buvait au bec d'un quatrième en fixant d'un œil maussade un point lointain devant lui.

— Êtes-vous bien allant ? lui demanda Laincourt en s'asseyant.

Le visage du vieux soldat s'anima.

— Mais oui. Merci.

— Je m'en réjouis.

— Oh, il ne fallait vous inquiéter de rien. Je suis de ceux qu'une bonne nuit de sommeil remet de toutes les fatigues.

La vérité était qu'il avait assez bonne mine, avec sa barbe désormais propre et bien taillée, son regard vif et son franc sourire. Et il émanait toujours de lui cette même impression de force et de densité.

— Ainsi, enchaîna-t-il, vous voilà désormais des nôtres.

Laincourt baissa les yeux sur la chevalière à son doigt et dit :

— Ma foi…

— Je m'en réjouis. Et pas seulement pour la raison que nos rangs s'éclaircissent.

— Merci.

— La mort d'Almadès. Le départ de Leprat… Sait-on seulement pourquoi il est parti, celui-là ?

Laincourt haussa les épaules.

— Il a repris la casaque, annonça Marciac, toujours allongé sur son banc et les paupières encore closes.

— Ce n'est pas une assez bonne raison, objecta Ballardieu.

— Il est malade de la ranse.

— Idem. Et d'ailleurs, si la ranse ne lui interdit pas d'être aux mousquetaires…

Le Gascon n'ayant rien à répondre à cet argument, les trois hommes restèrent silencieux.

Jusqu'à ce que Marciac déclare :

— Je voudrais qu'Agnès soit là.

Les deux autres échangèrent un regard intrigué.

— À l'évidence, grommela Ballardieu dont l'inquiétude s'était réveillée.

— Je voudrais qu'Agnès soit là, reprit Marciac, car je pourrais lui confier combien Gabrielle me manque. Vous ai-je déjà parlé de Gabrielle, Laincourt ?

Le vieux soldat leva les yeux au ciel.

La belle Gabrielle dirigeait une maison close rue Grenouillère. Elle était l'unique amour de Marciac, qui cependant multipliait les aventures.

— Je crois, répondit Laincourt, que vos conquêtes sont les seules à qui vous ne parlez point de votre maîtresse.

Ballardieu ne put retenir un hoquet amusé.

Alors Marciac se redressa sur un coude et, se tournant vers le jeune homme, s'enquit :

— Vous moquez-vous ?

— Un peu, oui.

Le Gascon parut peser le pour, le contre, la pertinence de la moquerie et sa drôlerie. Et comme il était beau joueur, il s'étendit de nouveau sur le dos et demanda :

— A-t-on seulement reçu une réponse à ces nombreux messages qui vidèrent notre cassette ?

— Rien, je crois, n'est encore revenu des Messageries Gaget. Et Saint-Lucq, qui pourrait vous répondre, semble avoir disparu.

— Il faudra vous accoutumer aux absences aussi soudaines que mystérieuses de ce cher Saint-Lucq. Elles sont dans sa manière... En revanche, ces lettres envoyées comme autant de bouteilles à la mer, elles, ne sont pas dans la manière de La Fargue. C'est une tentative bien maladroite.

— Que faire d'autre ? Nous ne pouvons tenter un coup de force. Car même si nous réussissions, la mère de Vaussambre pourrait se plaindre au roi et nous faire arrêter. Or je doute que le Cardinal prendrait notre défense, considérant qu'il a interdit que nous déplaisions aux Châtelaines... De surcroît, même si c'est un point de droit qui se pourrait disputer, il est possible que la baronne de Vaudreuil...

— Appelez-la donc Agnès.

— Il est possible qu'Agnès soit retenue le plus légitimement du monde.

— Pardon ? s'étonna Ballardieu.

— Les Sœurs de Saint-Georges ont droit de haute, moyenne et basse justice en leurs fiefs et domaines, lui rappela Laincourt. Votre affaire est du ressort de la justice des Châtelaines, devant laquelle la bar... devant laquelle Agnès aurait à répondre de bien des accusations.

— Seriez-vous homme de loi ? demanda le vieux soldat avec méfiance.

Les avocats souffraient d'une mauvaise réputation. On les considérait comme des maîtres de la chicane ne cherchant qu'à prolonger les procédures et à multiplier les actes, afin de gagner le plus d'argent possible sur le dos de leurs clients. C'était assez mérité.

— J'ai manqué l'être de peu… Reste que si nous nous en prenions ouvertement aux Sœurs de Saint-Georges, c'est devant leurs tribunaux que l'on nous traînerait, et non devant ceux du roi.

— N'empêche, décréta Marciac, ces lettres n'auront d'autre effet que d'alarmer la Vaussambre.

— Peut-être est-ce le but recherché…

— On gagne rarement à donner des coups de pied dans une fourmilière.

— Sinon des fourmis dans les chausses, précisa Ballardieu qui, à cette idée, se découvrit une démangeaison mal placée.

L'arrivée de La Fargue interrompit ces considérations.

Enfourchant une chaise tournée le dossier devant, le capitaine accepta le pichet que lui tendait Ballardieu et le vida en trois gorgées. Puis il s'essuya la bouche d'un revers de manche, lissa sa barbe rase et, durant quelques secondes, considéra d'un air grave les trois autres qui, attentifs, impatients, attendaient.

— J'ai un plan, dit-il enfin. Mais il va falloir me faire confiance.

*

— Pour vos yeux, madame, avait-il dit de sa voix douce. Seulement pour vos yeux.

Les deux geôliers s'étaient comportés comme d'ordinaire, celui qui tenait la torche restant à la porte tandis que l'autre entrait dans le cachot. Cette fois-ci, cependant, ils ne venaient pas lui apporter son repas.

Aussi, Agnès avait-elle eu un mouvement de recul lorsque l'homme s'était penché sur elle.

— Pour vos yeux, madame. Seulement pour vos yeux.

Bien qu'affaiblie, elle s'était raidie. Mais elle avait laissé le geôlier lui passer un bandeau sur les yeux. Puis il l'avait aidée à se relever et l'avait menée hors du cachot, par des couloirs, des escaliers et des portes qu'elle ne pouvait voir.

Elle comprit lorsqu'elle sortit à l'air libre, en plein soleil, sur une haute terrasse de l'abbaye du Mont-Saint-Michel. Le tissu était mince. Elle voyait presque à travers, dans l'éblouissante et chaude clarté d'un jour radieux. Le bandeau était donc destiné à empêcher la lumière de l'aveugler douloureusement, après les longs jours qu'elle avait passés dans le noir.

— Merci, murmura-t-elle au geôlier.

Elle regretta aussitôt ce mot qui avait franchi malgré elle la barrière de ses lèvres et de sa résistance.

— Adieu, madame.

D'autres mains l'agrippèrent, plus brutales celles-là, des mains de soldat. On lui attacha les poignets devant elle. Obligée d'avancer, elle dut résister à un mouvement instinctif, celui de se retourner désemparée vers son geôlier qui — supposait-elle — la regardait s'éloigner, tel un amoureux assistant impuissant et malheureux au départ de sa belle. Elle se contrôla, devina que les hommes qui l'emmenaient étaient des gardes noirs. Mais qui l'emmenaient où ? Et pourquoi ?

Elle entendit les vyvernes avant de distinguer leurs silhouettes. Paisibles, les reptiles ailés attendaient. On lui fit enfourcher l'un d'eux et prendre place sur le deuxième siège d'une selle double. Elle savait que ces selles avaient des poignées de cuir pour le passager et, les ayant trouvées à tâtons, elle les saisit fermement tandis qu'on lui passait les pieds dans les étriers. Un homme monta devant elle et prit les rênes.

– Tenez-vous, dit-il.

Et bientôt la vyverne volait.

Après les étouffantes et profondes ténèbres de son cachot, Agnès s'abandonna d'abord à une forme d'ivresse bienheureuse dans les airs, bercée par les lents battements d'ailes de la vyverne qui l'emportait. Puis le temps lui parut long et, gagnée par la curiosité, elle releva son bandeau sur son front. Le garde noir qui dirigeait leur vyverne s'en aperçut d'un coup d'œil jeté par-dessus son épaule, mais il ne dit rien. Elle songea à tenter quelque chose contre lui, pour finalement y renoncer. L'homme n'était pas armé, cependant que trois autres vyvernes les escortaient, toutes montées par des gardes noirs qui, eux, avaient l'épée au côté et, surtout, une paire de pistolets, chacun dans leurs fontes.

Alors Agnès prit son mal en patience et s'abîma dans la contemplation du paysage. Ils allaient vers l'ouest.

Peut-être vers Paris.

Ils volèrent jusqu'au soir et se posèrent dans la cour d'une grande abbaye fortifiée des Châtelaines. Là, sans que l'on cesse jamais de la surveiller, Agnès put se laver, se changer et se restaurer. Elle ne refusa pas le repas qu'on lui proposa, consciente que sa situation avait évolué et qu'elle pourrait avoir besoin de ses forces bientôt. Elle s'obligea cependant à ne pas dévorer et allongea beaucoup son vin, de crainte de se rendre malade. Personne ne lui adressa la parole et elle ne posa aucune question. Certaines lui brûlaient pourtant les lèvres.

Le lendemain, après une bonne nuit de sommeil dans un vrai lit et une collation prise dans le réfectoire désert, Agnès eut de nouveau les poignets entravés et dut grimper dans un lourd fourgon attelé qui ressemblait à un gros coffre. Il n'était d'ailleurs rien d'autre que cela : un solide coffre en chêne massif, bardé de fer et monté sur roues, destiné au transport de valeurs. On entrait à l'arrière, en se pliant en deux, par une porte renforcée munie de deux grosses serrures et d'un petit guichet coulissant. À l'intérieur, une malle-forte en fer était rivée au plancher contre la paroi du fond.

Agnès s'assit sur la malle, dos au sens de la marche et face à la porte que l'on referma sur elle, ce qui la plongea dans l'obscurité. Elle entendit que l'on donnait un tour de clé dans chaque serrure, vit le guichet s'ouvrir et rester ainsi, sans doute pour laisser entrer un peu d'air et de lumière. Puis le fouet du cocher claqua et le fourgon s'ébranla, escorté par cinq gardes noirs à cheval.

Peu après, le convoi s'éloignait au grand trot sur une route poussiéreuse, dans la lumière crue d'un soleil déjà brûlant.

*

Antoine Leprat, chevalier d'Orgueil, déjeunait seul dans une modeste auberge proche de l'hôtel de Tréville, rue du Pot-de-Fer. Des volailles — dont la graisse tombait en gouttes jaunes — cuisaient à la broche dans la cheminée, sur la margelle de laquelle des soupes et des ragoûts mijotaient sous les couvercles de petits faitouts noirs. Quelques tables étaient disposées devant l'âtre. Deux sœurs assez âgées, veuves l'une et l'autre, tenaient l'établissement. Elles cuisinaient et faisaient le service. L'ambiance était calme et intime, la clientèle se composant essentiellement d'habitués. La cave était médiocre mais l'on mangeait assez bien. La lumière, ainsi que le bruit, entrait chichement.

— Vous permettez ?

Antoine Leprat leva le nez de son assiette et découvrit avec plaisir un gentilhomme d'une quarantaine d'années, dont la belle allure et la calme prestance indiquaient — sans erreur possible — qu'il était grand seigneur. On ne connaissait pourtant pas sa véritable identité, seulement le nom de guerre sous lequel il portait la casaque bleue des mousquetaires de la Garde.

— Athos ! se réjouit Leprat en se levant.

Ils échangèrent une chaleureuse poignée de main et s'assirent l'un en face de l'autre.

— C'est… tranquille, ici, dit Athos en considérant d'un regard égal la médiocrité de l'endroit.

Leprat sourit.

— Il est des endroits plus charmants à Paris, et même dans le seul faubourg Saint-Germain, je vous l'accorde. Mais ainsi que vous l'avez dit, c'est tranquille… Et d'ailleurs, comment saviez-vous où me trouver ? Je ne suis jamais venu ici que seul.

Plutôt que de répondre, Athos, un demi-sourire aux lèvres, attendit que le chevalier devine, ce qui ne tarda pas.

— D'Artagnan, lâcha ce dernier.

— Que voulez-vous ? En devenant lieutenant, d'Artagnan n'est pas devenu un autre. Or il a toujours été d'un naturel extrêmement curieux. Il lui faut tout savoir. Les secrets ont sur lui l'effet de ces capes rouges que les Espagnols, on se demande bien pourquoi, agitent devant les museaux des taureaux. Soyez sûr qu'en vous voyant vous esquiver ainsi le midi et le soir, ce diable de Gascon n'a pu résister à la tentation de vous suivre. Il ne faut pas lui en vouloir.

— Je ne lui en veux pas. En outre, les habitudes que j'ai prises ici ne sont pas un secret.

On vint leur apporter un deuxième verre et un nouveau pichet de vin frais. Pourtant, ce ne fut pas l'une des deux sœurs qui les servit mais Grimaud, le valet d'Athos, auquel ce dernier avait appris à ne s'exprimer que par signes ou monosyllabes… et à devancer les désirs de son maître.

Le silencieux, zélé et très discret domestique s'en fut attendre à l'écart.

— Vos habitudes ici ne sont pas un secret, reprit Athos. Mais elles ne sont pas non plus un mystère pour qui connaît les mousquetaires de Sa Majesté… On vous bat plutôt froid depuis votre retour, n'est-ce pas ?

Leprat le regarda en songeant qu'il rentrait à peine d'un congé de plusieurs jours et semblait déjà tout savoir. D'Artagnan, sans doute. Restait que l'information était exacte : la compagnie n'avait pas réservé un accueil particulièrement chaleureux au chevalier d'Orgueil. Ceci à quelques courageuses démonstrations d'amitié près, et malgré la confiance que Tréville lui avait clairement manifestée en le réintégrant.

— J'ai la ranse, Athos. À quoi pouvais-je m'attendre d'autre ?

— D'évidence, le mal dont vous souffrez ne plaide pas en votre faveur. Et certains verront désormais en vous un monstre qu'ils préféreront mépriser plutôt que craindre. Aujourd'hui encore, beaucoup considèrent que la ranse frappe d'un sceau d'infamie. C'est ainsi. Il faut en prendre votre parti ou vous faire ermite…

Athos avait parlé d'une voix douce, ferme et posée, les yeux dans les yeux, comme un médecin qui ne cache rien à son patient d'un diagnostic irréfutable et terrible, et qui remise ses sentiments pour mieux dire les choses, sans néanmoins renoncer à toute compassion.

Il reprit.

— Pour autant, votre ranse n'est pas la cause première de votre présente impopularité. (Leprat lui adressa un regard intrigué.) Avez-vous songé que vous n'avez eu de cesse, dernièrement, de prendre et raccrocher votre casaque ? Or, si la plupart des mousquetaires de Sa Majesté se moquent bien que vous soyez malade, les mêmes ne tolèrent pas qu'on les rejoigne par défaut.

— Mais je ne..., commença à protester Leprat.

Athos l'interrompit en levant une main, en signe d'apaisement.

— Je sais. Mais c'est néanmoins l'impression que vous donnez. Aussi, suivez mon conseil et armez-vous de patience. Montrez que vous êtes mousquetaire et n'entendez pas y renoncer de sitôt. Êtes-vous bien résolu sur ce point ?

— Je le suis.

— En avez-vous vraiment fini avec la compagnie de M. de La Fargue ?

— Oui.

— Alors, portez fièrement la casaque et servez fidèlement. Le temps ne guérira pas votre maladie, mais il vous permettra de démontrer votre loyauté. Et surtout, surtout, évitez les mauvaises querelles que l'on pourrait vous faire.

Leprat croisa le regard d'Athos, et comprit que le gentilhomme ne lui avait pas donné ce dernier conseil par hasard.

*

Le fourgon qui emmenait Agnès arriva à Paris en fin d'après-midi.

Toujours entouré de son escorte de gardes noirs à cheval, il franchit la porte du Temple, emprunta la rue du même nom et bifurqua à gauche pour franchir le pont-levis qui enjambait un reliquat de fossé à l'entrée de l'Enclos du Temple, ou plutôt des Châtelaines. Il roula encore un peu, puis s'arrêta devant l'impressionnante Tour du Temple.

Tirée de la pénombre et de la chaleur étouffante du fourgon, Agnès, les poignets toujours entravés, chancela un peu en posant le pied par terre. Mais l'orgueil de la baronne de Vaudreuil prit aussitôt le dessus et, d'un brusque mouvement des épaules, elle se libéra des mains qui prétendaient la maintenir. Plissant les paupières dans la lumière vive, elle leva le regard sur la tour qui serait sa nouvelle prison. Ce donjon massif était l'un des lieux les plus sûrs de la capitale, au point que les rois de France y entreposaient jadis leur trésor. Agnès se demanda si elle devait se sentir flattée d'y être désormais enfermée.

Les gardes noirs la firent avancer.

Alors, ignorant si elle reverrait le soleil bientôt, Agnès regarda aussi loin qu'elle put, jusqu'aux maisons voisines de l'Enclos, au-delà des jardins et de la muraille crénelée. Des couvreurs travaillaient sur le toit de l'une d'elles et un ouvrier, sans doute intrigué par l'étrange fourgon qui venait d'arriver, regardait dans leur direction. Debout, il ôta son chapeau et s'essuya le front avec un mouchoir écarlate avant de se remettre à l'ouvrage.

C'était Ballardieu.

3

C'était la dernière soirée avant le départ pour Saint-Germain et le roi voulut la passer chez la reine avec quelques gentilshommes de sa suite. Les appartements du couple royal se jouxtaient au premier étage du Louvre, ceux de Louis XIII dans le bien nommé pavillon du Roi et ceux d'Anne d'Autriche dans l'aile méridionale du palais, c'est-à-dire celle regardant la Seine. Une seule porte les séparait. Pour autant, les visites du roi étaient rares. Celle-ci signifiait-elle que Sa Majesté désirait se rapprocher d'une épouse longtemps délaissée ? On voulut le croire, et l'on se prit à rêver d'un héritier pour le trône de France.

Ce qui devait être tout particulièrement commenté, cependant, fut la venue de la mère Thérèse de Vaussambre, supérieure générale des Sœurs de Saint-Georges. Certes, ce n'était pas la première fois qu'Anne d'Autriche et la mère de Vaussambre se rencontraient. Mais elles s'étaient seulement côtoyées lors de cérémonies officielles, à la fois contraintes et préservées l'une de l'autre par les rigueurs du protocole. Ainsi, elles n'avaient jamais échangé plus de trois mots sans y être obligées, et la supérieure générale n'avait jamais franchi le seuil de l'antichambre de la reine. Il était de notoriété publique qu'Anne détestait les Châtelaines au point de les tenir toutes à l'écart, même celles chargées de la protéger. Cette haine avait pour origine les terribles examens auxquels les Sœurs de Saint-Georges l'avaient soumise quand, jeune mariée, elle était venue rejoindre son époux en France. Elle n'avait alors que quatorze ans.

Anne d'Autriche devait d'être ainsi appelée à sa mère, Marguerite d'Autriche-Styrie, archiduchesse d'Autriche et princesse de Styrie. Mais elle était une infante espagnole, née Ana Maria Mauricia, fille du roi Philippe III d'Espagne. Or l'Espagne était particulièrement soumise à l'influence des dragons qui, là-bas, ne cachaient pas leur véritable nature, appartenaient pour certains à la haute aristocratie et occupaient d'éminentes fonctions. Il fallait donc s'assurer que la future reine de France était vierge de toute contagion, la ranse étant encore ce que les Châtelaines redoutaient le moins. De là les rituels qu'elles employèrent afin de sonder, une nuit durant, l'âme et le corps d'une adolescente terrifiée et humiliée qui, jamais, n'oublia.

Ce soir de juillet 1633, pourtant, la reine fit bon accueil à la mère de Vaussambre, ce qui plut au roi. On ignorait qu'elle payait le prix d'une faute qu'elle avait commise et que le plus grand secret entourait : craignant d'être stérile, elle avait espéré la guérison grâce à la magie et était tombée sous l'influence d'un membre de la Griffe noire, cette société secrète de dragons maléfiques. Rien n'avait transpiré de cette affaire, ses principaux protagonistes étant morts ou contraints au silence. D'où l'étonnement de ceux qui virent Anne d'Autriche tendre la main à la supérieure générale et lui adresser quelques mots aimables, dont on devina cependant qu'elle les récitait. Colportés et discutés, ces sourires ne trompèrent pas grand monde. Mais l'important était ailleurs : il s'agissait pour la reine de manifester sa soumission à Louis XIII qui, d'ailleurs, ne s'attarda guère après cela.

Quant à la mère de Vaussambre et aux Châtelaines, elles remportaient une immense victoire.

*

La Fargue attendit le crépuscule pour se rendre au Louvre. Ballardieu et lui chevauchèrent au pas, par le Pont-Neuf puis le quai de l'École, avant de bifurquer dans l'étroite rue d'Autriche. Le capitaine des Lames ne prononça pas un mot. Il était inquiet mais gardait le calme des grands généraux avant la bataille, conscient que ce qui allait se jouer – et se jouait peut-être déjà – ne dépendait plus de lui.

Certes, les messages portés par les dragonnets de M. Gaget avaient eu l'effet voulu : décider la mère de Vaussambre à déplacer Agnès et à la ramener auprès d'elle, à Paris. De même, le marquis d'Aubremont avait accepté de provoquer une confrontation capitale, au risque de baisser dans l'estime du roi. Mais pour le reste, La Fargue pouvait seulement compter sur le talent de ses Lames, sur l'orgueil de la supérieure générale des Châtelaines et sur la chance. Son plan était risqué. Il le savait et ne l'avait caché à personne. Il n'empêche, il se sentait responsable.

Et à raison.

Car si les choses tournaient mal, il ne serait pas épargné mais d'autres que lui seraient les premiers à en payer le prix.

*

La nuit tombait lorsqu'ils se reçurent souplement au pied de la muraille. Saint-Lucq en premier. Ensuite Laincourt et Marciac, celui-ci enroulant la corde et accrochant à sa ceinture le grappin qui leur avait permis d'escalader la haute enceinte crénelée. Ils étaient dans le grand jardin de l'Enclos du Temple. D'un doigt ganté, le sang-mêlé indiqua les trois sentinelles qui patrouillaient, le mousquet sur l'épaule, puis la porte et le mur qu'ils devaient franchir afin d'atteindre la Grande Tour. Laincourt et Marciac acquiescèrent.

Grâce à ses yeux de dragon, Saint-Lucq y voyait mieux que les deux autres dans la pénombre. Il passa devant. Pliés en deux, ils gagnèrent la porte à grandes enjambées silencieuses, en rasant la muraille avant de longer le mur. Ils durent un moment se tapir derrière une haie en retenant leur souffle, mais la sentinelle passa sans les repérer, son pas régulier s'éloignant d'eux lentement. La porte était fermée à clé, ainsi qu'ils s'y attendaient. Tandis que Saint-Lucq faisait le guet, Laincourt sortit de fins outils d'un étui en cuir et, observé par un Marciac admiratif, s'attaqua à la serrure. Elle céda bientôt. Les trois hommes franchirent le mur et s'empressèrent de refermer la porte sur eux : un autre garde approchait.

La Grande Tour du Temple était un solide donjon carré, flanqué aux angles de quatre tourelles rondes, haut d'une cinquantaine de mètres et coiffé d'un toit pyramidal qu'entourait un chemin de ronde en terrasse. Étroit et moins élevé, un bâtiment secondaire — la Petite Tour — était accolé à sa façade nord. Les étages des deux constructions ne communiquaient pas. Mais pour entrer dans la Grande Tour, il fallait traverser le rez-de-chaussée de la Petite, dont deux gardes noirs en faction surveillaient la porte cette nuit-là.

Ces gardes furent particulièrement étonnés de voir Marciac venir vers eux, en souriant le plus naturellement du monde. Cet instant de distraction suffit, avant que chacun sente le canon d'un pistolet contre sa tempe, l'un contre la droite et l'autre contre la gauche. Sans que Saint-Lucq et Laincourt cessent de les tenir en respect, le Gascon les désarma, jeta les épées et les mousquets à l'écart, mais conserva les pistolets.

— Si tu appelles, qui répondra ? demanda-t-il à mi-voix à l'un des gardes.

— Le portier.

— Alors appelle.

L'homme fit non de la tête.

— S'il te plaît, insista Marciac en lui élargissant douloureusement une narine avec le canon de son propre pistolet.

Sur la pointe des pieds, le garde frappa trois coups à la porte.

Après quelques instants, on demanda :

— Qu'est-ce que c'est ?

— C'est moi, répondit le garde. Louvet. Ouvrez.

— Mais…

— Ouvrez !

La porte à peine entrebâillée, Marciac força le passage et, bousculant le portier, le maîtrisa rapidement tandis que Saint-Lucq et Laincourt suivaient en poussant les deux gardes devant eux. Le rez-de-chaussée de la Petite Tour était obscur et silencieux. Effrayé, le portier avoua facilement que la prisonnière arrivée aujourd'hui se trouvait dans les soubassements de la Grande Tour. Il précisa qu'elle avait été fort bien traitée, mais cela ne le dispensa pas d'être assommé d'un coup de crosse. Sitôt ligotés et bâillonnés, les deux gardes eurent droit au même traitement.

— Et maintenant ? s'enquit Laincourt.

Marciac lui confia les pistolets pris à l'ennemi et lui dit :

— Tu gardes la porte. Nous, nous allons chercher Agnès.

Le jeune homme acquiesça.

— Ne traînez pas. Le temps nous est compté.

*

En sortant de chez la reine, la supérieure générale des Sœurs de Saint-Georges retrouva le capitaine de ses Gardes noirs dans la cour du Louvre. Aussitôt, celui-ci héla le carrosse blanc arrêté plus loin, et c'est avec un mince sourire de satisfaction contenue que la mère de Vaussambre vit son attelage approcher à la lumière des torches, sous des regards surpris et envieux. Le privilège d'entrer dans le Louvre en voiture était rare, et venait de lui être accordé par le roi qui, ainsi, lui manifestait publiquement son estime. Après le bon accueil que lui avait réservé la reine, cette soirée consacrait décidément son triomphe. Il ne manquait plus qu'elle soit admise au Conseil pour que l'ordre des Sœurs de Saint-Georges soit restauré dans toute sa gloire, et cela ne tarderait pas.

— La baronne de Vaudreuil est arrivée ce jour, indiqua discrètement le comte d'Orsan.

— Sans encombre ?

— Aucun, ma mère.

— C'est fort bien. Je lui parlerai demain et je ne doute pas de la ramener bientôt à la raison. Elle ne pourra rester sourde plus longtemps à l'appel de son destin.

Tiré par quatre chevaux, le carrosse s'immobilisa devant eux. Un valet bondit pour ouvrir la portière, un autre posa un marchepied par terre et le capitaine des Gardes noirs présenta son bras. S'y appuyant, la supérieure générale des Châtelaines grimpa dans l'habitacle. Puis, d'Orsan ayant refermé la portière, elle s'installa aussi confortablement que possible, baissa les paupières et attendit de se laisser bercer par les mouvements du carrosse.

Pour quitter la cour centrale de cette ancienne forteresse médiévale qu'était le Louvre, il fallait d'abord emprunter une voûte longue d'une douzaine de mètres. Elle perçait l'aile orientale du palais et débouchait, entre deux tours rondes, sur un pont-levis qui enjambait le fossé. Au-delà, une imposante porte fortifiée – la porte de Bourbon – défendait l'accès du pont depuis la rue d'Autriche. Le passage était étroit, particulièrement obscur sous la voûte et assez délicat au franchissement du fossé, où les voitures risquaient toujours de verser.

Le cocher roula au pas. La voûte s'emplit des échos des sabots frappant le pavé, après quoi l'attelage passa la herse levée et s'engagea sur le petit pont-levis. C'était là qu'un sergent des Cent-Suisses, essoufflé, rattrapa le carrosse et l'arrêta.

– Halte ! ordonna-t-il. Au nom du roi !

*

Le rez-de-chaussée de la Tour du Temple consistait en une grande salle communiquant avec l'escalier à vis logé dans l'une des tourelles d'angle et les petites pièces aménagées dans les trois autres. Quelques flammes brûlaient en veilleuse dans l'obscurité silencieuse de la grande salle, ainsi que dans l'escalier que Saint-Lucq et Marciac descendirent à pas feutrés, l'épée au poing. Ils connaissaient l'agencement général des étages, mais ignoraient à quoi s'attendre plus bas. Ils savaient seulement qu'Agnès y était retenue prisonnière.

Après une porte qui grinça à peine, ils découvrirent une salle ressemblant à un cloître. Délimitant une galerie dallée, des colonnes entouraient un espace carré dont le sol en terre battue était plus bas de six marches et dont le plafond en croisées d'ogives s'appuyait sur un pilier central. La galerie était plongée dans l'obscurité. En revanche, des lampes à huile éclairaient faiblement le milieu de la pièce, où l'on distinguait une table, un chevalet, des chaînes et des fers, une cage pendue et divers instruments de torture.

Sans se consulter, Marciac et Saint-Lucq se séparèrent, l'un empruntant la galerie par la droite et l'autre par la gauche. Bientôt, le Gascon se figea et tendit l'oreille. Il lui semblait entendre un… ronflement ? Il se retourna, chercha Saint-Lucq, ne le vit pas. Alors il approcha seul d'une petite porte et colla son oreille au battant. Oui, les ronflements venaient bien de là. Des ronflements énormes, tels que seul un homme abruti d'alcool peut en produire sans se réveiller lui-même.

Pour Marciac, la curiosité fut trop forte.

Doucement, prudemment, il ouvrit la porte.

Dans un réduit étroit et puant, une chandelle oubliée achevait de se consumer dans une soucoupe posée par terre. Sa lueur vacillante éclairait à peine la forme humaine qui, enroulée dans une couverture, était allongée sur une paillasse le long du mur. Mais elle suffisait à faire luire le trousseau de clés pendu à un clou, près du dormeur et d'une barre de fer semblable à celles que les bourreaux emploient pour rompre les membres des malheureux condamnés au supplice de la roue.

Marciac n'avait d'yeux que pour les clés, convaincu qu'elles étaient celles des geôles puisque celui qui ronflait comme un sonneur ne pouvait être que le geôlier. Ni lui ni Saint-Lucq n'avaient les talents de Laincourt pour crocheter les serrures. S'ils voulaient ouvrir la porte de la cellule d'Agnès, ils avaient besoin de ce jeu de clés.

Le Gascon retint son souffle et entra sur la pointe des pieds.

Le cliquetis de la chaîne l'alerta mais il devina le danger trop tard et n'eut que le temps de se protéger du bras : une syle lui sautait à la gorge depuis un recoin d'ombre. Aussi grosse et vive qu'un chat, la salamandre noire referma ses mâchoires sur la main de Marciac. Il la repoussa par réflexe, les dents aiguës lui arrachant un lambeau de peau. La syle heurta le mur et tomba en s'enroulant dans la chaîne qui la retenait par le cou. Et elle faisait déjà volte-face d'un coup de reins furieux quand le Gascon lui planta sa rapière dans le crâne.

Marciac n'eut pas le loisir de se demander qui pouvait être assez fou pour garder une syle en laisse. Les ronflements ayant cessé, il se tourna lentement vers la paillasse désormais vide. Puis, oubliant sa main blessée, il n'en finit pas de lever un regard de plus en plus circonspect sur un drac colossal, massif et obèse, dont les muscles énormes jouaient sous des écailles noires et luisantes.

Étrangement fasciné, le Gascon déglutit.

Il n'avait jamais vu de drac semblable, mais ce n'était pas sa taille qui rendait celui-ci extraordinaire. Ce n'étaient pas non plus ses crocs jaunes et pointus, humides de salive épaisse. Ni les griffes acérées de ses mains puissantes. Ni même la lueur bestiale dans ses yeux reptiliens.

Ce drac-là avait deux têtes.

Voilà au moins qui expliquait l'ampleur des ronflements, ne put s'empêcher de songer Marciac.

— Euh… Amis ? hasarda-t-il.

Le monstre émit un grognement sourd.

*

Rappelée par le roi au moment où elle quittait le Louvre, la mère de Vaussambre dut laisser son carrosse sur le pont-levis où le cocher l'avait déjà engagé et ne pouvait plus ni faire demi-tour, ni reculer. Laissant le soin de diriger la manœuvre au capitaine de sa garde, elle suivit le sergent des Cent-Suisses que l'on avait envoyé après elle et fut bientôt admise dans les appartements de Sa Majesté.

Louis XIII l'attendait en compagnie du cardinal de Richelieu et d'un digne gentilhomme en qui elle reconnut le marquis d'Aubremont. Le Cardinal se tenait debout et légèrement en retrait. Le roi et le marquis étaient assis l'un près de l'autre et conversaient devant un siège vide quand la supérieure générale entra, plus intriguée qu'inquiète. Louis XIII l'invita à s'asseoir et s'excusa de l'avoir convoquée de la sorte, sans respect de l'étiquette et à une heure aussi tardive.

— Sire, je suis au service de Votre Majesté, dit la mère de Vaussambre en prenant le fauteuil qui lui était destiné.

D'une inclinaison de la tête, elle salua d'Aubremont qui lui répondit de la même manière. Puis elle rencontra le regard de Richelieu, sans pouvoir y lire quoi que ce soit.

Mais déjà le roi disait :

— Si je vous ai appelée auprès de moi, c'est pour vite débrouiller une affaire de peu de conséquence et que je souhaite voir réglée avant mon départ, demain, pour Saint-Germain. Le marquis d'Aubremont, que vous connaissez, est de mes amis. Or il nourrit quelque inquiétude pour une personne qui lui est chère et dont il croit savoir qu'elle est retenue prisonnière par vous.

La supérieure générale se tourna vers le marquis et, impassible, attendit.

— Il s'agit de la baronne de Vaudreuil, indiqua froidement ce dernier.

La mère de Vaussambre soutint sans ciller son regard accusateur.

Il s'agissait donc de cela : à bout de ressource, La Fargue s'était tourné vers son ami d'Aubremont pour qu'il fasse appel au roi.

— Vraiment ? dit-elle.

— La connaissez-vous ? s'enquit Louis XIII.

— Oui, sire. Je la connais car elle fut l'une de nos plus prometteuses novices. Mais elle s'est détournée de sa mission divine pour entrer au service de M. le Cardinal.

Richelieu se pencha alors au-dessus de l'épaule du roi, et lui glissa à l'oreille :

— Agnès de Vaudreuil est de ceux qui, sous les ordres du capitaine La Fargue, vous ont si bien servi dernièrement, sire.

Louis XIII acquiesça.

— Ma mère, reprit d'Aubremont, il m'a été rapporté que la baronne de Vaudreuil est en ce moment retenue contre son gré dans un cachot du Mont-Saint-Michel. Est-ce exact ?

— Non, monsieur. Cela est faux.

Ce n'était pas mentir puisque Agnès était désormais enfermée dans la Tour du Temple. La Fargue, une fois encore, avait un coup de retard.

L'aplomb de la supérieure générale troubla le marquis.

— Ni là, ni dans aucune autre de vos geôles ? insista-t-il.

— Ni dans aucune autre, répondit la mère de Vaussambre avec une tranquille assurance.

Elle se permit même l'esquisse d'un sourire aimable et désolé, comme pour s'excuser de n'être d'aucun secours, et ce bien malgré elle.

*

Marciac jaillit par la petite porte comme de la bouche d'un canon. Il percuta une colonne de la galerie à un mètre du sol et retomba lourdement sur les dalles de pierre. Grimaçant de douleur, les reins à la torture, il tenta de se relever mais échoua. Il perdit conscience en voyant le drac bicéphale qui se baissait pour sortir de son antre.

Armé de la pesante barre de fer qu'il gardait près de sa paillasse, le colosse se redressa et considéra le Gascon qui respirait encore. Puis son attention fut attirée par un autre intrus. Saint-Lucq avançait de profil, prudent mais résolu, sa rapière pointant dans le prolongement de son bras tendu et de son épaule, l'axe de son regard épousant celui de sa lame. Le sang-mêlé s'arrêta avant d'être à portée de la barre de fer. Sans baisser sa garde, il fit trois pas de côté afin de détourner le drac de Marciac.

Et attendit.

Le monstre gronda et frappa.

Saint-Lucq esquiva l'attaque, puis une deuxième, une troisième. Il n'était pas question qu'il pare, ni même dévie les coups de la barre de fer. Ils étaient portés avec une telle vigueur qu'ils pouvaient sans mal briser son épée ou la lui arracher du poing. Concentré, le sang-mêlé bondissait, s'effaçait, se baissait, évitait souvent de peu la barre qui fendait l'air. Il attendait que le drac fatigue, mais c'était lui qui s'épuisait.

À force de battre en retraite, Saint-Lucq quitta la galerie et recula dans l'espace central de la grande salle, où le matériel et les instruments de torture étaient disposés. Le colosse le suivit. Le sang-mêlé tenta de tirer avantage du mobilier. Mais si le drac était trop stupide pour élaborer une stratégie, s'il s'avérait incapable de prévoir les esquives et les ruses de son adversaire, sa force et sa rapidité palliaient les carences de son intelligence bestiale. Rien ne lui résistait. Il retourna sans mal la table de torture, balaya d'un revers de main un lourd brasero en fer forgé, frappa d'un coup terrible la cage suspendue qui se mit à lentement osciller.

Ce qui eut pour effet de le distraire un moment de sa fureur aveugle.

Alors Saint-Lucq joua son va-tout et se fendit en oubliant toute prudence. Il fit mouche, mais son estoc ripa sur les écailles noires. Pire, alors qu'il vacillait en avant, un poing énorme se referma sur son poignet trop exposé. Il crut que le drac allait lui arracher le bras. Soulevé du sol par une force prodigieuse, il vola vers un mur qu'il heurta de plein fouet. Le choc lui coupa le souffle. Il lâcha sa rapière. Ses jambes se dérobèrent. Il tenta de se redresser, s'appuya maladroitement à la paroi de pierre. Comme ivre, il vit du coin de l'œil le drac qui approchait, levait sa barre de fer et préparait le coup qui lui fracasserait le crâne. Se plaçant de côté pour cacher ce que sa main droite faisait, Saint-Lucq attrapa la dague glissée dans sa botte. Peut-être avait-il une chance. Une. Pas plus. Il attendit le dernier moment, bondit avec l'énergie du désespoir. La barre de fer le frôla en vrombissant, juste avant qu'il plonge sa dague dans le flanc écailleux. Et encore. Et encore.

Le drac gémit, chancela, lâcha son arme qui rebondit avec un son clair sur les dalles de pierre…

… et referma ses mains griffues sur la gorge du sang-mêlé.

Saint-Lucq hoqueta. Ses pieds ne touchaient plus le sol. Il risquait moins de mourir étouffé que d'avoir la nuque brisée et la trachée broyée par les poings qui l'étranglaient. Il raidit les muscles de son cou autant qu'il put. Battit des jambes. Saisit les puissants poignets dans l'espoir de desserrer l'étreinte. Chercha à tâtons une prise, un point faible, un espoir.

En vain.

Alors un grappin d'acier tomba entre les têtes du drac, pendit un bref moment contre sa poitrine, et remonta brusquement. C'était le grappin avec lequel les Lames avaient franchi l'enceinte de l'Enclos, celui que Marciac avait à sa ceinture et dont il tenait désormais la corde.

Le grappin s'accrocha dans le V que faisaient les cous épais et, le Gascon tirant d'une brusque secousse, les crocs métalliques s'enfoncèrent de part et d'autre. Un sang noir jaillit. Lâchant Saint-Lucq, le colosse voulut attraper le grappin. Mais Marciac s'arc-bouta sur la corde. Les crocs labourèrent encore plus profond. Le drac pencha en arrière mais résista sans tomber. Le Gascon tira de plus belle en gémissant, car sa main mordue par la syle l'élançait douloureusement. Il ne céda pas, pourtant. Et tira encore, cambré, grimaçant, ses semelles glissant sur les dalles. Enfin, le monstre bascula à la renverse, et le grappin qui s'arracha aux chairs écailleuses emporta des lambeaux sanglants. Le bruit fut celui d'une carcasse de volaille brusquement ouverte, quand os et cartilages cèdent. Une double gerbe poisseuse l'accompagna.

Le colosse reptilien agonisa rapidement sur le dos, et le silence revenu dans la salle dévastée sonna comme un vacarme aux oreilles des deux hommes à bout de souffle.

— Ça va ? demanda Marciac après un moment.

Saint-Lucq, assis dos à la table de torture renversée, tardait à se remettre.

— Ça va, mentit-il d'une voix enrouée. (Il tendit un

index mal assuré.) Là-bas. La... La porte qui mène aux cachots. Je l'ai trouvée avant que... Va chercher Agnès, veux-tu ?

Le Gascon acquiesça, s'éloigna de quelques pas puis se ravisa et alla prendre les clés des geôles dans le réduit du drac bicéphale.

Après tout, ils l'avaient bien mérité, ce trousseau.

*

Depuis une fenêtre d'un vieil étage du Louvre, La Fargue regardait vers l'Enclos et, dans la clarté pâle et bleutée des étoiles, distinguait sans mal l'imposante silhouette de la Tour du Temple.

Haute de cinquante mètres, elle était visible d'un peu partout à Paris et se repérait sans mal dès la nuit tombée, grâce à la lumière qui brillait à son toit pyramidal. Cette lumière était celle d'une grosse lanterne abritant une solaire, une pierre alchimique encore appelée « pierre de Bohême » car seuls les alchimistes de ce royaume en connaissaient le secret. Les solaires – dont l'invention était d'ailleurs assez récente – éblouissaient comme la plus vive des flammes et n'avaient qu'un défaut : un processus de fabrication aussi dangereux qu'onéreux. Celle de la Tour du Temple était blanche et, comme d'autres à Paris, servait à guider les vyverniers. Il en brûlait ainsi une bleue au-dessus du Louvre, une rouge au-dessus du Palais-Cardinal et, bientôt, une jaune indiquerait les Messageries Gaget.

Les yeux rivés au lointain fanal des Châtelaines, le capitaine des Lames attendait, seul et patient.

Enfin, il entendit le pas de Ballardieu qui approchait.

– Le marquis d'Aubremont vient de quitter le roi, capitaine. Il m'a fait remettre ceci pour vous.

— Et la mère de Vaussambre ?

— Le roi l'a retenue auprès de lui.

Sans se détourner de la fenêtre, La Fargue prit le billet que Ballardieu lui tendait, le déplia et le lut.

— Elle a nié, dit-il en relevant la tête.

Et le regard de nouveau dirigé vers la Tour du Temple, il froissa le papier dans son poing et ajouta gravement :

— Désormais, il ne reste plus qu'à espérer qu'ils réussissent.

*

Dans les caves de la Tour du Temple, la porte qu'avait indiquée Saint-Lucq ouvrait sur un escalier étroit, en bas duquel Marciac trouva une petite pièce carrée et quatre portes basses.

— Agnès ? appela-t-il. Agnès, es-tu là ?

— Nicolas ? Est-ce toi ?

— Pour vous servir, baronne.

Grâce aux clés du geôlier, il ouvrit la porte derrière laquelle Agnès lui avait répondu, et libéra la jeune femme.

Ils s'enlacèrent aussitôt.

— Bon sang, Nicolas ! Ce que je suis contente de te voir…

— Et moi, donc !

— Ce qui explique sans doute que l'une de tes mains s'approche dangereusement de mes fesses…

— Désolé. L'habitude.

— Elle descend toujours, Marciac…

— La coquine…

Agnès jugea préférable de s'écarter du Gascon avant d'être obligée de lui briser quelques phalanges, ce qui aurait gâché les retrouvailles.

— Alors, c'est bien Ballardieu que j'ai vu sur le toit cet après-midi, à mon arrivée !

— C'était lui.

— J'ai cru que je devenais folle. Je le croyais mort, sais-tu ?

— Il est bien vif. (Et montrant le chemin, il ajouta :) En route, baronne. Nous ne sommes pas encore tirés d'affaire et le temps presse.

— Tu n'es tout de même pas venu seul ? demanda Agnès en le suivant dans l'escalier.

— Non. Laincourt et Saint-Lucq sont de l'aventure.

Ils retrouvèrent le sang-mêlé qui les attendait dans la salle de torture et, en passant, la baronne de Vaudreuil remarqua le cadavre du drac bicéphale gisant dans une flaque de sang noir.

— Je vois que vous avez fait la connaissance du maître des lieux.

— Il nous a réservé un accueil déplorable, répondit Marciac.

Ils ne tardèrent pas à rejoindre Laincourt qui, dans la pénombre du rez-de-chaussée, se tenait adossé au mur près de la porte d'entrée. Le jeune homme guettait d'un œil par le battant entrebâillé, un pistolet dans chaque main.

Il sourit en constatant que même si elle avait les traits tirés, Agnès de Vaudreuil semblait être en bonne santé.

— Content de vous revoir, dit-il.

— Merci, répondit-elle. Moi aussi.

Il remarqua le triste état dans lequel leur combat contre le drac avait mis les deux autres, mais ne fit aucun commentaire.

— Les sentinelles ont découvert que la petite porte du jardin n'était plus verrouillée, annonça-t-il. Allez-y. L'alerte sera bientôt donnée.

— Vous ne venez pas ? s'étonna Agnès en voyant qu'il s'écartait pour les laisser passer.

— Je vous rejoindrai où attendent les chevaux, n'ayez crainte.

Saint-Lucq sortit en éclaireur, puis fit signe à Marciac et Agnès de lui emboîter rapidement le pas.

Laincourt referma le battant sur eux. Il attendit un peu, le temps de s'assurer qu'ils n'étaient pas déjà repérés et n'avaient pas besoin de se replier en urgence dans la tour. Après quoi il s'éloigna et, désormais bien seul, il emprunta l'escalier à vis qui s'élevait dans l'une des tourelles d'angle du donjon.

*

Du Louvre, La Fargue ne pouvait distinguer ce qui se déroulait au sommet de la Tour du Temple. Il ne vit donc pas Laincourt surprendre et assommer une sentinelle sur le chemin de ronde. Il ne le vit pas non plus retenir le garde noir dans sa chute. Ni étendre un grand tissu écarlate sur la lanterne abritant l'éblouissante solaire des Châtelaines.

Ce qu'il vit, c'est le fanal de l'Enclos devenir rouge.

*

Comme la plupart des places fortes, l'Enclos était conçu pour empêcher les intrusions plutôt que les évasions. Après avoir déjoué la vigilance de quelques sentinelles, Saint-Lucq, Agnès et Marciac se hissèrent sur le toit d'un bâtiment adossé au mur d'enceinte et, en s'aidant du grappin du Gascon, passèrent bientôt de l'autre côté. Le dernier à enjamber la muraille crénelée, Saint-Lucq leva les yeux vers le sommet de la Tour du Temple et vit la lumière du fanal virer au rouge : La Fargue savait désormais qu'Agnès était libre.

L'alerte fut donnée peu après, alors qu'ils rejoignaient André dans une obscure arrière-cour, où le palefrenier des Lames attendait avec des chevaux. Il y eut d'abord des cris. Puis des coups de feu claquèrent et le tocsin sonna dans l'Enclos.

– Il faut y aller, chuchota Saint-Lucq.

– Et Laincourt ? protesta tout bas Marciac. On l'abandonne ?

– Ce maudit tocsin aura bientôt réveillé tout le quartier. Et crois-tu que les Gardes noirs seront longs avant d'envoyer des patrouilles ?

– Laincourt est l'un des nôtres.

– Il connaissait les risques.

– Nous n'abandonnons pas les nôtres, Saint-Lucq.

– Si, quand il en va du succès de la mission.

– Suffit ! intervint Agnès en se retenant de trop hausser le ton. Laincourt a de la ressource. Il peut encore...

– S'il est poursuivi et s'il a de la cervelle, l'interrompit le sang-mêlé, cet endroit est le dernier où il ira car ce serait mener la meute jusqu'à nous.

– Accordons-lui encore un moment, s'entêta la jeune femme.

Saint-Lucq pesta.

Des détonations retentirent encore. Des ordres brefs étaient lancés, indistincts. Mais il était clair qu'une chasse à l'homme avait lieu.

– Bien parlé, baronne, murmura Marciac. Mais toi, tu ne restes pas. Trop dangereux. Je vais attendre Laincourt. Vous trois, partez. Nous vous retrouverons plus tard, Laincourt et moi.

– Pas question.

– Tu n'as pas le choix, Agnès. Saint-Lucq a raison

sur un point : Laincourt connaissait les risques. Nous aussi. Et si nous avons tous accepté de les courir, c'est pour te libérer. Alors, ne va pas te faire reprendre maintenant.

Agnès de Vaudreuil se tut. Marciac avait raison, mais il lui en coûtait de l'admettre.

Elle acquiesça tristement.

— C'est d'accord, dit-elle. Mais…

Elle n'acheva pas, afficha un franc sourire en voyant Laincourt qui arrivait l'épée au poing, à petites foulées, et sans manifester d'inquiétude particulière.

— Quoi ? fit-il en réponse à tous les regards tournés vers lui.

*

Le roi retint un peu la mère de Vaussambre après le départ du marquis d'Aubremont. Il se montra courtois et prévenant, sans doute afin que l'entretien s'achève sur une note aimable et non dans son climat de suspicion initial. Louis XIII avait trop besoin du soutien des Châtelaines pour risquer de déplaire à leur supérieure générale. Or si celle-ci n'avait pas eu à répondre ce soir à la moindre accusation, les questions qui lui avaient été posées semblaient la mettre en cause, quand bien même ne s'agissait-il — prétendument — que de « vite débrouiller une affaire de peu de conséquence ».

La mère de Vaussambre n'était pas dupe, cependant.

La Fargue avait tenté de la compromettre et d'Aubremont savait parfaitement à quoi s'en tenir. Et Richelieu ? Était-il pour quelque chose dans cette histoire ? Non. Le piège était trop grossier, trop maladroit pour qu'on y reconnaisse la patte du Cardinal.

Mais qu'espérait donc La Fargue ? Qu'elle n'oserait pas affirmer devant le roi que la baronne de Vaudreuil n'était pas sa prisonnière ?

Elle comprit lorsque son carrosse la ramena à l'Enclos.

Elle trouva l'ancienne commanderie en émoi, le tocsin sonnant et des lumières à toutes les fenêtres, ses gardes sur le pied de guerre et des patrouilles sillonnant même les rues alentour. Des hommes s'étaient introduits dans l'Enclos. Ils avaient libéré Agnès de la Tour du Temple et l'avaient emmenée, en ne laissant qu'un cadavre et quelques sentinelles malmenées. Ils n'avaient pas agi masqués. L'un d'eux était un sang-mêlé.

— Saint-Lucq ! s'exclama le comte d'Orsan. Il ne peut s'agir que des Lames !

— La belle déduction, lâcha la mère de Vaussambre d'un ton aigre.

— Ma mère, un mot de vous et je les fais tous arrêter avant l'aube, La Fargue le premier.

— Et pour quel motif ?

— Mais, ma mère ! s'étonna le capitaine des Gardes noirs. N'est-ce pas l'évidence ?

La supérieure générale se tut.

Elle n'était pas d'humeur à avouer à d'Orsan qu'elle avait menti devant le roi, ce que La Fargue savait qu'elle ferait et voulait qu'elle fasse. Or comment pouvait-elle, à présent, accuser les Lames d'avoir libéré par un coup de force une prisonnière qu'elle avait, elle, nié retenir ? Elle connaissait La Fargue. Elle savait qu'il en resterait là si elle l'imitait.

Pâle et frémissante de colère impuissante, elle ordonna qu'on fasse taire le tocsin et qu'on rende au fanal sa blancheur première.

— Et trouvez une explication satisfaisante à tout ce désordre.

*

La Fargue et Ballardieu quittèrent le Louvre à cheval et trouvèrent les autres qui les attendaient, en selle, devant le Pont-Neuf. Tous souriaient. Agnès et Marciac surtout. Mais aussi Laincourt et même Saint-Lucq, en coin. Ils étaient soulagés et satisfaits. Ils étaient victorieux.

Le regard brillant de fierté, leur capitaine leur adressa un léger signe de tête tandis que Ballardieu, radieux, décochait un clin d'œil complice à la jeune femme.

De nouveau réunis, il ne leur était pas nécessaire de parler.

— Rentrons, dit La Fargue.

4

Le dragon assis devant le miroir avait l'apparence d'un élégant gentilhomme aux traits fins et aux cheveux blonds. Il était étonnamment pâle, ses yeux reptiliens brillant d'un éclat sombre tandis qu'il parlait. Le miroir auquel il s'adressait ne lui renvoyait pas son image, mais celle de son interlocuteur : un vieux dragon rouge dont la tête massive et écailleuse, ornée d'une triple crête osseuse, émergeait de la surface réfléchissante et scintillait dans la pénombre. À Madrid où il se trouvait, cet autre dragon avait lui aussi apparence humaine. Mais les miroirs ensorcelés révélaient la nature véritable de ceux qui les utilisaient.

— Pensez-vous que tuer l'Alchimiste était une erreur ? demandait le dragon rouge.

— Je l'ignore, Hérésiarque.

— On m'en fait déjà le reproche… Mais l'Alchimiste connaissait le prix à payer. Pouvions-nous l'abandonner aux mains des Châtelaines et prendre le risque qu'il leur révèle nos secrets sous la torture ?

— Certes non. Pourtant…

— L'Héritier peut encore voir le jour, poursuivit l'Hérésiarque sans écouter. Rien ne doit l'empêcher ! Rien ne doit venir entraver nos projets !

Devant son miroir, le gentilhomme se tut. Il attendit que le dragon rouge recouvre son calme et dit :

— Je vous suis loyal et dévoué, Hérésiarque. Cependant, les maîtres de la Grande Loge s'impatientent. Nos adversaires n'ont de cesse de rappeler les efforts et les fortunes que la Griffe noire a consacrés à notre Grand Dessein. Et ils trouvent sans mal des oreilles pour les écouter. Pour l'heure, je suis parvenu à diminuer la portée de notre échec mais…

— Ce fut l'échec de l'Alchimiste et de lui seul !

— Il n'empêche. La Griffe noire exige désormais des résultats.

— Elle les obtiendra.

— Quand ?

— Très bientôt.

LES ARCANES

S02 – E02

1

Le lendemain de son évasion, Agnès voulut aller sur la tombe d'Almadès. Et comme elle résolut d'y aller seule, Ballardieu la suivit discrètement jusqu'au cimetière, où il l'observa de loin.

Il la savait malheureuse et en souffrait. D'ailleurs, rien de ce qu'elle éprouvait ne manquait jamais de l'affecter. Il partageait ses joies et ses tristesses, ses doutes et ses plaisirs, ses colères et ses regrets. Il ne pouvait être heureux si elle ne l'était pas, et cela durait depuis qu'elle avait été confiée à sa garde, aussitôt après sa naissance, par un père totalement indifférent au sort de sa fille unique.

Dans le petit cimetière, Ballardieu se glissa derrière un monument funéraire en voyant qu'Agnès revenait. Il l'écouta passer et lui accorda le temps d'arriver à la grille avant de sortir de sa cachette. Mais il attendit sans doute trop longtemps. Ne la voyant plus, il pesta et s'élança en songeant qu'il ignorait si elle avait pris à droite ou à gauche. Il sortit du cimetière en courant presque, s'arrêta net et, des yeux, le cœur battant, chercha la jeune baronne parmi la foule encombrant le pavé parisien.

— Tu n'as pas pu t'en empêcher.

Il se retint de sursauter et, se composant un visage impassible, se retourna avec une dignité de prélat.

Bras croisés, une cheville ramenée devant l'autre, Agnès était adossée au mur du cimetière. Elle était vêtue en écuyère avec l'épée au côté – bottes, chausses, corset de cuir rouge sanglé sur une chemise blanche. Cela lui valait d'attirer l'attention des passants, mais sans qu'elle s'en préoccupe. Tête nue, la longue natte de ses cheveux noirs passée par-dessus une épaule, elle le regardait, lui, Ballardieu, et nul autre.

— Pardon ? fit-il.

— Tu n'as pas pu t'empêcher de me suivre, dit-elle en s'approchant.

Le vieux soldat, que la chaleur rendait rubicond, eut comme un mouvement de recul.

— Qui ça ? Moi ? protesta-t-il.

— Quoi ? Tu nies ?... Tu nies être ici en ce moment ?

Il hésita à peine.

— Je ne nie pas la chose, je nie l'intention. Car je ne te suivais pas. J'allais au même endroit que toi, et voilà tout.

— Et voilà tout, s'amusa la baronne de Vaudreuil. Et que faisais-tu derrière ce caveau ?

— Je... Je pissais.

— Dans un cimetière ?

— C'est encore là que cela dérange le moins de monde.

Elle le regarda. Attendit. Un rien de sueur luisait sur sa lèvre supérieure et une petite mèche était collée à son front.

— Eh bien oui ! s'exclama Ballardieu en écartant brusquement les bras. Je te suivais !... La belle affaire ! Me reprocheras-tu de m'inquiéter ?

— T'inquiéter ? s'étonna Agnès. Mais de quoi ?

Il gratifia les alentours et les innocents badauds d'œillades méfiantes, puis se pencha à l'oreille d'Agnès pour dire :

— Vous avez tous l'air de croire, et toi la première, que la mère de Vaussambre acceptera sa défaite le plus gracieusement du monde. Je dis, moi, qu'elle pourrait bien ne pas avoir renoncé au projet de te faire un mauvais sort… *Ergo*, je veille.

— *« Ergo » ?*

— *Ergo*. Cela signifie…

— Je sais ce que cela signifie, s'esclaffa Agnès avec tendresse. Mais je ne te savais pas parlant latin… Allez, vieille bête, tu as gagné. Veille autant qu'il te plaira.

— Tu ne me remarqueras même pas, gamine.

— Ce serait bien la première fois.

Secouant la tête d'un air amusé et incrédule, Agnès se retourna vers l'entrée du cimetière et, tandis que son regard se perdait vers la tombe d'Almadès qu'elle ne pouvait voir, son sourire s'effaça lentement. À son tour, Ballardieu redevint grave.

— C'est donc un dragon qui a fait ça, n'est-ce pas ? dit la jeune femme après un moment.

— Oui, fit Ballardieu en regardant dans la même direction qu'elle. Et si Almadès n'avait pas été là, nous pleurerions également La Fargue maintenant.

Agnès plissa les paupières.

— Mais il y avait un dragon, dans la pièce. Il y avait l'Alchimiste.

— Oui.

— Alors depuis quand les dragons s'entre-tuent-ils ?

*

Dans l'auberge de la rue du Pot-de-Fer dont il était devenu un habitué, Leprat avait déjeuné seul. Maussade, il sirotait à présent une eau-de-vie et jouait machinalement aux dés en gardant un œil sur la porte. Il attendait Athos, qui devait le rejoindre après son service. Ils se rendraient ensuite au Louvre ensemble, d'où les mousquetaires de la Garde escorteraient le roi jusqu'à son château de Saint-Germain.

Il n'y avait que quelques jours qu'Athos avait conseillé à Leprat de répondre par la patience à l'accueil froid, voire sourdement hostile, que les mousquetaires lui avaient réservé à son retour parmi eux. Selon Athos, la plupart ne lui reprochaient que d'avoir trop souvent raccroché et repris la casaque. Il lui fallait donc faire la preuve de sa loyauté. S'il évitait les mauvaises querelles, le temps arrangerait tout cela. Quitte à ce qu'il mette un peu d'eau dans son vin.

Athos avait raison sur l'essentiel. Cependant, Leprat se rendait bien compte que les regards que l'on posait sur lui avaient changé depuis que sa ranse était connue. Ce mal torturait l'âme et la chair. À terme, après des décennies parfois, il vous muait lentement, irrémédiablement, en une créature grotesque et pathétique, dont le corps difforme et l'esprit tourmenté étaient comme recroquevillés autour d'une ultime et tenace lueur d'humanité vaincue. Mais l'un de ses premiers symptômes était que certains de vos proches, sitôt qu'ils savaient, voyaient en vous le monstre que vous n'étiez pas encore, et ne vous considéraient plus qu'à travers le prisme infamant de votre déchéance annoncée. Dès lors, vous cessiez d'être vous-même pour devenir un ransé.

Un ransé…

Antoine Leprat, chevalier d'Orgueil, se savait malade de la ranse depuis quelques années déjà. Pourtant, il n'avait jamais songé qu'il était d'abord cela, un ransé, tant qu'il avait gardé le secret de son mal. À présent, des regards se chargeaient chaque jour de lui rappeler son état et de l'y réduire. Et outre les regards, il y avait les conversations qui s'interrompaient à son approche, les mines embarrassées, les gestes de recul, les manifestations plus ou moins discrètes et plus ou moins volontaires d'inconfort en sa présence.

Les idées légèrement embrumées, Leprat s'aperçut que son pichet d'eau-de-vie était vide.

Déjà ?

Il songeait à en réclamer un autre lorsque la porte donnant sur la rue s'ouvrit. Ce n'était cependant pas Athos qui entrait, mais deux autres mousquetaires qui ne portaient pas la casaque et que Leprat reconnut néanmoins : Broussière et Sardent. Les deux hommes l'aperçurent à leur tour et Broussière parut vouloir se rendre ailleurs, ce que l'autre refusa ostensiblement.

Ils prirent une table.

Leprat ne connaissait guère que Broussière, Sardent ayant rejoint les mousquetaires de la Garde récemment. Il n'avait jamais eu à se plaindre du premier. Le second, en revanche, était de ceux qui le traitaient mal et qui s'enhardissaient. Jusqu'alors, sur les conseils d'Athos, Leprat avait préféré ne pas relever ses piques et ses allusions grossières. Mais il lui devenait difficile de ne pas entendre ou de ne pas comprendre. Pourquoi Sardent se comportait-il de la sorte ? Peut-être éprouvait-il pour les ransés une haine méprisante et craintive assez commune. Peut-être aussi espérait-il, en rabaissant un mousquetaire célèbre, faire la démonstration qu'il était une meilleure recrue. Il était le cadet d'un grand seigneur et prétendait porter haut son nom.

Leprat se moquait bien du pourquoi. Ce jour-là, l'alcool dont il avait un peu abusé aidant, il ne se sentait pas d'humeur à en tolérer plus. Il sut sans l'ombre d'un doute que les choses tourneraient mal s'il restait.

Et resta.

Les deux mousquetaires avaient commandé à boire. Sitôt qu'ils furent servis, Sardent rappela la serveuse et, d'une voix forte, demanda :

— Fait-on bien la vaisselle, ici ?

Il fit semblant de ne pas voir que Leprat lui adressait un regard noir. Broussière, lui, s'en aperçut et s'en inquiéta.

— Mais oui, monsieur. Je puis vous en assurer.

La serveuse vaquait à d'autres tâches quand Sardent lança :

— Est-ce bien certain ?

Elle se retourna, incertaine.

— Je... Je puis vous en assurer, monsieur. Votre verre est-il sale ?

— Il suffit, lâcha Leprat d'une voix froide.

— Allons, Sardent, allons..., dit Broussière.

— Parce que, voyez-vous, poursuivit l'autre, il y a des verres dans lesquels on ne veut pas boire après certaines personnes...

— Je vous demande pardon, monsieur ?

Leprat, livide, faillit se lever mais réussit à contenir sa colère. D'un geste de la main, Broussière renvoya la servante qui s'en fut en haussant les épaules. Sardent parut renoncer, avant de demander en montrant le bord de son verre :

— N'est-ce pas un reliquat de ranse, que je vois là ?

L'évocation de cette maladie provoqua un frisson de dégoût chez les clients de l'auberge, dont certains s'écartèrent instinctivement de leur table. Leprat se dressa d'un coup, aussitôt imité par Broussière tandis qu'il marchait d'un pas furieux vers la table des mousquetaires. Sardent vit trop tard la lueur homicide dans l'œil du chevalier d'Orgueil. Broussière voulut s'interposer et posa une main sur la poitrine de Leprat.

— Leprat, s'il vous pl…

Mais il ne put achever sa phrase : un terrible coup de tête lui brisa le nez et le fit tomber à la renverse. Leprat continua à avancer sur Sardent. Il avait dégainé sa célèbre rapière blanche. Son regard était celui d'un homme décidé à clouer son adversaire au mur, plutôt qu'à croiser le fer dans le respect des règles.

— MESSIEURS !

Leprat n'entendit pas.

Sardent voulut se lever, reculer et tirer l'épée tout à la fois. Il ne réussit qu'à se prendre les jambes dans son fourreau et perdit l'équilibre, chuta lourdement en arrière parmi des chaises précipitamment désertées. De la pointe de sa lame d'ivoire, le chevalier d'Orgueil lui piqua la glotte et l'obligea à rester allongé.

Frémissant d'une colère qu'il peinait à maîtriser, Leprat sentit une main se refermer calmement mais fermement sur son poignet. C'était Athos qui venait d'arriver et dont il n'avait pas entendu le « Messieurs ! » impérieux.

— Reprenez-vous, Leprat, lui dit doucement le gentilhomme.

Comme tiré d'un mauvais rêve, Leprat recula de deux pas et baissa son épée. Sardent se remit debout, pendant que Broussière, le nez en sang, peinait à se relever. Le regard d'Athos leur intima de déguerpir, ce qu'ils firent.

— Cette histoire n'en restera pas là, n'est-ce pas ? demanda Leprat.

— Non, mon ami. Je le crains.

*

Envoyé aux nouvelles dans le quartier du Temple, Marciac revint à l'hôtel de l'Épervier en début d'après-midi. Il retrouva La Fargue et les autres dans le jardin, à l'ombre du châtaignier, autour de la vieille table à laquelle ils avaient déjeuné. Son premier soin fut de vider un verre de vin blanc. Puis, buvant encore et piochant à la volée dans les plats que Naïs emportait, il raconta entre deux bouchées que les Sœurs de Saint-Georges avaient trouvé une explication au branle-bas de la nuit.

— Il faut dire que leur tocsin a réveillé tout le monde, là-bas. Sans parler des coups de feu tirés sur Laincourt et des patrouilles lancées après nous dans les rues…

Il s'interrompit pour empêcher le départ vers la cuisine de deux parts de tarte aux prunes, qu'il mit prestement hors de portée de Naïs et de sa discrète mais redoutable efficacité ancillaire.

— Va plutôt remplir ces pichets à la cave, dit gentiment Agnès à la servante.

— Oui, fit le Gascon. Va plutôt faire cela.

— Alors ? insista Laincourt. Cette explication ?

— Des dracs. Des dracs auraient tenté de s'introduire dans l'Enclos cette nuit. Et comme de juste, les Gardes noirs, dont la vigilance ne saurait être prise en défaut, les ont vaillamment repoussés avant de sillonner les rues alentour afin de s'assurer que tout danger était écarté.

— Et pourquoi des dracs auraient-ils voulu entrer en pleine nuit dans l'Enclos ?

Marciac haussa les épaules.

— Mystère. Cependant, pour preuve de leurs dires, les Châtelaines exhibent quatre cadavres écailleux, dont un colosse à deux têtes qui fait sensation. On se bouscule jusque dans la rue du Temple pour l'aller voir.

— J'irais bien, moi aussi, glissa Ballardieu à l'oreille d'Agnès.

Elle préféra ne pas répondre.

— Pour ce qui est du drac à deux têtes, intervint Saint-Lucq, je comprends. Mais d'où viennent les trois autres ?

— Je ne sais, avoua Marciac.

Le problème, d'ailleurs, l'indifférait.

— Peut-être les Châtelaines les gardaient-elles dans quelque cul-de-basse-fosse, avança Laincourt. Et elles leur auront fait un mauvais sort pour appuyer leurs dires.

— Et puis des dracs, dit la baronne de Vaudreuil, il y en a plein les Écailles.

Les « Écailles » étaient le quartier drac bâti sur l'île Notre-Dame, laquelle ne s'appelait pas encore l'île Saint-Louis.

— Seul importe que les Châtelaines mentent, décréta La Fargue alors que Naïs revenait de la cave avec des pichets pleins.

Comme il avait fini la tarte, Marciac tendit le plat à la jeune servante avec un sourire et une esquisse de révérence. La douce Naïs le prit et s'en fut. Agnès, amusée, gratifia le Gascon d'un mol coup de coude dans les côtes pour lui reprocher de s'être moqué.

— Si elles mentent, reprit le capitaine des Lames, c'est qu'elles souhaitent que cette affaire en reste là et ne soit jamais connue de personne. Nous n'aurons donc à répondre d'aucune accusation, ainsi que je le pensais. La mère de Vaussambre a trop à perdre dans le scandale qui s'ensuivrait…

— Reste à comprendre pourquoi elle te retenait prisonnière, dit Saint-Lucq en se tournant vers Agnès.

*

Dans la nuit, après les retrouvailles, Agnès avait raconté aux Lames tout ce qui lui était arrivé depuis le moment où elle s'était introduite dans l'abbaye du Mont-Saint-Michel, jusqu'à sa capture sur la plate-forme d'envol. Là-bas, les événements avaient pris une tournure soudaine qui l'avait dépassée. Elle était alors à la recherche du fils du marquis d'Aubremont, François Reynault d'Ombreuse. Lieutenant aux Gardes noirs, il semblait avoir disparu après une expédition clandestine à laquelle il avait participé en Alsace. Que lui était-il arrivé ? Était-il vivant ou mort ? Blessé ? Malade ? Et s'il se portait bien, pourquoi ne donnait-il plus de ses nouvelles ? Voilà ce que la baronne de Vaudreuil espérait découvrir grâce à sœur Béatrice d'Aussaint, la louve blanche qui avait dirigé l'expédition en Alsace et qui, désormais, était gardée au secret dans la forteresse des Châtelaines.

Rien, cependant, n'avait préparé Agnès à ce qu'elle allait y découvrir.

Encore trop éprouvée, sœur Béatrice ne lui avait pas raconté comment, épaulée par un escadron de gardes noirs que commandait d'Ombreuse, elle avait traqué et manqué de vaincre un dragon membre de la loge des Arcanes. En revanche, elle l'avait avertie d'un immense danger en partageant avec elle une vision cauchemardesque, celle d'un grand dragon noir incendiant Paris. Les Louves de Saint-Georges ayant volontiers le don de prescience, la jeune baronne de Vaudreuil n'avait pas douté de la réalité du drame qui se préparait, ni de l'urgence qu'il y avait à agir. Malheureusement, elle n'avait guère été éclairée par les explications confuses qu'elle avait réussi à arracher ensuite à une sœur Béatrice parvenue à la limite de ses forces. De trop nombreuses questions restaient donc en suspens, dont celles-ci : qui était ce dragon ? D'où venait-il ? Pourquoi allait-il attaquer Paris ?

Et surtout, quand ?

*

Son regard se faisant douloureux et absent, Agnès revint à l'essentiel, c'est-à-dire à la vision qu'elle avait partagée cette fameuse nuit :

— J'ai vu un dragon noir attaquant Paris et calcinant le Louvre, dit-elle. Voilà pourquoi les Châtelaines me gardaient prisonnière. Elles ne voulaient pas que je divulgue un secret que sœur Béatrice, elle, voulait à toute force que j'apprenne.

— Mais elles ne pouvaient te retenir *ad vitam æternam* ! objecta Marciac.

— Elles pouvaient toujours espérer retenir Agnès assez longtemps, déclara froidement Saint-Lucq. Jusqu'à ce que le secret n'ait plus d'importance. Ou jusqu'à ce qu'Agnès accepte de se taire.

— La mère de Vaussambre n'a toujours pas renoncé au projet que je prenne le voile, souligna la baronne de Vaudreuil.

— Elle est convaincue que ton destin est chez les Sœurs de Saint-Georges, dit La Fargue.

— Mon destin sera où je voudrai qu'il soit.

— Je ne comprends pas, avoua Laincourt, qui

suivait le fil de ses propres réflexions. Si votre vision est prophétique…

— Elle l'est, affirma Agnès. Si rien n'est fait, ce que j'ai vu sera.

— En ce cas, pourquoi les Châtelaines se taisent-elles ? Pourquoi font-elles un secret de cette terrible prophétie ? Auraient-elles quelque chose à cacher ? Quelque chose de plus terrible encore que le danger qui menace Paris ?

— C'est ce qu'il nous faut découvrir, décida La Fargue.

Un silence surpris s'ensuivit.

— Nous ? dit Marciac. Pourquoi nous ?

— Parce que quelqu'un doit le faire et que personne d'autre ne le fera. Et aussi parce que je l'ai décidé.

Le Gascon trouva que cette dernière raison était encore la meilleure.

— Soit, fit-il.

— Je n'aurai aucun scrupule à fouiller le linge sale des Châtelaines, affirma Saint-Lucq. Mais le Cardinal, lui, pourrait voir la chose d'un tout autre œil, étant donné les circonstances…

— Les Châtelaines sont puissantes, renchérit Laincourt. Elles jouissent désormais de la faveur du roi, du Parlement et du peuple, cependant que le Cardinal est plus critiqué que jamais. Comme Saint-Lucq, je doute que Son Éminence approuve notre initiative.

— C'est vrai, reconnut le capitaine des Lames. Voilà pourquoi nous ne lui dirons rien.

*

Entre autres noms vrais ou faux, on l'appelait le Gentilhomme d'après l'un des vingt-deux arcanes majeurs du Tarot des Ombres. C'était la tradition dans la loge à laquelle il s'enorgueillissait d'appartenir, une loge si secrète qu'elle était désormais nimbée d'une aura légendaire au sein même de la Griffe noire. Ainsi, telle une sourde malédiction, la loge des Arcanes inspirait une crainte fascinée à ceux qui croyaient en son existence et, aux autres, un respect superstitieux aussi prudent qu'inquiet. Même les puissants maîtres de la Grande Loge madrilène hésitaient à lui demander des comptes, lorsqu'ils connaissaient ses plans. Quant à ses membres, ils obéissaient à l'un des leurs : l'Hérésiarque.

Assis dans un fauteuil en noyer et velours de Gênes, le Gentilhomme réfléchissait devant un miroir dressé sur une table rangée contre un mur, entre les bougies de deux grands candélabres d'argent. Son poignet reposant mollement en travers d'un accoudoir, il tenait par le haut, du bout de ses doigts en cloche, un verre plein d'une liqueur dorée à laquelle il imprimait, tout à ses pensées, un lent mouvement circulaire. Ses cheveux blonds encore humides du bain qu'il venait de prendre pour se rafraîchir, il ne portait ce soir-là que des chausses et une chemise de belle étoffe vite enfilée sur sa peau mouillée. Grand et mince, il semblait avoir trente ans. Les traits de son visage étaient fins, presque féminins, empreints d'un charme étrange et pervers. Il était beau, mais les frissons qu'il inspirait étaient troubles.

Les dernières lueurs d'un crépuscule flamboyant passaient les rideaux. Elles accrochaient des particules scintillantes dans la pénombre et la quiétude d'un agréable cabinet de lecture, caressant d'ambre et de pourpre le vernis des meubles, le lustre des boiseries, les riches tapisseries, les reliures précieuses. Doucement remué, l'or liquide dans le verre du

Gentilhomme s'animait de chatoiements roux d'où montaient des parfums capiteux.

La Magicienne entra.

Voyant sa silhouette élancée s'approcher dans le miroir, le Gentilhomme sourit sans se retourner et accrocha son regard. Elle était presque nue, ne portait que des bas blancs tenus par des rubans de velours incarnat. Son impudeur et son assurance suffisaient à la vêtir. Elle avançait en souriant elle aussi, splendide et sensuelle, lente, les lourdes boucles de ses cheveux acajou tombant jusqu'aux aréoles sombres de ses seins. Elle avait dormi ou paressé presque tout le jour, et ne sortirait qu'à la nuit se livrer aux débauches cruelles qui la distrayaient. Comme le Gentilhomme, elle appartenait à la loge des Arcanes. Et comme lui, elle appartenait à cette jeune génération de dragons — les « derniers-nés » — pour lesquels la forme humaine était la plus naturelle.

La Magicienne se pencha par-dessus le dossier du fauteuil pour embrasser le Gentilhomme sur la joue. Puis elle contourna le siège, lui fit face, agrippa des deux mains la table à laquelle elle tournait désormais le dos, et s'assit souplement sur le rebord de celle-ci, devant le miroir qu'encadraient les candélabres jumeaux. Une lueur rieuse dans les yeux, elle insinua un pied gainé de soie entre les genoux du Gentilhomme, entre ses cuisses, jusqu'à son entrejambe.

Il laissa faire.

— Tu me racontes ? demanda-t-elle d'un ton badin en commençant à le caresser.

— J'ai parlé cette nuit à l'Hérésiarque. La Grande Loge s'impatiente. Elle s'inquiète et exige des résultats.

— A-t-elle jamais fait autre chose que cela ?

— Certes. Mais les enjeux sont d'importance. Nos

alliés se font rares et se taisent. Nos ennemis, eux, gagnent en nombre et parlent de plus en plus haut. Ils ont beau jeu de dire que nos entreprises ne mènent à rien, tout en coûtant beaucoup.

— Que savent-ils de nos entreprises ? se moqua la Magicienne.

— Rien. Précisément.

— Ce sont des imbéciles. Ils se bousculeront bientôt pour attraper des bribes de notre gloire.

— Pour l'heure, ils nous nuisent et pourraient nous entraver. Qui sait même jusqu'où leur audace pourrait les mener ?

La Magicienne ne répondit pas, mais ôta son pied. Elle tendit la main pour que le Gentilhomme lui donne son verre, but une délicieuse gorgée de liqueur et dit :

— N'abuse pas de ce nectar. Tu sais le mal qu'il peut faire.

C'était de la liqueur de jusquiame dorée, une drogue assez prisée dans les milieux oisifs et fortunés. Pour les dragons, elle était une boisson de choix. Ils s'en délectaient et dépassaient parfois la mesure, surtout les derniers-nés. Chez ceux-ci, en effet, la jusquiame dorée réveillait des instincts enfouis. Ils renouaient grâce à elle avec leur nature profonde, et eux qui peinaient à prendre des formes draconiques intermédiaires pouvaient accomplir des métamorphoses complètes sous l'effet de cette drogue. Mais le prix à payer était élevé. Avec l'accoutumance, des doses plus fréquentes et plus abondantes devenaient nécessaires, cependant que l'organisme faiblissait, empoisonné. De nombreux derniers-nés s'étaient ainsi détruits.

Ayant reposé le verre, la Magicienne se laissa glisser de la table et, plantant son regard dans celui du

Gentilhomme, elle le rejoignit sur le fauteuil en enfourchant ses cuisses, agenouillée face à lui.

— Mais ce ne sont pas les vieilles barbes de la Griffe noire qui te font souci, n'est-ce pas ? demanda-t-elle.

— Non.

— Alors qu'est-ce, petit frère ?

Elle passa une main entre eux deux, jusqu'aux chausses du Gentilhomme, qu'elle entreprit de déboutonner.

— Il me semble que l'Hérésiarque ne prend pas la juste mesure de la situation, expliqua-t-il. Tuer l'Alchimiste sans en référer à personne était une folie. Et réveiller l'Archéen pour cela était une folie plus grande encore... L'Hérésiarque est comme... aveuglé par son Grand Dessein. Il m'inquiète et je ne sais comment lui faire entendre raison.

— La chose est-elle seulement possible ?

— Je l'espère, répondit le Gentilhomme en sentant une main experte fourrager dans ses chausses. Mais même la perspective d'une Assemblée ne semble guère l'inquiéter...

— Une Assemblée ? Qui l'a réclamée ?

— Le Maître d'Armes. Mais je soupçonne la Gardienne d'être à l'origine de cette demande. Je suis convaincu qu'elle réunit un parti contre l'Hérésiarque.

— C'est-à-dire contre nous. Si l'Hérésiarque tombe, ta disgrâce suivra de près et je ne serai pas épargnée...

— Qu'essaies-tu de me dire ?

— Rien.

Et comme la main de la Magicienne se refermait doucement mais fermement, le Gentilhomme ne se sentit pas la volonté de discuter.

— Soit, lâcha-t-il. Reste que nous aurons bientôt des comptes à rendre devant l'Assemblée des Arcanes.

— L'Alchimiste a provoqué sa propre perte, lui rappela la Magicienne.

L'attirant vers elle, elle lui fit creuser le ventre et glisser les hanches en avant. Il s'affaissa légèrement dans le fauteuil.

— Il va nous falloir agir, dit-elle.

— Agir ? Que veux-tu dire ?

— Plus tard, lui murmura-t-elle à l'oreille.

Elle leva les fesses, l'ajusta et le ficha aisément en elle en pesant brusquement sur lui. Un grand frisson la parcourut tandis qu'elle se cambrait, accrochée à lui.

*

Fort tard, La Fargue rejoignit Agnès dans l'écurie où, faute de trouver le sommeil, elle s'occupait de son cheval préféré à la lueur d'une lanterne. Voyant le capitaine entrer du coin de l'œil, elle continua à brosser Courage et dit :

— Dieu merci, je ne l'ai pas choisi pour me rendre au Mont-Saint-Michel ! Sinon, je l'aurais perdu…

La Fargue s'assit sur un tabouret.

— Comment vas-tu, Agnès ? demanda-t-il d'un ton grave.

Le geste que la jeune femme faisait pour brosser le cheval s'interrompit un instant…

… puis reprit, calme et régulier.

— Ce n'est pas moi qui ai manqué perdre un œil, dit-elle d'un ton qu'elle voulait léger.

La Fargue sourit.

Il aurait aimé dire qu'il ne songeait plus au bandeau qu'il portait, mais son œil gauche le faisait encore souffrir et tolérait mal la lumière.

— Je te connais bien, Agnès. Il y a quelque chose que tu ne dis pas…

Elle ne répondit pas, continua à brosser.

— Si tu ne veux pas en parler, soit, reprit La Fargue. Mais sache que je serai toujours prêt à t'écouter… Cependant… (Il hésita.) Cependant tu as été bien traitée, n'est-ce pas ?

— Par les Châtelaines ? Aussi bien que l'on peut l'être quand on est au secret dans un cachot parfaitement obscur… Mais ce qui m'était le plus insupportable, c'était de croire Ballardieu mort. Et par ma faute.

Comprenant, le vieux gentilhomme acquiesça.

— Alors qu'est-ce qui te tracasse, désormais ?

— À part la menace d'un dragon détruisant Paris ?

— Oui, à part cela.

Agnès reposa la brosse et, flattant le col de Courage, avoua :

— Je repense sans cesse à ce que sœur Béatrice m'a dit. Ou plutôt, à ce qu'elle a tenté de me dire… J'essaie de me souvenir du moindre de ses mots, mais c'était si confus…

Et comme La Fargue, par son silence attentif, l'encourageait à poursuivre, la jeune baronne dit, le regard perdu dans le vague :

— Il était question d'arcanes… Et d'un héritier… Et aussi de l'Alchimiste des Ombres.

— L'Alchimiste ? Tu es bien sûre ?

Agnès haussa les épaules.

— Je ne le jurerais pas, mais j'y ai bien réfléchi. Et je pense que l'expédition que la sœur Bénédicte a commandée en Alsace avait pour but d'éliminer un dragon. Elle est une Louve blanche, après tout. Et puisqu'un détachement de gardes noirs l'accompagnait… En outre, seul un combat contre un dragon peut avoir provoqué le terrible état de faiblesse dans lequel elle était quand je l'ai retrouvée. Je pense même que la vision qu'elle a partagée avec moi lui est venue lors de son combat contre ce dragon, là-bas, en Alsace…

— Et ce dragon, ce serait l'Alchimiste.

— Oui.

— Alors voilà pourquoi sœur Béatrice voulait te mettre en garde contre lui. Comme elle ne pouvait savoir que nous l'avions capturé, elle devait croire la reine encore en danger.

— C'est ce que j'ai pensé, oui.

— Mais tu ne le penses plus ?

— Je ne sais pas, lâcha Agnès en s'agaçant contre elle-même. Je ne sais plus.

La Fargue se leva et, posant les mains sur les épaules de la jeune femme, attendit qu'elle le regarde dans les yeux pour lui dire :

— L'Alchimiste est mort, Agnès.

Incertaine, elle se dégagea doucement.

— Je le sais, capitaine… Pourtant… Pourtant quelque chose me dit que nous n'en avons pas encore fini avec lui.

2

Assis dans son carrosse qui roulait au pas, des coussins calés sous ses pieds et contre ses reins, le cardinal de Richelieu lâcha :

— J'hésite.

— J'irai moi-même mener les négociations, dit le Père Joseph. Et si rien n'en sort, il sera encore temps de renoncer.

— Au risque de déplaire au pape.

— Certes, reconnut le moine capucin.

Âgé d'une cinquantaine d'années, il était vêtu d'une robe de bure et chaussé de sandales, une simple corde lui servant de ceinture. Il était depuis longtemps le conseiller privilégié du Cardinal, son « Éminence grise », celle qui agissait dans l'ombre.

— Est-on bien assuré, au moins, d'avoir tiré tout ce que l'on pouvait tirer de cet homme ? s'inquiéta Richelieu. Après tout, il n'y a pas si longtemps qu'il est entre nos mains…

— Je le crois, oui.

— A-t-il été soumis à la question ?

— Oui, monseigneur. Plusieurs fois. Par les Châtelaines et parfois en ma présence.

Le Cardinal baissa les yeux sur Petit-Ami qui somnolait lové sur ses genoux et que les cahots ne semblaient pas déranger. Il aimait bien ce dragonnet qui lui avait été offert par le roi. Sa couleur pourpre en faisait une rareté, mais le prix que le ministre principal de Sa Majesté attachait à ce petit reptile allait au-delà.

— Je préférerais savoir pourquoi le pape tient tant à cet homme, dit-il.

— Sans doute pour apprendre ce qu'il nous a appris.

— Et que nous propose-t-on en échange de notre prisonnier ?

— Assez peu. Mais comme nous sommes en dettes avec Rome…

Les deux hommes échangèrent un long regard, jusqu'à ce que Richelieu dise :

— Où cela doit-il avoir lieu ?

— Au château de Mareuil-sur-Ay.

— C'est entendu. Chargez-vous de cela… Mais veillez néanmoins à ce que le jeu en vaille la chandelle. Veillez également à ce que les Sœurs de Saint-Georges n'aient pas vent de la chose trop tôt, car elles pourraient vouloir garder le marquis de Gagnière pour elles seules.

*

Ce matin-là, Antoine Leprat, chevalier d'Orgueil, apporta une attention particulière à sa tenue.

Rasé de frais, la moustache et la barbiche soigneusement lissées, il passa une chemise et des bas propres, enfila des chausses et un pourpoint encore tiède du fer de sa logeuse. Il avait ciré ses bottes la veille. Il les examina néanmoins, les mit, tapa du talon pour y être à son aise. Il ajusta son baudrier et lui accrocha sa rapière blanche, dont il s'assura qu'elle pesait à la bonne hauteur contre sa hanche droite et coulissait bien dans le fourreau. Enfin, après un dernier coup d'œil à la belle casaque bleue étendue sur son lit, il referma la porte de sa modeste chambre, où tout était en ordre et le ménage fait.

Ayant coiffé son feutre dans l'escalier, il trouva Athos qui l'attendait en bas de chez lui, rue Cocatrix, à l'heure dite. Ils se saluèrent gravement avant d'aller chercher leurs chevaux dans l'écurie la plus proche. Il faisait beau temps mais ni l'un ni l'autre n'avait la tête à s'en réjouir. Leprat songea néanmoins qu'il lui faudrait s'efforcer de garder le soleil dans le dos.

Un quart d'heure plus tard, Athos et lui quittaient l'île de la Cité par le Petit-Pont.

— Je vous remercie d'être à mon côté, Athos.

— Je suis votre témoin.

— Précisément.

Comme Leprat s'y attendait, sa violente altercation avec Broussière et Sardent n'était pas restée sans suite. Quoi de plus normal, d'ailleurs ? Il avait brisé le nez du premier et manqué d'embrocher le second sans autre forme de procès, sous le coup d'une colère que les provocations de Sardent avaient déclenchée. L'affaire était trop grave pour se régler autrement que par un duel, et il avait été décidé que Leprat affronterait Sardent d'abord et Broussière plus tard, dès que possible. Les détails de la première rencontre avaient été promptement réglés. Il fallait faire vite car plus le temps passait et plus la nouvelle risquait de s'ébruiter. Or les duels étaient interdits par des édits royaux que les mousquetaires de la Garde étaient — précisément — chargés de faire respecter. Certes, le roi leur pardonnait beaucoup, surtout si c'était aux dépens des gardes du Cardinal. Mais le capitaine Tréville ne pouvait tolérer que ses mousquetaires se querellent et s'écharpent. Il interdirait le duel s'il en entendait parler, ce qui ne laisserait d'autre choix à Leprat et Sardent que de lui désobéir et d'en assumer les conséquences. Mieux valait, donc, s'entre-tuer au plus vite.

Rive gauche, Leprat et Athos bifurquèrent bientôt dans la rue Galande. Ils passèrent par la place Maubert et empruntèrent la rue Saint-Victor jusqu'à la porte du même nom. Dans le faubourg, ils longèrent les murs de l'abbaye Saint-Victor, puis ceux du Jardin royal des Plantes médicinales, vaste domaine qui sortait à peine de terre et derrière lequel les duellistes étaient convenus de s'affronter.

— Les voici, dit Athos.

En effet, Sardent et Broussière, qui servirait de témoin et dont le nez s'ornait d'un large pansement, arrivaient du faubourg Saint-Jacques par la rue d'Orléans. Eux aussi étaient à cheval. Athos et Broussière se saluèrent mais les deux autres n'échangèrent pas un mot, ni même un regard. Et si Sardent semblait furieux, Leprat ne laissait rien transparaître.

Contournant le vaste chantier de ce qui deviendrait un jour le célèbre Jardin des Plantes, les quatre cavaliers approchèrent du lieu prévu de la rencontre. L'endroit semblait idéal : plat, dégagé et à l'abri des regards indiscrets…

À ceci près que quelqu'un s'y trouvait déjà.

Assis sur une grosse pierre, l'homme avait coiffé son genou de son chapeau. Il portait la casaque bleue à galons d'argent des mousquetaires du roi, et sifflotait en rafistolant la bride de son cheval.

Lequel, placide, attendait.

— Alors ? dit d'Artagnan sans lever les yeux de son ouvrage. On se promène ? J'aime beaucoup ce lieu, moi aussi. C'est tranquille. On y est fort bien pour réfléchir…

Ayant achevé sa réparation, il mit son feutre, se leva et — avec un sourire innocent et un regard plein de gravité — ajouta sur le ton de la conversation :

— Malheureusement, il semble que nous ayons tous eu la même idée de nous retirer ici ce matin. Comme j'étais le premier arrivé, je pourrais rester et vous obliger à aller ailleurs. Mais cela donnerait peut-être à penser que je fais valoir mon grade, or je veux être bon camarade. Aussi, que diriez-vous si nous renoncions ensemble à nos projets immédiats ?

*

La Fargue trouva Saint-Lucq qui entraînait Agnès à l'escrime dans la grande salle, sous le regard attentif de Ballardieu. Laincourt et Marciac étaient également présents. Le Gascon — qui avait passé la majeure partie de la nuit à boire et à jouer — dormait sur une chaise dangereusement penchée en arrière, les pieds croisés sur un rebord de fenêtre. Laincourt, lui, lisait le dernier numéro de la *Gazette*, où il n'était question que du dragon qui avait attaqué le Châtelet.

Trempée de sueur, la baronne de Vaudreuil ne ménageait pas ses efforts. Car si elle ressentait le besoin de se dépenser, il lui fallait surtout s'habituer à sa nouvelle épée. Celle-ci était un peu plus longue et plus lourde que celle qu'elle avait portée des années durant, et qui lui avait été prise par les Sœurs de Saint-Georges. Et pour être d'excellente facture, elle n'en était pas moins une rapière d'homme qui fatiguait vite son bras.

Au terme d'un assaut, Agnès se fendit brusquement. Saint-Lucq para, esquissa une riposte mais feinta et porta un coup d'estoc particulièrement traître. Formée par les meilleurs, la baronne de Vaudreuil ne donna pas dans le piège. Sa contre-attaque fut immédiate et Saint-Lucq y aurait perdu un œil sans ses réflexes et son calme de sang-mêlé. Les deux escrimeurs s'écartèrent l'un de l'autre et se saluèrent.

— Bravo, commenta La Fargue.

Ballardieu voulut applaudir, tâche que compliqua le cornet de petits choux à la crème qu'il tenait d'une main et dans lequel il piochait de l'autre.

— Merci, dit Agnès.

Posant son épée, elle attrapa une serviette pour s'essuyer le visage, la nuque et la gorge. Elle était essoufflée mais satisfaite, comme repue. L'exercice lui avait fait un bien fou.

Saint-Lucq rengaina en silence.

— J'ai décidé de me fier à ton intuition, Agnès, annonça La Fargue. (Et pour les autres, il expliqua :) Agnès pense que nous n'en avons pas encore fini avec l'Alchimiste des Ombres.

Bouche pleine, Ballardieu ouvrit des yeux ronds et leva un index pour objecter quelque chose, mais la jeune femme le prit de vitesse :

— Oui, Ballardieu, je sais que l'Alchimiste est mort.

Intéressé, Laincourt referma sa *Gazette*. Marciac dormait toujours sur sa chaise en équilibre, un léger sourire aux lèvres dans la tiédeur des rayons qui traversaient les carreaux. Ballardieu baissa le doigt.

— Mais j'ai des raisons de penser qu'il est une des clés du mystère qui nous intéresse, poursuivit Agnès.

— Des raisons ? releva Saint-Lucq.

— D'accord. Il s'agit plutôt d'un sentiment, d'une intuition.

— Cela peut suffire, lui accorda le sang-mêlé avec une facilité qui étonna Laincourt.

— N'empêche, dit Ballardieu après avoir dégluti, l'Alchimiste est mort. Il sera donc difficile de lui faire des questions… Si seulement nous avions encore l'Italienne sous la main !

Cette Italienne était une aventurière qui louait volontiers ses services — au demeurant excellents — d'intrigante, d'espionne et de séductrice. Les Lames avaient croisé sa route dernièrement, quand elle avait offert de vendre à la France de précieux renseignements au sujet d'un complot menaçant la Couronne. Indirectement, ces renseignements avaient permis la capture de l'Alchimiste des Ombres. Mais l'Italienne ne perdait jamais de vue ses propres intérêts. Fidèle à sa réputation de duplicité, elle avait utilisé les Lames à son avantage avant de recouvrer la liberté en toute impunité, grâce à l'intervention d'un puissant protecteur : le pape Urbain VIII.

— Oublions l'Italienne, dit La Fargue. Quand nous l'avons arrêté, l'Alchimiste servait Mme de Chevreuse en qualité de maître de magie. Nous savons qu'il avait ainsi réussi à gagner sa confiance, ainsi que celle de la reine. Il se faisait passer pour un certain…

Il chercha.

— Charles Mauduit, indiqua Laincourt. Lequel existe, au demeurant. Ou du moins existait.

— Qui était-il ? s'enquit Agnès.

— Un philosophe et un mage itinérant. Sa renommée est moindre, mais ses rares ouvrages sont estimés dans certains cercles initiés. On ne le connaît d'ailleurs que par ses écrits. Et fort mal, comme je viens de le dire.

— Bref, dit Saint-Lucq, ce maître de magie avait un nom mais point de visage. Cela faisait de lui la victime idéale, considérant les projets de l'Alchimiste. Vous pouvez être assurés que le véritable Mauduit est mort.

— Revenons à l'Alchimiste et à la Chevreuse, exigea La Fargue. Volontairement ou non, elle fut la complice de celui qu'elle prenait pour Mauduit. Sans doute sait-elle à son sujet des choses qui peuvent nous intéresser. En outre, il n'a pu tomber du ciel et devenir du jour au lendemain le maître de magie de l'une des plus grandes maisons de France. Comment s'est-il introduit dans l'entourage de la duchesse de Chevreuse ? Et surtout, par qui ?

La question resta en suspens et, à Marciac près, chacun convint qu'elle méritait une réponse.

— Croyez-vous que la duchesse vous recevrait ? demanda le capitaine des Lames en se tournant vers Laincourt.

L'ancien espion du Cardinal réfléchit un bref moment.

— Oui, répondit-il.

— Parfait. Alors allez la voir et interrogez-la. Soyez habile, car il n'y a rien que nous puissions lui offrir pour encourager son bon vouloir. Marciac vous accompagnera.

Le Gascon ouvrit un œil en entendant son nom.

*

Marciac et Laincourt attendirent la fin de la matinée pour se rendre chez la duchesse de Chevreuse, une dame de sa qualité ne recevant personne avant le milieu de la journée. Pour quitter le faubourg Saint-Germain, ils passèrent par le pont Rouge, lequel présentait l'inconvénient d'être payant mais évitait un large détour par le Pont-Neuf et sa foule. Puis, rive droite, ils longèrent la Seine à rebours de son cours, avant d'emprunter l'une des larges voûtes traversant la Grande Galerie, long bâtiment qui longeait le fleuve et reliait le Louvre au palais des Tuileries. Ils allèrent à pied, sans craindre pour leurs bottes ni leurs chausses car le soleil de plomb qui faisait de Paris une fournaise puante avait au moins l'avantage de sécher la boue des rues en une croûte dure.

Chemin faisant, Laincourt demanda sur le ton de la conversation :

— Ce matin, lorsque Agnès a reconnu qu'elle avait seulement l'intuition que nous devions toujours nous intéresser à l'Alchimiste des Ombres, cela a semblé suffire à convaincre Saint-Lucq…

Marciac sourit.

— C'est que nous avons appris à nous fier aux intuitions d'Agnès. Cela vous viendra aussi, vous verrez.

— Vraiment ?

— Agnès… Vous savez qu'elle a manqué de peu rejoindre les Châtelaines, n'est-ce pas ? Elle serait même devenue une Louve blanche, si elle avait pris le voile. Cela n'est pas par hasard et… et il lui en est resté quelque chose.

— Comment cela ?

Une moue vague aux lèvres, le Gascon chercha ses mots.

— Quelque chose… Quelque chose d'inexplicable…

Laincourt savait quand d'innocentes questions devenaient une sorte d'interrogatoire. Il n'insista pas.

La Grande Galerie au sud et la rue Saint-Honoré au nord délimitaient un vieux quartier de ruelles étriquées et misérables qui déparaient à proximité du Louvre. C'est pourtant là, rue Saint-Thomas-du-Louvre, que se trouvait le magnifique hôtel de Chevreuse, où d'élégantes fêtes mondaines étaient encore données quelques jours plus tôt, avant la récente disgrâce de la maîtresse des lieux.

À leur arrivée, Marciac et Laincourt trouvèrent le monumental portail de l'hôtel de Chevreuse assiégé. Devant lui s'était formé un attroupement bruyant d'hommes et de femmes qui se bousculaient et gênaient la circulation dans la rue, ce qui ne faisait qu'ajouter au désordre. Fermes et impassibles, des gardes du Cardinal en casaque écarlate empêchaient d'entrer malgré les protestations et les poings levés, pendant qu'un officier s'efforçait en vain de se faire entendre. Ayant renoncé, celui-ci donna l'ordre à ses hommes de faire de la place tandis que les grands battants sculptés s'animaient, s'entrouvraient, s'écartaient largement. Les gens assemblés crurent qu'on allait leur donner satisfaction. Ils se calmèrent, reculèrent devant les gardes qui élargissaient leur demi-cercle, jouèrent tout de même un peu des coudes, chacun veillant à ne laisser personne lui passer devant.

Mais il n'était pas question de permettre à quiconque d'entrer.

Lentement, pesamment, une tarasque parut, attelée à un train de deux chariots chargés de ballots, de coffres et de meubles. Deux tarasquiers armés de piques menaient l'énorme reptile à carapace qui, sur ses six courtes pattes, s'engagea à gauche dans la rue Saint-Thomas-du-Louvre, vers la rue Saint-Honoré. Des valets escortaient le convoi.

Marciac et Laincourt n'attendirent pas de voir comment les portes seraient refermées, certains tentant déjà de se faufiler dans la cour de l'hôtel de Chevreuse, où d'autres gardes veillaient. Ils connaissaient les Parisiens et leur propension à la révolte. La chaleur n'aidant pas à calmer les esprits, cette situation risquait de tourner à l'émeute sanglante face à des hommes en armes.

— Rencontrer la duchesse ne va pas être simple, commenta le Gascon.

Laincourt avait fréquenté l'hôtel de Chevreuse dernièrement. Il connaissait donc les lieux et dit :

— Il y a derrière un grand jardin qui s'étend jusqu'à la rue Saint-Nicaise. Le mur est percé d'une petite porte qui…

— Croyez-vous vraiment qu'elle n'est pas gardée ? Ou que nous la trouverons ouverte ?

— Non. Vous avez raison.

— Commençons par comprendre de quoi il retourne, voulez-vous ?

Ils prirent alors une table dans une taverne toute proche, près d'une fenêtre qui leur permettait d'observer la rue et les abords du portail assiégé.

— Que se passe-t-il donc à l'hôtel de Chevreuse ? demanda Marciac.

L'endroit était sale et puant, et l'on n'y servait qu'une infâme piquette. Mais le patron ne demandait qu'à parler.

Ils apprirent ainsi que le roi avait, dans la matinée, prononcé en son Conseil le bannissement de Mme de Chevreuse, laquelle avait une nouvelle fois participé à un complot contre le cardinal de Richelieu. Un bannissement point trop lointain, cependant, puisqu'elle serait assignée à résidence en Touraine, dans son château de Couzières. Mais la nouvelle avait inquiété les nombreux fournisseurs auxquels la duchesse devait parfois des fortunes, et qui étaient venus réclamer d'être payés. Malheureusement, sauf autorisation spéciale, le roi avait interdit les visites à Mme de Chevreuse, ce dont elle se félicitait sans doute pour l'instant.

Pour Laincourt et Marciac, les nouvelles étaient mauvaises.

— Il ne fait aucun doute que la duchesse est surveillée, dit le Gascon. Il ne suffira donc pas d'enjamber le mur de son hôtel pour la rencontrer…

— Et le temps presse. Car elle prendra bientôt le chemin de Couzières.

— Peut-être sera-t-il plus facile de l'atteindre là-bas, loin des espions qui grouillent à Paris.

— Peut-être, oui, répondit Laincourt en se tournant vers la fenêtre.

C'est alors qu'il vit un spectre qui le hantait de moins en moins souvent, celui du Vielleux qui était naguère son contact lorsque lui, Laincourt, était espion au service du cardinal de Richelieu. Son antique vielle en bandoulière, le vieillard se tenait au coin de la rue et, du doigt, il désignait Jules Bertaud qui sortait de l'hôtel de Chevreuse. Bertaud était ce libraire spécialisé dans les ouvrages ésotériques qui s'était pris d'affection pour Laincourt, au point de le traiter comme un neveu aimé, sinon comme un fils. Vêtu d'un long gilet sans manches et coiffé d'un bonnet posé de travers, l'homme s'en allait en feuilletant un cahier, totalement absorbé par sa lecture.

— Attendez-moi, lâcha Laincourt en plantant Marciac sur place.

Dehors, il retrouva ses vieux réflexes d'espion et s'assura d'abord que celui qu'il comptait rejoindre n'était pas suivi. Après quoi, dès qu'il en fut convaincu, il pressa discrètement le pas et rattrapa Bertaud près de l'église Saint-Thomas-du-Louvre qui, dédiée à saint Thomas de Canterbury, avait donné son nom à la rue. L'ayant abordé, il entraîna le libraire dans la petite rue Doyenné, sous prétexte de se mettre à l'ombre.

— Mais que faites-vous donc ici ? s'étonna aimablement Bertaud.

Par le coude, l'autre acheva de l'attirer à l'écart des regards indiscrets.

— J'allais vous poser la même question, Jules.

Bertaud fronça les sourcils, regarda à droite et à gauche.

— Que se passe-t-il ? demanda-t-il.

— Tout va bien. N'ayez aucune inquiétude.

Le libraire, cependant, n'était pas un imbécile.

— Mais ce n'est pas un hasard si je vous croise près de l'hôtel de Chevreuse, n'est-ce pas ?

— Non. Qu'y faisiez-vous ?

— Est-ce important ?

— Peut-être.

Bertaud haussa les épaules.

— Mme de Chevreuse souhaite se débarrasser des livres de son cabinet de magie. Elle m'a chargé d'en établir l'inventaire et d'en régler la vente. Voilà. Aucun mystère à cela.

Ces livres, l'Alchimiste des Ombres les avait sans doute réunis pour la plupart, lorsqu'il se faisait appeler Charles Mauduit et servait la duchesse de Chevreuse en qualité de maître de magie. Mais Laincourt ne s'arrêta pas sur cette idée et dit :

— Vous avez donc vos entrées à l'hôtel de Chevreuse.

— Oui.

— Vous serait-il possible de transmettre un message à la duchesse ?

*

Il y avait maintenant plus d'une heure que Leprat, en casaque et sa rapière blanche au côté, attendait dans la petite antichambre de M. de Tréville. Rue du Vieux-Colombier, le capitaine des mousquetaires de la Garde avait aménagé deux antichambres qui, chacune, communiquaient avec son cabinet de travail par une porte différente. La « grande antichambre » était pour les solliciteurs et les visiteurs ordinaires. La « petite » était pour les autres.

Leprat se tenait devant la fenêtre et patientait en observant les préparatifs auxquels les mousquetaires se livraient dans la cour. Chacun vérifiait son équipement, cirait ses bottes, sellait son cheval, aiguisait son épée à la meule d'un rémouleur ambulant, faisait provision de victuailles, saluait un ami, embrassait sa maîtresse, acceptait d'elle un ruban ou un mouchoir parfumé. La compagnie était sur le départ. Ce soir, le roi coucherait au château de Saint-Germain et, comme de juste, ses mousquetaires l'accompagnaient.

Antoine Leprat, lui, ignorait où il coucherait. En revanche, il savait fort bien pourquoi Tréville l'avait convoqué : il ne pouvait s'agir que de sa querelle avec Sardent.

Un secrétaire, enfin, le fit entrer dans le cabinet du

capitaine. Celui-ci, comme souvent lorsqu'il avait une décision difficile à prendre, tournait le dos à la pièce et regardait par la fenêtre. Le vieux Tréville avait combattu au côté d'Henri IV avant de servir Louis XIII. C'était un homme d'action qui peinait à rester trop longtemps assis. Des fourmis lui venaient rapidement dans les jambes.

Leprat se planta au garde-à-vous et attendit, silencieux, son chapeau à la main. S'il savait qu'il risquait d'être renvoyé, il se refusait par avance à présenter des excuses. À Broussière peut-être, car celui-ci avait assez injustement fait les frais de sa colère. Mais pas à Sardent, qui l'avait insulté. Entre Sardent et lui, d'ailleurs, l'affaire se réglerait immanquablement par un duel. En arrivant le premier derrière le Jardin royal des Plantes médicinales, ce matin, d'Artagnan n'avait fait que retarder l'inévitable entre deux hommes condamnés à s'affronter par les règles de l'honneur.

— Une rixe, dit le capitaine après un silence. Dans une auberge. Entre trois de mes mousquetaires... (Il se retourna subitement et planta son regard dans celui de Leprat.) Ce sont là manières de traîne-rapière et non de gentilhomme, non de mousquetaire... Et pourtant... Et pourtant je sais le respect que vous vouez à votre casaque...

Hochant la tête en homme désolé mais résigné à sévir, Tréville alla s'asseoir à sa table de travail.

— Je sais également que cette affaire ne peut être réglée que par un duel d'honneur. Je le sais, mais ne puis le permettre. Vous comprenez, n'est-ce pas ?

Leprat acquiesça, toujours silencieux. Il fronçait le sourcil, cependant. Tréville ignorait-il que Sardent et lui avaient voulu s'affronter quelques heures plus tôt, faubourg Saint-Victor ?

— En outre, si vous gagnez ce duel, reprit le vieux gentilhomme, un ami de Sardent vous cherchera querelle par vengeance. Et si vous gagnez cet autre duel… Bref, vous finirez par vous faire tuer, et aurez occis ou estropié la moitié de ma compagnie avant ça… Cela non plus, je ne puis le permettre.

De nouveau, Leprat acquiesça sans mot dire.

C'était maintenant certain : Tréville ne savait rien du duel manqué. D'Artagnan avait donc gardé le secret, ce qui était bien dans sa manière. En empêchant la rencontre par sa seule présence et en faisant mine de ne s'apercevoir de rien, l'habile lieutenant avait réussi à agir selon son grade sans pour autant imposer son autorité. Cette ruse, en outre, le dispensait de faire un rapport : un moyen de protéger ses compagnons d'armes.

— Car il se trouve, poursuivit Tréville, que je tiens autant à la moitié de ma compagnie qu'à l'entièreté de votre personne…

Cette fois, Leprat tiqua légèrement. Tréville pouvait-il en savoir plus qu'il ne le montrait ? Avait-il choisi de sauvegarder les apparences pour ne pas avoir à prendre des mesures disciplinaires radicales ?

Leprat hésita, puis hasarda :

— Mer… Merci ?

— Je vous en prie. C'est donc pour préserver votre personne et ma compagnie que je vais éloigner l'une de l'autre. Monsieur le chevalier d'Orgueil, vous partez ce soir en mission d'escorte.

*

L'Enlumineur arriva à Paris par la porte Saint-Antoine, sous un soleil incandescent qui l'obligea à plisser les paupières.

Grand et lourd, ventru, il était monté sur un cheval bai et tirait derrière lui une mule qui transportait ses bagages. Il était coiffé d'un béret orné d'une plume de faisan, avait aux pieds des bottes avachies et élimées. Il portait un habit bleu poussiéreux. Sous son pourpoint ouvert, sa chemise était tachée de sueur et, par son col largement écarté, foisonnait un poil aussi dru et noir que celui de sa barbe. Il transpirait beaucoup. Une puissante odeur de musc se dégageait de lui et son souffle ronflait sourdement. À son côté pendait une *schiavone*, forte épée à lame droite dont la garde enveloppait toute la main et rejoignait le pommeau. Cette arme italienne équipait traditionnellement les gardes dalmates de la République de Venise.

Quittant la rue Saint-Antoine et sa foule, l'Enlumineur prit bientôt la rue Saint-Paul jusqu'à la Seine, dont il suivit le cours pour se rendre aux Écailles.

Les Écailles.

Ainsi surnommait-on l'île Notre-Dame, c'est-à-dire l'île Saint-Louis d'aujourd'hui. Longtemps restée sauvage, elle avait été adoptée par les dracs qui avaient fait d'elle un village, un dédale humide et toujours pourrissant de masures et de pilotis, de passerelles branlantes et de sombres venelles. Le jour, l'île de Notre-Dame-des-Écailles semblait être un village lacustre misérable, des profondeurs duquel montaient des puanteurs de marécage viciées. Mais dès la nuit tombée, les Écailles devenaient le cœur palpitant d'une culture primitive et violente, qui s'exprimait à la lueur des torches, dans un air moite et chargé d'épices, au rythme de sinistres tambours célébrant des rituels anciens ou scandant des chants guerriers, des danses lascives, des épopées sanglantes. Ici, seules les lois et traditions tribales des dracs valaient.

Hormis en présence d'un dragon, cependant.

Après avoir franchi le pont de bois qui reliait la rive droite de Paris aux Écailles, l'Enlumineur vendit sa mule et loua deux esclaves dracs pour porter ses bagages. Le marchand auquel il s'adressa ne négocia pas. D'ordinaire âpre au gain, le vieux drac n'osa même pas le regarder dans les yeux : il savait reconnaître un dragon, et particulièrement lorsque ce dragon laissait irradier son aura de puissance, ce que l'Enlumineur ne manquait jamais de faire en présence d'inférieurs. Si cette aura était parfois assez forte pour provoquer un malaise chez des humains, elle était comme une onde douloureuse qui résonnait au plus profond des dracs et réveillait en eux des instincts serviles et craintifs, ceux d'une race désormais affranchie mais que les Dragons Ancestraux avaient créée et longtemps dominée sans pitié.

Suivi de ses esclaves d'un jour, l'Enlumineur chevaucha dans les Écailles, conscient des regards méfiants et parfois haineux qu'il s'attirait. Il les méprisait, feignait de ne pas les voir, mais aimait les provoquer. Allant au pas et toisant son monde, il franchit bientôt un pont qui enjambait un canal étroit. Ce canal isolait une extrémité de l'île Notre-Dame et délimitait un quartier clos, pavé, où s'était établie une communauté décadente de dragons derniers-nés. Les rumeurs les plus folles couraient sur ce ghetto dont les mystérieuses habitations étaient défendues par des murs sinistres et d'imposantes portes noires.

Au fond d'une ruelle encaissée, l'Enlumineur arriva devant l'une de ces portes. Sous une voûte de pierre d'où dégringolait un lierre écarlate, elle dressait deux battants rectangulaires dont le bois sombre, les épais panneaux, les gros clous à tête carrée et les solides ferrures avaient vieilli de longues années durant. La porte s'ouvrit lentement à l'approche du dragon, et révéla la cour d'une élégante demeure.

C'était l'hôtel des Arcanes.

Et là, sur les premières marches du perron, le Gentilhomme attendait en souriant.

— Soyez le bienvenu, lança-t-il.

Sans répondre, l'Enlumineur descendit de cheval et échangea avec le maître des lieux une accolade à laquelle il ne mit guère de cœur. Feignant de ne pas s'en rendre compte, le Gentilhomme dit :

— Je ne peux vous cacher le plaisir que j'ai à vous revoir, mon frère.

— Une chance que j'étais en Lorraine, répondit froidement l'autre. Quand aura lieu l'Assemblée ?

— Bientôt. (Et remarquant les esclaves dracs qui patientaient, le Gentilhomme demanda :) Qu'est-ce que c'est que ça ?

— Mes bagages. Mais les esclaves ne sont que loués. Quelqu'un viendra les chercher demain.

— Ah ! lâcha un Gentilhomme légèrement déconcerté. Avez-vous dîné ?

Le dîner, à l'époque, était le repas de la mi-journée.

— Peu.

— Alors venez, j'ai fait préparer une collation.

En entrant, les dragons croisèrent trois domestiques qui, le teint pâle et le regard vide, sortirent s'occuper des bagages, des esclaves et du cheval de l'Enlumineur.

*

Tandis que l'Enlumineur mangeait avec énergie mais sans manifester ni satisfaction ni déplaisir, le Gentilhomme se contenta de lui tenir compagnie en sirotant un verre de jusquiame dorée. Ils étaient seuls dans un salon luxueusement meublé de l'hôtel des Arcanes et parlèrent peu : l'Enlumineur, lorsqu'il se restaurait, ne voulait faire que ça. Enfin, repu, il chassa le valet qui le servait, but une dernière gorgée de vin, s'essuya les doigts dans la nappe et lissa sa barbe légèrement grasse.

— À mon tour de demander, dit-il en désignant du pouce le valet qui sortait.

Celui-là aussi était un jeune homme livide et muet, au regard vague et aux gestes lents.

— La dernière lubie de la Magicienne, expliqua le Gentilhomme. Elle trouve élégant d'avoir une domesticité humaine. Mais ne me demandez pas le secret de la potion qu'elle leur fait boire…

— Est-elle là ?

— La Magicienne ? Bien sûr… Elle nous rejoindra sans doute au souper.

Un silence s'installa entre les deux dragons. Leurs regards se croisèrent et se fixèrent l'un à l'autre.

— L'Hérésiarque m'envoie, lâcha l'Enlumineur.

— Bien.

— Il m'a chargé d'une mission.

— Laquelle ?

— Si l'Hérésiarque souhaite que vous le sachiez…

— … l'Hérésiarque me le dira. Soit.

Le Gentilhomme n'insista pas.

À l'égard de l'Hérésiarque, l'Enlumineur manifestait la fidélité d'un chien de garde. Ce que l'Hérésiarque voulait, l'Enlumineur le faisait. Sans jamais discuter, ni beaucoup réfléchir.

— Avez-vous besoin de quoi que ce soit ? demanda froidement le Gentilhomme.

— D'or.

— Vous l'aurez. Et sinon ?

— De rien d'autre pour l'instant.

— Alors en ce cas…

Il se leva et allait se retirer quand l'Enlumineur dit en haussant légèrement le ton, comme s'il concluait une discussion par un ultime argument :

— Ce que l'Hérésiarque a fait, il l'a fait pour le bien des Arcanes. La mort de l'Alchimiste était nécessaire. Il avait failli et allait tomber aux mains des Châtelaines, comme s'il n'avait pas suffi qu'il se laisse abuser par cette… par cette Italienne ! (Le dragon s'était animé. Il recouvra son calme.) N'importe, fit-il. Pour l'Alchimiste, le temps pressait et l'Hérésiarque devait agir. Nécessité fit loi.

Et comme le Gentilhomme le regardait sans répondre, il demanda après un silence :

— Soutiendrez-vous l'Hérésiarque lors de la prochaine Assemblée des Arcanes ?

— L'Hérésiarque en douterait-il ?

— Si nos adversaires l'emportent, cela peut nous valoir le Glaive Ardent…

— Ai-je déjà tremblé ? lança le Gentilhomme avec assurance en tournant les talons.

Mais son visage se fit grave dès que l'Enlumineur ne put le voir.

*

De retour à l'hôtel de l'Épervier, Marciac et Laincourt rapportèrent à La Fargue et Saint-Lucq ce qu'ils avaient appris rue Saint-Thomas-du-Louvre.

— Ce n'était qu'une question de temps avant que le roi ordonne l'éloignement de Mme de Chevreuse, commenta le capitaine des Lames. Mais quand on sait qu'elle a failli livrer la reine à la Griffe noire, on ne peut s'empêcher de penser qu'une retraite en son château de Couzières n'est pas un châtiment trop cruel... Reste que cela n'arrange pas nos affaires.

— Quand la duchesse doit-elle quitter Paris ? s'enquit Saint-Lucq.

— Très bientôt, répondit Marciac.

— Et pour l'heure, des gardes du Cardinal veillent étroitement sur son hôtel, d'où il lui est interdit de sortir...

— Oui. Impossible d'entrer sans montrer patte blanche.

— Aucune visite ?

— Aucune.

— Des lettres ?

— Toutes soumises à la censure du Cardinal.

Contrarié, La Fargue grimaça.

Entra Agnès qui s'en revenait d'une longue promenade à cheval, Ballardieu aidant André à s'occuper des chevaux dans l'écurie.

— Que se passe-t-il ? lança-t-elle à la cantonade.

Marciac la mit au fait.

— Aïe ! fit-elle quand elle en sut autant que les autres.

— Mais Arnaud a peut-être une solution, précisa le Gascon.

— Je connais quelqu'un qui est libre d'aller et venir à sa guise chez Mme de Chevreuse, expliqua Laincourt. Il s'agit de Jules Bertaud, un libraire de mes amis.

— Et que fait-il chez la duchesse, ce libraire ? demanda La Fargue.

— Il s'emploie à disperser la bibliothèque de son cabinet de magie.

— Accepterait-il de jouer les messagers ?

— Je le lui ai demandé et il a déjà répondu oui.

— L'homme est-il sûr ? s'enquit Agnès.

— Je le crois.

La Fargue se gratta la barbe en réfléchissant.

— Je préférerais que vous en soyez certain, dit-il.

— Bertaud est libraire, rétorqua Laincourt. Il n'est pas espion. Je le connais depuis longtemps mais je ne puis répondre de lui absolument.

Le vieux capitaine haussa les épaules : la seule autre solution était de demander un sauf-conduit au cardinal de Richelieu.

— Faute de grive..., lâcha-t-il.

— Mais il y a quand même un problème, releva Agnès. (Et comme les autres la regardaient avec curiosité, elle expliqua :) Je puis me tromper, mais je doute que la duchesse de Chevreuse soit en mesure de dire un mot ou faire un pas chez elle sans que le Cardinal l'apprenne aussitôt. Elle est très certainement soumise à une surveillance aussi discrète qu'efficace, et cela de jour comme de nuit. Et j'apprendrais que les fréquentations de ce Bertaud sont elles aussi épiées, que je n'en serais pas étonnée le moins du monde...

— Tu as raison, dit La Fargue. (Puis, s'adressant à tous :) Il ne suffira pas de confier une lettre au libraire. Nous devons trouver pour lui un moyen de passer le message à la duchesse sans se compromettre ni alerter les mouches du Palais-Cardinal.

Laincourt acquiesça :

— Je vais y réfléchir, promit-il.

*

La Bastille avait été bâtie durant la seconde moitié du XIVe siècle pour renforcer les défenses de Paris à l'est. Dressée près de la porte Saint-Antoine, cette imposante forteresse commandait un bastion tourné vers le faubourg. Entourée d'un large fossé inondé par les eaux de la Seine, elle était flanquée de huit tours rondes qui portaient toutes un nom, telle la tour de la Chapelle ou celle du Puits. Des murs aussi hauts qu'elles les unissaient, et abritaient une cour où l'on entrait par un pont-levis qui s'abaissait à la rencontre d'un pont dormant enjambant le fossé. Mais encore fallait-il traverser deux cours extérieures pour arriver à ce pont. La première était la cour de l'Avancée. On y accédait librement par la rue Saint-Antoine ou par les jardins de l'Arsenal, et l'on y trouvait la caserne et les écuries de la garnison, ainsi que les boutiques auxquelles les prisonniers avaient le droit de se fournir. La seconde cour extérieure, plus petite, était gardée par une porte : là se trouvait la maison du gouverneur de la place.

La Bastille perdit son usage militaire durant le règne d'Henri IV. Le trésor royal y fut entreposé un temps. Puis Richelieu aménagea les caves et les étages de ses huit tours pour en faire une prison. Une prison d'État, cependant. C'est-à-dire où l'on ne pouvait être envoyé que sur ordre du roi, par lettre de cachet. Les prisonniers qu'on y enfermait se partageaient ainsi en deux catégories : les personnages illustres et influents, et les secrets ennemis de la France. Pour peu qu'ils en aient les moyens, les premiers jouissaient de conditions d'incarcération assez confortables. Les seconds, en revanche, étaient condamnés à une longue et anonyme solitude, sans l'espoir d'un procès ni d'un pardon.

Le Masque de Fer fut de ceux-là.

Mais d'autres le précédèrent.

*

Dans la cour de la Bastille, Leprat et les quinze cavaliers qu'il commandait patientaient. Il était le seul à avoir mis pied à terre près du fourgon attelé destiné au prisonnier qu'ils allaient escorter. Tous étaient aux mousquetaires de la Garde. Tous portaient la casaque bleue à croix et galons d'argent. Ils ne parlaient pas et restaient en ligne, attentifs, sévères, la crosse du mousquet posé sur la cuisse.

Parfois un cheval bronchait, vite maintenu.

Si le soir tombait à peine, la nuit s'était déjà installée entre les hauts murs. La cour était déserte et silencieuse, plongée dans la pénombre, comme écrasée par la masse des pierres grises qui l'entouraient. On avait donné un tour de clé dans toutes les serrures, jusqu'au lendemain. On avait poussé tous les verrous, serré toutes les chaînes, fermé toutes les portes. Renvoyés à leur solitude, les prisonniers savaient que les geôliers ne répondraient pas aux appels. Les sentinelles qui n'étaient pas sur le chemin de ronde luttaient contre l'ennui dans les corps de garde, autour de tables où roulaient les dés. Une quiétude étrange, un calme angoissant avait envahi la sinistre forteresse. Le temps semblait s'y être arrêté, ce qui n'était que vérité pour quelques malheureux.

Leprat ignorait qui était le prisonnier qu'il attendait.

Il savait seulement qu'il devait le conduire au château de Mareuil-sur-Ay, non loin d'Épernay et de la frontière avec la Lorraine. Là-bas, après quelques tractations diplomatiques, l'homme serait discrètement remis à un représentant du pape Urbain VIII. Peut-être était-il un espion que Sa Sainteté tenait à récupérer. Peut-être était-il un traître ou un criminel en fuite. Peut-être même était-il un agent étranger que Rome avait négocié pour le compte d'une nation amie. Quoi qu'il en soit, le prisonnier avait fait l'objet d'une obscure transaction au plus haut niveau de l'État. Et qu'allait-on obtenir en retour ? Un autre prisonnier ? Des documents ? Des informations ? À moins que la France ne cherche qu'à s'attirer les bonnes grâces du pape à la veille d'une guerre contre la Lorraine, c'est-à-dire contre une autre puissance catholique.

De tels échanges n'étaient pas si rares.

Fort de son expérience dans les Lames du Cardinal, Leprat n'avait d'ailleurs pas été étonné plus que cela lorsque le capitaine Tréville lui avait donné ses ordres. Et comprenant aussitôt de quoi il retournait, il s'était abstenu de poser trop de questions. Seules lui importaient les informations utiles au succès de sa mission. Le reste, il préférait ne pas le savoir. Il ne voulait plus se mêler d'intrigues et de politique. Désormais mousquetaire, il voulait seulement servir le roi dans l'honneur, en faisant son métier de soldat.

Derrière un officier, des arquebusiers sortirent en bon ordre de la tour du Puits. Ils encadraient un homme en bottes, chausses et chemise, qui avait les poignets entravés et dont le visage était dissimulé par un masque en cuir et fer riveté, avec trois ouvertures rectangulaires, une grande pour la bouche et deux petites pour les yeux. Il semblait jeune, était de taille moyenne, svelte et souple. Ses cheveux blonds lui tombaient aux épaules. Il avait la prestance d'un homme orgueilleux, raffiné, et qui n'a plus que sa fierté et son mépris à opposer à ceux qui se sont rendus maîtres de lui. Il s'arrêta en même temps que ses gardes et attendit, tête haute et dos droit.

L'officier s'avança, salua Leprat et reçut de lui une liasse de papiers qu'il consulta scrupuleusement. Pendant ce temps, le mousquetaire observa le prisonnier et s'interrogea. La silhouette de cet homme lui était vaguement familière, mais c'était encore le masque qui l'intriguait le plus. La précaution étant exceptionnelle, il se demandait ce qui la rendait nécessaire. Certes, il s'agissait d'empêcher qu'on reconnaisse le prisonnier. Mais pourquoi ?

Après avoir déclaré que tout était conforme, l'officier replia les documents et les rendit à Leprat. Puis il ordonna que l'on fasse monter le prisonnier dans le fourgon.

Sans doute parce qu'ils avaient vu plus d'un homme docile se rebeller au dernier moment, les soldats brusquèrent un peu le prisonnier qui, lorsqu'on le poussa, réagit comme si on lui brûlait l'épaule et fit volte-face. Un arquebusier levait déjà son arme, mais Leprat bondit et s'interposa avant que le coup de crosse s'abatte.

— Ce prisonnier est désormais le mien, dit-il. Et j'entends qu'il soit bien traité.

Cette intervention fit son effet sur les soldats, avant que leur officier les rappelle au respect de la discipline.

— Merci, monsieur, dit le prisonnier.

Cette voix !

Plissant les paupières, Leprat reconnut soudain les yeux que laissaient voir les ouvertures découpées dans le masque. Et parce qu'on n'oublie encore moins le regard que la voix d'un homme qui vous a froidement tiré une balle dans le cœur, il resta interdit pendant que les soldats emmenaient le prisonnier dans le fourgon attelé.

Il prit conscience qu'on lui parlait.

— Ces deux-ci pour les fers, disait l'officier en lui tendant un trousseau de petites clés. Celle-là pour le masque.

Le masque du prisonnier, en effet, était fermé par une serrure à l'arrière du crâne.

Distrait, Leprat acquiesça en empochant le trousseau.

— Des consignes particulières ? demanda-t-il machinalement.

— Aucune que vous ne connaissiez déjà. Mais soyez prudent, monsieur.

— Pourquoi ?

— Ce prisonnier qui vous est confié a manqué par deux fois d'être assassiné sous ma garde. D'abord par le poignard, ensuite par le poison. Le poignard blessa l'un de mes soldats et le poison tua un geôlier.

— Qui tenait le poignard ?

— Un fou qui s'est pendu avec sa ceinture avant de pouvoir être interrogé. Quant au poison…

— Je comprends. Merci, monsieur.

— Je vous en prie. Bonne chance.

Leprat monta en selle, plaça cinq de ses mousquetaires devant le fourgon et dix derrière. Puis il se dressa sur ses étriers et, lorsqu'il donna le départ, la grande cour s'emplit d'un brusque vacarme de sabots, d'essieux grinçants et de roues ferrées mordant le pavé.

Le prisonnier dissimulé derrière le masque de cuir et de fer était le marquis de Gagnière, un tueur froid et implacable.

Leprat avait eu le triste privilège de croiser sa route dernièrement, alors qu'il était en mission secrète pour le roi. Gagnière lui avait tendu un piège dont un homme seul n'avait aucune chance de réchapper, et il l'avait laissé pour mort après l'avoir — sans ciller — abattu d'une balle de pistolet à bout portant. Heureusement, Leprat était gaucher. La balle s'était logée dans le cuir épais de son baudrier d'épée, qui lui barrait donc la poitrine de gauche à droite. Peu après, les Lames du Cardinal avaient repris du service et affronté la Griffe noire en la personne d'une certaine vicomtesse de Malicorne, dont il s'était avéré que

Gagnière était l'âme damnée. La vicomtesse était parvenue à s'échapper. Le sinistre marquis, lui, avait été capturé et livré à la justice du Cardinal.

Que lui, Antoine Leprat, se retrouve à escorter le marquis de Gagnière, était un curieux caprice du destin. Le comble était qu'il aurait peut-être à risquer sa vie pour le protéger. Et pour le protéger contre la Griffe noire, de surcroît ! Car il ne faisait guère de doute qu'elle avait commandité les tentatives d'assassinat contre Gagnière, soit pour le punir, soit pour le faire taire. Avait-il connaissance de secrets d'importance ?

Leprat n'était sûr que d'une chose : la Griffe noire ne renonçait jamais. Or quarante-cinq lieues le séparaient de sa destination, soit un peu moins de quatre jours de voyage à bon train. Cela faisait beaucoup d'occasions d'embuscade et d'attentat.

Leprat chevauchant en tête, le fourgon et son escorte quittèrent Paris par la porte Saint-Antoine et, au galop, s'en furent dans la nuit sur une route grise et poudreuse.

*

La nuit venue, Marciac accompagna Agnès jusqu'à la porte de sa chambre. Ils dormaient au même étage de l'hôtel de l'Épervier et chacun avait emporté sa lumière. Le Gascon, cependant, n'avait pas l'intention de se coucher tout de suite.

— Vraiment ? insista-t-il. Tu ne veux pas faire un tour chez la Sovange avec moi ?

Mme de Sovange tenait, rue de l'Arbalète, dans le faubourg Saint-Jacques, une maison de jeu fréquentée par la meilleure société.

Et par Marciac.

— Non, Nicolas. Tu es gentil.
— Je te promets que nous rentrerons tôt.
— Il est déjà tard.
— Je m'incline… Mais promets-moi que…
— Bientôt, oui. Je te le promets.
— Cochon qui s'en dédit ?
— Cochon qui s'en dédit. Mais si tu veux mon avis, tu as la tête d'un homme qui a besoin d'une bonne nuit de repos.

Le Gascon haussa les épaules et regarda ailleurs, comme un gamin pris en faute.

— Le sommeil me fuit, avoua-t-il. Je ne peux fermer les yeux sans qu'Almadès m'apparaisse.
— Je sais. C'est pareil pour moi.

Marciac s'efforça de sourire.

— Si on m'avait dit un jour que sa figure de carême me manquerait tant… Mais au diable la tristesse !

Se ressaisissant, il ouvrit la porte d'Agnès, s'effaça pour la laisser passer et lui montra le chemin d'un large geste du bras, en s'inclinant.

— Madame.
— Merci.

Elle entra, posa sa bougie sur une petite table, se retourna vers le Gascon resté sur le seuil.

— Dis-moi, Nicolas.
— Oui ?
— Sais-tu au juste pourquoi Leprat est parti ?
— Pas exactement, non. Il s'en est expliqué avec le capitaine, mais je n'étais pas là.
— Et La Fargue, comment a-t-il pris la nouvelle ?
— Comme à son habitude, répondit Marciac en haussant les épaules. Avec des cris, des larmes et des pleurs. Après, il a composé un poème narrant sa peine…

Agnès retint un rire mais resta soucieuse.

— Et toi ? demanda-t-elle. Lui as-tu parlé ?
— À Leprat ? Non.
— Crois-tu qu'il aimerait que je lui rende visite ?
— Peut-être. Mais il te faudra attendre un peu. Ou alors aller à Saint-Germain, précisa Marciac. (Et comme Agnès le regardait en fronçant le sourcil, il expliqua :) Puisque le roi s'y retire, les mousquetaires de la Garde aussi…
— Ah oui, c'est vrai… Bonne nuit, Nicolas.
— Bonne nuit, baronne.
Marciac referma la porte et s'en fut.
Fatiguée, Agnès se déshabilla et fit un brin de toilette. Puis, en tournant le dos à son miroir, elle examina par-dessus son épaule la marque ornant son omoplate gauche. C'était une marque ancienne dont le dessin s'était précisé avec le temps. Désormais, il ne faisait plus aucun doute qu'il s'agissait d'une rune, ou plus exactement de deux runes associées pour n'en faire qu'une. La première signifiait « dragon » et la seconde signifiait « mort ».
Du doigt, Agnès de Vaudreuil effleura cette marque qui se réveillait depuis peu et dont elle connaissait le sens, sans pourtant l'admettre. Elle pria pour un sommeil sans rêve en se couchant, mais la vision du grand dragon noir détruisant Paris revint la hanter.

*

En arrivant dans le quartier de la place Maubert ce matin-là, Laincourt trouva la librairie de Jules Bertaud fermée. Cela n'avait rien de surprenant, le libraire ouvrant rarement avant midi. Mais les habitués savaient qu'ils avaient toujours la ressource de frapper à la porte et de regarder par la grande fenêtre de la devanture. Bertaud, le plus souvent, travaillait dans la réserve ou dans un recoin tranquille de la boutique. Il venait alors jeter un coup d'œil et, reconnaissant un bon client, lui faisait signe de passer par-derrière, c'est-à-dire par la cour.

Ce ne fut pourtant pas Bertaud qui répondit à Laincourt en cette chaude matinée de juin 1633, mais sa fille unique. Et plutôt que de le faire passer par la cour, elle s'empressa de lui ouvrir et referma la porte sur eux. Clotilde était une jolie brune aux yeux verts. Âgée de seize ans, elle était toute dévouée à son père et tendrement amoureuse d'Arnaud de Laincourt, qui était d'ailleurs bien le seul à ne s'apercevoir de rien.

– Bonjour, Clotilde. Monsieur votre père est-il là ? Pourrait-il me recevoir ?

– Je l'appelle tout de suite, monsieur.

Ayant remercié d'un sourire poli, Laincourt entama une distraite errance dans la boutique, examinant tel livre, feuilletant tel autre, sans s'apercevoir que Clotilde hésitait un peu à le laisser, cherchait sans doute quelque chose à dire, pour finalement se retirer à regret et en se maudissant d'être aussi sotte.

Bertaud descendit bientôt du premier étage, où il habitait avec sa fille. Il avait son chapeau à la main et l'air affairé d'un homme que l'on surprend alors qu'il s'apprête à sortir.

– Bonjour, Arnaud. Il s'en est fallu de peu que vous me manquiez : j'allais partir pour l'hôtel de Chevreuse.

– Précisément. C'est à ce sujet que je viens vous voir. Pouvons-nous parler ?

Le libraire comprit ce que Laincourt voulait dire, et il l'entraîna dans l'arrière-boutique, où personne ne pouvait ni les voir ni les entendre. Le local était sombre, empli d'une odeur de poussière et de vieux papier.

— Hier, dit Laincourt à mi-voix, je vous ai demandé si vous accepteriez de transmettre un message à la duchesse de Chevreuse. Vous avez répondu oui, mais je tiens à ce que vous sachiez que je ne vous considère pas tenu par cette réponse. Aussi, écoutez-moi bien. Il me faut rencontrer Mme de Chevreuse. J'ai à lui parler pour une affaire dont je ne peux malheureusement rien vous dire. Cela doit se faire dans le plus grand secret et, avant de lui parler, il me faut convenir avec elle d'un rendez-vous. Voilà en quoi j'ai besoin de votre truchement, considérant que vous avez vos entrées à l'hôtel de Chevreuse.

— Je vous répète, Arnaud, que je suis disposé à vous rendre ce service.

— Ne répondez pas encore.

— Comploteriez-vous contre le roi ?

— Non.

— Contre monsieur le Cardinal ?

— Non plus.

— Et agissez-vous pour le bien commun ?

— Je le crois.

— Alors cela me suffit. Que dois-je faire ?

Laincourt hésita, puis tira un petit recueil de poésie de son pourpoint.

— Voici. Vous remettrez ce livre à Mme de Chevreuse.

— C'est là tout ?

— Non. Vous lui direz : « Madame, voici l'ouvrage dont vous m'aviez parlé et que j'avais dans ma boutique. »

— Mais il n'a jamais été question de cela entre Mme de Chevreuse et moi !

— Précisément. C'est à cela qu'elle comprendra la valeur particulière de ce livre.

— L'acceptera-t-elle ?

— À n'en pas douter. Mais dans le cas contraire, prétendez que vous vouliez lui offrir ce livre en signe d'admiration, et que vous ne saviez comment tourner votre compliment… Mais je vous l'affirme, Mme de Chevreuse prendra le livre.

— Et après ?

— Après, comportez-vous le plus normalement du monde. Vaquez à vos occupations ordinaires, et rentrez chez vous quand vous en aurez fini. Ni plus tôt, ni plus tard.

— Je n'attends pas de réponse ?

— N'attendez rien. Ne changez rien à vos habitudes. Songez qu'il est possible qu'on vous surveille.

— « On » ? s'inquiéta le libraire.

— La police du Cardinal.

Cette réponse troubla Bertaud.

— Mais je croyais que vous-même vous…

— L'affaire est compliquée, éluda Laincourt. Préférez-vous renoncer ? Je le comprendrais.

— Non !… Donc je rentre chez moi comme si de rien n'était ?

— Si elle le souhaite, la duchesse vous aura transmis une réponse avant ça. Ce sera soit « Oui », soit « Non ».

— Et où nous retrouverons-nous ?

— Nulle part. Si la réponse de Mme de Chevreuse est oui, demandez à Clotilde de laver ce soir les carreaux de votre boutique. Sinon, veillez à ce qu'elle n'en fasse rien… Avez-vous bien compris ?

— Je le crois, oui.

— Parfait.

*

En sortant de la librairie Bertaud, Laincourt rencontra le Vielleux qui l'attendait et lui emboîta le pas.

— *Tout ira bien, gamin. La duchesse de Chevreuse trouvera le billet que tu as glissé dans la couverture du livre, et elle sera au rendez-vous ce soir.*

— Ce n'est pas ce qui m'inquiète.

— *Tu penses à Bertaud.*

— Je l'ai compromis. Si l'on découvre ce qu'il…

— *Il est encore temps pour toi de rebrousser chemin, de reprendre le livre à Bertaud et de lui demander d'oublier toute cette histoire. Le feras-tu ?*

— Non.

— *Alors, fais taire tes remords.*

*

À l'hôtel des Arcanes, la Magicienne rejoignit le Gentilhomme dans le cabinet où il conservait — derrière des vitrines, accrochées à des râteliers ou posées sur des présentoirs — les rapières de sa collection. Il en possédait quelques dizaines, qui avaient toutes en commun d'avoir été forgées par les meilleurs artisans d'Europe. Chacune valait une fortune, mais ce n'était pas l'essentiel. Sans dédaigner les porter et les manier, le Gentilhomme adorait la compagnie de ces chefs-d'œuvre mortels. Lorsqu'il était préoccupé, il passait des heures, parfois des nuits à les admirer et à les entretenir. Il se remémorait les souvenirs qui leur étaient attachés, choyait tout particulièrement celles qui avaient tué, promettait aux autres de faire bientôt couler le sang.

— On dirait que l'Hérésiarque se défie de toi, dit la Magicienne.

— Oui.

— Cela est nouveau.

— Je crois que l'Hérésiarque se défie désormais de tout le monde, déclara posément le Gentilhomme en passant un chiffon huilé sur l'acier bleu d'une lame effilée. Son Grand Dessein n'a jamais été aussi près d'aboutir.

— Ou d'échouer.

— Ou d'échouer, en effet.

La Magicienne faisait lentement le tour du cabinet, s'arrêtait devant telle rapière, laissait glisser le bout de ses doigts sur la lame de telle autre. Vêtue d'une robe incarnate, elle était belle et envoûtante, sa chevelure acajou caressant ses épaules pâles.

— L'Enlumineur m'a remis une lettre de l'Hérésiarque.

— Une lettre de l'Hérésiarque ? À toi ?

— À moi plutôt qu'à toi, en effet. Voilà encore qui est nouveau, n'est-ce pas ?

Le Gentilhomme se leva pour ranger la rapière dont il avait fini de nettoyer la lame. Il la disposa dans un coffre allongé qu'il referma. Il resta un moment immobile à réfléchir, puis se retourna vers la Magicienne.

— Et quelle était la matière de cette lettre ?

La Magicienne planta résolument son regard dans celui de son amant.

— L'Hérésiarque pense que les Arcanes ont besoin de sang neuf. Il me demande d'admettre une initiée. En mon nom propre.

— Une initiée ! Comme si l'heure était à initier ! Et qui veut-il que tu inities ?

— La vicomtesse de Malicorne.

Un instant, le Gentilhomme crut avoir mal entendu.

— La vicomtesse… de Malicorne ? Ris-tu ?

La vicomtesse de Malicorne était, elle aussi, un dragon. Et si elle n'appartenait pas à la loge des Arcanes, elle avait été l'un des meilleurs agents de la Griffe noire à Paris. Audacieuse et ambitieuse, elle avait été à deux doigts d'établir une loge de la Griffe noire en France, ce que les Sœurs de Saint-Georges avaient toujours su empêcher. Pour autant, ce n'étaient pas les Châtelaines que la Malicorne avait trouvées sur sa route, mais les Lames du Cardinal. Elle avait échoué et était sortie brisée de l'épreuve. Frappée par le contrecoup d'un puissant rituel brutalement interrompu, elle n'était même plus capable de revêtir l'apparence qu'elle avait longtemps faite sienne, celle d'une adorable jeune femme blonde.

— Mais elle n'est plus rien ! renchérit le Gentilhomme. Je sais que l'Alchimiste l'a rencontrée dernièrement. Elle était abattue, réduite à l'état d'une vieille femme se berçant de l'espoir de retrouver un jour son pouvoir… De l'avis de l'Alchimiste, elle était finie.

— Il se trompait. La vicomtesse de Malicorne peut retrouver sa force, sa vitalité. Elle était une femme de grand pouvoir et une habile magicienne. Elle peut le redevenir grâce à moi, et c'est ce que l'Hérésiarque désire.

Le Gentilhomme regarda longuement la Magicienne.

— Oui, dit-il enfin. Je sais que tu peux réussir cela… Mais quand bien même ? Pourquoi l'Hérésiarque veut-il que l'on initie maintenant cette Malicorne ? Je commence à croire qu'il a perdu la raison…

S'approchant, la Magicienne afficha un sourire supérieur, le sourire de qui s'apprête à faire une révélation capitale.

— Sais-tu pourquoi l'Alchimiste est allé voir la Malicorne après son échec ?

— Par acquit de conscience, je suppose. Afin de s'assurer qu'elle…

— Non, l'interrompit la Magicienne. Il est allé la visiter à la demande de l'Hérésiarque, celui-ci s'inquiétant d'elle…

— Quoi ?

— La Malicorne a échoué de très peu à créer la première loge de la Griffe noire en France. Quel exploit cela aurait été, n'est-ce pas ? Mais crois-tu qu'elle a pu en accomplir autant seule ? Et d'où vient que la Griffe noire a bien voulu lui confier la Sphère d'Âme qui lui était nécessaire ? La Malicorne était capable et digne de confiance, c'est entendu. Mais de là à ce que les vieux maîtres de la Grande Loge acceptent de se défaire à son profit d'une de leurs précieuses Sphères d'Âme ?

— Sans doute le jeu en valait la chandelle à leurs yeux, hasarda le Gentilhomme.

— Et maintenant que la Malicorne a échoué, maintenant qu'elle a tout perdu, maintenant qu'elle n'a plus d'alliés mais sait encore nombre de secrets, comment se fait-il que la Griffe noire ne l'ait pas assassinée ?

— Veux-tu dire que… ?

— Oui. L'Hérésiarque la protège. Mais il la protège comme il l'a toujours protégée et comme il a toujours favorisé ses projets : en secret.

— Mais pourquoi ?

— Tu m'amuses !

— Quoi ? L'Hérésiarque et la Mal… (Il s'interrompit, hocha la tête.) Non. Cela ne lui ressemble pas. L'Hérésiarque n'est pas de ceux qui cèdent à la passion.

— Les Inférieurs disent que la chair est faible. Cela vaut aussi pour nous… Heureusement. Quel ennui ce serait si nous étions les froides créatures qu'étaient nos aïeux !

La Magicienne éclata d'un rire clair.

Après quoi, recouvrant son sérieux, elle dit, presque câline :

— Mais rassure-toi. L'Hérésiarque n'a pas renoncé aux calculs lorsqu'il a pris la Malicorne sous son aile… Réponds-moi : les vieux maîtres de la Griffe noire auraient-ils permis que l'un de nous, qu'un Arcane entreprenne de fonder une loge en France ?

— Certes pas ! En cas de succès, nous y aurions gagné trop de prestige et d'influence.

— Et s'il s'était agi d'un protégé de l'Hérésiarque ?

— Non plus. Et pour les mêmes raisons puisque ce protégé serait promis à devenir l'un des nôtres.

— Mais en favorisant secrètement les entreprises de la Malicorne, l'Hérésiarque avançait masqué. Et si elle avait réussi, nul n'aurait pu l'empêcher de rejoindre ensuite les Arcanes, et certainement pas les barbons de Madrid, qui se seraient trouvés devant le fait accompli. Furieux, certes. Mais impuissants.

Le Gentilhomme acquiesça lentement, songeur, un sourire admiratif aux lèvres.

— Habile. Très habile, même… Voilà qui est nettement plus dans la manière de ce vieux serpent d'Hérésiarque.

— Et ce plan présentait le dernier avantage de ne pas compromettre les Arcanes si la Malicorne échouait. Ce qui d'ailleurs advint…

— Tu crois donc qu'en ressuscitant la Malicorne et en l'admettant parmi les Arcanes…

— … nous accomplissons ce que l'Hérésiarque voudrait faire, mais qu'il doit s'interdire. Car s'il venait ouvertement au secours de la vicomtesse, les maîtres de la Griffe noire l'apprendraient et finiraient par comprendre le fin mot de cette histoire…

– Crois-tu que l'Hérésiarque éprouve toujours quelque chose pour la Malicorne ?

– Tu oublies qu'il la protège encore, puisqu'elle est vivante. En outre, pouvons-nous nous permettre de déplaire à l'Hérésiarque ? Il veut sa dulcinée ? Offrons-la-lui.

Silencieux, le Gentilhomme réfléchit.

La Magicienne, cependant, savait qu'elle avait déjà obtenu gain de cause. Se collant à lui, elle lui présenta un petit billet plié en quatre et, à l'oreille, lui dit :

– Elle se fait désormais appeler Mme de Chantegrelle et elle se morfond dans un couvent du faubourg Saint-Jacques, dont voici l'adresse. Je sais que tu sauras trouver les mots pour la convaincre…

*

Le soir tombait lorsque Marciac revint à l'hôtel de l'Épervier avec la nouvelle que tous attendaient.

– La fille du libraire a lavé les carreaux de la boutique, annonça-t-il aux Lames réunies dans la salle d'armes.

– C'est donc que la duchesse de Chevreuse a accepté mon rendez-vous, dit Laincourt.

– Je ne me l'explique pas, avoua Agnès en versant un verre de vin au Gascon. Ou mal… Si j'étais elle, si j'avais manqué livrer la reine à la Griffe noire, je me réjouirais d'être seulement bannie de la Cour. Et je ne me risquerais certainement pas à donner au roi le moindre motif de regretter sa clémence.

– C'est que vous n'êtes pas la duchesse de Chevreuse… Elle a le goût, la passion de l'intrigue. Sans parler de l'ennui qui sans doute la ronge.

— Mais elle sait qui tu es, désormais. Elle sait que tu sers le Cardinal…

— Précisément, dit La Fargue. (Il enfourchait une chaise retournée, les avant-bras posés à plat sur le dossier.) Cela a dû tout particulièrement piquer la curiosité de la duchesse. Car elle se doute bien que ce n'est pas sur ordre du Cardinal que Laincourt veut la voir. Si sa démarche était ordinaire, pourquoi l'aurait-il entourée d'un tel secret ? Pourquoi chercher à déjouer la vigilance des espions qui grouillent à l'hôtel de Chevreuse ? N'est-il pas censé servir le même maître qu'eux ?

— Donc la duchesse a déjà compris que nous agissons à l'insu du Cardinal, dit Marciac.

— Oui.

— Ce n'est guère rassurant.

— C'est surtout dangereux, lâcha Saint-Lucq.

Comme à son habitude, il était assis un peu à l'écart du groupe, de profil dans le renfoncement de l'une des fenêtres donnant sur le jardin en friche, sa vieille table et son châtaignier.

— Dangereux ? fit Ballardieu.

— Saint-Lucq se méfie d'un piège, lui expliqua Agnès. N'est-ce pas ?

Le sang-mêlé, qui nettoyait soigneusement ses bésicles, acquiesça.

— La Chevreuse pourrait vouloir donner des gages de sa loyauté en vous trompant, Laincourt. Elle pourrait faire mine d'accepter votre rendez-vous, et vous livrer aux exempts de Sa Majesté.

Parce qu'il était un ancien espion et avait l'expérience de ce genre de choses, Laincourt dut admettre que cette hypothèse était plausible.

— Oui, dit-il. C'est possible.

— Te trahir est même deux fois dans l'intérêt de la

duchesse, renchérit La Fargue. Pour la raison que Saint-Lucq vient de dire, d'abord. Mais aussi parce que le rendez-vous que tu as proposé pourrait être une ruse imaginée par Richelieu, une ruse destinée à éprouver la loyauté de Mme de Chevreuse. Celle-ci est trop fine mouche pour n'y avoir point songé. Et voilà comment la duchesse a donc toutes les raisons de te perdre…

— Je fais le pari que Mme de Chevreuse ne résistera pas à la tentation de m'écouter, dit Laincourt. En outre, il me semble qu'elle éprouve une certaine affection pour moi.

— Pari trop hasardeux, décréta Saint-Lucq. J'irai avec vous.

— Non. Il dépendra uniquement du bon vouloir de Mme de Chevreuse qu'elle réponde ou non à mes questions. Nous avons besoin d'elle, alors qu'elle n'a rien à gagner à nous aider. Or je doute qu'elle fasse montre de bonnes dispositions à notre égard si elle devine que nous nous défions d'elle…

— C'est juste, reconnut La Fargue d'un air grave.

— Tu prends le risque de te jeter seul dans la gueule du loup, Arnaud, dit Agnès en se faisant la voix de la raison.

— Je le sais. Mais c'est un risque que je dois courir si nous voulons avoir une chance de réussir. N'oublions pas qu'il ne s'agit pas seulement de moi, pas seulement de nous. L'unique piste susceptible de nous mener au dragon du Châtelet passe par l'hôtel de Chevreuse.

— Soyez néanmoins très prudent, Laincourt, lui dit La Fargue. Il va vous falloir déjouer la vigilance des gardes du Cardinal et vous, mieux qu'un autre, savez ce qu'ils valent.

*

La taverne était située dans les bas-fonds des Écailles, sur l'île Notre-Dame. Le jour n'y pénétrait jamais et l'air y stagnait, moite, sous les poutres basses d'un plafond noirci par la fumée des lampes à huile. Les dracs qui se retrouvaient ici étaient de la pire engeance. Voleurs, mercenaires et assassins y venaient pour se distraire et s'enivrer, mais aussi pour trouver une embauche ou une occasion de rapine.

L'Enlumineur libéra brusquement son aura en poussant la porte.

Aussitôt, le silence se fit dans la grande salle qui, à cette heure du soir, se trouvait bondée. Tous les regards se tournèrent vers le dragon. Certains étaient craintifs ; la plupart étaient hostiles et méfiants ; quelques-uns étaient violemment haineux. Puis l'on se désintéressa de lui et les conversations reprirent tandis que l'Enlumineur, sa lourde *schiavone* au côté, atténuait son aura en avançant d'un pas tranquille.

Il s'approcha d'un drac rouge qui dînait seul d'une épaisse soupe de poisson. Grand et maigre, le drac était vêtu en spadassin, avec un vieux pourpoint en buffle ouvert sur une chemise crasseuse dont le col bâillait sur sa poitrine écailleuse. Derrière lui, un drac noir musculeux se tenait immobile et les bras croisés.

Le drac rouge ne leva pas les yeux quand l'Enlumineur se planta devant lui et jeta une lourde bourse sur la table.

— Départ dans une heure, annonça le dragon.

L'autre acquiesça sans interrompre son repas.

*

Laincourt quitta seul l'hôtel de l'Épervier.

Un peu plus tard, le capitaine La Fargue sortit à son tour mais s'en fut dans Paris par un autre chemin, alors qu'un magnifique crépuscule d'été étirait dans un ciel sombre des nappes pourpres, rouges et orangées qui irisaient de rares nuages et nimbaient l'horizon.

3

Après un souper léger, la duchesse de Chevreuse annonça qu'elle souhaitait profiter à son aise de la tranquillité et de la fraîcheur du soir. Elle refusa donc qu'on l'accompagne pour sa promenade, et traversa seule la grande terrasse. Malgré les hautes torches qui brûlaient çà et là, l'obscurité régnait dans l'immense jardin qui, à l'arrière de l'hôtel de Chevreuse, s'étendait jusqu'à la rue Saint-Nicaise entre le mur de l'hôtel de Rambouillet à droite et des habitations modestes à gauche. Le silence était apaisant dans cet élégant îlot de nature. Et l'air était doux, allégé de sa puanteur parisienne par une brise bienvenue.

Comme lasse, la duchesse s'assit sur un banc qu'abritait la ramure d'un bel orme, près d'un flambeau fiché en terre. De la main, elle chassa un insecte imaginaire, ce qui lui permit de jeter discrètement un coup d'œil par-dessus son épaule. Personne ne l'avait suivie et personne ne semblait l'observer depuis la terrasse. Puis elle ouvrit le recueil de poésie qui lui avait été donné dans l'après-midi par le libraire Bertaud, et fit semblant de lire.

Dix minutes plus tard, alors que le clocher de l'église Saint-Thomas sonnait la demie, Mme de Chevreuse referma son livre et prit l'air rêveur de qui songe à ce qu'il vient de lire. Ce faisant, elle compta jusqu'à cinq de tête, en battant la mesure de l'index contre la couverture du recueil.

Après quoi, elle fit mine de reprendre sa lecture.

C'était le signal que tout allait bien. Presque aussitôt, Laincourt sortit de l'ombre mais resta en retrait, visible seulement de la duchesse.

— Bonsoir, madame.

— Bonsoir, monsieur de Laincourt, répondit Mme de Chevreuse sans lever les yeux de son livre.

Il pouvait l'observer à loisir et se laissa, de nouveau, surprendre par sa beauté. La duchesse de Chevreuse passait pour l'une des plus belles femmes d'Europe et Laincourt ne doutait pas que ce fût vrai, tandis qu'il admirait — dans la lumière chaude et vivante de la torche qui l'éclairait — la perfection de son profil, la blancheur de son teint, l'éclat de sa chevelure fauve et la rondeur de sa gorge.

Laincourt se ressaisit, convaincu que la duchesse ne doutait pas un instant de l'effet qu'elle produisait.

— Je vous remercie d'avoir accepté ce rendez-vous, madame.

— À vrai dire, je doutais presque de vous y voir. Car vous n'ignorez pas les risques que vous courez ici.

— Avez-vous songé à me tendre un piège ?

Elle tourna une page.

— J'y ai songé, oui. Cependant, jouer les auxiliaires de la police de M. le Cardinal est véritablement au-dessus de mes forces. Mais vous vous doutiez de cela, n'est-ce pas ?

Laincourt ne répondant pas, la duchesse reprit :

— Ce libraire, ce M. Bertaud, qu'est-il au juste pour vous ?

— Un ami.

— C'est d'une main bien tremblante qu'il m'a remis

ce livre. Sa voix aussi tremblait quelque peu. Je doute que cela ait échappé à Mme de Luret, qui renseigne le Cardinal quand elle ne me fait pas la lecture. Elle est d'ailleurs au mieux avec un certain M. de Brussand, dont le bel air sut lui plaire.

— Brussand ? Il est ici ?

— Le connaîtriez-vous ? s'étonna la duchesse. (Mais la mémoire lui revint aussitôt.) Ah, mais c'est pourtant vrai ! J'oubliais que vous aviez porté cette maudite casaque rouge... Eh bien, apprenez que M. de Brussand commande les gardes qui veillent sur mon hôtel et ma personne. Un ami, lui aussi ?

— Il le fut, répondit Laincourt.

Il ne put s'empêcher de songer au regard que le vieux Brussand lui avait adressé lorsque lui, Laincourt, avait été accusé d'espionner et trahir le Cardinal. Il portait lui aussi la casaque des gardes de Son Éminence à l'époque, et ces fausses accusations étaient destinées à débusquer des traîtres authentiques. Mais Laincourt n'avait jamais eu l'occasion de totalement rétablir la vérité avec son ami.

Une fois encore, il lui fallut se ressaisir.

— Qu'avez-vous fait du billet que j'avais glissé dans le livre ? demanda-t-il.

— Je l'ai brûlé aussitôt lu, rassurez-vous. Pour autant, à l'avenir, choisissez mieux vos messagers.

— Considérant l'urgence, je n'avais guère la liberté de choisir. Vous partez demain pour...

— ... pour Couzières, oui. Merci infiniment de me le rappeler... Est-ce au sujet de Mme de Saint-Avold, que vous me venez voir ?

La question prit Laincourt au dépourvu.

— Non, dit-il.

— Aude est retournée en Lorraine, savez-vous ? dit la duchesse sur le ton de la conversation. Mais je sais par quel truchement lui faire parvenir des lettres. Je pourrais volontiers lui en faire parvenir une de votre main, si vous le souhaitiez…

Laincourt admira avec quel naturel Mme de Chevreuse venait de lui offrir l'occasion de se compromettre.

— Non, madame. Je vous remercie.

— Auriez-vous cessé d'être amoureux ? Non, monsieur. Ne protestez pas, car c'est inutile. Croyez-m'en, je sais reconnaître l'amour.

— Madame, c'est une affaire d'importance qui m'amène.

La duchesse poussa un soupir et tourna une page d'un doigt las.

— Soit. Je vous écoute.

Laincourt lui expliqua alors que les Lames enquêtaient sur Charles Mauduit. Il dut lui mentir, au moins par omission, car elle ignorait que Mauduit était un dragon. De même, elle ignorait qu'il avait péri lors de l'attaque du Châtelet.

Elle se douta cependant de quelque chose.

— Que me cachez-vous, monsieur ?

— Pardon, madame ?

— Il faut bien que vous me cachiez quelque chose puisque, s'il ne s'agissait que de Charles Mauduit, vous n'agiriez pas à l'insu, et peut-être contre la volonté, du Cardinal…

— Par des détours que je ne peux vous dire, madame, cette affaire concerne également les Sœurs de Saint-Georges. Or nous savons que le Cardinal n'est pas en position de leur déplaire et nous avons craint qu'il nous interdise de poursuivre sur cette voie.

— Alors il s'agit des Châtelaines ! Que ne le disiez-vous plus tôt ?

À l'évidence, la duchesse de Chevreuse partageait la célèbre aversion de la reine pour les Châtelaines. Laincourt ne le savait pas et en prit bonne note.

– Madame, il faut me dire tout ce que vous savez au sujet de votre ancien maître de magie.

– Que vous dire ? Bien sûr, j'ignorais qu'il servait la Griffe noire… (La duchesse releva la tête et son regard se perdit dans les ténèbres.) L'on m'avait beaucoup vanté ses connaissances. Et comme il semblait auréolé d'un certain prestige auprès de ses pairs, il m'a semblé pouvoir convenir à ma maison… (Pour la première fois, elle se tourna vers Laincourt.) Vous savez, je n'ai guère de goût pour la magie. Un peu de divination à l'occasion, mais rien de plus… C'est le désespoir de la reine qui, se trouvant incapable d'enfanter, a achevé de me convaincre que, peut-être, un rituel…

– Je gage que cette idée vous fut soufflée par Mauduit.

– Oui, sans doute. (Mme de Chevreuse fit semblant de reprendre sa lecture.) Mais il fut assez habile pour qu'il me semble y avoir songé la première. Par la suite, c'est le plus librement du monde que j'ai servi les plans de ce monstre en persuadant la reine de recourir à la sorcellerie pour devenir mère.

Elle était émue. Son amitié pour la reine étant véritable, elle se reprochait sincèrement ce qui s'était passé.

Ou ce qui avait failli se passer…

Et Laincourt comprit alors pourquoi la duchesse ne manifestait aucune rancune contre les Lames du Cardinal, ni contre lui. Car même si cela avait entraîné sa disgrâce, ils avaient sauvé la reine.

– Vous souvenez-vous de qui vous recommanda Mauduit ?

— Bien sûr, mais cela ne vous sera d'aucune utilité. Car cette personne est morte brûlée vive dans l'incendie de son hôtel.

Connaissant la Griffe noire, voilà qui n'étonnait guère Laincourt. Néanmoins, il demanda, par acquit de conscience :

— Son nom ?

— La vicomtesse de Malicorne.

Laincourt se tut, incrédule. Avant de rejoindre les Lames, sa dernière mission en qualité d'espion du Cardinal avait été de déjouer les plans de la vicomtesse de Malicorne.

— Monsieur ? s'inquiéta Mme de Chevreuse.

Mais quelqu'un venait.

D'un simple pas en arrière, Laincourt retourna calmement dans l'ombre. Arriva une dame de compagnie de la duchesse, avec un châle, arguant que la fraîcheur tombait. C'était Mme de Luret, que la duchesse chassa assez sèchement. Elle balbutia des excuses et se retira bien vite.

Laincourt reparut.

— Elle nous a sans doute entendus, dit-il.

— Oui. Ce châle était un méchant prétexte. Il vous faut partir.

Mme de Chevreuse se leva.

— Une dernière question, madame. Étiez-vous proche de la vicomtesse de Malicorne ?

— Oui. Elle était une amie. Mais elle se tenait à l'écart des intrigues. Si vous l'aviez connue, vous sauriez quelle charmante personne elle était… Au revoir, monsieur.

— Au revoir, madame.

Laincourt laissa la duchesse repartir vers la terrasse et l'hôtel, le temps pour lui de surprendre des mouvements dans le jardin. Puis il vit une casaque rouge qui passait ici, une autre là-bas.

Les gardes du Cardinal étaient déjà à sa recherche.

Laincourt savait qu'il se condamnait en restant sur place. Alors il s'en fut, à pas souples et silencieux, restant dans l'ombre. Il voulait fuir, bien sûr. Mais surtout, il voulait ne pas être vu, ni entendu. Car ainsi la duchesse pourrait mentir à son aise. Non, elle était seule. Et elle ne parlait pas à quelqu'un, mais lisait à voix haute. Est-ce que cela ne se fait pas, lorsqu'il s'agit de poésie ? S'il était repéré, en revanche, d'autres auraient des comptes à rendre. Mme de Chevreuse, d'abord. Et peut-être aussi Bertaud, qui semblait avoir éveillé les soupçons de cette maudite Mme de Luret…

Les gardes du Cardinal procédaient à une fouille organisée du jardin. Ils resserraient l'étau, s'éclairaient à la lanterne, guettaient le moindre mouvement, le moindre bruit, n'hésitaient pas à donner des coups d'épée dans les fourrés. Heureusement, pour avoir été l'un des leurs, Laincourt les connaissait et savait à quoi s'attendre. Inutile d'espérer qu'une banale diversion les attirerait à un même endroit : deux ou trois iraient voir, mais les autres garderaient leurs positions.

Il fallait être plus malin que cela.

Au bout d'une allée, Laincourt prit le temps d'observer et réfléchir. Il estima avoir deux ou trois minutes devant lui avant que le piège se referme. Il devait trouver une solution.

– *Le bassin*, lui murmura le Vielleux à l'oreille.

Bien sûr !

Il y avait dans le parc un grand bassin où vivaient des poissons colorés que la duchesse aimait admirer et nourrir à l'occasion. Pour autant que Laincourt s'en souvienne, ce bassin était profond, assez pour cacher un homme dans ses eaux noires. S'il y arrivait le premier, il pourrait s'y plonger et laisser passer les casaques rouges qui venaient à sa rencontre. Après ça, franchir le mur et sauter dans la rue Saint-Nicaise serait un jeu d'enfant.

Laincourt se hâta, plié en deux, serrant son fourreau d'une main et tenant le bord de son chapeau de l'autre. Au détour d'un massif taillé, il se crut perdu, retint son souffle, attendit qu'un garde qui arrivait sans lanterne s'éloigne. Il avait bien failli se heurter à lui et crut que la chance lui souriait…

… jusqu'au moment où il arriva au bassin.

Vide.

Sans doute parce que la duchesse partait, le bassin avait été vidé et curé. Le jeune homme pesta. Mais des gardes approchaient. Il fallait rebrousser chemin aussitôt et trouver vite, très vite une échappatoire.

— Plus un geste !

Lancé d'un ton calme, l'ordre avait surpris Laincourt au moment où il faisait volte-face.

Il se figea.

— Retournez-vous, monsieur.

Ayant reconnu la voix de celui qui lui parlait, Laincourt obéit, mais en baissant la tête pour que, à la faveur de l'obscurité, son chapeau cache parfaitement son visage. Car le garde qui le tenait en respect en le menaçant d'un pistolet, ce garde était Brussand. Brussand qui l'avait pris sous son aile lorsqu'il avait rejoint la compagnie des gardes de Son Éminence. Brussand qui avait été si fier de le voir obtenir le grade d'enseigne. Brussand qui avait presque perdu un fils lorsque lui, Laincourt, avait dû rendre sa casaque dans de troubles circonstances.

— Avancez-vous dans le clair de lune, monsieur. Et ôtez votre chapeau. Je veux voir qui j'arrête.

Laincourt hésita.

— Avancez, monsieur !

Mais Laincourt ne pouvait se permettre d'être pris, ni démasqué. Ce qui revenait d'ailleurs au même, puisque dans les deux cas les Lames seraient compromises et auraient des comptes à rendre au Cardinal. Il suffisait déjà que l'on sache que Mme de Chevreuse avait nuitamment rencontré quelqu'un dans son jardin, au mépris de la volonté du roi.

Mais que pouvait-il faire ?

Tuer un ami ? Tuer un innocent ?

— Avancez ou je tire !

Brussand. De tous, il fallait que ce soit ce vieux Brussand…

Laincourt soupira, fit un pas en avant.

— Votre chapeau, à pr…

Le garde, cependant, n'acheva pas : Saint-Lucq venait de l'assommer par-derrière.

— Vite, dit le sang-mêlé. Par ici.

*

Il ne faisait pas bon s'aventurer sur le Pont-Neuf après le coucher du soleil. Les mauvaises rencontres y étaient fréquentes et l'on avait toutes les chances de s'y faire dépouiller, voire d'être jeté à la Seine plus mort que vif. Cette nuit-là, pourtant, un homme qui arrivait d'un bon pas de la rive gauche l'emprunta sans crainte. Il se nommait Étienne-Louis de La Fargue, semblait pressé et n'avait pas la mine d'un homme à qui l'on cherche noise. À son côté pendait une intimidante *Pappenheimer*.

Le capitaine se dirigeait vers la célèbre Vyverne de

Bronze, laquelle se dressait à l'extrême pointe de l'île de la Cité, face au débouché de la place Dauphine. Contournant l'imposant socle de marbre, il s'enfonça dans une obscurité épaisse, sous les ailes déployées de la statue qui figurait une vyverne sellée et harnachée pour la guerre, mais restait privée de cavalier. Là, il retrouva celui qui lui avait donné ce rendez-vous de dernière minute et qui l'attendait accoudé à la balustrade dominant les eaux noires de la Seine.

– Qu'y a-t-il ? demanda La Fargue avec humeur. Je n'ai que très peu de temps à vous accorder.

L'autre se redressa et se retourna.

C'était un gentilhomme élégant, vêtu d'un habit gris sous un manteau noir, et coiffé d'un feutre à panache. Bel homme, il semblait avoir la trentaine mais ses cheveux avaient la couleur de l'ardoise. Ses yeux étaient du même gris pâle que son habit, un liseré sombre couronnant leur iris.

Il avait l'air grave.

– Les Sept sont inquiets, annonça le chevalier de Valombre.

Du moins était-ce le nom sous lequel il s'était présenté lors de leur première rencontre. La Fargue ignorait tout de lui, sinon qu'il était un dragon et que lui aussi servait les Gardiens.

Ou les Sept.

– Et quel est le motif de leur inquiétude ?

– Des dragons se rassemblent à Paris.

– Dans quel but ?

– Nous l'ignorons.

– Que savez-vous du dragon qui a attaqué le Châtelet ?

– Nous savons qu'il est un archéen.

– Qu'est cela ?

– Un dragon ancien et primitif. Un représentant

archaïque de ce que fut la race draconique à l'aube des temps… Un archéen est une créature particulièrement dangereuse et sauvage. Son intelligence est bestiale, et tout entière soumise à la violence de ses instincts.

— C'est donc un archéen qui a tué Almadès.

— Soyez sûr que l'archéen du Châtelet a un maître qui le commande. Ou plusieurs.

— Tels les dragons qui s'assemblent à Paris ?

— Nous le croyons.

La Fargue acquiesça, puis demanda :

— Qu'attendez-vous de moi ?

*

Laincourt et Saint-Lucq arrivèrent ensemble à l'hôtel de l'Épervier. Dans la cour, Ballardieu buvait un verre assis sur la marche de l'entrée de la cuisine.

— Où est le capitaine ? lui demanda Laincourt.

— Sorti.

— Sorti ? fit Saint-Lucq. Depuis quand ?

— Moins d'une heure, répondit Ballardieu.

— Et pour aller où ?

— Mystère.

— Et les autres ?

— Agnès se repose. Marciac est dans la salle d'armes.

Laincourt et Saint-Lucq rejoignirent le Gascon à l'intérieur. Celui-ci avait bu et, débraillé, les pieds croisés sur la table, buvait encore, sans joie, seul dans la pénombre. Cette attitude étonna Laincourt. Le sang-mêlé, lui, sans les commenter, connaissait les brusques accès de mélancolie dont Marciac était parfois victime.

— Sais-tu où est allé le capitaine ? demanda-t-il.

Le Gascon afficha un mol étonnement.

— Il n'est pas ici ?

Saint-Lucq pesta et s'en fut. Resta Laincourt, qui sentit le besoin de boire un verre.

— Alors, ce rendez-vous avec Mme de Chevreuse ? s'enquit Marciac.

— Il a manqué mal tourner, avoua le jeune homme. L'alerte a été donnée. J'aurais pu être pris.

— Mais Saint-Lucq est intervenu, comme tombé de nulle part. Et il t'a sauvé la mise.

— Oui.

— Il adore faire ça.

Marciac remarqua alors à quel point Laincourt semblait affecté.

— Allons, remets-toi… Tiens, bois donc. (Il remplit à ras deux verres de vin.) Qu'est-ce qui te fait souci ?

— Il va y avoir une enquête à l'hôtel de Chevreuse.

— Sans aucun doute. Mais m'est avis que la duchesse en a vu d'autres…

— Ce n'est pas pour elle que je m'inquiète.

— C'est pour Bertaud, devina le Gascon.

— Oui. Si l'on découvre le rôle qu'il a joué dans cette affaire…

Marciac poussa un soupir. Il estima qu'il avait assez bu, posa son verre, ôta ses pieds de la table et se pencha vers Laincourt, les coudes appuyés sur les cuisses.

— Écoute, l'ami. Crois-moi, je te comprends. Mais tu te trompes lourdement si tu penses pouvoir te ménager un sanctuaire. Nous portons en nous toutes les intrigues auxquelles nous nous mêlons, et il n'existe aucun moyen d'en épargner nos proches. Pire, nous avons parfois le devoir d'utiliser à nos fins ceux qui nous aiment. Cela peut se faire à leur insu.

Cela peut se faire de leur bon gré ou non. Et oui, cela peut leur nuire. Mais rien, rien ne doit jamais nous en empêcher… Si cette idée t'est insupportable, éloigne définitivement tous ceux que tu aimes. Fais le vide autour de toi. Sois Saint-Lucq… Ou imite Leprat et quitte les Lames.

– Et toi ? Tu n'es ni Leprat ni Saint-Lucq, que je sache…

Le Gascon s'assombrit.

– Moi ? Moi, je suis Marciac. Je m'enivre de vin, de jeu et de femmes afin d'oublier le mal que je peux faire à ceux que je n'ai pas le courage de quitter. Choisis l'un ou l'autre de mes vices. Peu importe lequel, d'ailleurs, car les trois te seront bientôt nécessaires si tu me suis sur le chemin de la faiblesse…

Sur ces mots, Saint-Lucq revint, soucieux.

– La Fargue est introuvable. J'ai parlé à André : tous les chevaux sont à l'écurie, c'est donc qu'il est parti à pied. Et Guibot jure qu'il n'est arrivé ni lettre, ni visite… C'est à croire qu'il a quitté l'hôtel tout soudain, et sans raison…

– Le capitaine n'est pas un enfant de chœur, remarqua Marciac en se levant pour s'étirer. Il est de taille à se défendre dans Paris, même à la nuit. Pourquoi t'inquiètes-tu tant ?

Le sang-mêlé ne répondit pas.

Il ne s'expliquait pas l'absence de La Fargue. Le capitaine aurait dû être là au retour de Laincourt, à attendre le résultat de l'entrevue secrète avec Mme de Chevreuse. Or de deux choses l'une : soit La Fargue avait fait preuve d'une légèreté coupable en s'absentant sous un motif futile, soit l'affaire qui l'avait obligé à sortir était grave. Saint-Lucq ne pouvait envisager que la première hypothèse soit la bonne. Il y avait donc des raisons de s'alarmer, ce que Marciac aurait compris s'il n'était pas Marciac.

Laincourt, en revanche, commençait lui aussi à s'interroger.

— Peut-être qu'Agnès sait, hasarda-t-il.

— Sait quoi ? demanda La Fargue en entrant en trombe, Ballardieu sur les talons.

Son arrivée provoqua un silence gêné, dont il parut ne pas s'apercevoir. Mais il évita soigneusement le regard de Saint-Lucq lorsqu'il s'assit à califourchon sur une chaise et demanda aussitôt à Laincourt de faire son rapport.

Celui-ci s'exécuta et, quand il en eut fini, le capitaine des Lames conclut :

— C'est donc grâce à la vicomtesse de Malicorne que l'Alchimiste des Ombres devint le maître de magie de la duchesse de Chevreuse...

— Oui, fit Laincourt.

— Celle-là même qui voulut créer une loge de la Griffe noire en France, n'est-ce pas ? Et dont le chevalier de Gagnière protégea la fuite, cette fameuse nuit où nous l'avons vaincue ?

— Oui, capitaine.

— Sait-on ce qu'elle est devenue ?

— Non. Mais il est peu probable qu'elle vive encore, car la Griffe noire est rarement miséricordieuse envers ceux qui échouent. Et quand bien même vivrait-elle...

Laincourt jugea inutile d'achever sa phrase.

— Alors nous sommes dans une impasse, laissa tomber La Fargue avec découragement.

— Pas sûr, intervint Marciac. Il reste Gagnière, que Saint-Lucq avait fait prisonnier. Il doit en savoir long puisqu'il était le bras droit de la vicomtesse. Trouvons dans quelle geôle il croupit depuis, et interrogeons-le.

L'idée était bonne, mais tous savaient quel écueil se dressait désormais devant eux.

— Rien de cela ne pourra se faire sans l'aval du Cardinal, dit La Fargue. Nous ne pouvons plus continuer à agir à son insu.

*

Agnès se réveilla un peu avant l'aube, une épaule douloureuse et l'esprit encore hanté par la vision qui avait troublé son sommeil. Elle se redressa, s'assit sur son lit, regarda vers la fenêtre ouverte et le ciel nocturne qui pâlissait à l'est, derrière les clochers de l'abbaye de Saint-Germain-des-Prés. Elle soupira avant de se lever et, tournant le dos de trois quarts à son miroir, d'examiner son omoplate. Elle savait ce qu'elle allait voir. L'élégant tracé de sa marque achevait de rougeoyer au rythme de ses battements de cœur, tandis que la douleur s'estompait. Bientôt, les deux runes emmêlées retrouvèrent leur aspect normal.

Agnès rajusta sa chemise et gagna sa fenêtre, à laquelle elle s'accouda.

Fixé sur le lointain, son regard était grave.

Elle avait rêvé du grand dragon noir détruisant Paris, et ce rêve avait été d'une acuité telle qu'elle avait ressenti la chaleur des brasiers sur son visage, que les odeurs de bois brûlé et de cendres chaudes avaient envahi ses narines, et qu'il lui semblait que ses oreilles résonnaient encore d'un vacarme terrible : grondements des flammes, fracas des bâtisses effondrées, hurlements des victimes, rugissements caverneux du dragon. L'image du dragon noir s'était tout particulièrement imposée à elle. Il lui suffit d'ailleurs de fermer les paupières pour le revoir, immense et puissant, triomphant dans le ciel d'un Paris supplicié, le corps recouvert d'écailles d'obsidienne luisantes et le front orné…

… d'un joyau étincelant ?

Agnès rouvrit brusquement les paupières.

*

Elle avait été la vicomtesse de Malicorne et rien ne lui manquait alors : ni la jeunesse, ni la beauté, ni la richesse, ni le pouvoir. Elle était désormais Mme de Chantegrelle, une vieille femme, une pieuse veuve qui, retirée dans un couvent du faubourg Saint-Jacques, se reposait des dernières fatigues d'une trop longue vie. Autant dire qu'elle n'était plus grand-chose.

Ce matin-là, elle était sortie faire quelques pas dans le jardin lorsqu'on lui annonça une visite. Peu après, elle rencontrait pour la première fois un élégant gentilhomme, aux cheveux blonds, aux traits réguliers et au charme inquiétant. Ils s'assirent côte à côte sur un banc de pierre et, sitôt qu'ils furent seuls, l'inconnu libéra brièvement son aura. Mme de Chantegrelle sentit un frisson l'électriser délicieusement. Il était donc, comme elle, un dragon. Mais un dragon puissant et vigoureux, qui n'était pas prisonnier d'un corps chétif et d'une existence misérable.

— Qui êtes-vous ? demanda-t-elle.

— Je suis le Gentilhomme. Je devrais plutôt dire : « Le Gentilhomme amoureux », puisque tel est le nom de mon arcane. Mais nous nous contenterons du Gentilhomme. J'appartiens à la même loge que l'Alchimiste des Ombres.

— La loge des Arcanes. Elle existe donc.

— En doutiez-vous ?

— Oui.

— Nous aurons bientôt tout le temps de vous détromper, madame.

— Que me voulez-vous ?

— Je suis venu vous offrir de nous rejoindre, madame.

— Vous vous moquez.

— Nullement.

Alors le Gentilhomme parla et l'ancienne vicomtesse de Malicorne écouta, pesant chaque phrase, chaque mot, prêtant l'oreille à chaque intonation, à chaque inflexion de voix, et guettant le moindre signe de mensonge ou de duplicité sur le visage de son interlocuteur. Mais le Gentilhomme savait plaire et convaincre. Et ce qu'il proposait ne pouvait que la tenter : redevenir celle qu'elle avait été et rejoindre la loge des Arcanes.

— Pourquoi arrêter votre choix sur moi ? demanda-t-elle enfin.

— Il y a longtemps que nous vous observons, madame. Et au contraire de la Griffe noire, nous préférons considérer ce que vous avez accompli et pouvez encore réussir.

— Alors parlons de la Griffe noire, justement. Que dira-t-elle si elle apprend que…

— Elle dira ce qu'elle voudra. La loge des Arcanes est libre d'initier qui lui plaît. En outre, nous rendons assez peu de comptes aux vieux maîtres de Madrid…

— Mais ne voyez-vous pas ce que je suis devenue ?

— À cela, nous avons le remède.

Elle darda sur le Gentilhomme un regard embrasé par l'espoir et l'ambition.

— Vraiment ? fit-elle.

Il lui répondit d'un doux sourire confiant, et parla encore.

Cette fois-ci, cependant, Mme de Chantegrelle écouta peu et réfléchit beaucoup. Elle prit vite la décision qui s'imposait. Mais si les forces physiques et magiques lui manquaient depuis qu'un rituel avorté avait failli la tuer, elle n'avait rien perdu de son intelligence. Elle n'était pas en mesure d'exiger quoi que ce soit des Arcanes, et résolut donc de fixer une condition.

— Si je suis dans l'état et la situation que vous voyez, dit-elle, c'est par la faute d'une poignée d'hommes et d'une femme. Aussi, voici ce que je désire savoir : si je devais vous rejoindre, aurais-je ma vengeance ?

En homme qui apprécie l'audace, le Gentilhomme sourit.

— Madame, je vous le promets.

*

Marciac et Laincourt accompagnèrent La Fargue au Palais-Cardinal. Ils arrivèrent alors que Richelieu s'apprêtait à rejoindre le roi au château de Saint-Germain et que, dans la grande cour, soixante gardes en casaque rouge, en bon ordre de parade et déjà en selle, attendaient le départ du carrosse de Son Éminence. Le Cardinal venait d'ailleurs d'y prendre place, et le capitaine des Lames obtint difficilement de pouvoir lui parler à la portière.

Légèrement à l'écart, les deux autres patientèrent, le Gascon tenant la bride du cheval de La Fargue, tandis que Laincourt passait en revue les gardes alignés. Il constata avec satisfaction que Brussand était du nombre et qu'il semblait se porter bien, même si un bandage qui lui serrait sans doute le crâne dépassait de sous son feutre noir. D'où ils étaient,

Marciac et Laincourt ne pouvaient rien entendre de ce que La Fargue, le chapeau à la main, disait au cardinal de Richelieu. Mais le vieux capitaine paraissait argumenter aussi fermement que possible. Du Cardinal, on ne voyait qu'une main maigre et immobile à la portière.

— Ça traîne, dit Marciac.

— La Fargue n'a pas la partie facile, rétorqua Laincourt.

De fait, la conversation durait pendant que tous, dans la cour, se tenaient sous un soleil écrasant. Les hommes se montraient stoïques mais les chevaux, dans les rangs des gardes, s'énervaient. Des coups de sabots impatients frappaient le pavé. Des montures bronchaient, s'agitaient. Un étrange silence, sinon, régnait. On se demandait ce qui se passait, ce qui retardait un départ que l'on croyait imminent.

Enfin, La Fargue s'écarta du carrosse magnifiquement armorié, et remit son chapeau. Un officier donna un ordre. Des trompettes sonnèrent et un premier escadron de gardes prit la tête, bientôt suivi par le carrosse de Son Éminence qui se mit lourdement en branle, puis le reste de l'escorte. Le cortège quitta la cour et, au pas, s'engagea bientôt dans la rue Saint-Honoré, en direction de la porte du même nom.

La cour d'honneur du Palais-Cardinal parut alors bien vide.

Le visage fermé et le pas pressé, La Fargue rejoignit Marciac et Laincourt.

— Hâtons-nous, dit-il en montant en selle.

*

Moins d'une heure plus tard, Agnès regardait La Fargue, Laincourt et Marciac qui, dans la cour de l'hôtel de l'Épervier, se livraient à d'ultimes préparatifs, s'assuraient que leurs chevaux étaient bien sellés, resserraient une sangle, ajustaient un mors, flattaient une encolure et enfin montaient en selle. André les aidait, sans cesser d'observer les montures d'un œil expert et vaguement soupçonneux. Sur la petite marche qui marquait le seuil de sa cuisine, Naïs avait l'air inquiet. Le vieux Guibot était sous la voûte, où il venait d'ouvrir la porte cochère et maintenait l'un des deux lourds vantaux rectangulaires.

Enfin, les trois hommes montèrent en selle et saluèrent Agnès, La Fargue d'un hochement de tête, Laincourt d'un signe de la main et Marciac d'un clin d'œil. Puis ils s'en allèrent, emplissant la cour d'un bref vacarme de pavés martelés. Dans la rue Saint-Guillaume, ils croisèrent Ballardieu qui les regarda passer au grand trot avec surprise et se hâta de rentrer. Peinant sur sa jambe de bois, Guibot refermait déjà la porte.

Ballardieu rejoignit Agnès dans la salle d'armes. Vêtue en écuyère comme à son habitude, la taille sanglée dans son épais corset de cuir écarlate, la jeune baronne de Vaudreuil enfilait des gants d'escrime.

— Que se passe-t-il ? demanda Ballardieu. Je viens de voir le capitaine et les autres qui…

— Qui partaient, oui.

— Où vont-ils de si bon train ?

Les mains sur les hanches, Agnès se livra à divers exercices d'assouplissement des jambes.

— Le Cardinal a bien voulu que La Fargue rencontre Gagnière, expliqua-t-elle. Le problème est que Gagnière, sous bonne garde, est en route pour un discret château proche d'Auxerre où il va être remis à un représentant du pape.

— Remis ?

— Livré, si tu préfères. Échangé, peut-être. Ou vendu. Mais ne me demande pas ce que Rome veut à Gagnière.

Agnès fouetta l'air de sa rapière et, satisfaite, esquissa quelques fentes.

— Pourquoi ne sommes-nous pas du voyage ? demanda Ballardieu d'un air boudeur.

— Parce que La Fargue n'a pas besoin de nous. Et aussi parce que je suis retenue à Paris…

Le vieux soldat, soudain, remarqua quelle épée Agnès maniait.

— Eh ! s'exclama-t-il. Mais c'est ta rapière !

— Nulle autre ! dit la jeune femme en saluant comme avant un duel.

Et pour apporter la preuve de ses dires, elle libéra la lame de stylet logée dans la poignée de son arme.

— Comment est-ce possible ?

— Rapportée ce matin par un garde noir des Châtelaines.

— De la part de la mère de Vaussambre ?

— De qui d'autre ? D'ailleurs, il y avait une lettre de sa main avec l'épée.

— Et que dit-elle, cette lettre ?

*

Le sang dans la cuve fumait. Il s'en dégageait des senteurs âcres et puissantes, écœurantes. Gravés à même les dalles de pierre, des pentacles complexes rougeoyaient, comme tracés par des filaments incandescents. À leurs pointes brûlaient des cierges noirs, mais dont la cire coulait écarlate. L'air vibrait d'une puissance sourde et profonde.

La vicomtesse de Malicorne se tenait nue devant la cuve.

Bientôt, la vieille Mme de Chantegrelle ne serait plus qu'un détestable souvenir. Et avec elle ce corps flétri, faible, aux chairs flasques et aux membres grêles. Même la vicomtesse de Malicorne serait à oublier. Car de cette renaissance elle sortirait aussi jeune et belle qu'avant, sans doute. Mais également plus forte, et animée d'une détermination que rien ni personne ne pourrait entamer. Pour l'heure, cependant, c'était encore une vieille femme qui attendait frémissante dans des vapeurs enivrantes, tendue, presque cambrée, le menton levé et les paupières closes.

La Magicienne aussi avait les yeux fermés.

Agenouillée de l'autre côté du bassin creusé dans le sol, elle psalmodiait à voix basse, recueillie. De ses poignets entaillés s'écoulait un sang rouge et tiède qui — comme animé d'une vie propre — glissait sur les dalles et s'en allait rejoindre celui, plus sombre, qui emplissait la cuve. Il émanait de la Magicienne une forme spectrale que l'on devinait dans l'ombre derrière elle, celle d'un dragon dont le pouvoir encore contenu semblait résonner depuis les entrailles de la terre.

La vicomtesse sut que le moment était venu.

Elle fit un pas en avant, plongea un pied dans le sang et peina à contenir un râle de plaisir sous le coup de la brûlure qui, telle une langue de feu intérieure, la traversa tout entière.

4

La petite colonne allait au trot quand, à quelques lieues du château de Mareuil-sur-Ay, elle rencontra en rase campagne un carrosse immobilisé au bord de la route. Leprat, qui chevauchait en tête, l'aperçut le premier. Aussitôt, il leva haut la main, ordonnant à ses quinze mousquetaires et au fourgon qu'ils escortaient de faire halte derrière lui. Dans leur sillage, la poussière retomba lentement, sans qu'aucun souffle de vent la disperse.

Plissant les yeux sous le bord de son feutre, Leprat observa les environs, appuyé des deux mains sur le pommeau de sa selle, les épaules légèrement en avant. Le voyage, jusqu'alors, s'était déroulé sans incident malgré ses craintes initiales. Après trois jours, il en était venu à envisager que la Griffe noire avait renoncé à faire un mauvais sort au marquis de Gagnière, ou qu'elle ignorait qu'il était déplacé, et comment, et vers où. Mais ce n'était pas une raison pour abandonner toute prudence.

Un mousquetaire rejoignit Leprat et arrêta sa monture à sa hauteur. C'était Durieux, un gentilhomme d'une trentaine d'années à l'œil vif et à la mine austère qui parlait peu et maniait un humour à froid parfois déconcertant. Il était toujours de bon conseil. Leprat avait fait de lui son second.

— Votre avis, Durieux ? demanda-t-il.

Le mousquetaire prit le temps d'observer à son tour.

— L'endroit n'est guère propice à une embuscade, répondit-il. Mais la ruse réside peut-être en cela.

Ils se trouvaient dans les environs d'Épernay. La route traversait un charmant coin de Champagne, paisible et verdoyant. Il faisait un temps superbe. On apercevait une bergerie au loin, mais pas âme qui vive.

— Je vais voir, annonça Leprat.

— Est-ce bien sage ?

— Ouvrez l'œil et prenez le commandement si nécessaire.

— N'ayez crainte. S'il vous arrive malheur, je veillerai à ce qu'un autre que Sardent rédige votre oraison funèbre.

Leprat piqua des talons en souriant de bon cœur, et couvrit au grand trot la distance qui le séparait du carrosse. Il reconnut un homme qui ne pouvait qu'être le cocher, distingua dans le carrosse une ombre à qui un gentilhomme faisait la conversation, accoudé à la portière, une botte sur le marchepied et le chapeau à la main. Le mousquetaire ralentit l'allure, approcha au pas. Le voyant, le gentilhomme se couvrit et s'avança avec un sourire aimable. Il était jeune, richement vêtu et séduisant. Il se déplaçait avec grâce.

— Holà ! lança-t-il en levant le bras.

Leprat arrêta son cheval, mais garda une main près des pistolets rangés dans ses fontes de selle. D'un parfait naturel, le gentilhomme ne manifestait ni méfiance ni hostilité, mais on avait vu des assassins afficher des mines plus innocentes. Le danger, en outre, pouvait venir de l'intérieur du carrosse.

— Leprat, mousquetaire du roi. Un problème, monsieur ?

— Une roue rompue, monsieur, répondit l'autre avec un fort accent italien.

Il s'effaça pour désigner le carrosse dont, en effet, la roue arrière gauche était brisée. Cet accident était des plus ordinaires, en raison du très mauvais état des routes françaises.

— J'ai envoyé mon valet sur mon cheval jusqu'au prochain relais, reprit l'Italien, mais le misérable n'est toujours pas revenu alors qu'il y aura bientôt deux heures que nous l'attendons.

— J'ai peur de ne pouvoir vous être d'un grand secours.

— Nous accompagnons une dame de qualité,

monsieur. Or je vois qu'une voiture attelée vous suit. Si vous acceptiez que cette dame y prenne place jusqu'au prochain village, l'un de nous resterait ici près du carrosse tandis que les deux autres pourraient vous suivre.

— Ce fourgon, dont je commande l'escorte, ne pourrait convenir en rien à une personne de qualité. En outre, la seule place qui s'y trouve libre est à côté du cocher. Et s'il n'était question de bienséance, l'inconfort y est grand. Le soleil, la poussière, les cahots…

— … sont autant de désagréments dont je saurai m'arranger, monsieur Leprat, fit une voix féminine et claire. Vous devez vous souvenir que je ne suis pas de celles qu'un rien rebute. En outre, j'ai le sentiment que nous nous rendons au même endroit…

Leprat vit alors une ravissante jeune femme rousse descendre du carrosse.

Espionne, courtisane et intrigante, elle se nommait Alessandra di Santi.

On la surnommait l'Italienne.

BOIS-NOIR

S02 – E03

1

Assis dans un fauteuil, le Gentilhomme parlait au dragon rouge dont la tête massive et écailleuse, ornée d'une triple crête osseuse, émergeait de la surface du miroir en scintillant légèrement dans la pénombre.

— Tout sera prêt, dit-il d'un ton grave et soucieux.

— Bien, rétorqua l'Hérésiarque avec un air d'autorité. Et puisque les derniers détails de cette prochaine Assemblée sont réglés, j'aimerais aborder un autre sujet avec vous.

Le Gentilhomme se méfia aussitôt, mais s'efforça de n'en rien montrer. Allait-il être question de la Malicorne ? Il y avait déjà bientôt deux jours et deux nuits que la Magicienne pratiquait sur elle le rituel qui lui rendrait son pouvoir et sa superbe. Cela avait lieu ici, en secret, dans la crypte de l'hôtel des Arcanes. L'Hérésiarque pouvait-il déjà savoir ?

— L'Italienne est en France, annonça le dragon rouge.

La nouvelle prit le Gentilhomme au dépourvu. Il lui fallut quelques secondes pour rassembler ses esprits et comprendre de qui l'Hérésiarque parlait.

— L'Italienne ? Mais la Griffe noire ne s'était-elle pas engagée à nous débarrasser d'elle ?

— Elle s'y était engagée, en effet. Et elle a échoué… Aussi ai-je décidé que nous réglerions nous-mêmes ce problème. Cette garce a trompé l'Alchimiste. Elle lui a volé des secrets qui ont permis au cardinal de Richelieu de faire échouer nos plans. Il est plus que temps qu'elle en paie le prix !

Le Gentilhomme ne répondit pas. Il attendit, et l'Hérésiarque reprit :

— En ce moment, l'Italienne se trouve dans un château de Champagne pour y participer à l'échange d'un prisonnier que la France détient et que Rome veut. Mais peu importe… Une semblable occasion ne se représentera pas de sitôt. L'Enlumineur est déjà sur place, à la tête de guerriers dracs qu'il a lui-même recrutés. Les quelques mousquetaires qui gardent la place comptent pour peu. Tout sera réglé cette nuit.

— Qu'attendez-vous de moi ?

— Rien ou presque. Je veux que vous prépariez la tour de Bois-Noir pour le retour de l'Enlumineur et de ses dracs. Ils y garderont l'Italienne le temps nécessaire.

— La garder ? s'étonna le Gentilhomme. Mais pourquoi ?

L'Hérésiarque ne répondit pas.

Il attendit, impassible et sévère, jusqu'à ce que l'autre s'incline.

— Cela sera fait, Hérésiarque.

— J'y compte bien. Au revoir, Gentilhomme.

— Au revoir.

*

La porte du cachot s'ouvrit et Leprat, en se baissant, entra. La main sur le pommeau de sa rapière blanche, il se redressa sans se découvrir et laissa le soin de refermer au mousquetaire qui montait la garde dans le couloir. Assez basse, humide mais saine, la geôle était meublée d'un lit étroit, d'une petite table et d'un tabouret. Un seau pour les besoins naturels du prisonnier était posé dans un coin. La lumière passait par une étroite ouverture en demi-lune. Le sol nu était en terre battue.

— Il m'a été rapporté que vous vouliez me parler, déclara Leprat.

Celui qu'il avait escorté depuis la Bastille lisait assis sur le lit, adossé à la paroi. Son masque de cuir et de fer toujours verrouillé sur le visage, le prisonnier referma son livre et se leva poliment. Il avait autant d'élégance dans le geste que dans ses attitudes. Le marquis de Gagnière était un homme raffiné et courtois, mais il était également un monstre froid.

— En effet, monsieur. Je tenais à vous remercier d'avoir permis que l'on me donne de la lecture.

Leprat accueillit les remerciements d'un hochement de tête sévère.

— Autre chose ? s'enquit-il.

Bras croisés, le prisonnier observait le mousquetaire des pieds à la tête et sembla réfléchir.

Puis il dit :

— Vous savez qui je suis, n'est-ce pas ?

— Oui.

— En fait, vous m'avez reconnu dès le moment où j'ai été confié à votre garde, dans la cour de la Bastille. À mes yeux, sans doute. Et peut-être aussi à mon allure. À moins que cela ne soit ma voix…

Leprat ne répondit pas et regarda Gagnière reculer d'un pas pour s'appuyer à la table.

— Vous souvenez-vous des derniers mots que vous m'avez dits cette nuit-là, rue Saint-Denis ? demanda le prisonnier. Vous veniez d'éliminer mes hommes de main. Vous étiez épuisé, blessé, vaincu, cependant que je braquais mon pistolet sur vous, du haut de mon cheval…

— Je vous ai dit qu'un homme d'honneur mettrait pied à terre et tirerait l'épée.

— Or qu'ai-je fait ? J'ai tiré en visant le cœur et je vous ai laissé pour mort.

Leprat acquiesça, silencieux.

Il s'était vu mourir pour le service du roi, cette terrible nuit, rue Saint-Denis.

— Vous savez donc l'homme que je suis, reprit Gagnière. Et sachant cela, vous ne m'avez donné aucun motif de me plaindre de vous durant notre voyage, alors que j'étais en votre pouvoir. Un autre, sans doute, ne m'aurait pas à proprement parler maltraité. Mais je doute qu'il m'aurait épargné toutes sortes de vexations. Vous, rien.

— C'est que l'on ne m'a pas confié l'homme qui manqua m'assassiner froidement. L'on ne m'a pas confié non plus le marquis de Gagnière. L'on m'a confié un prisonnier, en me chargeant de le protéger et conduire en un lieu donné. Vous pourriez tout aussi bien être un autre.

— Et si l'on nous attaquait, vous me défendriez au péril de votre vie.

— Oui.

— Sans regret ?

— Je n'ai pas dit cela.

— Savez-vous que la Griffe noire a déjà tenté par deux fois de m'assassiner ?

— Je le sais.

— Et malgré tout vous persistez dans l'idée de…

— Oui.

Le prisonnier prit le temps d'apprécier cette réponse, qu'il savait franche et ferme.

Et enfin lâcha :

— Vous êtes décidément un homme bien admirable, monsieur le chevalier d'Orgueil.

*

Leprat rejoignit Durieux un peu plus tard, alors que la journée finissait. Il y avait moins de deux heures que les mousquetaires étaient arrivés au château de Mareuil-sur-Ay, où auraient lieu les ultimes tractations concernant Gagnière. Ils finissaient de s'installer et de prendre possession des lieux, dont ils allaient assurer la défense durant les négociations. Des casaques bleu roi montaient déjà la garde à la porte et sur les remparts.

Dans la cour, Durieux expliquait aux trois braves bougres qui veillaient seuls sur le château d'ordinaire qu'ils pouvaient remiser pour un temps leurs hallebardes, leurs plastrons et l'arquebuse qu'ils se partageaient. Leprat attendit qu'il en ait fini, en appréciant l'habileté et la courtoisie du mousquetaire. Celui-ci aurait pu jouer de l'autorité que lui conféraient son rang et sa casaque, mais il préférait toujours user de diplomatie.

Les hallebardiers se retirèrent satisfaits.

— Que voulait le prisonnier ? demanda Durieux.

— M'avertir d'un danger, je crois, répondit Leprat.

— Ici ? (Ils considérèrent le décor.) Nous étions bien plus vulnérables sur la route…

— Je le sais bien. Et pourtant…

— Oui. Je le sens, moi aussi. Il y a quelque chose dans l'air, n'est-ce pas ?

Soucieux, les deux hommes se turent.

Aujourd'hui disparu, le château de Mareuil avait été bâti au Moyen Âge. Il consistait en trois hautes murailles reliées par des tours massives et cernant une cour triangulaire au milieu de laquelle se dressait un donjon. Tombé en déshérence, il avait été réhabilité par une veuve qui en fit son refuge et accola à l'un des remparts, désormais percé de fenêtres, un bâtiment Renaissance. À la mort de la veuve, le château ne fut pas totalement déserté. Situé à l'est d'Épernay dans un coin de campagne boisé et giboyeux, il faisait un relais de chasse fort commode pour son actuel propriétaire, un vieux gentilhomme jouissant de la confiance du roi. L'endroit présentait également l'avantage d'être discret, à une grosse journée de cheval de la frontière avec la Lorraine…

– Nous avons achevé de prendre nos quartiers dans le vieux donjon, annonça Durieux après un moment. Il a fallu y faire un peu de ménage, mais nous y serons bien. Les chevaux sont à l'écurie et les premiers tours de garde ont commencé.

– Très bien. Les domestiques ?

– Des gens du village qui, pour la plupart, rentreront chez eux le soir et reviendront au matin. Ils assureront un service bien suffisant pour les mousquetaires que nous sommes, mais il y a parmi nous une dame de qualité qui… (Durieux s'interrompit en voyant le demi-sourire de Leprat.) Qu'ai-je dit de drôle ?

– Rien.

Leprat se tourna vers le bâtiment Renaissance où Alessandra di Santi et le gentilhomme qui l'accompagnait avaient élu domicile dans l'appartement du maître des lieux et dans celui de son épouse. Le gentilhomme occupait le premier, où les armes, râteliers, trophées et scènes de chasse abondaient. L'Italienne, elle, logeait dans le second, assez agréablement meublé et décoré.

— Mais n'ayez crainte, reprit Leprat avec un demi-sourire. Je puis vous assurer que cette dame-là peut s'accommoder d'un confort de loin plus rigoureux que celui qu'elle trouve ici.

Depuis une fenêtre, la belle Italienne passait en revue les jeunes villageoises venues proposer leur aide au château. Elle en désigna deux de l'index et les fit monter tandis que les autres s'en allaient déçues. Leprat savait à qui il avait affaire et il ne douta pas qu'Alessandra avait choisi les deux plus jolies et délurées pour son service personnel. S'apercevant qu'il regardait dans sa direction, elle lui adressa un sourire et un petit signe de la main. Il répondit sobrement en pinçant le bord de son chapeau.

Durieux ne posa aucune question.

Pour autant, Leprat jugea qu'il lui devait quelques explications.

— J'ignore qui est au juste le gentilhomme qui l'escorte, mais cette Italienne que le pape nous a envoyée est une aventurière et une espionne de haut vol. J'ai fait sa connaissance dernièrement, alors que j'étais sous les ordres du capitaine La Fargue. Elle prétendait avoir connaissance d'un complot et obtint la protection du Cardinal. Comme toujours, ses motifs étaient troubles. Néanmoins, je dois reconnaître que les renseignements qu'elle a alors fournis se sont révélés utiles dans une affaire des plus sérieuses, mais dont je ne peux rien dire.

L'obscurité tombait dans la cour où valets, servantes et mousquetaires allaient et venaient, plus ou moins affairés.

— Est-elle dangereuse ? demanda Durieux.

— Très. Ne vous laissez surtout pas prendre par cet

adorable minois et cet air d'innocence. Et restez sur vos gardes : elle est de ces femmes qui ne peuvent pas s'empêcher de séduire et ne vivent que dans le désir qu'elles éveillent chez les hommes.

À la froideur de Leprat, Durieux comprit qu'il parlait d'expérience. Puis son attention fut attirée par certaines des jeunes villageoises que l'Italienne n'avait pas retenues et qui, près de la porte, subissaient sans trop d'effroi les avances de deux mousquetaires.

— Laissons-nous faire ? demanda-t-il en désignant le joyeux petit groupe d'un coup de menton.

Leprat pesa le pour et le contre, mais n'eut pas l'occasion de répondre. Depuis la plus haute des tours du château, un mousquetaire annonça que des cavaliers approchaient au grand trot.

*

La Fargue, Laincourt et Marciac arrivèrent avec le soir à Mareuil-sur-Ay. Couverts de poussière, ils avaient chevauché deux longs jours à grand train, par des routes poussiéreuses, en pleine canicule. Ils étaient éreintés, sans savoir s'il n'était pas déjà trop tard pour parler à Gagnière. Il n'empêche, ce fut avec soulagement qu'ils virent se dresser les tours du château et ses vieilles murailles, en haut desquelles ils aperçurent des casaques bleues à croix d'argent.

— Des mousquetaires de la Garde ? s'étonna Marciac. Je m'attendais plutôt à des casaques rouges…

— Le marquis de Gagnière est un prisonnier du roi, nota La Fargue.

Un mousquetaire les arrêta à la porte, sous la voûte, après un pont-levis qui ne se levait plus guère et enjambait un fossé empli de broussailles. La Fargue, sans desseller, tendit les papiers que le Cardinal avait signés et attendit que le mousquetaire les examine. Derrière lui, Marciac ôta son chapeau pour s'essuyer le front.

— Pas fâché d'être rendu, glissa-t-il à Laincourt.

Qui, compréhensif, lui répondit d'un sourire.

— Capitaine ?

Tous les regards se tournèrent vers celui qui avait parlé, c'est-à-dire vers Leprat qui arrivait de la cour avec Durieux. Le mousquetaire en faction lui remit les papiers de La Fargue, mais Leprat n'y jeta qu'un œil et demanda :

— Mais que faites-vous ici ? (Et, se ravisant :) Non, plus tard. Vous faites peine à voir tous les trois et, d'évidence, avez bien mérité de prendre un peu de repos.

Les cavaliers furent autorisés à entrer et purent enfin mettre pied à terre dans la cour. Leprat donna des ordres pour qu'on s'occupe de leurs chevaux et chargea Durieux de leur trouver un endroit où passer la nuit. Le vieux capitaine remercia et, en enlevant ses gants de monte, aperçut une dame et un gentilhomme à une fenêtre. Il ne connaissait pas le gentilhomme, mais la femme ne pouvait être qu'Alessandra di Santi.

— La vie est pleine de surprises, n'est-ce pas ? dit Leprat qui le guettait du coin de l'œil. Je vous expliquerai…

Les Lames se rafraîchirent longuement à l'abreuvoir, avant que La Fargue et Laincourt suivent Durieux dans une salle vacante et poussiéreuse du donjon, où il leur faudrait se contenter de paillasses pour dormir. Marciac, lui, resta près du puits, à bavarder avec l'une des deux jolies villageoises que l'Italienne avait engagées.

Parce qu'il souhaitait se changer, Laincourt rejoignit La Fargue et Leprat un peu plus tard, dans une pièce agréablement fraîche, autour d'une table et de quelques pichets de vin. Le Gascon n'avait toujours pas réapparu, ce qui n'étonna ni n'inquiéta personne.

— J'ai mis Leprat au fait de l'essentiel, annonça le vieux capitaine quand Laincourt entra.

Et tandis que le jeune homme s'asseyait et se servait un verre de vin, le mousquetaire résuma :

— Donc il y a, autour de la mort de l'Alchimiste des Ombres, un mystère que vous souhaitez débrouiller. En vous intéressant à lui, ou plus exactement au maître de magie qu'il prétendait être, vous avez découvert qu'il avait été recommandé à la duchesse de Chevreuse par la vicomtesse de Malicorne. Laquelle a disparu depuis que nous avons fait échouer son plan de créer une loge française de la Griffe noire. Ne reste que Gagnière, son âme damnée…

Par-dessus le bord de son verre, Laincourt coula un regard intrigué vers La Fargue, qui n'y prêta pas attention. Leprat n'avait pas fait allusion au dragon détruisant Paris. Était-ce parce que le capitaine des Lames ne lui en avait rien dit ?

— C'est cela, confirma La Fargue. Le Cardinal a bien voulu nous autoriser à parler à Gagnière, mais sans pouvoir empêcher ni retarder les tractations dont il est l'objet. Aussi avons-nous fait diligence, dans la crainte que les dernières négociations n'aboutissent avant notre arrivée.

— Ces négociations n'ont pas encore commencé. Le Père Joseph les mènera pour la France, et nous ne l'attendons que demain soir.

— Mais l'Italienne, elle, est déjà là.

— Certes. Pour autant, elle n'est pas là pour négocier au nom du pape.

— Quel est son rôle, en ce cas ?

— Elle doit interroger Gagnière afin de prendre la

mesure de ce qu'il sait. Après quoi le négociateur du pape, qui n'arrivera lui aussi que demain, saura sur quel pied danser.

La Fargue vida son verre, se pencha en arrière et, songeur, afficha un sourire blasé.

— Quand on y songe, dit-il, il y a moins d'un mois que l'Italienne devait répondre aux questions de M. Laffemas dans la prison du Châtelet. Et voilà qu'elle pose les questions à un agent de la Griffe noire…

Leprat haussa les épaules et annonça :

— Mes responsabilités, ici, se limitent à la sûreté du prisonnier. Si vous désirez lui parler, il vous faudra en passer par l'Italienne en attendant l'arrivée du négociateur de Sa Sainteté.

— Je préférerais ne pas attendre demain.

Le mousquetaire ne sut que répondre.

— Ce ne sera peut-être pas nécessaire, dit Laincourt.

Les deux autres se tournèrent vers lui.

— Comment ça ? fit La Fargue.

— Le gentilhomme qui était à la fenêtre aux côtés de l'Italienne. Je le connais.

— Le signor Valerio Licini ? s'étonna Leprat.

— C'est bien son nom. Un fils de la meilleure aristocratie romaine. Mais il est plus connu en tant que le père Farrio.

— Un prêtre ? fit La Fargue.

— Un jésuite. Lui et moi nous sommes déjà croisés par le passé. Il est un agent du pape et je suis prêt à parier qu'il est le négociateur que l'on attend.

— Peut-il vous avoir reconnu en retour ? s'enquit le capitaine des Lames.

— Je ne sais.

— Mais pourquoi jouer cette comédie ? demanda le mousquetaire.

— Il peut être utile à un négociateur de d'abord humer l'air, goûter l'atmosphère, entendre peut-être des choses que l'on n'aurait pas dites devant lui si l'on avait su… Mais je ne fais que deviner. Il n'est pas interdit de supposer que les motifs du père Farrio et de l'Italienne soient plus troubles…

Sur ces mots, Marciac entra.

Peut-être un rien plus débraillé que d'habitude, il était d'excellente humeur et avait un brin de paille dans ses cheveux emmêlés.

— Je viens de croiser Durieux, annonça-t-il. L'Italienne nous invite à souper ce soir.

*

Armés de lourdes rapières, de poignards et de pistolets, les dracs se tenaient prêts dans la clairière, sous le ciel étoilé. Assassins, pillards et mercenaires, ils obéissaient à l'un des leurs, un dénommé Keress Karn. La plupart n'étaient guère plus grands, mais tous étaient plus massifs que ce drac rouge à la musculature sèche et aux réflexes de serpent. Aka'rn, un drac noir colossal et silencieux, complétait la troupe. Il était le garde du corps de Karn.

Intelligent et dénué de scrupules, volontiers cruel, Keress Karn exerçait une autorité sans partage. Il n'expliquait jamais ses ordres, que nul ne songeait à discuter. Ses égorgeurs avaient pour lui un mélange d'admiration et de respect superstitieux. D'ailleurs auraient-ils accepté d'un autre que lui de se mettre au service d'un dragon ? Pour un drac, c'était comme retourner volontairement en esclavage et demander à recevoir le fouet. Or pas un n'avait contesté la décision de Karn, ni n'avait ensuite renâclé à chevaucher derrière ce dragon dont l'aura était si puissante qu'ils ressentaient, à leur grande honte, une fibre servile vibrer au plus profond d'eux-mêmes. Le dragon se faisait appeler « maître ». Au bivouac, il ne se mêlait pas à eux et ne parlait qu'à Karn, que ses manières brutales et méprisantes ne semblaient pas impressionner le moins du monde. Le drac rouge relayait ensuite les consignes.

La dernière avait été de descendre de cheval ici, dans cette clairière.

Et de se préparer.

Aussi avaient-ils attaché leurs montures, fourbi leurs armes et vérifié leur équipement en écoutant Karn expliquer qu'ils allaient attaquer un château situé non loin et enlever une femme qui s'y trouvait. Ils avaient ensuite partagé un repas frugal, sur le pouce, sans faire de feu. Puis quelques-uns avaient adressé de rapides prières aux dieux ou aux ancêtres, dont l'esprit les accompagnerait. Il n'était pas question de protection, mais seulement d'inviter un glorieux aïeul à assister — peut-être — à sa mort au combat afin qu'il puisse en témoigner et en tirer gloire pour sa lignée.

Bien sûr, l'Enlumineur avait observé ces rituels avec dédain, assis à l'écart et reniflant ostensiblement, quand il ne gloussait pas dans sa barbe. Après quoi il s'était levé, s'était avancé et avait attendu que tous les regards se tournent vers lui. Puis, au beau milieu de la clairière, il planta sa large *schiavone* près de lui et se déshabilla entièrement.

Il s'agenouilla.

Allait-il prier à son tour ?

Les dracs s'agitèrent, intrigués, mais Keress Karn ramena l'ordre et le silence d'un mot. Il avait deviné, lui, ce que le dragon préparait. Il l'avait d'ailleurs vu vider discrètement une petite bouteille de liqueur de jusquiame dorée.

Recueilli, paupières closes, l'Enlumineur respira de plus en plus bruyamment. Puis ce fut comme si une vive douleur le frappait. Sans rouvrir les yeux, il se cambra et grimaça soudain. La douleur parut durer et obligea l'Enlumineur à gémir entre ses mâchoires serrées. Bientôt, il ne put contenir de brusques mouvements des épaules et des bras. Le front couvert de sueur, il se mit debout, malhabile et chancelant tandis que son corps nu changeait et se couvrait d'écailles écarlates. Il grandit d'une tête. Retint un hurlement. Gagna vingt livres de muscles au prix de terribles souffrances. Des excroissances osseuses ornèrent son échine noueuse et ses épaules élargies. Des griffes tranchantes poussèrent aux doigts de ses mains crispées. Son visage s'allongea en avant. Sa bouche devint une gueule en même temps que ses yeux désormais jaunes se fendaient d'une paupière verticale.

Enfin, L'Enlumineur – ou ce qu'il était devenu – s'apaisa.

Ce n'était pas une métamorphose totale. Le dragon n'avait pas recouvré sa forme première, seulement une forme intermédiaire. Mais la créature qui se tourna vers les dracs les subjugua par l'impression de force, de brutalité et de sauvagerie qu'elle dégageait. Elle les dévisagea longuement, tandis qu'elle soulevait lentement ses épaules puissantes au rythme d'un souffle rauque et profond, et que des fils de bave épaisse coulaient d'entre ses crocs.

Puis le dragon saisit sa *schiavone* plantée dans le sol et la brandit.

– Allons-y, dit-il d'une voix caverneuse.

*

Il faisait nuit lorsque, à l'heure dite, La Fargue et Laincourt traversèrent la cour du château de Mareuil pour se rendre chez la signora di Santi.

— Je doute encore que cela soit une bonne idée, dit le vieux capitaine. Après tout, il n'y a pas si longtemps que cette Italienne s'est jouée de nous et a manqué nous faire tuer, l'avez-vous oublié ?

— Non, capitaine. Cependant, nous voulons parler à Gagnière, ce qui ne pourra se faire sans l'accord du représentant du pape. Et certainement pas contre l'avis de la signora.

— Sans compter qu'elle en sait sans doute plus long sur l'Alchimiste des Ombres que Gagnière, ajouta La Fargue à contrecœur…

— Très juste. Cette invitation à dîner est une main que l'Italienne vous tend.

— Une main, oui. Ou un nouveau piège…

Ils retrouvèrent Marciac et Laincourt sur le perron et entrèrent.

Dans la « salle », tout était presque prêt. De nombreuses bougies brûlaient aux murs entre les tableaux et les trophées de chasse empaillés, et sur la table où les deux villageoises embauchées par l'Italienne achevaient de disposer, selon l'usage, tous les mets avant le repas. On avait préparé ce qui, considérant le lieu et les circonstances, s'approchait le plus d'un banquet. Les viandes, pâtés, jambons, fromages, fruits, crèmes et confitures abondaient. Embellie par plusieurs bouteilles, cette vision ravit Marciac et aggrava les soupçons de La Fargue.

— Mais qui cherche-t-on à éblouir ici ? marmonna-t-il.

Laincourt, lui, se demanda quelle corne d'abondance avait déversé ce repas. Il se dit que l'Italienne avait sans doute apporté la plupart de ces victuailles dans son carrosse et qu'elle avait sacrifié le gros de ses réserves, bien décidée à faire forte impression.

Mais dans quel dessein ?

Alessandra di Santi arriva bientôt au bras du gentilhomme en qui Laincourt avait reconnu un jésuite et un agent de Rome. Apprêtée et coiffée à la dernière mode, elle était superbe dans une robe de satin bleu qui mettait en valeur sa rousseur ainsi que la pâleur de son teint. Elle était souriante, radieuse, comme enchantée de recevoir des amis dont elle aurait été trop longtemps séparée. Le signor Licini n'était pas moins élégant, ni moins courtois.

Leprat se chargea de faire les présentations. L'Italienne salua chacun avec un mot charmant et tendit la main à La Fargue en dernier. Alors, après avoir jeté un coup d'œil à son cavalier qui échangeait des propos aimables avec Marciac, elle glissa au capitaine :

— C'est la Providence qui vous envoie. Il nous faut parler seul à seul, mais plus tard.

Ce fut dit dans un souffle, après quoi Alessandra retrouva son sourire et invita les convives à prendre place autour de la table.

Gracieuse et badine, elle voulut que La Fargue soit à sa droite et assit Valerio Licini à sa gauche. Puis elle proposa une tostée « en l'honneur du capitaine, dont les mérites ne sont pas assez reconnus ». On remplit alors un verre de vin dans lequel on fit tremper un morceau de pain grillé. Et le verre passa de main en main afin que chacun y trempe les lèvres. Il était entendu que lorsqu'il lui arriverait, La Fargue devrait le finir et manger le morceau de pain sous les bravos.

Tandis que le verre circulait, Laincourt observa Licini.

Il se demandait si le père jésuite l'avait reconnu lui aussi, et s'il savait donc que le secret de son identité n'en était plus un. Croisant le regard de l'ancien espion du Cardinal, l'agent du pape leva toute ambiguïté en lui adressant un signe de tête entendu.

Laincourt songea qu'ils savaient désormais à quoi s'en tenir l'un comme l'autre, mais il n'eut pas le temps de pousser plus loin ses réflexions.

*

— ALERTE !

La porte du château avait été emportée par l'explosion assourdissante d'une énorme charge de poudre. Craché par la voûte d'entrée, un nuage de poussière et de débris s'était engouffré dans la cour. Des grenades à mèche avaient suivi et explosé, ajoutant à la confusion.

— ALERTE ! ALERTE !

Rapière au poing, La Fargue et les autres jaillirent hors de chez l'Italienne en même temps que les premiers mousquetaires arrivaient. Des malheureux que la déflagration et les grenades avaient surpris titubaient, ahuris, parfois blessés. Mais personne ne songea à leur porter secours : de sinistres silhouettes s'avançaient d'un pas vif dans la fumée et attaquaient.

— DRAAAAACS !

Tandis que le combat s'engageait contre les dracs de Karn, La Fargue, resté en retrait, tenta de prendre la mesure de la situation. Il chercha autour de lui, se demanda pourquoi les sentinelles n'avaient pas donné l'alerte. Il leva les yeux à l'instant précis où l'Enlumineur sautait du haut des remparts, et accompagna sa chute du regard. La créature se reçut lourdement mais sans dommage au milieu de la cour, avant de se redresser en rugissant. Elle brandissait une lourde *schiavone*, détail qui frappa le capitaine.

— LEPRAT ! hurla-t-il pour couvrir les bruits de la bataille. OCCUPEZ-VOUS DE VOTRE PRISONNIER ! NOUS NOUS CHARGEONS DE CE MONSTRE !

Leprat avait repéré un drac rouge qui semblait diriger l'assaut. Renonçant à le prendre pour cible, il acquiesça et, tandis que La Fargue, Laincourt et Marciac se déployaient autour du colosse écailleux, il ordonna :

— DURIEUX, AVEC MOI ! MOUSQUETAIRES, TENEZ BON !

Et il s'élança, Durieux sur les talons.

Il laissait ses frères d'armes se battre à deux contre un et les Lames affronter un adversaire monstrueux, capable de briser l'échine d'un homme sur son genou. Pourtant, il n'avait pas le choix. Son premier devoir était de protéger Gagnière, que les dracs étaient venus libérer ou tuer. La Griffe noire avait fomenté cette attaque. Mais pourquoi avait-elle choisi de prendre un château d'assaut, alors qu'il aurait été plus aisé d'agir entre Paris et Mareuil ? Le temps lui avait-il manqué pour tendre une embuscade sur la route ?

Gagnière était enfermé dans les soubassements d'une tour d'angle. Il fallait contourner le gros donjon pour y parvenir, ce que Leprat et Durieux firent en courant dans les cris et la fumée. Ils rencontrèrent un drac qui retirait sa rapière du corps d'un garçon d'écurie désarmé. Sans s'arrêter, Leprat le sécha d'un crochet porté avec la garde de sa rapière d'ivoire et laissa Durieux l'achever d'un coup d'épée au passage.

La porte de la tour était entrouverte. Leprat la fit claquer contre la paroi d'un grand coup de pied et surprit à l'intérieur un drac qui se retourna en brandissant un pistolet. La détonation retentit. Leprat sentit la balle le frôler, chargea et percuta le reptilien de l'épaule. Le soulevant presque, il le plaqua brutalement au mur et s'écarta. Le drac n'eut pas le temps de recouvrer ses esprits : Durieux l'abattit d'une balle de pistolet en plein front. Les deux mousquetaires échangèrent un regard : ils faisaient une bonne équipe.

Une déflagration ébranla soudain la pièce.

Une charge de poudre venait d'exploser dans le fossé, au pied de la tour dont un bon tiers s'effondra vers l'extérieur en une avalanche de pierres, de bois et de vieille poussière. Le reste de la tour éventrée gémit, craqua, pencha dangereusement avant de s'écrouler sur elle-même. Leprat et Durieux n'eurent que le temps de se précipiter dehors, avant d'être engloutis dans un épais nuage.

Dans la cour, la bataille continuait.

Trois mousquetaires gisaient dans leur sang, parmi une dizaine de cadavres dracs. Blessés pour la plupart, ils n'étaient plus que quelques-uns à porter la casaque et à se battre, mais ils ne cédaient pas un pouce de terrain. À l'écart de la mêlée, La Fargue, Laincourt et Marciac luttaient pied à pied contre l'Enlumineur. Ils le harcelaient, l'attaquaient à droite, à gauche, l'obligeaient à faire volte-face, reculaient devant ses attaques et laissaient un autre le prendre à revers. Ils avaient vite compris qu'ils ne pouvaient pas grand-chose contre cette créature puissante et rusée dont les écailles déviaient la plupart des coups d'épée, et ils l'avaient compris à leurs dépens. La *schiavone* avait entaillé le bras de Marciac, tandis que Laincourt s'était imprudemment exposé à un coup de griffes qui lui avait zébré la poitrine en déchirant pourpoint et chemise. Quant à La Fargue, à cause de son cache sur l'œil, il avait vu venir trop tard un revers de poing qui l'avait frappé à la tempe et estourbi un moment. Mais ce n'était qu'une question de temps avant que l'un ou l'autre commettre une erreur plus grave.

Et fatale.

Couverts de poussière et le pas encore incertain, Leprat et Durieux rejoignaient la mêlée quand un coup de corne retentit dans la nuit, à quelque distance du château. Aussitôt, les dracs rompirent le combat et se replièrent en bon ordre pour quitter les lieux. Le monstre écailleux, lui, parut hésiter et considéra ses adversaires épuisés. Puis il fut en trois bonds au sommet des remparts et, après un dernier coup d'œil derrière lui, il disparut dans la nuit.

Dans le château ravagé, ceux qui restaient peinèrent à comprendre. Après quoi, la réalité reprit le dessus et il fallut s'occuper des blessés. Laissant Durieux parer au plus pressé, Leprat s'approcha des Lames.

— Bon sang ! lâcha-t-il. J'ai bien cru que… Vous êtes blessés ?

— Rien de grave, affirma La Fargue.

Les deux autres acquiescèrent ou confirmèrent d'une mimique rassurante en rengainant.

— Gagnière ? s'enquit Marciac.

— Mort… Mais que s'est-il passé ?

Incrédule, Leprat se retourna pour regarder la cour devenue champ de bataille et les vestiges de la tour effondrée.

— La Griffe noire, dit La Fargue. D'évidence, elle était prête à tout pour que Gagnière ne soit pas remis au pape.

Leprat acquiesça en songeant que la Griffe noire avait certes employé les grands moyens, mais que la troisième tentative d'assassinat sur Gagnière avait été la bonne.

— Je ne sais pas, capitaine, objecta Laincourt. Les

dracs avaient réussi sans être vus à placer une mine qui a abattu la tour. Pourquoi ont-ils attaqué au lieu de se contenter de la faire sauter pour tuer Gagnière ? Pourquoi cet assaut ? Pourquoi ces risques et ces morts inutiles ?

La Fargue dévisagea Laincourt un long moment en silence.

Puis il pesta et courut vers le bâtiment neuf du château, celui où logeait l'Italienne.

— Quoi ? fit Marciac en emboîtant le pas à Laincourt et Leprat, qui s'élançaient à la suite du capitaine.

— Une diversion ! expliqua le mousquetaire. Une sanglante diversion !

Le pavillon Renaissance était plongé dans un silence de mauvais augure.

Ils trouvèrent le valet de Valerio Licini allongé sur le ventre dans son sang en bas du grand escalier.

— Mort, dit Leprat en le retournant.

Le malheureux avait été égorgé.

Le flanc ensanglanté et l'épée à la main, Licini gisait plus haut, en travers de la dernière volée de marches avant le premier étage.

— Celui-là vit, annonça Laincourt après s'être penché sur lui.

Ils appelèrent, fouillèrent rapidement les lieux, trouvèrent les deux jeunes villageoises cachées dans un réduit, mais l'Italienne avait disparu.

La muraille était percée de fenêtres, de ce côté-ci du château de Mareuil. L'une d'elles était grande ouverte sur la nuit, près d'une petite table renversée, d'une tenture déchirée et d'un soulier féminin.

— MERDE ! jura La Fargue en frappant du poing contre le mur.

2

Un jour suffit pour que le cardinal de Richelieu apprenne l'attaque du château de Mareuil et son terrible bilan. Deux furent nécessaires pour que La Fargue, Laincourt et Marciac regagnent Paris et, dès le lendemain, le capitaine des Lames apprenait qu'il était convoqué au Palais-Cardinal. Ce fut Rochefort qui, ce matin-là, le fit entrer dans l'antichambre où Richelieu l'attendait vêtu en cavalier. Le Cardinal avait profité que le roi chassait à Saint-Germain pour subrepticement rejoindre la capitale à bride abattue. À quarante-huit ans, Armand-Jean du Plessis, cardinal de Richelieu, restait un cavalier accompli malgré une santé déjà précaire. Ses bottes étaient poudreuses et il tenait une fine cravache dans ses mains gantées.

La Fargue se présenta le chapeau à la main, salua en s'inclinant et attendit. Le Cardinal était debout, tourné vers la fenêtre.

— Dans quelques semaines, dit-il, le roi entrera en Lorraine à la tête de ses armées. Des négociations de dernière minute seront tentées mais rien n'entravera la marche inexorable de Sa Majesté vers Nancy. La capitale lorraine sera assiégée et, très vite, le duc Charles IV n'aura d'autre choix que de capituler... Cette intervention a de légitimes motifs, dont le moindre n'est pas d'obliger le duc de Lorraine à respecter tant l'esprit que la lettre des traités qu'il signe avec le roi de France et semble... oublier ensuite. Les puissances d'Europe condamneront mais laisseront faire. Bien sûr, certains accuseront la France d'annexer la Lorraine pour s'ouvrir une porte sur le Saint Empire et, bien sûr, ceux-là n'auront pas entièrement tort... (Le Cardinal se détourna de la fenêtre pour accrocher le regard de La Fargue.) Comme vous le constatez, tout est déjà écrit. Et si Dieu le veut, il se pourrait que l'on ne tire que quelques rares coups de canon dans cette entreprise nécessaire.

Il y avait, sur un plateau, une aiguière de vin et un verre, une assiette de biscuits et une autre de raisin. Richelieu ôta l'un de ses gants pour détacher un grain d'une grappe, grain qu'il porta presque à sa bouche et reposa après s'être ravisé.

— La seule véritable difficulté, reprit-il, vient de ce que la Lorraine est catholique. Or le pape ne goûte guère qu'un État catholique fasse la guerre à un autre quand il y a tant d'États protestants. En France, le parti dévot qui me déteste ne clame pas autre chose à grand renfort de libelles, et il suffit bien que la France soit alliée aux Provinces-Unies protestantes contre l'Espagne…

Le Cardinal se tut un moment, soucieux.

— Le roi pourra difficilement se passer de la neutralité bienveillante du pape quand il occupera la Lorraine. Voilà pourquoi la France s'efforce de ne pas déplaire à Rome dernièrement, et même ne manque aucune occasion de lui plaire. Le marquis de Gagnière était l'une de ces occasions. Il est désormais mort, ce qui est fâcheux. Plus grave est que le signor Licini, comprenez le père Farrio, comprenez l'un des plus zélés agents de Rome, a reçu un coup d'épée en travers du corps. Plus grave encore est que l'Italienne a été enlevée. Et cela en France, sous la surveillance d'un détachement de mousquetaires de la Garde.

— Quatre de ces mousquetaires ont péri, monseigneur, et la plupart des autres sont blessés. L'attaque a en outre fait plusieurs victimes innocentes parmi les gens du château.

Richelieu dévisagea La Fargue.

Celui-ci lui reprochait-il insidieusement de ne considérer que les implications diplomatiques de cette affaire, au mépris des drames humains qu'elle avait provoqués ?

On frappa à la porte et Charpentier, le vieux et fidèle secrétaire du Cardinal, se montra.

— C'est l'heure, monseigneur, dit-il.

— Déjà. Bien. Accompagnez-moi, capitaine.

Et entraînant La Fargue dans son sillage à travers le Palais-Cardinal, il demanda :

— Cette créature que vos Lames et vous avez affrontée, était-ce un dragon ?

— Oui, monseigneur. Sans doute un dernier-né incapable d'achever une métamorphose.

— Dieu merci. Êtes-vous de ceux qui pensent que la Griffe noire a fomenté cette attaque ?

Ils s'engagèrent dans un petit escalier en colimaçon, qui les mena au rez-de-chaussée.

— Qui d'autre, monseigneur ? La Griffe noire avait un compte à régler avec l'Italienne depuis l'affaire de l'Alchimiste des Ombres. De plus, puisqu'elle a souvent servi le pape, l'Italienne connaît certainement des secrets susceptibles d'intéresser au plus haut point la Grande Loge.

Ils arrivèrent d'un pas vif dans une cour où plusieurs gentilshommes, dont le comte de Rochefort, attendaient en selle.

— Je suis convaincu que la mort de Gagnière n'était pas l'objectif principal de la Griffe noire, ajouta La Fargue. La Griffe noire voulait l'Italienne.

— Je veux que vous la retrouviez, dit Richelieu en s'arrêtant pour remettre son gant. Ce n'est qu'une question de jours avant que le pape, par la voix de son ambassadeur, se plaigne au roi. Je veux que l'on puisse lui répondre que la signora di Santi est sauve.

— Monseigneur, rétorqua le capitaine des Lames en serrant les mâchoires, un danger plus redoutable que le déplaisir du pape menace en ce moment Paris…

— Un danger dont vous m'avez affirmé qu'il a à voir avec l'Alchimiste des Ombres, n'est-ce pas ?

— Oui.

— Et qui en sait plus long sur l'Alchimiste que cette Italienne ?

— Mais qui dit qu'elle est encore en France, monseigneur ? Qui dit qu'elle est seulement en vie ?

— Découvrez-le.

— Comment ?

Se penchant vers La Fargue, le Cardinal répondit à mi-voix :

— Il est temps que votre loyauté envers les Sept soit payée de retour, ne croyez-vous pas ? Demandez-leur. Ils sauront.

Sans attendre, il rejoignit les cavaliers et enfourcha sa monture, aidé par un laquais qui lui tint l'étrier. Puis il ajouta juste avant de piquer des talons :

— D'ailleurs, vous pourriez bien être agréablement surpris par la bonne volonté que ceux que vous savez vont manifester dans cette affaire. N'échouez pas, monsieur le capitaine.

Et les cavaliers quittèrent vivement la cour à la suite du cardinal de Richelieu.

*

Dans le jardin de l'hôtel des Arcanes, le Gentilhomme s'exerçait à l'épée sous la voûte ombragée d'une charmille à laquelle grimpaient des rosiers noirs. Il tirait seul, en chemise, ses cheveux réunis en catogan par une lanière de cuir.

La Magicienne resta un moment à l'observer, admirant sa grâce féline et l'élégance mortelle de ses mouvements. Puis elle s'approcha et, l'une après l'autre, elle prit, pesa et compara les trois rapières surnuméraires que le Gentilhomme avait apportées et laissées sur un banc. Il la regarda faire, un demi-sourire aux lèvres. Elle arrêta son choix sur la plus légère mais aussi la mieux équilibrée des épées. Et tout en fouettant l'air pour s'assouplir le poignet, elle alla rejoindre le Gentilhomme à l'ombre des rosiers noirs.

Ils échangèrent un salut d'escrime et croisèrent le fer.

La Magicienne savait se battre et ne semblait pas gênée outre mesure par sa robe, dont elle empoignait et soulevait la lourde jupe de la main gauche. Elle enchaîna coups de taille et d'estoc, para, se prit bientôt au jeu et gagna en audace tandis que le Gentilhomme, lui, conservait son sang-froid et évitait que l'engagement devienne trop violent. La Magicienne comprit bientôt qu'il se retenait. Sans crier gare, elle attaqua plus vite, plus fort, prit le Gentilhomme au dépourvu, ne lui laissa pas le temps de se remettre, feinta et le gifla soudain du revers de la main.

Il rompit le combat, recula, toucha du bout des doigts sa lèvre qui saignait, adressa un regard admiratif et amusé à la Magicienne. Elle le défia d'un bref haussement de sourcils moqueur et se mit en garde.

Le duel reprit, cette fois sans retenue.

Alors, ainsi que la Magicienne le voulait, le Gentilhomme ne lui épargna rien. Il la domina avec art, avec science. Il lui imposa son rythme et sa force, l'obligea à lui céder peu à peu. Elle sentit, ravie, qu'il prenait le dessus, qu'il jouait avec elle, la maniait à sa guise. Il fut viril, puissant, implacable. Et lorsqu'il en eut fini, il la désarma en imprimant à son poignet une brusque rotation qui lui arracha un bref cri de douleur. C'est frissonnante qu'elle se retrouva dos au mur, menacée, offerte, une pointe d'acier frôlant sa poitrine haletante et perlée de sueur.

— Si tu me tues, tu ne sauras pas le cadeau que je veux te faire…

Le Gentilhomme sourit et retira son épée.

— Un cadeau ?

— Viens.

Elle le prit par la main, l'entraîna dans l'hôtel.

Il la suivit, amusé, joua avec elle qui, s'esquivant par un escalier, se dérobait, l'attendait, le provoquait, se dérobait de nouveau. Il s'aperçut qu'elle le menait vers leur chambre et commença à comprendre de quoi il retournait.

— Vraiment ? fit-il avec un demi-sourire.

Dans l'œil, il avait la lueur incertaine et heureuse de celui qui croit avoir deviné ce qu'on lui offre en voyant le paquet. Reculant devant lui, la Magicienne tira de son corsage une carte de tarot et la fit virevolter devant ses yeux. Il reconnut un arcane majeur, mais lequel ? Il n'eut pas le temps de le découvrir.

Arrivée au bout d'un couloir, la Magicienne passa les mains derrière elle pour ouvrir la porte à laquelle elle était adossée. Suivant le mouvement du battant, elle entra en s'effaçant, un bras tendu vers l'intérieur.

Vers le lit.

C'était un lit splendide, immense, massif, tout en bois noir sculpté, dont le ciel soutenait des rideaux écarlates accrochés aux colonnes par des lanières de cuir qui, souvent, trouvaient d'autres usages. Et là, sur les draps blancs défaits, une jeune femme blonde et nue attendait. Elle était d'une beauté juvénile, avec un visage adorable, un teint laiteux et velouté, une taille mince et de parfaites rondeurs.

Elle souriait, regardait le Gentilhomme sans rien dire.

Lui, immobile et déjà emporté par le désir, ne pouvait détacher les yeux d'elle.

– Oubliez Mme de Chantegrelle, lui glissa à l'oreille la Magicienne. (Elle l'enlaça par-derrière.) Oubliez même la vicomtesse de Malicorne. (Elle lui montra la carte de tarot qu'elle dérobait à ses regards un instant plus tôt.) Et accueillez comme il se doit…

– … la « Demoiselle en la Tour », acheva le Gentilhomme qui avait reconnu l'arcane majeur.

Il avança, grimpa sur le lit, s'allongea sur la Demoiselle qui s'offrit à lui et l'embrassa tandis que la Magicienne délaçait sa robe avant de les rejoindre.

*

À l'hôtel de l'Épervier, les Lames discutaient en attendant que La Fargue revienne du Palais-Cardinal quand, guidé par une Naïs toute rougissante, Leprat les rejoignit dans le jardin. Il fut bien accueilli, plus particulièrement par Agnès et Ballardieu qui ne l'avaient pas revu depuis les obsèques d'Almadès. Il semblait légèrement intimidé. Peut-être était-ce les lieux, où il se sentait moins à sa place depuis qu'il avait définitivement repris la casaque des mousquetaires de la Garde. Mais les autres le traitèrent en compagnon de toujours et même Saint-Lucq le gratifia d'un signe de tête et d'un demi-sourire.

Quoi qu'il en soit, Leprat laissa Ballardieu l'asseoir de force sur un tabouret sous le châtaignier et trinqua volontiers avec le verre que lui servit Marciac. Laincourt se chargea de couper des rondelles de saucisson pour tout le monde et l'on pria Naïs d'apporter plus de vin, et du pain, et du beurre, et ce qui restait d'un jambon entamé la veille.

Il était presque midi.

— Mais que fais-tu là, d'abord ? demanda joyeusement le Gascon. Et sans casaque, encore ! Les mousquetaires de Tréville ne sont-ils pas à Saint-Germain, où le roi se trouve ?

— Si fait. Mais j'ai obtenu un congé, comme tous ceux qui étaient à Mareuil… Enfin… Comme tous ceux qui ont survécu…

— Ce Durieux m'a fait l'impression d'un excellent homme, nota Laincourt.

— Il l'est, affirma Leprat.

— Étais-tu proche de certains des mousquetaires qui ont péri là-bas ? s'enquit Agnès d'une voix douce.

— De certains, oui.

— Combien sont morts ?

— Six. Cinq sont tombés au combat et j'ai appris ce matin qu'un sixième était mort de ses blessures la nuit dernière… Nous n'étions pas prêts, lâcha un Leprat qui ressentait le besoin de se confier. Pas prêts à affronter ce que nous avons affronté, en tout cas…

— Les dracs étaient une trentaine, dit Laincourt. Ils étaient organisés et résolus, sans pitié. Ils avaient des armes de qualité, des charges de poudre. Et ils savaient se battre… Comment aurions-nous pu être prêts ?

— Sans parler du dragon, renchérit Marciac.

— Tout cela pour tuer Gagnière ? s'étonna Ballardieu.

— Pour enlever l'Italienne, corrigea Agnès.

— En est-on seulement bien sûr ? objecta Saint-Lucq en se penchant sur la table pour piquer une tranche de jambon avec la pointe de sa dague. Est-ce que tout cela ne pourrait pas être un coup monté, une mise en scène de l'Italienne ? Ce serait assez dans sa manière.

— Certes, reconnut Marciac. Mais pourquoi ?

— Pour échapper à la tutelle du pape. Pour recouvrer sa liberté. Pour dissimuler une fuite…

— Et où aurait-elle trouvé une trentaine de dracs pour servir ses plans ? demanda Agnès. Et un dragon pour les commander ?

— Tu as raison, reconnut le sang-mêlé. Il faut donc croire que l'Italienne, si elle vit, est prisonnière de la Griffe noire. En cela, je ne l'envie pas…

La Fargue fut de retour un peu plus tard, alors que Leprat était déjà reparti pour aller présenter ses hommages à la famille du mousquetaire mort dans la nuit.

— Alors ? s'enquit Marciac.

— Nous devons retrouver l'Italienne.

— Nous ?

— Ordre du Cardinal.

— Comment va-t-on s'y prendre ? voulut savoir Agnès.

La Fargue hésita.

— Je le saurai bientôt, dit-il en s'efforçant d'ignorer le regard pénétrant de Saint-Lucq. Pour l'heure, reposez-vous.

*

L'après-midi s'écoula dans la torpeur. Saint-Lucq s'en fut sans dire où il allait, comme à son habitude. Les autres restèrent dans la pénombre et la quiétude de l'hôtel de l'Épervier, à l'abri de la canicule. La Fargue, Laincourt et Marciac avaient chevauché presque sans desseller durant quatre jours, et livré un rude combat au château de Mareuil. Une courte nuit de sommeil n'avait pas suffi à ce qu'ils se remettent de leurs fatigues ni de leurs blessures, pour légères que soient ces dernières. Ils s'isolèrent afin de se reposer, conscients qu'ils auraient peut-être besoin de toutes leurs forces bientôt.

Dans la salle d'armes, Agnès lut et Ballardieu somnola jusqu'à ce que La Fargue, trop soucieux pour rester longtemps sans rien faire, les rejoigne. Il s'assit avec un soupir et ôta son bandeau pour masser son œil douloureux.

— Guibot m'a dit que tu avais reçu une lettre de la supérieure générale des Châtelaines, annonça-t-il.

— Guibot parle trop.

— Il ne pensait pas mal faire. Ça lui est venu lorsque je lui ai demandé ce qui s'était passé ici durant mon absence.

— En fait, j'ai reçu une première lettre de la Vaussambre avant votre départ. Et comme je n'y ai pas répondu, une deuxième est arrivée hier.

— On peut savoir ?

— On peut. La Vaussambre me veut voir.

— Dit-elle pourquoi ?

— Non.

— Mais tu t'en doutes.

— Oui.

— Tu ne pourras pas te défier toujours, Agnès.

Ballardieu, qui écoutait, fronça les sourcils et guetta la réaction de la jeune baronne de Vaudreuil. Refermant le traité d'escrime — un cadeau d'Almadès annoté de sa main — qu'elle lisait, elle se leva et partit en disant :

— Je vais me reposer un peu.

La Fargue croisa le regard du vieux soldat.

— Quand comprendra-t-elle ? demanda-t-il.

Ballardieu haussa les épaules, désolé.

*

En fin d'après-midi, Marciac finissait une patience sur son lit quand Guibot vint l'avertir qu'il avait un visiteur.

— Qui donc ?

— Le vicomte d'Orvand, monsieur, répondit le vieux concierge.

Pas fâché de bouger un peu, Marciac enfila ses bottes, renonça à prendre son pourpoint, décrocha sa rapière au passage et se hâta de descendre. Il finissait d'ajuster son baudrier lorsqu'il rejoignit d'Orvand dans la cour, et le salua avec un franc sourire.

— Le bonjour, vicomte. Comment allez-vous ?

D'Orvand était comme un grand frère pour Marciac. Il s'inquiétait pour lui, lui reprochait volontiers ses frasques mais ne tardait jamais à les lui pardonner. Il lui avait souvent offert le gîte et le couvert, avait payé certaines de ses dettes, lui avait même prêté une épée un jour que le Gascon avait mis la sienne au clou et devait se battre en duel. Sans pouvoir s'empêcher de l'aimer, il désespérait de le voir devenir un jour raisonnable. Peut-être lui enviait-il secrètement son insouciance.

— Bonjour, Nicolas. Vous semblez fatigué.

— Du tout. Qu'est-ce qui vous amène ? Que diriez-vous d'aller faire un tour ensemble chez Mme de Sovange ? Nous pourrions jouer un peu de votre argent…

— Un autre soir. Pour l'heure, il y a quelqu'un qui vous doit parler.

— Ah ?

— Suivez-moi, voulez-vous ? Ma voiture est dehors.

Le carrosse du vicomte, en effet, était arrêté dans la

rue, devant l'hôtel de l'Épervier. D'Orvand en ouvrit la portière et invita Marciac à embarquer le premier.

– Où allons-nous ? demanda le Gascon.

– Nulle part.

Intrigué, il grimpa dans la voiture et se retrouva assis en face de Gabrielle.

Sa Gabrielle.

Élégante, elle avait autant de beauté que de prestance, des cheveux blond vénitien, des yeux d'un bleu profond, un regard calme. Elle intimidait la plupart des hommes mais Marciac n'était pas de ceux-là. Il l'aimait d'un amour sincère et entier. À ses yeux, les autres femmes ne comptaient pas, ou peu. Jamais longtemps, en tout cas.

– Elle ne voulait pas, dit d'Orvand en prenant place dans le carrosse. Il m'a fallu la convaincre de faire appel à toi.

– Que se passe-t-il ? s'inquiéta brusquement le Gascon. As-tu un problème ?

– Oui, répondit Gabrielle avant de se raviser. Enfin non, il ne s'agit pas de moi.

Perplexe, Marciac se tourna vers le vicomte.

– Une des... protégées de Gabrielle a disparu, expliqua celui-ci.

Gabrielle dirigeait une maison de tolérance située rue Grenouillère, *Les Petites Grenouilles*. Les protégées auxquelles le vicomte faisait pudiquement allusion étaient les pensionnaires de cette maison.

– De qui parlons-nous ? s'enquit Marciac.

– De Manon, répondit Gabrielle.

Le Gascon acquiesça. Jeune, jolie, blonde et potelée : il voyait très bien qui était Manon.

– Eh bien ? fit-il.

De temps à autre, Gabrielle permettait à ses « grenouilles » de participer à des soirées particulières chez de riches clients. On était sans nouvelles de Manon depuis qu'elle s'était rendue à l'une de ces soirées.

— N'avait-elle pas un ange gardien ? demanda Marciac.

Il savait en effet que Gabrielle veillait à ce que ses protégées ne sortent jamais sans être accompagnées d'un garde du corps.

— Bien sûr que si mais…

— Mais quoi ?

— Ce que Gabrielle rechigne à te confier, intervint d'Orvand, c'est qu'elle a perdu la plupart de ses associés et de ses soutiens depuis peu. Et même certains de ses meilleurs clients…

— « Depuis peu ! » Depuis que Rochefort lui cherche noise, tu veux dire, lâcha le Gascon entre ses dents serrées par un début de colère. Je me trompe, Gabrielle ?

— Je ne suis pas venue me plaindre, rétorqua-t-elle.

Dernièrement, Gabrielle avait rendu service aux Lames en cachant une jeune fille poursuivie par la Griffe noire. Cette jeune fille était la fille cachée de La Fargue, qui lui avait vite trouvé un autre refuge. Mais il n'en avait pas fallu plus pour que Rochefort s'intéresse aux *Petites Grenouilles* et, dans l'espoir de lui arracher des informations, fasse pression sur Gabrielle de différentes manières, dont l'intimidation.

— Mais vous devez accepter que Nicolas vous vienne en aide, insista le vicomte. Il a l'expérience de ces affaires et vous savez pouvoir vous fier entièrement à lui…

Gabrielle acquiesça, prit une inspiration, trouva le courage de regarder Marciac dans les yeux et avoua :

— Je n'avais pas le choix. J'ai fait appel à Mortaigne.

Figé, le Gascon pâlit.

*

Un quart d'heure plus tard, Marciac regardait le carrosse du vicomte d'Orvand s'éloigner dans la rue Saint-Guillaume, puis bifurquer dans celle des Saints-Pères. Soucieux, il alla trouver La Fargue dans le cabinet privé que celui-ci s'était aménagé à côté de la salle d'armes.

— Capitaine ? fit-il en frappant à la porte entrouverte.

— Entre.

— Je peux m'asseoir ?

— Je t'en prie. Que se passe-t-il, Marciac ?

Le Gascon rapporta tout ce qu'il venait d'apprendre. La Fargue l'écouta sans l'interrompre, après quoi il dit :

— Ce Mortaigne et toi, vous vous connaissez, n'est-ce pas ?

— Nous avons été associés par le passé.

— Et c'est là tout ? insista le capitaine des Lames en dirigeant sur Marciac un regard pénétrant.

— Non, reconnut le Gascon. Gabrielle fut sa maîtresse.

— Ah… Mais revenons à notre affaire. Qu'en dit-il, lui ? Il ne prétend tout de même pas que cette Manon s'est évanouie dans les airs, si ?

— Selon lui, la petite a profité de cette soirée pour échapper à la surveillance de Gabrielle et s'enfuir avec un galant.

— Mais Gabrielle ne retient pas ses filles contre leur gré.

— En effet.

— Donc Mortaigne ment. Quel genre d'homme est-ce ?

— Une crapule. Il y a pire crapule que cette crapule-là, mais une crapule.

Les pieds sur son bureau, La Fargue regarda vers sa fenêtre qui donnait sur le jardin gagné par la pénombre du soir. Il réfléchit un moment, puis demanda :

— Qui organisait la soirée ? Qui recevait chez lui ? Qui payait ?

— Gabrielle n'a pas voulu me le dire. Peut-être l'ignore-t-elle.

Le capitaine esquissa un sourire cynique.

— Je crois plutôt qu'elle le sait très bien, mais qu'il s'agit d'un personnage d'importance. Un personnage qui veut que son nom soit tu et qui paie assez cher pour cela… En outre, Gabrielle craint sans doute que tu provoques une catastrophe en allant voir cet homme et en le pendant par les pieds jusqu'à ce qu'il te dise ce que tu veux entendre. Avoue que cela serait assez dans ta manière…

Marciac haussa les épaules.

— Secouer un arbre n'est pas le pire moyen d'en faire tomber les fruits, objecta-t-il d'un air boudeur.

— Mais il y a des arbres qu'il vaut mieux s'abstenir de secouer, et Gabrielle le sait fort bien, elle. (Songeur, La Fargue gratta sa barbe.) Que comptes-tu faire ?

Le Gascon avait déjà réfléchi à la question.

— Si vous n'avez pas besoin de moi, j'irai parler à Mortaigne dès demain.

— Entendu. Mais sois prudent. Et assure Gabrielle que nous lui apporterons toute l'aide que nous pourrons, car je n'ai pas oublié que je lui suis redevable.

— Merci, capitaine.

*

Après dîner, La Fargue attendit qu'il fasse nuit pour monter dans sa chambre. Il s'y enferma, posa sa bougie et sortit une cassette de son coffre à vêtements presque vide. Assis à sa table, il ouvrit la cassette avec une petite clé qui ne le quittait jamais, en souleva doucement le couvercle et en tira un objet enveloppé dans un linge. C'était un précieux miroir en argent qu'il déballa et dressa devant lui, à la lumière de la bougie dont la flamme frémissait, troublée par le léger courant d'air d'une fenêtre entrebâillée.

À la suite de quoi il attendit.

Au premier coup de cloche sonnant l'heure, La Fargue baissa les paupières et, recueilli, prononça dans une langue ancienne une formule rituelle qu'il avait apprise par cœur. La surface du miroir se troubla et cessa de lui renvoyer son image dans la pénombre.

Apparut une tête de dragon blanc translucide, dont les contours et les arêtes scintillaient légèrement.

— Bonsoir, maître.

— Bonsoir, capitaine. Qu'y a-t-il ?

— Je requiers votre aide à la demande du Cardinal.

— Monsieur le cardinal de Richelieu sait pourtant que les Sept ne répondent pas aux sollicitations. De quoi s'agit-il ?

— L'Italienne a été enlevée par la Griffe noire. J'ai ordre de la sauver mais je…

— Quand ? Quand est-ce arrivé ?

— Il y a deux jours en Champagne, au château de Mareuil où l'Italienne accomplissait…

— … une mission pour le pape, oui, acheva le dragon. (Puis, comme pour lui-même, il lâcha d'une voix où se mêlaient la colère et le regret :) Nous lui avions pourtant dit de n'en rien faire…

— Je vous demande pardon ?

— Il était bien trop dangereux pour elle de réapparaître si tôt. Mais elle n'a rien voulu entendre…

— Je ne vous comprends pas, dit La Fargue d'un air troublé.

Le dragon se tut, réfléchit et se résolut à expliquer :

— L'Italienne nous sert comme vous nous servez.

Le vieux capitaine se figea.

— Depuis quand ? demanda-t-il.

— Qu'importe ? Le Cardinal a raison : il faut absolument la sauver. Soyez demain au rendez-vous habituel. Valombre vous indiquera quoi faire.

La tête de dragon s'évanouit et le miroir retrouva bientôt son aspect ordinaire.

La Fargue resta sans bouger, à réfléchir à ce qu'il venait d'apprendre. Ainsi, l'Italienne et lui servaient parfois les mêmes maîtres, la même cause. Mais quand il se dévouait le reste du temps à servir le roi de France, elle louait, elle, ses talents d'espionne et d'intrigante au plus offrant.

Au plus offrant ? Vraiment ?

Si elle était l'aventurière cupide que l'on prétendait, les Gardiens ne feraient pas appel à elle. Il fallait donc croire que la belle et dangereuse Italienne avait de la morale…

La Fargue crut surprendre un mouvement du coin de l'œil.

Calme, il se tourna vers la fenêtre entrouverte, ne vit rien d'inquiétant mais se leva néanmoins pour vérifier.

Avait-il rêvé ?

Prenant garde à rester en retrait, il ouvrit largement la fenêtre et se haussa du col pour regarder dehors.

Rien.

Il s'avança, se pencha, écouta et regarda d'un côté

et de l'autre dans la rue Saint-Guillaume déserte, en quête d'un mouvement, d'un bruit, d'un indice.

En vain.

La Fargue fut bien obligé de se rendre à l'évidence, mais son instinct l'avait rarement trompé. Devait-il accuser la fatigue ? Peut-être. Néanmoins, c'est soucieux et comme à regret qu'il referma la fenêtre.

Agrippé à un rebord juste au-dessus, Saint-Lucq attendit un moment avant de se hisser silencieusement sur le toit.

Il avait tout vu, tout entendu.

*

Dans la plus élégante et confortable chambre de l'hôtel des Arcanes, le Gentilhomme, la Magicienne et la Demoiselle somnolaient, nus et comblés sur le lit de bois noir, parmi des draps défaits. Le Gentilhomme était allongé sur le ventre et tournait le dos aux deux femmes enlacées. La lumière du matin entrait par les fenêtres ouvertes, en même temps que la rumeur lointaine et paisible de Paris. Il faisait déjà tiède. Sur une table tendue de rouge gisaient les reliefs d'un souper fin, servi dans une vaisselle précieuse.

Précédé du martellement de son pas lourd, l'Enlumineur entra sans frapper ni attendre d'être annoncé. Il était sale et débraillé, en sueur, et puait l'écurie. Il marcha droit vers la nourriture, piocha presque au hasard dans les plats et mangea, but, bâfra bruyamment. Si cette intrusion laissa le Gentilhomcme indifférent, la Magicienne ne fit rien pour cacher son exaspération. La Demoiselle fut cependant la seule à avoir un réflexe de pudeur. Mais elle se ravisa avant de tirer un drap sur elle.

— Alors ? fit le Gentilhomme en s'asseyant sur le bord du lit.

— L'expédition a été un succès, annonça l'Enlumineur entre deux bouchées grasses.

— L'Italienne ?

— En sûreté à Bois-Noir. Qu'allons-nous faire d'elle ?

Le Gentilhomme haussa les épaules.

— La vendre au plus offrant. Ou l'offrir à la Griffe noire. L'Hérésiarque décidera.

La Magicienne l'enlaça par-derrière et lui murmura :

— J'aimerais tant m'amuser avec elle…

— Nous verrons, très chère, répondit le Gentilhomme en se tournant pour l'embrasser.

Après avoir bu au col d'une aiguière, l'Enlumineur se torcha la bouche d'un revers de manche et rota.

— Qu'est-ce que c'est ? demanda-t-il en désignant d'un coup de menton l'ancienne vicomtesse de Malicorne.

S'écartant du Gentilhomme, la Magicienne pivota à genoux et dit :

— Je vous présente la Demoiselle. Elle est désormais des nôtres ou le sera bientôt, ainsi que l'Hérésiarque l'a voulu…

L'Enlumineur toisa longuement la nouvelle venue, puis renifla avec mépris et tourna les talons.

— Je serai à Bois-Noir, dit-il en sortant sans refermer la porte.

Le Gentilhomme éclata bientôt d'un grand rire et se laissa retomber en arrière sur le lit, bras écartés.

Furieuse et interloquée, la Demoiselle balbutia :

— Mais qui… qui est… cette brute ?

— Il est l'Enlumineur, répondit la Magicienne en se levant pour passer un vêtement vaporeux. Vous apprendrez à le connaître mais il vous faudra du temps pour l'apprécier, si cela arrive jamais.

— Il est utile, ajouta le Gentilhomme en se levant à son tour. (Il s'approcha de la table, en quête d'une nourriture que l'Enlumineur n'aurait pas polluée.) Mais au fait, enchaîna-t-il sur le ton de la conversation, la Magicienne m'a dit que vous aviez des projets ?

La Demoiselle roula sur le flanc et s'appuya sur un coude.

— J'ai dans l'idée de réunir mes anciens fidèles. J'avais réuni des adorateurs serviles de la Griffe noire autour de moi. Certains de ces fidèles étaient des gens influents, et tous n'ont pas été pris par la police du cardinal de Richelieu.

— L'idée est sans doute bonne. Qu'en dis-tu ? demanda le Gentilhomme à la Magicienne.

Celle-ci se coiffait devant un miroir.

— C'est aussi bien que cette idée te plaise, répondit-elle. Car la Demoiselle et moi avons déjà commencé à la mettre en œuvre…

*

Ce matin-là, maître Guibot alla trouver Agnès de Vaudreuil dans la salle d'armes, où elle tirait l'épée avec Ballardieu.

— Madame, on vient d'apporter une lettre pour vous.

Rompant l'assaut, la jeune femme se tourna vers le concierge de l'hôtel de l'Épervier.

Et attendit.

— Eh bien ?

— Oh ! lâcha Guibot en comprenant le malentendu. C'est que le porteur a ordre de vous remettre la lettre en main propre. Il a souhaité attendre dans la cour.

Agnès soupira en gratifiant le vieillard d'un regard peu amène. Puis elle lança sa rapière à Ballardieu, attrapa une serviette en passant et, intriguée, alla voir.

Il y avait bien un homme dans la cour. Tournant le dos au perron, il caressait la crinière de son cheval et portait la tenue des Gardes noirs, cette compagnie d'élite chargée de la sécurité des Sœurs de Saint-Georges.

Agnès fronça le sourcil : un garde noir, cela signifiait à tout coup une lettre de la supérieure générale des Châtelaines. Mais le visage de la jeune femme passa de la méfiance à l'incrédulité et à la joie quand le messager se retourna.

C'était François Reynault d'Ombreuse, le fils du marquis d'Aubremont et le frère cadet de Bretteville, qu'Agnès avait aimé en secret.

— François ? s'exclama-t-elle. François, c'est bien toi ?

Elle lui tomba dans les bras.

— Pardi ! répondit-il. Et qui d'autre ?

Grand, bel homme, portant l'épée avec une belle élégance et un parfait naturel, il affichait un sourire sincère. Ses yeux brillaient autant que ceux de la fougueuse baronne qui, s'écartant de lui, lui assena un rude coup de poing à l'épaule.

— Sais-tu que l'on s'inquiétait ? Ton père, surtout. On te cherchait, et avec ces maudites Châtelaines qui…

— Je vais bien, dit Reynault. Et je suis là. Je n'ai pas disparu. Mais je suis d'abord parti en mission, après quoi j'étais affecté à la garde du Mont-Saint-Michel.

— Du Mont-Saint-Michel ? Dernièrement ? Tu veux dire que…

— Que j'y étais quand tu t'y es si bien illustrée, oui !

Elle se souvint alors de l'étonnante gentillesse avec laquelle son geôlier l'avait traitée là-bas, et elle comprit à qui elle la devait.

— Viens, dit-elle. Entre. Je suis sûre que le capitaine sera ravi de te…

— Non, Agnès, l'interrompit le garde noir. Je dois repartir tout de suite. Tu sais que les temps sont graves…

— Ah, fit Agnès en cessant de sourire. C'est donc cela qui t'amène… Il n'y a pas de lettre, n'est-ce pas ?

— Non. Je voulais être sûr de te rencontrer… Mais tu dois accepter de parler à la mère supérieure générale, Agnès. S'il te plaît.

La jeune femme réfléchit. Puis soupira, résignée.

— Soit. J'irai cet après-midi… Mais à une condition.

— Laquelle ?

— Donne de tes nouvelles à ton père ou permets que je le fasse.

— Je le ferai. Je te le promets.

Reynault remonta à cheval et Agnès le regarda s'en aller par la porte cochère. Se retournant, elle remarqua alors Ballardieu sur le perron.

Le vieux soldat lui souriait d'un air tendre.

*

En ce début du XVIIe siècle, Paris comptait une douzaine de cours des miracles, à savoir de lieux clos où se réunissaient des communautés hiérarchisées de truands, de gueux et de marginaux sous l'autorité d'un chef. La plus célèbre était celle de la rue Neuve-Saint-Sauveur, située derrière le couvent des Filles-Dieu et dirigée par le légendaire Grand Coësre. Mais il y avait également la cour Brisset, la cour Sainte-Catherine, la cour Jussienne, la cour du Roi-François et d'autres plus ou moins populeuses et redoutées.

Parmi elles, la Cour-aux-Chiens était un puits d'ombre et de puanteur, cerné par des façades misérables auxquelles s'accrochait un enchevêtrement de galeries branlantes et d'escaliers pourrissants. Une vie bruyante et turbulente s'y épanouissait dans la crasse et l'air vicié. En bas, des enfants jouaient, couraient, disparaissaient et revenaient par des venelles obscures, les semelles de leurs galoches foulant une boue malsaine. Sous des toiles brunies aux creux desquelles croupissaient les reliquats d'anciennes averses, des tables flanquées d'escabeaux accueillaient des hommes condamnés à l'errance – ouvriers sans emploi, valets sans maître, soldats sans aveu. Ils vidaient des gobelets de vin aigre et attendaient d'être rejoints par celles qui les pousseraient à boire davantage avant de les entraîner dans les réduits sordides où elles officiaient. Certaines de ces femmes ne faisaient même pas l'effort de redescendre et, d'une balustrade, l'entrecuisse vite essuyé, elles appelaient qui voudrait : elles disaient leurs prix, vantaient leurs talents, moquaient ceux qui hésitaient. D'autres, lasses ou résignées, se contentaient d'attendre. Et quand personne ne venait, elles bavardaient entre elles et surveillaient leur marmaille chahuteuse depuis les hauteurs.

D'une fenêtre située au premier étage de l'une des bâtisses enserrant la cour, Marciac observait les gamins qui s'amusaient. Parfaitement indifférents à la misère qui les entourait, ils se ruaient à l'assaut d'un ennemi imaginaire en poussant des cris joyeux. Le Gascon, derrière ses bésicles sombres, en compta neuf quand ils s'engouffrèrent à la file, par rang d'âge et de taille, dans un passage étroit. Un blondinet morveux armé d'une épée de bois menait la charge et une petiote vêtue de haillons trottait à la traîne, toujours distancée mais néanmoins ravie d'être de la partie. Une femme leur hurla de rester à portée de vue. En vain.

— Monsieur ? fit une voix timide.

Marciac tourna la tête vers la très jeune fille qui, le regard baissé, lui présentait un verre de vin. Vêtue d'une robe rapiécée qui s'effilochait aux manches, elle était maigre et pâle, peut-être malade, sans doute craintive. Tout en elle exprimait la soumission d'une âme brisée.

Le Gascon prit le verre sans mot dire.

La jeune fille s'en fut. Elle laissa la porte du couloir ouverte et Marciac, en la suivant des yeux, vit un homme ivre qui peinait à renouer ses chausses. Une prostituée décoiffée le retenait par le gilet.

— Tu n'as pas payé ! lança-t-elle.

L'homme voulut se libérer d'un mouvement d'épaule, mais la femme ne lâcha pas prise.

— Tu n'iras nulle part tant que tu n'auras pas payé !

— J'ai payé !

— Pas assez ! Vingt deniers n'ont jamais fait un sol !

D'un méchant revers de main, l'ivrogne frappa alors la prostituée au visage. Elle tomba à la renverse et heurta le mur du crâne, la bouche en sang.

— Te voilà payée pour le compte.

L'homme s'aperçut alors que Marciac l'observait.

— Et toi ? Qu'as-tu à redire ? cracha-t-il.

Le Gascon le toisa, puis détourna le regard vers la fenêtre.

L'ivrogne s'éloigna tandis que la femme se relevait et l'insultait, furieuse. Sirotant son vin, Marciac attendit de le voir sortir dans la cour. Là, trois hommes armés de bâtons le rattrapèrent, le frappèrent par-derrière sans prévenir, s'acharnèrent sous les encouragements de la prostituée spoliée. Enfin, ils lui vidèrent les poches et l'abandonnèrent ensanglanté sur un tas d'ordures. Le Gascon reconnut l'une des brutes : un certain Tranchelard qu'il s'étonna de voir ici. Dehors, personne ne fit quoi que ce soit pour l'empêcher d'assener un dernier coup à sa victime agonisante.

— Désolé de t'avoir fait attendre.

Marciac se tourna vers l'homme qui venait d'entrer et marchait vers lui en souriant. Pris au dépourvu, il accepta une accolade amicale et chaleureuse, avant que l'autre le libère et déclare :

— Content de te revoir. Il y avait longtemps, n'est-ce pas ?

Et sans attendre la réponse, Mortaigne alla remplir deux verres à la bouteille posée sur une table.

— Trinquons, dit-il en tendant un verre à Marciac.

Brun, le menton marqué par une cicatrice qui ne nuisait guère à son charme, il semblait en assez bonne forme mais s'était empâté, pour autant que le Gascon pouvait en juger. Il était vêtu en spadassin, portait un lourd pourpoint de buffle, avait un poignard glissé dans sa botte droite. Son épée et son baudrier étaient accrochés au dossier d'une chaise.

Il avait l'air sincèrement heureux de voir Marciac.

— Comment vas-tu ? demanda-t-il. J'ai entendu dire que tu avais des problèmes avec la Rabier.

— Cette affaire est réglée.

— Très bien. C'est une méchante femme que cette femme-là. Il n'est pas bon d'être longtemps en dette avec elle. (Il leva son verre et le vida d'un trait, tandis que Marciac se contentait d'une gorgée.) Alors ? Que me vaut le plaisir de ta visite ?

— Je suis à la recherche d'une des filles de Gabrielle qui a disparu.

Mortaigne se rembrunit.

— Ah, lâcha-t-il. Manon, c'est ça ?

— Oui. Que s'est-il vraiment passé, ce fameux soir ? Le sais-tu ?

— Gabrielle en fait toute une affaire, mais il n'y a pas mystère…

À cet instant, Tranchelard et ses sbires passèrent en bavardant gaiement dans le couloir. Mortaigne ne pouvait pas les voir, mais il les entendit.

— Était-ce Tranchelard ? s'enquit-il.

— Oui.

— Appelle-le, veux-tu ?

— Non.

Mortaigne dévisagea le Gascon, puis il héla son homme de main d'une voix forte.

— Tranchelard !

Rebroussant chemin, celui-ci parut dans l'encadrement de la porte. Grand, le cheveu long et gras, le regard sournois, il avait à la main le bâton qu'il avait employé contre l'ivrogne. Du sang et des cheveux en maculaient l'extrémité cloutée.

— Patron ?

— L'as-tu tué ?

— Peut-être.

— S'il ne s'est pas relevé d'ici là, tu iras le jeter dans la Seine à la nuit tombée.

— Comme de juste.

— Ce soir-là, c'est Tranchelard qui veillait au grain,

expliqua Mortaigne à Marciac. (Et s'adressant de nouveau à l'homme de main :) Marciac est un ami. Dis-lui ce qui s'est passé, la nuit où cette fille des *Petites Grenouilles* s'est enfuie.

— Après le souper, elle est allée dans une chambre avec un jeune gentilhomme. Et au matin, ils avaient disparu ensemble. Le lit n'était même pas défait.

Tranchelard n'en dit pas plus.

— Et c'est tout ? demanda le Gascon.

— Ben… oui.

Mortaigne remercia Tranchelard, qui s'en fut.

— Tu vois ? fit-il. Pas de mystère. Un jeune homme s'entiche d'une jolie putain et l'enlève, convaincu que leur amour triomphera de tous les obstacles. Cela durera le temps que le béjaune s'aperçoive à quel point la pension paternelle lui manque…

Les deux hommes échangèrent un long regard sans ciller, et Marciac reconnut la lueur d'un défi dans les yeux de Mortaigne. Le maître de la Cour-aux-Chiens semblait lui dire : « Tu as entendu ce que j'avais à dire. À présent, tu m'accuses ou tu t'inclines. »

— À très bientôt, promit Marciac en sortant.

*

La mère de Vaussambre reçut Agnès dans le grand cloître de l'Enclos du Temple. Elle l'attendait seule, assise sur un banc de pierre. Elle ne se leva pas mais referma son bréviaire lorsque la jeune femme la rejoignit.

— Soyez la bienvenue, Marie-Agnès.

— Ma mère.

— Asseyez-vous à côté de moi un moment, voulez-vous ?

Agnès s'assit, mal à l'aise, ce dont la générale des Châtelaines s'aperçut.

— Détendez-vous, ma fille. Ici, vous ne risquez rien.

— Pas même d'être jetée dans un cachot de votre Tour ? J'en ai pourtant déjà fait l'expérience…

— Vous vous êtes secrètement introduite dans notre abbaye sacrée du Mont-Saint-Michel, rétorqua la mère de Vaussambre sur le ton du calme reproche. Et plutôt que de rendre les armes lorsque l'alerte fut donnée, vous n'avez pas hésité à croiser le fer avec les Gardes noirs… Croyiez-vous vraiment que cela pouvait se faire impunément ?

Agnès ne sut quoi répondre.

— Mais oublions tout cela, Marie-Agnès. Cessez de voir en moi une ennemie, et acceptez l'offre de paix que je vous fais.

— Qu'y a-t-il, ma mère ? Pourquoi ce revirement ?

— Je ne vous ai jamais été hostile, non plus que les Sœurs de Saint-Georges. C'est même tout le contraire.

— Alors d'où me vient le sentiment que vous ne m'aimez guère ? Vous n'avez jamais accepté que je renonce à prononcer mes vœux, ma mère.

La supérieure générale des Châtelaines se tut, puis proposa :

— Marchons un peu.

Elles arpentèrent alors lentement les allées du cloître.

— Votre marque s'est réveillée, n'est-ce pas ?

— Oui.

— N'y voyez-vous pas un signe ?

— Je ne reprendrai pas le voile, ma mère.

— Et qu'en est-il de vos nuits ?

Agnès ne répondit pas.

— Toutes les Louves blanches portent la rune du dragon, reprit la mère de Vaussambre. Cependant, la vôtre est différente.

— Qu'en savez-vous ?

Comme lasse, la supérieure générale soupira.

— Le Seigneur vous a distinguée, Marie-Agnès. Et chaque jour, je prie pour que vous le compreniez avant qu'il soit trop tard. Une terrible épreuve vous attend. Elle ne sera que la première. Celle qui révélera si vous êtes digne de ce destin auquel vous vous obstinez à tourner le dos. Celle à laquelle il vous sera interdit d'échouer…

Agnès s'arrêta, obligeant la mère supérieure à l'imiter et à se retourner.

— Pourquoi moi ?

— C'est ainsi que le Seigneur en a décidé, Marie-Agnès.

— Je n'en crois rien.

— Ce dragon qui hante vos nuits, vous savez qu'il vous faudra bientôt l'affronter. Pensez-vous pouvoir y parvenir seule ?

Ce que la jeune femme lut dans le regard de la mère de Vaussambre la bouleversa.

Elle se détourna.

— C'est injuste, dit-elle.

— Sans doute… Mais ce dragon est un archéen. Une créature primitive et sauvage, brutale, dont certains sont parvenus à faire une arme redoutable. Si nul ne s'y oppose, il détruira Paris et plongera le royaume dans une tourmente qui le dévastera. Ce sera la misère, la famine et la guerre.

— Qui sait cela ?

— Les Châtelaines.

— Et nul autre ?

— Pour l'heure.

— Mais pourquoi garder ce secret ?

— Parce qu'il en dissimule un autre que même le roi ignore, et dont dépend le sort du monde.

La jeune baronne attendit.

En vain.

— Non, Marie-Agnès, lui dit la supérieure générale avec un sourire résigné. Ce secret-là, je ne puis vous le confier maintenant… Mais avant de repartir, faites-moi l'aumône d'une faveur.

— Laquelle ? demanda Agnès sur la défensive.

— Parlez à notre nouvelle mère supérieure des Louves. Elle saura vous convaincre et je crois que vous vous réjouirez de la savoir remise de ses fatigues.

Alors, regardant dans la direction que lui indiquait la mère de Vaussambre, Agnès reconnut la sœur, ou plutôt la mère Béatrice d'Aussaint qui attendait, souriante, l'épée au côté.

La dernière fois qu'elles s'étaient vues, la châtelaine délirait sur un lit de l'abbaye du Mont-Saint-Michel.

*

Le soir venu, Marciac se rendit rue Grenouillère. Prudent, il observa discrètement les alentours car il n'y avait pas si longtemps que des hommes à la solde de Rochefort surveillaient *Les Petites Grenouilles*. Le Gascon en avait mis un « hors d'état de nuire », mais il ignorait si le message était passé. Seule chose sûre, son initiative avait fortement déplu à Gabrielle qui savait à quoi s'en tenir et — on la comprend — préférait qu'on ne maltraite pas les sbires du cardinal de Richelieu, si minables qu'ils puissent être. De là datait leur dernière dispute et leur dernière séparation.

Marciac ne vit rien ni personne qui retînt son

intérêt, si ce n'est que les volets étaient mis aux fenêtres de la maison close. Il n'essaya pas de frapper à la porte. Il fit le tour, enjamba le mur et passa par le jardin, où il trouva Gabrielle qui s'occupait de son courrier, assise à une petite table dans l'ombre de la maison.

— Tu sais que nous avons une porte, dit-elle après avoir jeté un coup d'œil au Gascon. (Impassible, elle ne cessa pas d'écrire.) Nous avons même un portier.

— Et comment va-t-il, ce cher Thibault ?

— Tu lui demanderas en partant. Par la porte.

Marciac s'assit sur un muret et ôta son chapeau pour frotter ses cheveux blonds emmêlés et brillant de sueur.

— Je suis allé voir Mortaigne, annonça-t-il.

Gabrielle posa sa plume et redressa les épaules.

— Et ?

— Ce soir-là, c'est un certain Tranchelard qui était censé « veiller au grain », comme dit Mortaigne. Tu le connais ?

— Non.

— Tu pourrais. Tranchelard bénéficie d'une certaine renommée, comme d'autres brutes sans scrupule de son acabit. Mais aux dernières nouvelles, il appartenait encore à la cour de la rue Saint-Sauveur. J'ignorais qu'il avait quitté le service du Grand Coësre. Et je me demande pourquoi.

— Passer du service du roi des Gueux à celui du maître de la Cour-aux-Chiens, ce n'est pas exactement s'élever…

— Tout juste.

— Crois-tu que Tranchelard puisse être pour quelque chose dans la disparition de Manon ?

— Oui.

— Et Mortaigne ?

— Possible. Je n'en sais rien.

Marciac remit son feutre et l'ajusta selon l'angle idoine.

— Crois-tu que Manon... Crois-tu qu'elle soit encore en vie ? demanda soudain Gabrielle d'une voix vibrante d'émotion.

Sa détresse, qu'elle laissait transparaître pour la première fois, émut Marciac. Il vint s'accroupir à côté d'elle, lui prit tendrement les mains et, par en dessous, trouva son regard.

— La vérité, dit-il avec douceur, la vérité est que je n'en sais rien.

— Il y aura bientôt trois jours et trois nuits, Nicolas...

— Oui. Pour autant, nous ne...

Au bord des larmes mais les yeux brillant de colère, elle l'interrompit :

— Si tu savais comme je m'en veux !

— Tu n'y es pour rien, Gabrielle.

— Mais pourquoi ai-je fait appel à Mortaigne ?

— Ce n'était pas un si mauvais choix. Et tu ne pouvais savoir que Mortaigne, lui, s'en remettrait à Tranchelard.

Gabrielle se leva et s'écarta de Marciac.

— Tu cherches à m'épargner, affirma-t-elle en lui tournant le dos.

Il se redressa. Embarrassé, ne sachant que dire, il gratta le chaume sur ses joues et son cou.

Enfin, après un silence, Gabrielle se retourna et, redevenue maîtresse d'elle-même, dit :

— Nous n'avons aucun secours à espérer de Mortaigne, si j'ai bien compris.

— Non, en effet.

— Alors, que comptes-tu faire ?

— Il est temps que tu me dises qui était l'hôte de la soirée, Gabrielle.

*

« Soyez demain au rendez-vous habituel. Valombre vous indiquera quoi faire », avait dit le dragon blanc du miroir.

Saint-Lucq était caché sous un porche de la rue Saint-Guillaume lorsque La Fargue, avant minuit, sortit seul de l'hôtel de l'Épervier. Invisible, silencieux, le sang-mêlé le regarda s'éloigner et attendit qu'il bifurque dans la rue des Saints-Pères pour le suivre.

Le capitaine marcha d'un bon pas jusqu'à la Seine, où il prit à droite sur le quai Malaquais. Cela ne pouvait guère signifier qu'une chose : il comptait entrer dans Paris par la porte de Nesle. Les portes de la capitale étant fermées à cette heure de la nuit, La Fargue utiliserait son laissez-passer permanent signé par le cardinal de Richelieu. Comme toutes les Lames, Saint-Lucq disposait d'un sésame identique. Mais il ne pouvait franchir la porte de Nesle en même temps que La Fargue, ni se permettre d'attendre de se la faire rouvrir à son tour…

Saint-Lucq réfléchit, envisagea la situation et n'hésita pas.

Rebroussant chemin dans la rue des Saints-Pères, il emprunta celle du Colombier en courant, longea l'abbaye de Saint-Germain-des-Prés, dépassa la rue Saint-Benoît et la rue de l'Échaudé sans ralentir l'allure, prit à droite dans la rue de Seine puis à gauche dans la rue de Buci et se présenta enfin à la porte du même nom. Le laissez-passer fit merveille, permettant au sang-mêlé de remonter bientôt la rue Dauphine. Essoufflé, Saint-Lucq crut un moment avoir perdu La Fargue. Mais il garda son calme et repéra son capitaine au moment où celui-ci s'engageait sur le Pont-Neuf.

La filature reprit, plus délicate que jamais car La Fargue surveillait ses arrières, tandis que le Pont-Neuf désert offrait une vue dégagée. Saint-Lucq avait l'obscurité pour alliée, cependant. Et ses yeux de dragon voyaient loin. Il laissa La Fargue prendre de l'avance en se demandant s'il allait traverser la Seine ou rejoindre la place Dauphine. Le capitaine ne fit ni l'un ni l'autre. Après un dernier coup d'œil alentour, il disparut derrière le socle de la Vyverne de Bronze, à la pointe de l'île de la Cité.

Voilà donc où La Fargue avait rendez-vous avec ce Valombre dont le dragon blanc avait parlé. Un rendez-vous « habituel » dont le sang-mêlé se demandait quand il avait été instauré. Et par qui. Et pourquoi. Il ne pouvait se résoudre à admettre que le capitaine des Lames trahissait. Mais il était bien décidé à découvrir le fin mot de cette histoire.

Minuit sonna.

Après quoi dix minutes s'écoulèrent sans que personne se montre. Soit Valombre était en retard, soit il était arrivé le premier au rendez-vous. La Fargue et lui devaient être en train de parler. Saint-Lucq renonça néanmoins à s'approcher de la statue pour les espionner. Trop risqué. Il attendit donc.

Enfin La Fargue réapparut et, très pressé, s'en retourna par où il était venu. Sans doute rentrait-il à l'hôtel de l'Épervier. Le sang-mêlé l'accompagna du regard mais ne bougea pas et, presque aussitôt, un gentilhomme portant un feutre et un manteau noir sortit de derrière la Vyverne de Bronze.

Sûrement Valombre.

À lui, Saint-Lucq emboîta le pas.

*

La Fargue se hâta de rentrer. Valombre lui avait dit où l'Italienne était probablement retenue, sans pouvoir le lui assurer ni garantir qu'elle y resterait longtemps. Il fallait donc faire vite. Il fallait agir cette nuit et remettre les doutes et les questions à plus tard.

À l'hôtel de l'Épervier, le capitaine des Lames ordonna à André de seller les chevaux et battit le rappel en bas du grand escalier. Agnès et Ballardieu arrivèrent, puis Laincourt et Marciac presque aussitôt.

— Alors ? demanda la jeune baronne. Qu'en est-il ?

Avant d'aller à son rendez-vous, La Fargue avait refusé que quiconque l'accompagne. Il avait cependant annoncé qu'il reviendrait peut-être avec du nouveau concernant l'Italienne.

— On sait où est l'Italienne, dit-il. Elle est gardée dans une vieille tour. L'endroit s'appelle « Bois-Noir ».

— Je connais, indiqua Marciac. C'est au bord de la Seine, non loin en amont de Paris.

— Le renseignement est-il sûr ? s'enquit Laincourt.

— Autant qu'on puisse le souhaiter.

— Mais d'où provient-il ?

La Fargue ignorait comment les Gardiens avaient découvert où se trouvait la prisonnière. Le comble était qu'il ne pouvait même pas dire de qui il tenait cette information.

— D'un agent du Cardinal, mentit-il.

Mais Agnès avait d'autres préoccupations :

— Alessandra est-elle toujours prisonnière des dracs qui l'ont enlevée ?

— À coup sûr, oui.

Il y eut un silence, que Marciac rompit après avoir fait ses comptes.

— Ils étaient une trentaine avant de nous attaquer et ont laissé dix cadavres. Restent donc vingt dracs armés et entraînés. Même sans compter le dragon qui les commandait, c'est beaucoup.

— Nous ne sommes que cinq, ajouta Ballardieu.

— Saint-Lucq n'est pas ici ? s'étonna La Fargue.

— Non, capitaine.

— Où est-il ?

— Aucune idée, avoua Marciac.

Le capitaine des Lames pesta. Mais pour cela aussi, le temps manquait.

— Nous ne pouvons pas attendre qu'il se montre peut-être. Préparez-vous. Je veux que nous soyons partis dans moins d'une heure.

Les autres hésitèrent un bref instant puis acquiescèrent, incapables en dépit de leurs réticences de remettre en question l'autorité de leur capitaine.

Seule Agnès proposa :

— À tout le moins, permettez que j'aille chercher Leprat, capitaine. Nous aurons besoin de son épée.

— Soit. Mais ne tarde pas.

— Quant à moi, je vais avoir besoin de mon sac à malices, marmonna Ballardieu.

Laincourt l'entendit et fronça le sourcil, mais comprit plus tard en voyant le vieux soldat revenir avec une besace de grenades à mèche en bandoulière. Agnès, elle, enfourcha le premier cheval qu'André avait fini de seller et lança :

— Retrouvez-nous à la porte de la Tournelle.

Après quoi elle piqua des talons et quitta la cour de l'hôtel au galop.

La Fargue la regarda partir en songeant à Saint-

Lucq. Inquiet, il pressentait à quel point la mortelle efficacité du sang-mêlé allait leur manquer.

*

Après son rendez-vous avec La Fargue, Valombre ne quitta pas l'île de la Cité. Il traversa le Pont-Neuf, puis emprunta le quai du Grand-Cours-d'Eau, l'actuel quai de l'Horloge. Il longea ainsi les hauts murs sombres du Palais de justice, jusqu'à la rue de la Barillerie qui s'étirait entre le Pont-au-Change au nord et le pont Saint-Michel au sud. Au-delà de cette rue commençait un dédale tortueux de rues et ruelles médiévales dans lequel Valombre s'engagea d'un bon pas, obligeant Saint-Lucq à réduire la distance qui les séparait afin de ne pas le perdre. Le sang-mêlé était bien décidé à découvrir où se rendait l'homme que le capitaine des Lames avait rencontré secrètement. Mais une inquiétude grandit en lui à mesure que Valombre s'approchait du cloître de Notre-Dame.

Ce lieu occupait alors la pointe orientale de l'île de la Cité, à l'ombre de Notre-Dame. Hérité du Moyen Âge, il consistait en trois rues et une quarantaine de petites maisons que possédaient et habitaient — en principe — les chanoines de la cathédrale. Un mur l'entourait et l'on ne pouvait y accéder que par trois portes. Dénué de tavernes et de commerces, ce minuscule quartier était particulièrement envié pour sa tranquillité, si bien que certains chanoines comprirent quel profit ils pourraient tirer de leurs demeures en les louant. L'usage s'établit et, sous Louis XIII, le cloître de Notre-Dame accueillait moins de religieux que de séculiers.

Était-ce là que Valombre se rendait ?

Pour Saint-Lucq, le doute ne fut plus permis lorsqu'il le vit se présenter à la porte de la rue de Colombe. Une minute plus tard, l'homme franchissait un mur au-delà duquel les visiteurs étaient comptés et les intrus immédiatement suspects.

Le sang-mêlé tiqua.

Devait-il prendre le risque de suivre l'inconnu dans le cloître Notre-Dame ? Il résolut qu'une occasion pareille de découvrir ce que cachait La Fargue ne se représenterait sans doute pas, et trouva un endroit où escalader discrètement la clôture. Il se reçut dans un jardin, enjamba un premier muret, un second, retrouva Valombre alors que celui-ci disparaissait au bout de la rue Chanoinesse. Saint-Lucq courut en longeant silencieusement les façades mais arriva trop tard au coin de la rue du Chapitre : l'endroit était déjà désert.

Essoufflé mais concentré, le sang-mêlé fouilla l'obscurité du regard, tendit l'oreille, guetta une éventuelle lueur aux fenêtres alentour.

En vain.

Il se maudit intérieurement et ne vit pas venir le coup qui l'assomma.

*

Du château fort de Bois-Noir, il restait un vieux pont de pierre, une muraille circulaire en assez bon état, quelques ruines presque rases et un donjon partiellement effondré dont la silhouette en biseau, une heure avant l'aube, se découpait sur fond de ciel incertain. Abandonnés depuis longtemps, ces vestiges isolés se dressaient en bord de Seine sur une colline escarpée. Un sentier et une route permettaient d'y accéder. Étroit, dangereux, le sentier descendait en lacet vers la rive et un ponton auquel un bateau était amarré, des dracs s'affairant déjà à son bord. La route empruntait l'autre versant et montait en faisant une large boucle qui menait au vieux pont, lequel enjambait un fossé envahi de broussailles. En bas, au départ de la route, on avait bâti un enclos de fortune où vingt chevaux environ paissaient près d'un ruisseau. Quelques dracs campaient là mais le gros de la troupe occupait les ruines, où l'Italienne était certainement retenue prisonnière.

La Fargue, Laincourt, Leprat et Marciac montaient à l'assaut du château par le versant de la route. Ils coupaient au plus court à grandes enjambées silencieuses, profitant de l'obscurité et s'arrêtant parfois à couvert, le temps de reprendre leur souffle, de mesurer la distance parcourue et scruter les environs.

— Le jour va poindre, murmura Leprat en rejoignant La Fargue derrière un gros rocher.

Le capitaine acquiesça gravement.

Ils avaient chevauché à bride abattue depuis Paris, avaient à peine pris le temps de repérer le terrain et d'évaluer les forces de l'adversaire, et voilà que le temps leur manquait déjà. Car dès que le soleil se lèverait, les dracs ne seraient pas longs à l'imiter.

La Fargue risqua un coup d'œil. Ils étaient presque arrivés au pied des murailles, en haut desquelles des sentinelles veillaient. Il y avait des brèches par lesquelles ils pourraient passer. Mais pour les atteindre, une périlleuse escalade s'imposait.

En retrait, Laincourt et Marciac attendaient.

— Capitaine.

La Fargue se retourna vers Leprat et vit que celui-ci lui désignait le ponton éclairé par des lanternes en contrebas. Ils bénéficiaient désormais d'un bon point de vue sur le bateau et sur les quelques dracs qui achevaient de le préparer pour un départ imminent. Un homme était également présent sur le ponton : massif et barbu, il avait une impressionnante *schiavone* au côté.

— C'est le dragon, dit Leprat. Celui qui nous a attaqués à Mareuil.

La Fargue acquiesça encore.

— Si nous agissons vite et bien, répondit-il, il n'aura peut-être pas le temps de remonter au château, une fois l'alerte donnée…

— Souhaitons-le.

— Ils sont quatre dracs avec lui. Trois autres gardent les chevaux en bas de la route. Il en reste donc douze ou treize là-haut.

— Nous avons nos chances.

— Alors allons-y !

Les quatre hommes reprirent leur ascension silencieuse.

*

— J'en vois trois, chuchota Agnès.

— Moi aussi, dit Ballardieu. Deux près du feu et cet autre, là-bas.

Ils étaient allongés dans l'herbe et épiaient les dracs chargés de surveiller l'enclos des chevaux. Près du feu de camp mourant, l'un était assis et fumait une pipe tandis que le deuxième, allongé et immobile, dormait peut-être. Le troisième, à l'écart, était censé monter la garde mais il observait de loin les préparatifs à bord du bateau amarré au ponton.

— Tu te charges de la sentinelle, gamine ?

— Entendu. Sois prudent.

— Comme toujours.

Ils se séparèrent, Ballardieu se dirigeant vers le feu et Agnès entamant un plus large détour. Elle contourna l'enclos à pas de loup, veilla à ne pas inquiéter les chevaux, s'approcha du drac par-derrière. Il n'avait pas bougé et continuait à regarder en direction du ponton éclairé. Elle fut sur lui en deux enjambées soudaines, lui plaqua une main sur la bouche et le poignarda trois fois dans les reins. Le drac poussa un gémissement étouffé et s'affaissa lentement, retenu par la jeune femme.

Le drac qui fumait un peu plus loin ne s'aperçut de rien. Fatigué par une nuit de veille, il s'ennuyait ferme et tirait sur sa pipe, le regard perdu dans le vague. Un bruit le fit se retourner de trois quarts, juste avant qu'une besace lourdement chargée de grenades le frappe sous le menton et lui brise la mâchoire. Tué net, il tomba à la renverse tandis que le sac en cuir poursuivait sa trajectoire au bout de la bandoulière que Ballardieu maniait avec art. La besace s'en revint ainsi frapper le drac qui somnolait sur une couverture et n'eut que le temps de se redresser sur les coudes. Lui aussi s'effondra, la tempe fracassée.

Satisfait, Ballardieu admira son ouvrage avant de ramasser la pipe de sa première victime et de souffler sur le tabac qui brûlait dans le fourneau. Agnès et lui avaient rempli leur mission. Ils allaient pouvoir libérer les chevaux et ne seraient donc pas poursuivis quand ils s'enfuiraient avec l'Italienne. Incidemment, le vieux soldat remarqua qu'il y avait quatre couvertures autour du feu de camp.

Il leva un sourcil.

Comment ça, quatre ?

Agnès finissait d'allonger la sentinelle qu'elle avait éliminée quand un quatrième drac sortit du bosquet où une méchante colique l'avait retenu. Stupéfaits, ils se dévisagèrent une brève seconde.

Puis ce fut à qui réagirait le premier.

Le drac avait un pistolet à la ceinture.

Le cadavre sur lequel la jeune baronne était penchée également.

*

Le coup de pistolet les surprit alors qu'ils s'étaient déjà introduits dans le château. Leprat achevait en silence un garde sur les remparts. Marciac traînait un cadavre derrière un muret. Laincourt s'approchait discrètement d'un drac qui lui tournait le dos. Et La Fargue progressait vers le donjon, un pistolet dans une main et sa solide *Pappenheimer* dans l'autre.

Tout s'accéléra soudain.

Brusquement sur le qui-vive, la dernière des sentinelles repéra les intrus et donna l'alerte. Les dracs endormis se réveillèrent en sursaut et comprirent qu'ils étaient attaqués. Ce fut le branle-bas. Des cris s'élevèrent. Des coups de feu claquèrent et, profitant de ce qui restait de l'effet de surprise, les Lames se dépêchèrent de faire le plus de dégâts possible.

La Fargue s'élança vers le donjon, abattit d'une balle en pleine bouche le drac qui en gardait la porte et enfonça d'un coup de pied le battant vermoulu. Des sacs et des tonnelets étaient entreposés dans une large salle d'où s'élevait un escalier en colimaçon. L'Italienne était certainement enfermée au premier, les autres étages n'existant plus ou seulement partiellement.

Le vieux capitaine se hâta vers les marches, mais dut battre en retraite car un grand drac noir les descendait, rapière au poing. La Fargue le reconnut en se mettant en garde : il l'avait vu à Mareuil, combattant au côté d'un drac rouge qui menait l'attaque. Le drac noir le dévisagea en retour, et sans doute le reconnut-il également.

Le combat s'engagea et La Fargue prit vite la mesure d'un combattant redoutable. Le reptilien était rapide, puissant et il connaissait l'escrime. Dès le début, les deux adversaires jetèrent toutes leurs forces dans la bataille. Le drac parce qu'il était emporté par sa nature violente et le capitaine parce qu'il savait que le temps lui était compté. Leurs fers se croisaient et se heurtaient avec violence au rythme des attaques, ripostes et contre-attaques. Aucun ne semblait décidé à céder. Aucun ne semblait en mesure de prendre l'avantage.

Du moins jusqu'à ce que La Fargue commette une erreur.

Trébuchant, il se sentit partir en arrière et para maladroitement une botte qui lui arracha son épée des mains. Il tomba sur le dos, roula vers la droite puis vers la gauche pour éviter deux coups d'estoc qui l'auraient cloué au sol sinon, cisailla les chevilles du drac avec ses jambes. Le reptilien chuta, ce dont La Fargue profita pour se relever et saisir à deux mains un tonnelet qu'il lança. Le tonnelet frappa le drac au front et se brisa en répandant la poudre à canon qu'il contenait. Le capitaine comprit que les tonnelets entreposés ici étaient autant de mines semblables à celles que les dracs avaient employées lors de l'assaut du château de Mareuil. Mais le drac noir, sonné par le choc et aveuglé par le nuage de poudre, se relevait déjà. La Fargue se précipita sur sa *Pappenheimer* et, se redressant, la brandit haut à deux mains, lame en avant…

… pour la planter jusqu'à la garde dans la poitrine de son adversaire agenouillé.

Le drac s'affaissa lentement et resta étendu à jamais, les bras en croix, dans une flaque de sang qui s'étalait.

Essoufflé, La Fargue rassembla ses esprits avant de grimper à l'étage supérieur. Il trouva l'Italienne, qui faisait peine à voir. Elle ne semblait pas avoir été battue ni particulièrement maltraitée, mais plusieurs jours de captivité et d'angoisse l'avaient éprouvée. Elle était sale et décoiffée, portait encore la robe dans laquelle elle avait été enlevée. Apeurée, elle se tenait dos au mur. Ses mains étaient attachées et un bandeau l'aveuglait.

– C'est moi, s'annonça le capitaine des Lames.

– La… La Fargue ?

– Oui.

Un sanglot soudain secoua les épaules de la prisonnière. La Fargue la débarrassa de ses liens et de son bandeau. Encore inquiète mais le regard plein de reconnaissance, elle se serra contre lui, tremblante et fragile. Elle le remercia dans un souffle :

– *Grazie… Molte grazie…*

– Plus tard. (Il l'obligea à s'écarter de lui.) Vous pouvez marcher ? Courir ?

– Oui.

– Alors suivez-moi.

Et il s'élançait déjà en entraînant l'Italienne par la main, lorsqu'une idée l'arrêta.

La lanterne qui brûlait dans la pièce n'était plus la seule source d'éclairage, les premières lueurs du jour entrant par une grande meurtrière orientée vers l'aube à l'horizon. La Fargue s'approcha de l'ouverture et jeta un coup d'œil en contrebas. La meurtrière dominait le versant le plus escarpé de la colline, un versant dont les dracs du ponton avaient entrepris d'escalader le sentier dès le début de l'alerte. Menés par l'Enlumineur, ils arrivaient et passeraient bientôt juste sous le donjon.

– Allons-y, dit La Fargue. Emportez la lanterne.

*

Dans la cour, parmi les ruines du château de Bois-Noir, Leprat, Laincourt et Marciac luttaient à un contre deux ou trois. Le mousquetaire et l'ancien espion du Cardinal combattaient dos à dos au milieu d'un cercle de dracs, cependant que le Gascon défendait le haut d'un escalier.

La Fargue et l'Italienne sortirent du donjon en courant.

— À TERRE ! hurla le capitaine.

Aussitôt il plaqua la jeune femme au sol derrière un muret pour la protéger de son corps. Les autres furent pris de court par l'explosion des charges de poudre entreposées dans la tour. La déflagration fut énorme, violente, assourdissante. Elle projeta des pierres qui vrombirent tels des boulets de canon en même temps qu'un nuage de poussière et de terre envahissait les ruines. Ce qui restait du donjon s'effondra, bascula dans le vide, provoqua une avalanche de moellons, de bois et de rocaille qui balaya le lacet du sentier escarpé et emporta ceux qui l'empruntaient. On ne les entendit pas hurler.

La Fargue fut le premier à se relever.

Les oreilles bourdonnantes, il découvrit un décor tout poudreux sur lequel achevait de tomber une pluie de débris parfois enflammés. Il aida l'Italienne à se mettre debout. Hommes et dracs se redressèrent à leur tour, sonnés, titubant et ne songeant plus à se battre. Leurs gestes étaient lents, incertains.

— DES BLESSÉS ? cria La Fargue.

Leprat et Laincourt firent non de la tête. Marciac agita la main : il allait bien lui aussi, ou du moins aussi bien qu'on pouvait l'espérer.

Des cavaliers firent alors irruption dans la cour : Agnès et Ballardieu arrivaient avec des montures pour tous. Comme les dracs se remettaient, on se hâta. L'Italienne monta en croupe derrière La Fargue et les Lames piquèrent des talons. Pour faire bonne mesure, Ballardieu protégea leur fuite de deux grenades qu'il lança par-dessus son épaule en quittant le château.

La troupe suivit au galop la large boucle de la route jusqu'au pied de la colline. Là, La Fargue ordonna une brève halte, hors de portée d'un dernier coup de mousquet. L'expédition avait failli tourner à la catastrophe mais ils étaient tous vivants et l'Italienne était sauvée.

– Tout le monde est bien allant ? s'inquiéta le capitaine.

On l'assura que oui, à l'exception de Marciac qui tentait de déboucher son oreille gauche en tapant de la paume contre la droite…

… et d'Agnès qui regardait en direction des ruines.

Vêtue de lambeaux de vêtements, une créature écailleuse se dressait au sommet d'une tourelle. Elle bondit de son perchoir et s'élança en direction des Lames.

Qui repartirent aussitôt au galop.

Le dragon avait donc survécu à l'effondrement du donjon. Pire, la colère, la peur et le danger de mort avaient provoqué une métamorphose incontrôlée dont le résultat était un monstre plus bestial que celui que les Lames avaient affronté à Mareuil. Il était plus massif, plus puissant et plus ramassé, avec des bras assez longs pour que ses mains griffues touchent le sol lorsqu'il pliait les genoux. Ses épaules étaient énormes. Son échine faisait une bosse à la rencontre d'une nuque aussi courte que large.

La créature dévala la pente de la colline en prenant au plus court, puis suivit la route aux trousses des cavaliers. Elle ne courait pas. Elle progressait par bonds en s'aidant des bras comme des jambes, son corps se ramassant au contact du sol et s'étirant en l'air à chaque impulsion vers l'avant. Sa vitesse était extraordinaire et les Lames au grand galop perdirent bientôt du terrain.

Agnès et Ballardieu fermaient la marche.

Sans ralentir l'allure, le vieux soldat fit glisser sa besace en bandoulière contre son ventre. Il y puisa une grenade dont il alluma la mèche dans le fourneau de sa pipe, avant de la laisser tomber derrière lui. Il répéta l'opération deux fois, mais les grenades rebondissaient au petit bonheur. Seule la troisième resta sur la route, pour exploser bien avant que le dragon arrive sur elle.

Ballardieu comprit alors qu'il n'arriverait à rien de la sorte.

Il comprit également qu'ils étaient perdus si lui ne faisait rien.

– CONTINUEZ !

Tirant sur les rênes, Ballardieu obligea sa monture à se cabrer et à pivoter sur ses postérieurs. Et avant qu'Agnès ait pu réagir, il repartait en sens inverse. Sans réfléchir, elle rebroussa chemin à son tour.

Ballardieu galopa à bride abattue vers le dragon qui, les yeux étincelant d'une rage sauvage, redoubla d'ardeur. Ils se rencontrèrent peu après un pont enjambant le lit d'une rivière à sec. Le vieux soldat alluma une dernière mèche. La créature bondit. Elle renversa le cavalier et sa monture. Le cheval poussa un hennissement douloureux tandis que les deux adversaires roulaient dans la poussière et disparaissaient à la vue d'Agnès en dégringolant dans le cours asséché. Le monstre fut le premier à se relever. Écumant, il chercha autour de lui et vit Ballardieu qui s'enfuyait en trébuchant maladroitement. Puis le dragon s'aperçut qu'une sangle lui serrait le cou et qu'un poids pendait entre ses omoplates.

Le sac à malices de Ballardieu explosa et décapita le dragon sous les yeux d'Agnès qui avait sauté de selle et accourait, l'épée à la main. Elle se protégea instinctivement du coude et ne put contenir une grimace de dégoût en découvrant ce qui restait de la créature écailleuse.

Puis elle se tourna vers Ballardieu qui se tenait debout mais chancelait, comme ivre, le front en sang et une épaule démise. Elle se dit alors qu'ils n'avaient pas fini d'entendre parler du jour où Ballardieu avait tué un dragon. Elle esquissa un sourire…

… qui s'effaça aussitôt.

– ATTENTION ! hurla-t-elle en pointant le doigt.

Toujours hébété, le vieux soldat baissa les yeux vers la grenade qui n'avait pas éclaté avec les autres et dont la mèche achevait de se consumer à ses pieds.

Le bruit de l'explosion noya le cri d'Agnès.

3

Les cavaliers arrivèrent au grand galop dans la cour de l'auberge. Ils mirent aussitôt pied à terre et, portant leur blessé ensanglanté, enfoncèrent presque la porte pour entrer.

– Place ! ordonna La Fargue.

Il soutenait Ballardieu. Agnès, Marciac et Leprat l'aidaient. Ensemble, ils couchèrent le vieux soldat inconscient sur la première table venue. Laincourt et Alessandra suivaient.

Dans la grande salle commune, les clients s'étaient levés et écartés. L'aubergiste ne savait que faire, incapable de détacher son regard du moribond, dont tout le côté droit n'était qu'une plaie.

— Leprat, ordonna La Fargue, assure-toi que personne n'arrive à nos trousses. (Le mousquetaire acquiesça et s'en fut.) Et toi, Marciac, de quoi as-tu besoin ?

Le Gascon avait entrepris de découper et écarter les lambeaux de vêtements noircis qui collaient aux blessures et aux brûlures à vif de Ballardieu.

— Il me faut de l'eau et des linges, répondit-il. Et de la charpie.

— Tu as entendu ? demanda La Fargue à l'aubergiste.

L'homme ne réagit pas aussitôt, mais acquiesça et s'en fut.

— Et aussi des sangles ! cria Marciac. Des liens, des cordelettes, n'importe quoi qui y ressemble !

Il lui fallait de quoi faire de meilleurs garrots que ceux qu'il avait posés en urgence.

Les larmes aux yeux, Agnès était penchée sur Ballardieu. Elle lui parlait doucement à l'oreille tout en caressant son front couvert de crasse, de sueur et de sang.

La Fargue se tourna vers Laincourt et l'Italienne, et le capitaine en lui parla.

— Madame, vous devez partir maintenant, afin d'arriver au plus tôt au Palais-Cardinal. Alors seulement, vous serez en sûreté.

— Mais je ne peux vous laisser ainsi, rétorqua la belle espionne. C'est pour me sauver que cet homme…

— Il s'appelle Ballardieu.

— C'est pour me sauver qu'il…

— La mission avant tout, madame. Laincourt, s'il vous plaît…

Le jeune homme acquiesça et entraîna l'Italienne.

— Venez, madame. Je vous escorterai.

Elle le suivit, tirée par un bras à reculons.

— Merci, dit-elle. Merci de tout mon cœur…

Mais les Lames se moquaient bien de sa reconnaissance : l'un d'entre eux était en train de mourir.

Agnès continuant à réconforter tendrement un Ballardieu qui ne l'entendait sans doute pas, Marciac glissa à La Fargue :

— Je vais faire mon possible. Mais il lui faut un chirurgien.

Le capitaine acquiesça et demanda à la cantonade :

— Est-ce qu'un chirurgien vit par ici ?

On fit non de la tête et l'aubergiste, qui revenait avec ce que Marciac avait réclamé dans une bassine, indiqua :

— Nous sommes à la campagne, messieurs. Le plus proche médecin habite le faubourg Saint-Victor.

— Le temps d'aller chercher un chirurgien à Paris et de revenir, songea tout haut La Fargue, et nous aurons aussi vite fait de nous y rendre…

— Mais il n'est plus question que Ballardieu monte à cheval. Il a perdu bien trop de sang. Ça le tuerait.

— J'ai une charrette, proposa alors un brave homme dans l'assistance.

*

— Tenez.

Plissant douloureusement les paupières, Saint-Lucq attrapa ses bésicles qu'on lui tendait. Il venait de se réveiller et tentait de s'accoutumer à la lumière. Il y vit bien mieux lorsque ses yeux de dragon furent protégés derrière les verres rouges. Le mal de tête qui le menaçait s'éloigna.

— Merci.

Il se trouvait au calme dans une chambre modeste, couché sur un lit étroit. Il était tout habillé ou presque : il ne lui manquait que son pourpoint, accroché au dossier d'une chaise. Son chapeau était posé sur une table, à côté de sa rapière au fourreau et de son baudrier de cuir.

Celui qui lui avait aimablement rendu ses bésicles était assis à côté du lit.

Élégant, la trentaine et les cheveux gris, il s'agissait du gentilhomme que La Fargue avait rencontré en secret la nuit dernière, et que le sang-mêlé avait suivi jusque dans le cloître de Notre-Dame.

Avant d'être assommé.

— Où sommes-nous ?

— Chez moi, rue du Chapitre.

L'homme surprit le regard que Saint-Lucq eut pour son épée.

— Vous ne risquez rien ici, dit-il. Je ne suis pas votre ennemi.

— En ce cas, pourquoi m'avez-vous attaqué cette nuit ?

— J'ignorais alors qui vous étiez. Et après l'avoir découvert, il m'a fallu prendre avis.

— Prendre avis auprès de qui ?

L'homme sourit.

— Soit, accorda Saint-Lucq. Alors prendre avis au sujet de quoi ?

— De ce qu'il convenait de faire de vous. Puis de ce qui pouvait vous être révélé.

Assis sur le lit, le sang-mêlé se tourna vers son hôte et s'adossa au mur.

— Qui êtes-vous ? demanda-t-il.

— Je m'appelle Valombre.

— Ce n'est qu'un nom.

— Et je suis un dragon.

— Cela, je veux bien le croire. Qu'avez-vous à voir avec le capitaine La Fargue ?

— Lui et moi servons les mêmes maîtres.

— Expliquez-vous.

— Je le peux. Mais ne préférez-vous pas entendre la vérité de la bouche de votre capitaine ?

Saint-Lucq réfléchit, sonda les yeux gris et tranquilles de son interlocuteur, puis lâcha :

— Commençons par vous.

*

Marciac fit son possible pour maintenir Ballardieu en vie malgré les terribles blessures dont il souffrait. Puis les Lames le transportèrent à Paris sur la charrette qu'on leur avait généreusement proposée. Le vieux soldat fut couché sur deux matelas superposés afin de le protéger des cahots. Agnès s'installa près de lui pour le réconforter encore, l'assurer qu'il allait se remettre et que tout irait bien. La Fargue prit les rênes et le Gascon suivit à cheval. Il fallut s'arrêter deux fois sur la route pour resserrer les garrots.

À leur arrivée à l'hôtel de l'Épervier, Leprat les attendait. Parti devant au grand galop, il était allé chercher un chirurgien auquel les mousquetaires de la Garde faisaient souvent appel, celui-là même qui l'avait soigné quand Gagnière l'avait laissé pour mort rue Saint-Denis. On porta Ballardieu dans la cuisine, où on l'allongea sur la grande table en chêne. Puis le chirurgien demanda qu'on le laisse examiner son patient. Il était venu avec un assistant et n'avait besoin de personne d'autre. Il appellerait au besoin.

Les autres attendirent dans la cour avec Guibot, André et la douce Naïs qui agrippait son tablier devant elle et tressaillait au moindre bruit, au moindre mouvement.

Enfin, le chirurgien revint en s'essuyant les mains dans un vieux torchon.

— Cet homme a déjà reçu des soins, dit-il. Qui les lui a prodigués ?

— C'est moi, répondit Marciac.

— Êtes-vous médecin, monsieur ?

— Non, mais il s'en est fallu de peu que je le devienne.

— Quoi qu'il en soit, sans vous, votre ami ne serait pas en vie… Pour autant, il n'est pas tiré d'affaire. Loin de là.

— Sa jambe peut-elle être sauvée ? demanda La Fargue.

— Je crains que non, rétorqua le chirurgien.

À ces mots, Agnès se détourna brusquement, émue et comme furieuse. Leprat lui passa un bras autour des épaules et s'éloigna de quelques pas avec elle.

— La jambe est trop sévèrement navrée, poursuivit le chirurgien d'un air grave. Elle doit être ôtée. Cependant… Cependant je redoute que votre ami ne survive pas à une amputation. Il a déjà perdu beaucoup de sang. Il est très faible. Et n'est plus si jeune.

— Je ne comprends pas, monsieur, dit La Fargue. Que conseillez-vous ?

— La jambe est perdue. Il faudra la couper mais l'on peut risquer d'attendre que le blessé reprenne quelques forces avant de lui infliger cette épreuve. Mais je dis bien « risquer ». Car si l'on attend et que les terribles blessures de sa jambe se gâtent, votre ami en périra.

— C'est donc un pari que vous nous demandez de faire.

— Je vous demande de faire un choix, pour votre ami qui n'a plus assez de raison…

Immobile et pâle, Agnès vit le capitaine des Lames se tourner vers elle.

— Je crois que cette décision t'appartient, Agnès, dit La Fargue. Mais si tu ne veux pas la prendre, je la prendrai.

*

Le Gentilhomme mit pied à terre dans les ruines de Bois-Noir et tint son cheval par le mors. Sans mot dire, il observa les décombres encore fumants du donjon, puis les cadavres que les survivants avaient alignés devant un mur. Ils n'étaient plus qu'une poignée de spadassins dracs encore en vie, et la plupart étaient blessés. L'Italienne s'était échappée. Quant à l'Enlumineur, il avait disparu.

Un désastre.

Le Gentilhomme leva les yeux vers la Magicienne qui, elle, était restée en selle. Ils échangèrent un long regard grave et inquiet, que l'arrivée de trois cavaliers interrompit.

C'étaient Keress Karn et deux de ses soldats. Sale de poussière et de suie, le drac rouge avait un bandage ensanglanté au bras droit, juste au-dessus du coude.

— Nous l'avons retrouvé, annonça-t-il en sautant de sa monture.

— Mort ? demanda le Gentilhomme.

— Oui. Dans le lit d'une rivière asséchée, à une demi-lieue d'ici. Ses traces nous y ont menés.

— Mort ? s'exclama la Magicienne incrédule. L'Enlumineur est mort ?

Keress Karn jugea inutile de se répéter. D'ailleurs, il estimait ne pas avoir de comptes à rendre à une femme. Il ne parlait qu'au Gentilhomme.

Gagné par la colère, celui-ci serrait les mâchoires.

— Qui ? demanda-t-il d'une voix vibrante. Qui a pu... ?

— Leur chef s'appelle La Fargue, expliqua le drac rouge. Je l'ai reconnu. Il était déjà au château de Mareuil.

— Je veux qu'il paie, ordonna le Gentilhomme. Je veux qu'il souffre et je veux qu'il meure.

*

L'opération se passa bien, après quoi l'on porta Ballardieu dans sa chambre. Le chirurgien se dit satisfait mais resta prudent : il ne serait vraiment permis d'espérer que si le patient survivait à la nuit. Il donna quelques instructions, promit de repasser le lendemain. Puis il s'en fut en emportant la jambe, tandis que Naïs lavait la cuisine à grands seaux. Le vieux soldat finit par sombrer dans un sommeil profond, et les Lames ne purent rien faire d'autre qu'attendre.

Parce qu'il se savait inutile et détestait ce sentiment d'impuissance, Marciac se lava, changea de vêtements et, abandonnant à la hâte ceux qui étaient encroûtés du sang de Ballardieu, quitta l'hôtel de l'Épervier en se persuadant qu'il ne fuyait pas.

D'ailleurs, n'avait-il pas une affaire à régler ?

Épuisé mais incapable de trouver le repos, il emprunta la longue rue Sainte-Marguerite, celle des Boucheries qui la prolongeait, franchit la vieille enceinte par la porte Saint-Germain et gagna le quartier de la rue de la Harpe. Rue Mignon, il trouva une buvette idéalement placée. Il s'y arrêta, commanda un verre d'eau-de-vie et, accoudé au comptoir, le sirota en observant la maison où, d'après Gabrielle, avait eu lieu la soirée durant laquelle la jeune et jolie Manon avait disparu.

C'était une grosse demeure bourgeoise, qu'un solide portail et une cour séparaient de la rue. Son propriétaire était un homme riche et puissant qui menait désormais une vie discrète. Il se nommait Cousty, était veuf et avait longtemps été le plus craint des juges du Châtelet. Il ne siégeait plus, mais il restait très influent. La rumeur le prétendait méchant et avare. Pour preuve, il ne gardait à son service qu'un vieux valet, qu'il battait souvent.

Ayant fini son verre, Marciac fut pris d'un léger vertige. Un autre que lui aurait songé qu'il n'avait rien mangé depuis la veille et y aurait remédié. Un autre que lui aurait songé qu'il avait besoin de sommeil et serait rentré chez lui. Or Marciac était Marciac, et il reprit une eau-de-vie tout en élaborant un plan. Une voix en son for intérieur lui disait que ce plan était très certainement une mauvaise idée, mais il s'agissait d'une voix que le Gascon écoutait peu afin que la vie continue à le surprendre. L'alcool, en outre, avait tendance à la faire taire.

Marciac sécha un troisième verre et partit faire quelques courses dans le quartier.

D'abord, trouver une paire de gants épais.

Ensuite, acheter de l'huile de lampe.

*

Agnès finit par s'endormir au chevet de Ballardieu.

Lorsqu'elle rouvrit les paupières et se redressa dans son fauteuil, la nuit tombait, une chandelle brûlait dans la chambre et le vieux soldat la regardait, la tête tournée sur son oreiller.

Livide, les traits tirés et les yeux cernés de noir, il sourit tendrement.

— Coucou, gamine, murmura-t-il d'une voix cassée par les hurlements poussés lorsque la scie avait attaqué l'os. Comme on se retrouve…

— Tu… Tu es réveillé ? Depuis longtemps ?

— Non, rassure-toi… Tu dormais si bien que je n'ai pas eu le cœur à te déranger… Et puis tout était si… Tout était si paisible…

Agnès le dévisageait, incrédule, ne sachant que dire, les yeux à la fois illuminés par le bonheur et noyés de larmes. Ballardieu lui parlait. Ballardieu n'était pas mort. Ballardieu était là et le serait toujours, comme il le lui répétait pour la rassurer lorsqu'elle était enfant.

— D'où vient, demanda-t-il, que je ne souffre pas ?

— Tu es plein de liqueur de jusquiame dorée.

— De la jusquiame, hein ?… Ma foi, cela… cela fait merveille.

— C'est Leprat qui l'a apportée. Sans doute en prend-il pour calmer les douleurs de sa ranse…

— Il faudra… le remercier.

— Je vais le chercher ! dit la jeune et fougueuse baronne en se levant. Et aussi les autres ! Ils sont en bas et attendent de…

Dans son élan, elle avait déjà presque atteint la porte quand Ballardieu l'arrêta.

— Non, gamine… Non… (Il leva une main dans sa direction, mais dut la laisser retomber sur le drap, comme une chose molle.) Plus tard, peut-être…

Agnès comprit et, un peu gênée, revint sur ses pas.

Cependant, au lieu de retourner dans le fauteuil,

elle s'assit avec précaution sur le lit près de Ballardieu, et lui prit la main.

— Je… Je suis désolée, avoua-t-elle en baissant les yeux.

— Pour cette vieille jambe ? rétorqua le vieux soldat en forçant un peu la note. (Mais comme Agnès ne souriait même pas, il redevint grave.) Il faut croire que la Providence voulait que je finisse ma vie sur une jambe plutôt que sur deux. Cela va bien sûr me tenir un peu à l'écart des aventures, mais ce n'est pas si grave. Je me fais vieux, après tout. Et peut-être est-il temps que je me retire…

— Toi ?

— Regarde-moi, Agnès. Que suis-je devenu ?

— Une vieille bête que j'aime et qui est encore loin de prendre le chemin de l'écurie pour la dernière fois…

Ému, Ballardieu sourit.

— Écoute-moi, plutôt, gamine… J'étais un soldat, un homme d'épée au service de ton père. J'imaginais que je trouverais peut-être la gloire, peut-être la fortune sur les champs de bataille. Ou peut-être rien de cela, peut-être la mort. Mais je ne m'imaginais pas un autre destin que celui des gens de guerre et de fortune… Et puis ton père te confia à ma garde. Ma vie a changé du moment où je t'ai vue, mais je ne l'ai pas compris aussitôt, loin de là. J'ai même nié l'évidence, alors que le temps passait et que je m'attachais à toi. Et sais-tu quand j'ai compris ?

— Non.

— Tu étais encore petite. Peut-être avais-tu quatre ou cinq ans. Tu… Tu étais moins haute que mon épée. (Le regard de Ballardieu se perdit un moment dans le passé.) Bref… Un jour tu as disparu. Tout simplement disparu. Bien sûr, nous t'avons cherchée. Dans le manoir d'abord. Puis alentour, dans le domaine, toujours plus loin. Tu étais introuvable, aussi fort que l'on appelait. Des battues ont été organisées dans les bois. On a sondé l'étang, raclé le fond de la rivière. En vain… Et moi, moi j'ai cru mourir. Je ne mangeais plus, ni ne dormais. À chaque nouvelle qu'on apportait, j'étais partagé entre l'espoir que tu étais sauve et la terreur que l'on ait découvert ton petit corps sans vie… C'était… C'était une véritable torture… Or il a fallu cette torture pour que je comprenne… ou plutôt pour que je m'avoue que je t'aimais comme la chair de ma chair, et que mon destin était de te protéger toujours… (Agnès, les yeux pleins de larmes, ne pouvait détacher son regard de celui de Ballardieu.) Ce que j'essaie de te dire, gamine… Ce que j'essaie de te dire, c'est que l'on met parfois du temps à reconnaître le chemin tracé pour nous, mais que l'on ne fait que reculer l'inévitable… Nous avons tous un destin, comprends-tu ? Un destin qui peut être fort différent de celui que l'on croit ou de celui que l'on veut. Pour certains, ce destin est modeste. Mais pour d'autres tels que toi, il est… immense…

Songeuse, Agnès acquiesça lentement, mais détourna le regard et ne répondit pas.

— Je crois… Je crois que je vais dormir un peu, dit le vieux soldat d'une voix faible. Tu ferais bien d'en faire autant.

La jeune femme se leva.

— Mais pas dans ce fauteuil, précisa Ballardieu. Pas ici… Va te reposer dans ta chambre.

— Le chirurgien a bien dit qu'il fallait te veiller.

— Ta chambre n'est pas si loin, Agnès.

Elle hésita, puis :

— Soit, dit-elle. Cependant…

— Quoi donc, gamine ?

— Eh bien je suis là, non ? Comment mon histoire s'est-elle finie ?

Ballardieu esquissa un sourire las.

— Oh, ça… Tu as reparu trois jours plus tard aussi soudainement que tu t'étais évanouie. Marion te trouva : tu jouais le plus naturellement du monde dans le jardin. Tu portais les mêmes vêtements. Tu étais propre et bien allante. Tu avais juste un peu soif, et l'on n'a jamais su…

— Je ne me souviens de rien.

— Bien sûr que non. Je te l'ai dit : tu étais toute jeunette. Drôle d'aventure, pas vrai ? Et après ça, étonne-toi que je n'aie plus jamais voulu te quitter d'une semelle…

— Repose-toi plutôt, vieille bête.

*

La Fargue dînait seul dans le jardin.

Attablé sous le châtaignier, il tournait le dos à l'hôtel et mâchait machinalement, le regard perdu dans les ténèbres devant lui. Il n'avait pas faim mais savait qu'un sac vide ne tient pas debout. L'obscurité qui l'entourait était profonde. La bougie posée sur la vieille table l'éclairait à peine d'une lueur tremblante qui avait attiré un papillon de nuit.

Enfin le capitaine s'aperçut qu'il avait de la compagnie. Il ne réagit pas et, regardant toujours devant lui, demanda :

— Depuis combien de temps es-tu là ?

— Depuis peu, répondit Saint-Lucq.

La Fargue n'ignorait pas que s'il s'était rendu compte de sa présence, c'était parce que le sang-mêlé l'avait voulu. Saint-Lucq, à plus d'un titre, appartenait à la nuit.

— Tu espionnes ?

— J'observe. Qui sont les Gardiens, capitaine ?

La Fargue s'immobilisa, puis repoussa son assiette.

— J'aime voir qui me parle, dit-il.

— Soit.

Sans bruit, le sang-mêlé vêtu de noir sembla alors paraître du néant. Comme souvent, ce furent d'abord les disques écarlates de ses bésicles qui se dessinèrent en reflétant la lumière.

Saint-Lucq s'assit à la table, en face du vieux gentilhomme.

— Qui sont les Gardiens, capitaine ?

— Si tu poses la question, c'est sans doute que tu connais la réponse.

— Je vous fais une faveur, capitaine.

— Une faveur ? Toi ?

— Celle de vous accorder une chance de vous expliquer.

— Et depuis quand ai-je des comptes à te rendre ?

— Depuis que je sers et me bats et tue sous vos ordres. Qui sont les Gardiens ?

— Ils sont l'une des raisons qui font que le genre humain n'a pas été décimé, ni asservi, par les dragons. Ils œuvrent dans l'ombre et… veillent. Ils sont des dragons, mais ils savent que le temps de leur race est révolu en ce monde et qu'il n'y a d'autres issues pour eux que de vivre en bonne intelligence avec les hommes ou cachés parmi eux.

— Et vous les servez.

— Oui.

— Depuis quand ?

— L'ignores-tu vraiment ? Valombre m'a fait parvenir un message pour m'informer de votre rencontre. Je t'attendais, Saint-Lucq.

— Depuis quand ?

— Cela a commencé il y a cinq ans. Après La Rochelle.

— Le Cardinal sait-il ?

— Il sait. Il a toujours su. Ils cachent souvent leur jeu et l'on peut se méprendre sur leurs intentions, mais les Gardiens ne sont pas des ennemis de la France. Au contraire, sans eux, les Châtelaines n'existeraient pas. Tu n'imagines pas les services qu'ils ont rendus par le passé.

— Peu m'importe. Je veux savoir qui je sers. Je veux savoir pour qui je tue et pour qui je puis être tué.

Saint-Lucq se leva et s'en fut.

Impassible, La Fargue le regarda disparaître dans la nuit, puis il baissa les yeux sur la table et sur la chevalière en acier que le sang-mêlé y avait laissée.

*

Le Gentilhomme et la Magicienne rentrèrent à la nuit noire.

Après avoir brûlé leurs morts dans les ruines de Bois-Noir, ils s'en revinrent à Paris au pas et sans presque parler, suivis de Keress Karn et des dracs en armes qui avaient survécu à l'attaque des Lames. L'hôtel des Arcanes était illuminé à leur arrivée. Ils s'en étonnèrent, mirent pied à terre dans la cour, échangèrent des regards intrigués et soucieux lorsqu'ils entendirent des rires en provenance du jardin.

Ils y trouvèrent la Demoiselle et l'Hérésiarque qui soupaient au flambeau.

*

Le juge Cousty se réveilla en sursaut lorsqu'une main gantée de cuir épais fut plaquée sur sa bouche.

Aussitôt, l'homme qui le maintenait dans son lit renversa sur son visage un liquide dont il reconnut l'odeur : du naphte. Il se débattit tandis que l'huile à lampe lui coulait dans les yeux et sur les tempes, imprégnait ses cheveux et trempait son oreiller. Il en inhala un peu, s'étrangla, faillit vomir. Mais la main qui étouffait ses cris était ferme et l'homme pesait de tout son poids. Effrayé, Cousty s'agita en vain tout le temps que le naphte coula.

Lorsque l'outre fut vide, Marciac la jeta dans un coin de la chambre et attendit que le juge se calme, se soumette. Alors seulement il relâcha un peu sa prise, afin de signifier à sa victime qu'elle faisait le bon choix. Cousty finit par rester immobile, les draps entortillés autour de ses jambes nues. Il roulait des yeux immenses. Sa respiration haletante soulevait sa poitrine osseuse et faisait naître des bulles grasses à ses narines. Il plissa des paupières, tenta de distinguer le visage du Gascon à la lueur de la chandelle posée sur une table à côté du lit. Cette bougie, il était certain de l'avoir éteinte avant de se coucher, ainsi qu'il le faisait chaque soir.

– J'ai maîtrisé ton valet. Ce qui fait que nous sommes seuls, pour ainsi dire. Tu peux appeler mais cela ne servira de rien, si ce n'est que cela me fâchera parce que je déteste les cris. Veux-tu me fâcher ?

Le juge fit non de la tête. L'haleine du Gascon était chargée d'alcool et ses yeux avaient cet éclat trouble qui vient avec l'ivresse. Il semblait pourtant maître de lui, ce qui n'en était que plus inquiétant.

– C'est aussi bien. Car sinon, je prendrai cette chandelle qui est là, et j'en approcherai la flamme de ton visage et de tes cheveux trempés de naphte. Et tu sais ce qui se produirait, n'est-ce pas ?

Cousty acquiesça lentement, convaincu d'être à la

merci d'un dangereux aliéné. Faute de pouvoir bouger la tête, il loucha sur le côté quand Marciac tendit sa main libre pour attraper le bougeoir et rapprocher la chandelle. Un regard effrayé suivit les mouvements de la flamme.

— Maintenant, reprit le Gascon, je vais retirer ma main de sur ta bouche. Seras-tu sage ?

Incapable de quitter la flamme des yeux, le juge acquiesça encore. Puis il respira plus librement au sens propre comme au figuré, quand Marciac ôta sa main et éloigna un peu la chandelle.

Le juge reconnut alors le visage du Gascon dans la lumière.

— Je… Je vous connais, lâcha-t-il sous le coup de la surprise.

Marciac le regarda d'un air extrêmement perplexe.

— D'une, répondit-il, j'en doute fortement. De deux, si cela est vrai, me le dire relève de la plus grande stupidité, ne crois-tu pas ? Pour la raison que cela pourrait m'inciter à te faire un très mauvais sort. (Cousty se tut.) Mais revenons à nos moutons. Je vais te faire des questions auxquelles tu vas répondre. Et au premier refus ou au premier mensonge, je t'enflamme la tête comme un gros paquet d'étoupe. M'as-tu bien compris ?

Apeuré, le juge promit et tint parole.

Si bien que, quelques instants plus tard, Marciac le poussait sans ménagement hors de la chambre et l'obligeait à descendre l'escalier devant lui.

— Et maintenant ? demanda-t-il en bas des marches.

Cousty désigna un recoin dans l'entrée, juste sous l'escalier. Le Gascon l'y poussa et, sans le lâcher, le regarda appuyer en même temps sur deux pierres d'un mur nu.

Un passage secret s'ouvrit avec un déclic.

— Qui connaît cet endroit ?

— Personne.

— Personne, vraiment ? Pas même ton valet ?

Le juge vit venir la gifle sur l'arrière de son crâne mais ne put l'éviter.

— Mes... Mes frères ! s'empressa-t-il de préciser. Mes frères adeptes savent !

— Tes... ? (Le Gascon considéra le sexagénaire maigrichon et tremblant qu'il tenait par le col. Les mots lui manquèrent, ce qui était rare.) Non, rien. Passe plutôt devant.

Des marches descendaient en colimaçon. Ils les empruntèrent dans le noir, avant que le juge ouvre une porte sur une salle voûtée où des pierres solaires rouges entretenaient une pénombre crépusculaire. Des dalles nues recouvraient le sol. Aux murs, des tentures noires étaient ornées de runes draconiques dorées, dont l'une se répétait souvent. Marciac la reconnut parce qu'elle pavoisait les ruines où, deux mois auparavant, la vicomtesse de Malicorne avait convié ses fidèles à une cérémonie qui se voulait grandiose et qui, si les Lames ne l'avaient pas interrompue, aurait fondé une loge de la Griffe noire en France. Cette rune était précisément celle de la Griffe noire.

Marciac poussa rudement Cousty qui trébucha en avant, chuta et préféra rester par terre. Lentement, le Gascon observa la salle de culte, les cierges noirs qui attendaient d'être allumés sur de grands candélabres, les divers objets rituels, le gros grimoire sur un lutrin, l'autel recouvert d'une nappe écarlate.

Démasquée et vaincue, la vicomtesse de Malicorne avait disparu. Serviteurs plus ou moins volontaires et zélés de la Griffe noire, les fidèles qu'elle avait convertis avaient été dispersés et arrêtés pour la plupart. Mais l'on se doutait que certains étaient passés entre les mailles du filet et qu'ils continuaient à pratiquer ce qu'ils nommaient une « religion » et qui n'était qu'un culte pervers imprégné de magie noire draconique.

Cousty était donc de ceux-là.

— Où ? demanda sèchement Marciac. Où est-elle ?

Toujours au sol, le juge tendit un doigt craintif vers l'autel.

Le Gascon fronça le sourcil, puis comprit et se hâta. Il releva la nappe qui recouvrait l'autel, révéla une grosse boîte en fer forgé noire dont les flancs étaient percés de quelques trous triangulaires. Cette boîte avait une porte et un loquet. Marciac s'accroupit pour l'ouvrir et fut frappé par une violente odeur d'urine avant de distinguer Manon qui, nue et tremblante, les joues tachées de larmes et de crasse, se recroquevillait au fond.

Il lui tendit la main.

— C'est moi, Manon. C'est moi. C'est Marciac.

Pour la faire sortir, Marciac dut user de mots tendres et de gestes prudents. Manon l'avait reconnu, mais les reliquats de la terreur provoquée par ce qu'elle avait subi dans cette pièce, cette terreur qui l'avait presque rendue folle la retenait, l'empêchait de s'abandonner à la confiance. Enfin, elle se précipita dans les bras du Gascon et s'agrippa à lui, éclatant en sanglots. Il tenta de la réconforter, hésita à la toucher de peur que le contact de mains d'homme lui soit devenu odieux, tendit un bras pour attraper la nappe de l'autel et l'enrouler dedans.

Elle se laissa faire.

— Toi, lança Marciac à Cousty par-dessus l'épaule de la jeune femme. Dans la boîte.

Toujours agenouillé par terre, le juge prit un air inquiet et incrédule.

— Quoi ?... Mais...

— Dans la boîte. Maintenant.

— Mais je…

— Ne m'oblige pas à t'y faire entrer de force.

Le regard du Gascon était terrible.

Vaincu, humilié, le juge obéit et, à quatre pattes, entra dans la grosse boîte en fer forgé. Marciac la referma d'un coup de pied et laissa le loquet se remettre en place tout seul. Puis il souleva Manon et l'emporta comme on emporte un enfant, la jeune fille lui passant les bras autour du cou et, apaisée, reposant sa tête contre sa poitrine.

Dans son réduit, Cousty colla un œil contre un trou d'aération. Et voyant le Gascon qui s'en allait, il demanda d'une voix misérable :

— Quand reviendrez-vous me libérer ?

— Qui te dit que je reviendrai ? rétorqua Marciac sans se retourner.

— Mais… Mais il faut revenir ! Mon valet ne connaît pas ce lieu ! Ni personne ! On ne peut en deviner l'entrée !

— J'imagine que tu t'es bien assuré que l'on ne pouvait entendre les cris poussés ici, n'est-ce pas ?

— Pitié ! Il faut revenir ! Je… Je mourrai !

— La belle affaire.

Marciac continuait à s'éloigner d'un pas lent mais résolu.

— JE SAIS QUI VOUS ÊTES ! hurla alors le juge. JE LE SAIS !

— Cela ne m'inquiète pas plus maintenant que tout à l'heure…

— JE ME SOUVIENS, MAINTENANT ! ajouta Cousty au désespoir. VOUS ÉTIEZ LÀ, CE FAMEUX SOIR ! VOUS ÉTIEZ AVEC CEUX QUI NOUS ONT ATTAQUÉS, AVEC CEUX QUI

ONT INTERROMPU LA CÉRÉMONIE DE LA VICOMTESSE ! JE... JE VOUS AI VU !

Manon dans ses bras, le Gascon arrivait au petit escalier.

— L'ÉNERGIE DU DRAGON SE DISPERSAIT ! TOUT LE MONDE VOULAIT FUIR ET MOI JE COURAIS VERS L'ÉCURIE QUAND... C'ÉTAIT VOUS !

— Et alors ?

— LAISSEZ-MOI LA VIE SAUVE ET JE VOUS AIDERAI ! JE VOUS DIRAI TOUT CE QUE JE SAIS SUR LA GRIFFE NOIRE ! JE VOUS DIRAI TOUT CE QUE JE SAIS SUR SES ADEPTES SECRETS ! TOUT CE QUE JE SAIS SUR LA MALICORNE !

Sa curiosité piquée, Marciac s'arrêta.

— La Malicorne ? Elle a disparu sans laisser de traces... Adieu, Cousty.

— MAIS ELLE EST REVENUE ! LA MALICORNE ! ELLE VEUT DÉSORMAIS QU'ON L'APPELLE LA DEMOISELLE, MAIS C'EST BIEN ELLE ! LA MALICORNE EST DE RETOUR !

Le juge se crut perdu et sa voix mourut dans des sanglots.

Mais Marciac réfléchissait.

4

Agnès avait à peine trouvé la force d'ôter ses bottes avant de s'endormir. Elle se réveilla donc tout habillée, et couchée en travers de son lit. Les premiers rayons du jour entraient par la fenêtre ouverte.

Des oiseaux gazouillaient et Paris s'animait. La vie commençait tôt en été. Il devait être 6 heures à peine.

La jeune baronne de Vaudreuil se leva en s'étirant. Elle avait dormi d'un sommeil lourd mais hanté, avait de nouveau rêvé du grand dragon noir au front couronné d'un joyau étincelant, avait une fois encore vu Paris disparaître dans les flammes et les cris.

Soucieuse, elle s'accouda à sa fenêtre. Ferma les yeux.

S'obligea à respirer calmement.

L'hôtel de l'Épervier s'éveillait, paisible, à l'unisson de la ville et de ses grands faubourgs.

André ouvrirait bientôt les portes de l'écurie, portes qui raclaient toujours en fin de course, au moment de rencontrer le mur. Clopin-clopant, sa jambe de bois heurtant le pavé de la cour, maître Guibot allait sortir à son tour pour ouvrir aux premiers fournisseurs. Le joli brin de voix de Naïs montait déjà par l'escalier : la timide servante chantonnait volontiers le matin, lorsqu'elle croyait qu'on ne l'entendait pas. La Fargue serait bientôt debout. C'était également l'heure où Marciac rentrait parfois, celle à laquelle il avait toutes les chances — avant — de tomber sur un Almadès qui, lui, avait fini ses exercices du matin et, quelle que soit la saison, faisait sa toilette dehors, pieds et torse nus. Laincourt lisait sans doute et Dieu seul savait où était et ce que faisait Saint-Lucq.

Et Ballardieu ?

Agnès l'ignorait mais Ballardieu venait de mourir dans son sommeil.

Son cœur épuisé avait simplement cessé de battre.

L'ARCHÉEN

S02 – E04

1

La chaleur interdisant d'attendre, il fallut enterrer Ballardieu dès le lendemain de sa mort. Ses obsèques furent des plus simples. La cérémonie eut lieu au matin dans une chapelle, après quoi les Lames portèrent le corps jusqu'au cimetière, sous un ciel éblouissant où brûlait un soleil d'or blanc. Ils allèrent d'un pas lent et régulier, en armes, le cercueil sur l'épaule, La Fargue et Laincourt à droite, Leprat et Marciac à gauche.

Agnès de Vaudreuil les suivait, vêtue de noir et gantée d'écarlate, coiffée d'un feutre sans panache, bottée, l'épée au côté. Guibot claudiquait lourdement derrière elle. Venaient ensuite Naïs qui sanglotait en serrant contre elle une cassette, et André qui tenait la jeune fille par la taille et le coude pour l'aider à marcher. Avec le curé et les deux enfants de chœur qui montraient le chemin, c'était peu de monde. Et ceux qui s'écartèrent devant ce maigre cortège, ceux qui le regardèrent passer, ceux qui se découvrirent et se signèrent avant de reprendre le cours de leur vie sans plus y songer, ceux-là ne surent jamais quel homme Ballardieu avait été.

Après le départ du prêtre, La Fargue, Agnès et les autres se recueillirent dans la quiétude du cimetière, sous l'œil indifférent des fossoyeurs qui attendaient à l'ombre et buvaient au goulot d'une même bouteille. Il restait à procéder à la mise en terre, ce dont les Lames avaient décidé qu'elles se chargeraient. Le moment venu, Leprat, Laincourt et Marciac guettèrent l'assentiment de leur capitaine, avant que tous les quatre se mettent à l'œuvre en silence. Mais tandis qu'ils laissaient lentement filer les cordes, tandis que le cercueil descendait dans la tombe fraîchement creusée, la fragile Naïs éclata en sanglots. Elle poussa une plainte rauque et, les forces lui manquant, s'affaissa à genoux et lâcha sa cassette qui s'ouvrit en heurtant le sol. André aida la jeune servante à se relever, fit son possible pour la réconforter et l'entraîna à l'écart. Guibot, lui, s'empressa de ramasser les babioles répandues par terre.

Naïs avait éprouvé plus que de l'amitié pour Ballardieu.

D'abord intimidée, elle avait été émue par la gentillesse et les gaucheries de ce vieux soldat dont le cœur d'or se devinait derrière les fêlures d'une rugueuse carcasse. Elle l'avait d'ailleurs choisi pour cela, parce qu'il serait maladroit peut-être, mais tendre et prévenant. Une nuit, elle l'avait rejoint dans sa chambre, puis s'était glissée dans son lit avant d'ôter sa chemise et de se blottir nue contre lui. Il n'avait d'abord su que faire. Et comme il n'osait rien, elle avait pris les devants en lui murmurant à l'oreille :

— Tu seras doux, n'est-ce pas ?

Il fut son premier.

Naïs revint la nuit suivante et d'autres encore. Elle s'offrait à lui et l'aimait sans mot dire, puis s'endormait confiante dans ses bras. Elle était toujours partie au matin. Lui ne comprenait pas. Mais il respectait son silence et gardait le secret. Il s'interrogeait, pourtant. Troublé, il lui arrivait de se sentir coupable à l'idée qu'il abusait peut-être d'elle, de sa jeunesse, de son innocence. L'aimait-elle ? Si oui, elle se trompait et s'en rendrait bientôt compte. Et que faire d'ici là ? Il avait alors commencé à lui offrir de menus cadeaux qu'elle trouvait dans sa chambre, sur son oreiller. Cela pouvait être un peigne, un ruban, une broche, un petit miroir qu'il achetait ou gagnait sur le Pont-Neuf, et qu'il choisissait mal parce que Naïs lui semblait être encore une enfant.

Il n'empêche, elle chérissait ces quelques trésors que Guibot ramassa à la hâte dans le cimetière, avant de les lui rapporter. Elle prit la précieuse cassette sans pouvoir s'arrêter de pleurer et la serra fort contre sa poitrine. Brisée, docile, elle laissa Guibot et André la raccompagner à l'hôtel de l'Épervier.

Agnès n'avait même pas cillé lorsque Naïs s'était effondrée.

Elle se tenait droite, les traits pâles et tirés, les yeux cernés et les lèvres serrées. Elle n'avait pas versé une larme ni lâché plus de trois mots depuis le décès de Ballardieu. Elle n'avait pas non plus dormi. Elle était restée seule, prisonnière d'une douleur qui lui avait arraché l'âme du corps et continuait à lui déchirer patiemment les entrailles. Ses gestes étaient lents et ses regards absents. Tout lui semblait lointain, insignifiant. Le monde n'avait plus ni couleur ni saveur. Rien ne l'affectait sauf le vide et l'abandon, sauf l'abîme intérieur au bord duquel sa raison chancelait.

Le cercueil reposait désormais dans la tombe et les Lames s'en éloignèrent à reculons.

La Fargue remarqua que les fossoyeurs s'impatientaient, indifférents à des souffrances qui leur étaient devenues toutes semblables. Il attendit, s'approcha d'Agnès et lui souffla :

— Il est temps.

Et comme elle ne répondait pas, il insista :

— Il faut partir, Agnès.

— Allez-y, lâcha-t-elle d'une voix éraillée. Je reste encore.

— Ces hommes doivent se mettre à l'ouvrage, Agnès. Ils vont…

— Je sais ce qu'ils vont faire ! l'interrompit la jeune baronne. Qu'ils le fassent, je ne leur interdis rien. Mais je reste encore.

Embarrassé, La Fargue regarda les fossoyeurs qui attendaient, galoches aux pieds et pelle sur l'épaule. Il hésita, puis leur fit signe de se mettre au travail mais il resta au côté d'Agnès et lui prit le bras. Traversée par une flamme glacée, elle tressaillit et ferma les yeux en entendant la première pelletée de terre heurter le couvercle du cercueil.

*

Lorsqu'ils revinrent du cimetière, Agnès, toujours mutique, monta aussitôt dans sa chambre. Sachant qu'elle ne voulait de réconfort de personne, les autres se rendirent dans la salle d'armes, où Guibot leur apporta du vin.

— Il a fallu coucher la petite, dit-il en servant La Fargue.

Le capitaine des Lames acquiesça vaguement et attendit que le concierge finisse de remplir les verres. Et Guibot parti, il leva le sien.

— À Ballardieu, dit-il.

— À Ballardieu, répétèrent en chœur Leprat, Marciac et Laincourt.

Ils trinquèrent, puis La Fargue emporta une bouteille dans le jardin. Par la fenêtre, les autres le virent s'asseoir à la table sous le châtaignier.

Lui aussi voulait être seul.

Marciac soupira en se vautrant dans un fauteuil, les pieds croisés sur un tabouret. Laincourt s'assit également, ôta son chapeau et, penché en avant, les coudes sur les genoux, massa du bout des doigts ses tempes douloureuses. Leprat resta appuyé au manteau de la cheminée.

Un silence s'installa.

— Je pensais que Saint-Lucq viendrait, dit enfin Laincourt.

— Il y a bien trois jours que je ne l'ai vu, répondit le Gascon.

— S'il avait été avec nous à Bois-Noir…

— … Ballardieu serait peut-être encore en vie, oui.

— Il était ici la nuit où Ballardieu a rendu l'âme, indiqua Leprat. Guibot l'a vu qui parlait avec La Fargue dans le jardin.

— Et donc ? demanda Marciac.

— Je ne sais. Le capitaine ne m'a rien voulu dire de leur conversation.

— Mais Saint-Lucq fait-il encore seulement partie des Lames ? s'inquiéta Laincourt.

— Les Lames ! ricana le Gascon. Pour ce qu'il en reste…

Ce qui lui valut un regard noir de la part de Leprat.

— Quoi ? dit-il en haussant le ton. Tu as repris la casaque, Saint-Lucq est on ne sait où sans garantie de retour et Almadès et Ballardieu sont morts. Compte bien : il ne reste que Laincourt et moi.

— Et Agnès, corrigea le mousquetaire.

— Agnès ? s'exclama Marciac en se relevant. Mais la connais-tu donc si mal ? (Il pointa le doigt vers le plafond.) Sais-tu ce qu'elle est en train de faire là-haut, en ce moment même ? Ses bagages !

— Tu ne…

Le Gascon écarta les bras et tourna sur lui-même, comme pour prendre le monde à témoin.

— Et d'ailleurs, qui pourrait le lui reprocher ? demanda-t-il. Ne me dis pas que tu ne crois pas que reformer les Lames a été une erreur. (Leprat ne répondant rien, il ajouta avec amertume :) Gabrielle avait raison et j'aurais dû l'écouter. Notre premier mort n'avait-il pas suffi ? Fallait-il que l'on enterre Almadès et Ballardieu après Bretteville ?

— Marciac, dit Laincourt.

Marciac se tut, se retourna.

Et vit Agnès.

— Je pars, annonça-t-elle. Je… Je ne reviendrai pas.

Elle tourna aussitôt les talons et s'en fut.

— Agnès ! appela Leprat avec un temps de retard.

— Laisse-la, lui dit La Fargue d'une voix atone. (Il se tenait dans l'encadrement de la porte vers le jardin.) Laisse-la partir.

Le mousquetaire hésita, pesta et s'élança néanmoins après Agnès.

Il la rejoignit dans la cour, où elle enfourchait un cheval déjà sellé.

— Agnès ! fit-il.

Elle le regarda, patiente, les deux mains réunies sur le pommeau de sa selle.

Mais il ne trouva rien à lui dire :

— Agnès, je…

Elle lui adressa un sourire tendre et triste.

— Adieu, Antoine. Prends soin de Nicolas, veux-tu ? Et dis au capitaine que je ne lui reproche rien.

Puis elle fit faire demi-tour à sa monture, piqua légèrement des talons et s'en fut au petit trot.

Leprat resta un moment seul dans la cour, sous un soleil éblouissant. Enfin, lorsqu'il se résolut à entrer, il croisa sur le perron La Fargue qui partait d'un pas résolu.

– Où allez-vous, capitaine ?

L'autre ne s'arrêta pas.

– Parler à l'Italienne, répondit-il. Cette comédie des secrets a assez duré.

– Mais elle est retenue sous bonne garde au Palais-Cardinal pour sa sécurité ! lança Leprat tandis que La Fargue traversait la cour. On ne vous permettra pas de l'approcher !

– Alors il faudra me tuer, promit le capitaine des Lames sans se retourner ni ralentir le pas.

*

Dans le parc du Palais-Cardinal, Alessandra lisait près du bassin où, enfant, le futur Louis XIV devait manquer de se noyer. Elle était assise à l'ombre, sur un banc, et semblait parfaitement indifférente aux dix gardes du Cardinal qui, répartis alentour, rapière au côté et mousqueton sur l'épaule, veillaient sur sa personne. Charybde et Scylla, ses dragonnets jumeaux, somnolaient de part et d'autre de la ravissante espionne. Ils relevèrent la tête et regardèrent ensemble dans la même direction avant que les premiers bruits d'une dispute attirent son attention.

Dans une allée, deux sentinelles en casaque rouge interdisaient à La Fargue de passer. Le ton montait. Si le capitaine des Lames avait ses entrées au Palais-Cardinal, les ordres de Son Éminence étaient formels : nul ne pouvait rencontrer l'Italienne sans un ordre signé de sa main. Mais La Fargue ne voulait rien entendre. L'altercation devint un début d'échauffourée.

Alessandra se leva dans l'intention d'intervenir avant que les choses dégénèrent.

— Messieurs !

Mais des gardes l'en empêchèrent.

Et même, sourds à ses protestations, ils l'entraînèrent vite à l'écart d'un possible danger sans trop se soucier de la ménager, ce qui énerva passablement les dragonnets.

— Scylla ! Charybde ! Calmes ! ordonna l'Italienne à ses petits reptiles domestiques.

Lesquels obéirent aussitôt et cessèrent de feuler en virevoltant.

Le capitaine des Lames, lui, tomba assommé par un coup de crosse.

*

La Fargue ne tarda pas à se réveiller avec un terrible mal de crâne.

Il était allongé sur une banquette tandis que l'Italienne lui passait un linge humide sur le front.

— Ce que vous avez fait était très stupide, dit-elle en voyant qu'il reprenait conscience.

— Je voulais vous rencontrer et vous parler.

— Il n'empêche.

— Mais je suis parvenu à mes fins, non ?

— Car vous aviez prévu de vous faire fendre le crâne afin de m'approcher ? ironisa-t-elle en se levant.

La Fargue s'assit et fit passer le linge frais sur sa nuque.

— Non, reconnut-il à contrecœur.

— L'on aurait pu vous tuer.

— Bah ! (Il considéra l'élégante antichambre où il se trouvait.) Où sommes-nous ?

— Toujours au Palais-Cardinal, répondit la belle

espionne en servant deux verres de vin blanc. Dans les appartements où je loge… Il était question de vous jeter au cachot, mais j'ai pu convaincre M. de Neuvelle de plutôt vous confier à moi en attendant que l'on décide de votre sort. Pour autant, vous êtes officiellement en état d'arrestation au motif que vous avez tenté d'assommer un garde avec un autre garde. C'est très mal.

— Neuvelle ? fit La Fargue en grimaçant douloureusement.

— Il s'agit du jeune enseigne qui commande le détachement qui me… qui me retient.

— Qui vous protège.

— Oui. Aussi.

Alessandra revint s'asseoir près de La Fargue et lui tendit un verre. Fatigué, le vieux capitaine ôta le linge humide de sa nuque, le posa en travers de sa cuisse, prit le verre et remercia.

— Vraiment très stupide, dit l'Italienne en guise de toast.

Ils burent ensemble une gorgée de vin blanc, puis gardèrent le silence un moment. Par la fenêtre ouverte entraient des chants d'oiseaux perchés dans les arbres du parc.

— Nous avons enterré Ballardieu ce matin, lâcha La Fargue en regardant les reflets jaunes du vin dans son verre façonné.

— Je… Je ne savais pas.

— C'est moins de trois semaines après Almadès…

— Je suis désolée. Sincèrement.

— Ils étaient des hommes braves et bons. Aucun d'entre eux ne méritait de mourir ainsi… Et un autre tombera peut-être demain. Ce pourra être Laincourt, Marciac, Leprat. Ce pourra être moi… Ne croyez-vous pas que cela mérite quelques réponses ? conclut-il en plantant son regard dans celui de l'Italienne.

Émue, elle se leva et alla à la fenêtre.

Après quoi elle se retourna vers La Fargue, le dévisagea quelques instants, puis acquiesça sèchement.

— Merci, madame, dit le capitaine des Lames en se levant à son tour. Commençons par vous, voulez-vous ? Je tiens des Gardiens que vous les servez, à l'instar de moi.

— C'est vérité.

— Mais vous servez également le pape.

— De même que vous servez d'abord le Cardinal. Cependant, il m'arrive aussi de travailler pour mon seul bénéfice, au contraire de vous. Mais il faut bien gagner sa vie, n'est-ce pas ?

La Fargue ne répondit pas.

— Si je me souviens bien, enchaîna-t-il, vous m'aviez suggéré votre allégeance aux Sept…

— Ce fameux soir à la Renardière, en effet. Avant que les événements se précipitent.

— Avant que vous manquiez me faire occire, et mes hommes avec moi, par les dracs qui vous poursuivaient, voulez-vous dire.

— J'étais aux abois, capitaine. Il fallait absolument que l'on me débarrasse de ces dracs et surtout de leur sorcier. Je vous ai utilisés, certes. Mais c'était pour le bien commun, croyez-moi. Car je possédais alors des renseignements qui devaient être transmis au plus vite au pape et aux Gardiens. (Nerveuse, Alessandra vida son verre. Elle s'accorda le temps de recouvrer son calme.) D'ailleurs, je ne crois pas avoir été une totale ingrate. Sans moi, auriez-vous capturé l'Alchimiste des Ombres ?

— Précisément. Qui au juste est ce dragon ? Et quel but poursuivait-il ? Je ne crois plus que son ambition était d'enlever la reine. Je ne crois plus non plus qu'il agissait seul.

La belle Italienne fixa La Fargue du regard un long moment, durant lequel elle réfléchit. Et sa résolution prise, elle demanda :

– Que savez-vous des Arcanes, capitaine ?

Pris de court, il ne répondit pas. Aussi l'entraîna-t-elle dans la pièce voisine.

– Venez.

La Fargue suivit Alessandra dans sa chambre.

À côté du lit à colonnes, une grande cage trônait. Les dragonnets qui y étaient enfermés s'agitèrent aussitôt que leur maîtresse entra. Elle ne leur accorda pas la moindre attention, cependant. Dès lors, Charybde et Scylla guettèrent le capitaine des Lames d'un œil jaloux.

– Voyez, dit l'Italienne en désignant une petite table ronde.

Sur celle-ci, des cartes de tarot illustrées étaient exposées, à côté d'un encrier et d'une plume. La plupart étaient annotées, couvertes d'inscriptions étranges, parfois barrées. La Fargue se pencha sur elles. Elles étaient splendides et porteuses de noms évocateurs, mais il n'en reconnut aucune.

– Ce sont là les vingt-deux arcanes majeurs d'un jeu de tarot, expliqua Alessandra. D'un tarot draconique, cependant.

Le regard du capitaine caressait les cartes.

La Tisserande, lisait-il. *Le Gentilhomme au Corbeau, la Gardienne, l'Enlumineur aveugle, l'Astrologue, la Courtisane amoureuse…*

– On emploie ce tarot en sorcellerie.

… l'Hérésiarque couronné, l'Architecte, le Voleur sans mémoire…

– Il sert essentiellement à la divination, bien sûr. Mais pas seulement.

… le Maître d'armes, la Demoiselle en la Tour, l'Assassin, le Pèlerin immobile…

— En outre, c'est pour d'autres raisons que ces arcanes nous intéressent. Ou ces lames, comme on les nomme encore.

L'Alchimiste des Ombres !

— Qu'est-ce que cela veut dire ? demanda La Fargue en posant l'index sur cette dernière carte.

— Les Arcanes sont une loge de la Griffe noire, expliqua l'Italienne. Tous sont des dragons et chacun emprunte son nom de guerre à un arcane majeur du tarot draconique. L'Alchimiste était l'un d'eux, de même que le dragon qui m'a enlevée et que vous avez combattu pour me sauver.

— Et qui était-il, celui-ci ?

— L'Enlumineur.

— Lui, donc, fit le capitaine en désignant la carte de l'Enlumineur aveugle sur la table.

Il nota qu'elle était barrée.

— Oui, répondit Alessandra tandis que La Fargue examinait de nouveau les cartes étalées.

— S'il y a vingt-deux arcanes majeurs, est-ce à dire que…

— … que la loge des Arcanes compte autant de membres ? J'en doute. Mais la vérité m'oblige à dire que je l'ignore. Et quand bien même ne seraient-ils qu'une dizaine…

— Mais qui sont-ils, au juste ?

— Des dragons derniers-nés pour la plupart. Ils sont ambitieux, capables, prudents, déterminés et, de fait, redoutables. Ils agissent en marge des autres loges de la Griffe noire. Je suppose qu'ils rendent des comptes à la Première loge, mais ils jouissent d'une grande liberté. En fait, je pense qu'ils n'obéissent guère qu'à eux-mêmes.

— Cela ne ressemble guère aux us de la Griffe noire…

— C'est vrai. Cependant, leurs succès protègent sans doute les Arcanes.

— Quels succès ?

— Je sais que l'on ne prête qu'aux riches. Pour autant, il semblerait que les Arcanes soient mêlés de près ou de loin aux pires drames et aux plus mauvais revers que la France ait connus dernièrement.

— Tel l'échec du siège de La Rochelle, dit La Fargue avec amertume.

— Oui. Ou tel que l'assassinat du roi Henri.

Estomaqué, le vieux capitaine dévisagea l'Italienne. L'idée qu'elle pouvait plaisanter lui traversa l'esprit, mais le visage de la belle Alessandra était de marbre.

*

— Les Arcanes sont en grand danger, annonça l'Hérésiarque en se détournant de la fenêtre dans le cabinet des Épées. Les vieux maîtres de la Griffe noire, qui déjà ne nous aimaient guère, ne veulent plus rien tolérer de nous désormais. Le parti de nos ennemis est fort et nombreux. Il aura consacré notre perte avant un mois…

Le Gentilhomme ne disant rien, il ajouta :

— Le Conseil de la Première loge en décidera bientôt, mais je sais par mes espions que la chose est déjà arrêtée. Notre loge sera dissoute. Et si nous ne nous soumettons pas, nous serons condamnés et pourchassés sans espoir de clémence.

Vêtu en gentilhomme avec goût mais sans ostentation, le maître de la loge des Arcanes semblait avoir la cinquantaine. Les traits de son visage étaient anguleux et sévères, avec des pommettes saillantes, des joues creuses, un nez fin et droit. Il portait une moustache et une pointe de barbe parfaitement taillées. Un air d'assurance et d'autorité se dégageait de sa personne.

— Est-ce vraiment aussi grave ? demanda le Gentilhomme.

— Oui, affirma sombrement l'Hérésiarque.

— Les Arcanes ont déjà survécu à nombre de cabales. Pourquoi ne réussirions-nous pas à déjouer celle-ci ?

— Nous étions alors unis. Aujourd'hui, la Gardienne et le Maître d'armes intriguent contre moi et nous divisent. Ne se sont-ils pas rapprochés de vous ?

— Non.

— Vraiment ? De la Magicienne, alors.

— Douteriez-vous de notre loyauté, Hérésiarque ? demanda froidement le Gentilhomme en sentant poindre la colère.

Les deux dragons se dévisagèrent.

Plissant les paupières, l'Hérésiarque scrutait le Gentilhomme tandis que celui-ci semblait le mettre au défi de pousser plus loin ses accusations. Ni l'un ni l'autre ne cillait, puis le maître des Arcanes lâcha :

— Non, non, bien sûr… Mais je sais que la Gardienne s'entretenait secrètement avec l'Alchimiste et qu'elle l'avait gagné à sa cause.

— J'en doute fort. L'Alchimiste vous était…

Le maître de la loge des Arcanes l'interrompit d'un geste agacé, comme on chasse un insecte insupportable.

Impassible, le Gentilhomme se tut et attendit. L'arrivée impromptue de l'Hérésiarque l'avait pris au dépourvu et, depuis, le comportement du maître des Arcanes était souvent déconcertant. Il était soupçonneux, parfois irritable et alternait des absences soudaines avec de brusques manifestations d'arrogance. Même s'il révisait son jugement, le Gentilhomme n'avait d'abord voulu y voir que les signes d'une grande fatigue. La Magicienne, en revanche, avait aussitôt évoqué ces maisons dont seules quelques fêlures en façade annoncent un effondrement tout proche.

L'Hérésiarque décrocha une rapière exposée en bonne place, l'examina et dit :

– Splendide. Tolède, n'est-ce pas ?

– Oui.

– Les meilleures.

– C'est la trempe qui est excellente à Tolède, répondit machinalement le Gentilhomme. Je préfère les lames de Bohême.

Le maître des Arcanes fit une légère moue et raccrocha l'épée. Il laissa passer un silence, puis dit d'une voix posée :

– Il faut lui rendre cette justice, la Gardienne a fort habilement et fort patiemment tissé sa toile. On ne peut s'en étonner, cependant. Cette gorgone a toujours été défavorable au Grand Dessein et elle nourrit depuis longtemps le projet de m'évincer à son profit…

Le Gentilhomme acquiesça.

– Elle est à Madrid, savez-vous ? poursuivit l'Hérésiarque sur le ton de la conversation. En ce moment même, la Gardienne est à Madrid, où elle courtise les vieilles barbes de la Première loge et tente de les convaincre de l'idée qu'elle saurait bien mieux mener les Arcanes et que la Griffe noire aurait moins à se plaindre de nous si… (Il n'acheva pas.) Et tout cela au prétexte de sauver les Arcanes d'un abîme où je les précipiterais ! (Il lâcha un bref éclat de rire dont le Gentilhomme ne fut pas dupe.) Un abîme, répéta-t-il amèrement. Mais que deviendraient les Arcanes si la Gardienne les dirigeait ? Hein ? Que deviendraient-ils ?

Le regard de l'Hérésiarque prit alors une fixité étrange, et il ajouta presque à voix basse :

— Je préfère encore l'abîme…

De nouveau, le Gentilhomme se tut.

L'autre revint lentement des limbes où son obsession l'avait entraîné.

— Les Gardiens intriguent contre nous, dit-il. Les Châtelaines nous traquent, la Griffe noire nous abandonne et certains des nôtres trahissent. Le temps n'est plus aux intrigues : si nous voulons vivre, il nous faut prendre nos ennemis de court. Serez-vous à mes côtés, Gentilhomme ?

— Je le serai.

— Et répondez-vous de la Magicienne ?

— Comme de moi-même.

— Alors j'aurai bientôt une tâche à vous confier.

— Et pour l'heure ?

— Pour l'heure, nous devons préparer notre triomphe. Je n'ai pas renoncé à notre Grand Dessein. Il aurait déjà abouti depuis longtemps sans ces maudites Châtelaines, mais je crois qu'il est encore possible d'en hâter la réalisation avant qu'il soit trop tard. Et puisque la ruse n'a pas réussi avec l'Alchimiste, nous allons devoir recourir à des méthodes plus… radicales.

*

Dans les appartements qu'Alessandra occupait au Palais-Cardinal, La Fargue s'efforçait de faire le point sur ce que la belle Italienne lui avait révélé.

Henri IV avait été assassiné le 14 mai 1610, au lendemain du couronnement de la reine Marie de Médicis, alors qu'il se préparait à entrer en guerre contre l'Espagne. Il avait été poignardé à Paris par un catholique fanatique nommé Ravaillac et — même si l'on avait soupçonné un temps la Griffe noire — l'enquête avait conclu à l'acte isolé d'un déséquilibré. Mais se pouvait-il que les Arcanes aient armé et guidé le bras de Ravaillac ? Se pouvait-il qu'ils aient ainsi épargné à l'Espagne un conflit auquel elle était mal préparée et que toute l'Europe redoutait d'ailleurs ? La reine était notoirement opposée à cette guerre qui déplaisait au pape et, devenue régente, elle y avait aussitôt renoncé. Mieux, on avait vite repris les négociations qui devaient aboutir au mariage du jeune Louis XIII avec l'infante espagnole.

— Ne me demandez pas de preuves, capitaine, dit Alessandra comme si elle suivait le fil de ses pensées. Les Gardiens ne sont arrivés à cette conclusion qu'à force de délicates recherches et de patientes déductions. Et de quelques extrapolations, il est vrai.

— Qui sait ?

— Qui soupçonne l'existence des Arcanes et de leurs agissements, voulez-vous dire ?

— Oui.

— Les Gardiens, d'abord. Le pape et les Châtelaines. Le Cardinal depuis peu.

— Et vous.

— Et moi. Mais avant que vous me reprochiez de ne pas vous avoir dit plus tôt tout ce que je viens de vous dire, apprenez d'abord que ma science est neuve. De surcroît, pour tout ce qui regarde les Arcanes, j'obéis strictement aux Sept et eux seuls décident de ce qu'il m'est permis de révéler à quiconque.

— Vous venez de me dire que le Cardinal sait depuis peu.

— C'est vrai.

— Le doit-il aux Gardiens ?

— Pour l'essentiel.

— Alors, qu'est-ce qui a décidé les Gardiens à l'informer ? Pourquoi maintenant, plutôt qu'hier ou demain ?

Alessandra réfléchit, admirative de la sagacité du vieux capitaine.

— Les Arcanes se consacrent depuis des années à un projet d'importance qu'ils nomment le « Grand Dessein ». Les Gardiens ignorent tout ou feignent de tout ignorer de ce Grand Dessein, et peut-être les Châtelaines en savent-elles un peu plus long… Quoi qu'il en soit, ce Grand Dessein serait sur le point d'aboutir. Mon sentiment est d'ailleurs que l'Alchimiste y œuvrait lorsque vous l'avez mis hors d'état de nuire. J'ajoute que c'est probablement à cause de ce qu'il pouvait en révéler qu'il a été tué.

— Par l'un des siens ?

— Très certainement.

On frappa à la porte, les dragonnets s'agitèrent et une domestique annonça M. de Neuvelle. Celui-ci entra bientôt, en casaque écarlate, le chapeau à la main et le poing autour du pommeau de l'épée. C'était un jeune gentilhomme récemment élevé au grade d'enseigne que La Fargue ne se souvenait pas avoir déjà rencontré.

Il n'était pas seul, cependant.

Rochefort, l'âme damnée du cardinal de Richelieu, l'accompagnait.

*

Quand Marciac arriva aux *Petites Grenouilles*, Gabrielle et ses charmantes pensionnaires jardinaient.

Contrairement à son habitude, il se présenta à la porte et fut conduit par Thibault dans la pièce la plus fraîche de la maison, où d'ordinaire ces demoiselles attendaient ces messieurs. Par la fenêtre, le Gascon vit Manon qui taillait un rosier et semblait s'amuser, très entourée par les autres qui riaient avec elle.

Prévenue, Gabrielle revint du fond du jardin en ôtant ses gants. Mais ce n'est qu'une fois à l'intérieur qu'elle dénoua le foulard qui retenait le chapeau à large bord sous lequel elle se protégeait du soleil. La canicule lui avait mis du rose aux joues. Elle était légèrement essoufflée, cependant qu'un rien de transpiration perlait à son front. Elle arrangea distraitement l'agencement de ses cheveux blond vénitien.

Sitôt débarrassée, elle enlaça affectueusement Marciac, dont les mains ne se hasardèrent nulle part.

Il se laissa tomber dans un fauteuil.

— Nous avons enterré Ballardieu ce matin, annonça-t-il.

— Mon Dieu, Nicolas ! Si vite ?

— La chaleur, Gabrielle. La chaleur.

— Mais il fallait me prévenir ! Je serai venue. Je…

— Tu étais mieux ici, auprès de Manon.

Gabrielle se tourna vers la fenêtre et vers les jeunes filles joyeuses que l'on voyait au fond du jardin. L'une d'entre elles essayait d'attraper un papillon avec un chapeau et provoquait des rires.

— Comment… Comment va Agnès ?

— Effondrée, répondit Marciac. Détruite. Elle a quitté les Lames.

— Je la comprends. Et les autres ?

Pour toute réponse, le Gascon haussa les épaules en faisant la moue.

— Et toi ? insista Gabrielle.

Marciac planta un regard douloureux dans le sien.

— Moi ? Moi, je suis las.

Et pour couper court aux confidences, il se leva et alla à la fenêtre.

— Je suis venu prendre des nouvelles de Manon, dit-il.

Gabrielle le rejoignit et, par-dessus l'épaule du Gascon, regarda dans la même direction que lui.

— Elle se remettra de ses épreuves. Nous l'y aiderons.

— Bien.

— Et Cousty ?

— Emmené nuitamment par les exécuteurs des plus basses œuvres de Son Éminence. Nous n'en entendrons plus jamais parler.

— Alors cette histoire est finie.

— Elle le sera lorsque j'aurai réglé mes comptes avec Tranchelard.

— Comment ça ? demanda Gabrielle avec un début d'inquiétude dans la voix.

— Cousty m'a avoué qu'il avait payé Tranchelard pour qu'il regarde ailleurs et prétende que Manon s'était enfuie. Il est aussi responsable que Cousty des sévices que cette petite a subis. Il doit payer.

— Non !

Surpris, Marciac se tourna vers Gabrielle.

— Quoi ?

— Non, Nicolas. Le sang a bien assez coulé !

— Tranchelard est une crapule, Gabrielle. Il doit répondre de ses actes !

— Non ! Assez de violence !... Et après lui, à qui sera le tour ? À ceux qui voudront le venger ? À Mortaigne ? Au Grand Coësre ?

— Mais...

— Promets-moi que tu ne chercheras pas noise à Tranchelard !

— Gab…

— Promets, Nicolas ! Promets !

Elle avait agrippé Marciac et, des larmes aux yeux, elle le fixait d'un regard implorant et plein d'une détresse qui le déconcerta.

— Oui, s'empressa-t-il de répondre. Oui. Je promets.

— Vraiment ?

Sincère, il acquiesça.

Alors Gabrielle éclata en sanglots et se colla à lui. En retour, il la serra fort dans ses bras, sentit son corps tremblant et respira son parfum.

— Je promets, répéta-t-il en lui caressant doucement les cheveux. Je promets.

— J'ai de l'argent, lui confia-t-elle. Et je viens d'acheter un petit domaine en Touraine. Nous pourrions y vivre heureux, si tu voulais. Toi, moi et l'enfant que je porte.

*

Âgée d'une soixantaine d'années, la mère de Cernay avait naguère dirigé les Sœurs de Saint-Georges. Évincée par la mère de Vaussambre au terme d'une lutte interne féroce, elle était désormais la mère supérieure d'une belle et prospère abbaye en Île-de-France. Elle y finissait tranquillement ses jours, sans cesser pour autant d'exercer une certaine influence au sein de son ordre. Elle restait en effet très respectée et très écoutée. Et donc très surveillée.

Le soleil se couchait lorsqu'elle retrouva Agnès qui attendait près du colombier, sous un grand lierre où celle-ci aimait se retirer quand, adolescente, elle effectuait son noviciat chez les Châtelaines. À la mort de son père, la personne et la fortune de la jeune baronne de Vaudreuil avaient été confiées à un lointain parent qui avait aussitôt cédé à la tentation d'écarter la première afin de faire main basse sur la seconde. Agnès avait ainsi été envoyée chez les Sœurs de Saint-Georges où elle avait une tante et deux ou trois cousines, et elle avait recouvré ses biens et sa liberté quelques années plus tard seulement, à la veille de prononcer ses vœux. Mais pour fortuit qu'il pouvait paraître, ce passage chez les Châtelaines devait décider de son destin.

La mère de Cernay s'inquiéta dès qu'elle aperçut Agnès toute vêtue de noir. Puis la jeune femme se retourna et la mère supérieure vit son visage défait et les larmes qui coulaient de ses yeux rougis.

– Mon Dieu, Marie-Agnès ! Qu'as-tu ? Qu'est-il arrivé ?

Assises sous le lierre, Agnès et la mère de Cernay parlèrent.

Ou plutôt Agnès parla tandis que la mère de Cernay l'écoutait en s'efforçant de la réconforter. La jeune femme s'abandonna et se confia, se libéra de l'étouffant carcan des douleurs tues. Sans honte ni pudeur, elle dit tout de ses peines et de ses doutes.

Tout de sa colère, aussi.

Une lune presque pleine se leva dans un ciel encore clair et de doux roucoulements descendirent du colombier. Çà et là, des flambeaux furent allumés dans la grande et paisible abbaye.

– Prions ensemble, proposa enfin la mère supérieure en prenant les mains d'Agnès. Je sais que le remède peut sembler dérisoire, mais il est souvent d'un vrai réconfort.

– Non, répondit la jeune femme en se levant. Non, je… Je dois partir…

– Il fait presque nuit. Où iras-tu ?

Agnès resta debout, hésitante, désemparée et regardant autour d'elle comme si la réponse à ses questions se trouvait dans le décor.

— Tu as ressenti l'Appel, n'est-ce pas ? demanda la mère de Cernay.

Agnès poussa un soupir résigné.

— Oui, avoua-t-elle.

— Ta marque ?

— Vive. Presque brûlante.

— Tu sais ce que cela signifie…

— Ce que je devine suffit à m'effrayer.

— Tu ne dois pas avoir peur. Nul ne doit craindre son destin… C'est la Providence qui t'envoie, Marie-Agnès.

— Une Providence qui aurait tué Ballardieu afin que plus rien ne me retienne dans le siècle ? lâcha Agnès d'un ton agressif.

La mère supérieure se leva à son tour.

— Viens. Marchons, dit-elle en prenant par le bras celle en qui elle avait reconnu très tôt une novice d'exception.

Elles n'eurent que quelques pas à faire pour gagner le jardin des simples, dont elles arpentèrent lentement les allées.

— Lorsque j'étais la supérieure générale, les Châtelaines ont commis une faute, révéla la mère de Cernay. Une faute immense et dont j'assume l'entière responsabilité… Malheureusement, nous l'avons découverte trop tard, alors qu'il n'était plus temps de la réparer. Nous ne pouvions plus que la dissimuler. Depuis, les Sœurs de Saint-Georges font leur possible pour que leur faute n'entraîne pas une tragédie…

— Quelle faute, ma mère ?

— Je ne peux te la dire, car tu n'es pas châtelaine. Mais sache que tu peux sans doute l'effacer. La marque que tu portes est celle d'une grande destinée et…

Agnès s'arrêta, obligeant la mère supérieure à l'imiter et à se retourner pour lui faire face.

— Non, ma mère. Si je dois prendre le voile, si je dois prononcer mes vœux et devenir une Châtelaine, je mérite de savoir. Je suis lasse des secrets.

La mère de Cernay plongea son regard dans les yeux de la fougueuse baronne de Vaudreuil, et y lut une détermination inébranlable. Elle réfléchit un moment, cependant.

Puis dit :

— J'imagine qu'il me faut commencer par le début.

— C'est-à-dire ?

— Par les Arcanes.

*

De retour à l'hôtel de l'Épervier, La Fargue trouva Leprat qui l'attendait et lui dit :

— Rochefort est venu. Il vous cherchait.

— Je sais. Il m'a retrouvé au Palais-Cardinal.

— Que voulait-il ?

— Me dire la nouvelle mission dont le Cardinal nous charge. Où sont Laincourt et Marciac ?

— Laincourt est là. Et voici Marciac qui s'en revient.

Le Gascon, en effet, arrivait.

— J'étais chez Gabrielle, annonça-t-il en rejoignant les deux autres sur le perron. Que se passe-t-il ?

— Entrons, dit La Fargue.

Peu après, il s'adressa à Leprat, Laincourt et Marciac réunis dans la salle d'armes.

— Comme vous le savez, Agnès est partie. C'est également le cas de Saint-Lucq, qui m'a rendu sa chevalière. Il ne reste donc que vous deux et moi. Et toi, Antoine, si tu veux bien nous prêter main-forte encore une fois.

— Je suis toujours en congé des mousquetaires de la Garde, dit Leprat. Tant que cela durera, comptez-moi parmi vous.

Laincourt adressa un signe de tête reconnaissant au mousquetaire et Marciac le gratifia d'une tape amicale sur l'épaule.

— Merci, dit La Fargue. Mais avant que vous vous engagiez à servir encore sous mes ordres, il faut que vous sachiez certaines choses.

Alors il s'assit et parla d'une voix égale, les yeux parfois perdus dans le vague, sans que personne n'ose interrompre ce vieux gentilhomme qui ne s'abandonnait jamais aux confidences et faisait maintenant amende honorable. Il raconta comment, cinq ans plus tôt, après La Rochelle et la dispersion infamante des Lames, les Gardiens l'avaient approché et convaincu de rejoindre leurs rangs. Il expliqua qui ils étaient et de quelle manière ils s'efforçaient d'éviter une guerre qui n'aurait pas de vainqueur si elle éclatait au grand jour entre le genre humain et les dragons. Il dit qu'on les nommait les Sept parce qu'un conseil de sept dragons les dirigeait, mais que les Gardiens réunissaient de nombreux agents des deux races — dont l'Italienne — qui œuvraient dans l'ombre et risquaient parfois leur vie pour le bien commun. Il avoua enfin que lorsque Richelieu lui avait ordonné de reformer les Lames, il avait consulté les Gardiens qui lui avaient dit de révéler son secret au Cardinal seulement.

Il avait obéi et le regrettait sincèrement à présent.

— Il arrive que l'honneur soit dans la désobéissance, conclut-il.

Silencieux, graves, Laincourt, Marciac et Leprat

échangèrent de longs regards. Puis le Gascon comprit qu'il pouvait parler pour eux trois et demanda :

— Alors ? Quelle est-elle, cette nouvelle mission ?

*

— Je crois que l'Hérésiarque nous met en péril, dit le Gentilhomme d'un ton grave.

Depuis une fenêtre du premier étage de l'hôtel des Arcanes, il regardait l'Hérésiarque et la Demoiselle qui profitaient de la fraîcheur du soir en se promenant dans le jardin. S'approchant dans son dos, la Magicienne se colla à lui et posa le menton sur son épaule.

— Je le crois aussi, murmura-t-elle.

— Parfois, c'est à croire qu'il n'a plus toute sa raison. Le Grand Dessein l'obsède et il se figure que tout le monde conspire à sa perte ou à celle des Arcanes.

— Ce qui pour lui revient au même.

— Je le crains. À l'écouter, l'Alchimiste le trahissait au profit de la Gardienne.

— L'Alchimiste ? Foutaises.

— Il le croit pourtant.

— Sais-tu ce que cela signifie ?

— Qu'il se défie de tout le monde.

— De tout le monde sauf de la Demoiselle. Mais encore ?

Le Gentilhomme acquiesça d'un air sinistre avant de répondre :

— Que l'Hérésiarque a peut-être tué l'Alchimiste pour ce motif, et non parce que celui-ci risquait de révéler les secrets du Grand Dessein sous la torture… Peut-être a-t-il raison, cependant. Peut-être la Gardienne cherche-t-elle à l'évincer. Et peut-être la Griffe noire a-t-elle résolu de dissoudre notre loge.

La Magicienne s'écarta souplement du Gentilhomme.

— Les maîtres de la Grande Loge nous détestent parce qu'ils nous craignent et nous jalousent. Je ne doute donc pas un instant qu'ils puissent vouloir notre mort… Concernant la Gardienne, je ne sais… Ce n'est pas une ambitieuse. De sorte que si elle intrigue contre l'Hérésiarque, c'est parce qu'elle est convaincue qu'il mène les Arcanes à leur perte…

— Le plan de l'Hérésiarque est de livrer Paris à la fureur de l'Archéen. Cela peut permettre la réalisation du Grand Dessein, mais à quel prix ! La Gardienne a sans doute raison.

— Si l'Hérésiarque tombe, nous ne lui survivrons pas, toi et moi. Or il est trop tard pour nous détourner de lui.

— Il faut donc qu'il réussisse.

— Ou que nous trouvions un moyen de tirer notre épingle du jeu. Qu'attend-il de nous ?

Le Gentilhomme se détourna de la fenêtre.

— Un émissaire de la Griffe noire est à Paris. L'Hérésiarque veut que nous le trouvions et que nous le tuions.

— C'est tout ?

— Presque.

— C'est aussi bien. Moins nous en ferons… Et la Demoiselle ?

— Il lui a donné toute liberté pour exercer une vengeance. Je n'en sais guère plus.

— Peu importe.

Le Gentilhomme enlaça brusquement la Magicienne par la taille et la plaqua contre lui.

— Qu'as-tu en tête ? demanda-t-il.

— Je pense qu'il faut donner à l'Hérésiarque des raisons d'espérer un succès. D'ailleurs, une ville qui brûle est un spectacle magnifique. Te souviens-tu de Magdebourg ?

*

Le cardinal de Richelieu priait dans la pénombre de la chapelle du château de Saint-Germain. Il était seul, ou du moins le croyait-il jusqu'à ce qu'il devine quelqu'un derrière lui. Les issues étaient gardées et nul ne devait pouvoir entrer. Pour autant, il ne s'inquiéta pas : il attendait celui qui avait déjoué toutes les mesures de sécurité dont il s'entourait.

Saint-Lucq avait fait en sorte de dévoiler sa présence.

Il attendit.

– Si vous étiez un assassin, je serais mort, n'est-ce pas ? demanda Richelieu en se levant de son prie-Dieu après un dernier signe de croix en direction de l'autel.

– Je *suis* un assassin, monseigneur.

Le Cardinal se tourna vers le sang-mêlé impassible et le dévisagea longuement.

– Il a été porté à ma connaissance que vous avez quitté les Lames du capitaine La Fargue, dit-il. Est-ce vrai ?

– Oui, monseigneur. Pour des raisons qui m'appartiennent.

– Ces raisons m'importent peu. Désirez-vous quitter mon service ?

– Non.

– C'est heureux, car j'ai grand besoin de vos talents.

*

De retour à Paris dans la matinée, Agnès songea à se rendre une dernière fois à l'hôtel de l'Épervier, afin de faire correctement ses adieux à La Fargue et aux autres. Mais elle y renonça de peur de fléchir, et passa la Seine sur le Pont-Neuf en se souvenant que c'était le lieu que Ballardieu préférait entre tous dans la capitale. Elle traversa sans hâte la sinistre place de Grève, remonta bientôt la longue rue du Temple et franchit en selle la porte fortifiée de l'Enclos des Châtelaines.

La mère supérieure générale des Sœurs de Saint-Georges l'attendait.

2

Trois jours passèrent sans que la canicule faiblisse.

La nuit, un rien de fraîcheur soulageait Paris, mais la chaleur et la puanteur revenaient avec le jour, dès que les premiers rayons du soleil cessaient de raser les tuiles d'une lumière caressante et dardaient à l'oblique sur les rues et les cours encroûtées de boue séchée. Bientôt, faute de vent, des relents excrémentiels se mêlaient à de vieilles odeurs d'urine et de crasse. Des exhalaisons fangeuses montaient des fossés. Des fermentations de charogne et de sang hantaient les alentours des abattoirs. Des vapeurs acides s'échappaient des tanneries, et toutes ces émanations étaient lentement laissées à cuire sous la voûte d'un ciel éblouissant, dans une fournaise qui épuisait hommes et bêtes.

Trois jours passèrent ainsi, puis vint ce vendredi de juillet 1633 au soir duquel Paris brûla.

*

L'ancien hôtel du maréchal d'Ancre se nommait désormais l'hôtel des Ambassadeurs extraordinaires. Il était la propriété de Louis XIII, qui l'avait habité à l'occasion et le réservait désormais aux diplomates étrangers de passage à Paris. L'usage voulait en effet que les ambassadeurs soient les hôtes du roi durant les trois premiers jours après leur arrivée. Superbe et somptueusement aménagé, l'hôtel des Ambassadeurs était idéalement adapté à accueillir des invités de marque et leur suite. Il se trouvait de surcroît dans un quartier agréable, rue de Tournon dans le faubourg Saint-Germain, à un jet de pierre du palais du Luxembourg.

Après une dernière inspection dans les étages, le capitaine La Fargue retrouva Leprat dans l'entrée, en bas de l'escalier d'honneur.

— Les sentinelles ? demanda-t-il.

— Toutes en place et bien au fait des consignes.

— La relève ?

— Dans trois heures.

— Marciac ? Laincourt ?

— Marciac passe une nouvelle fois les jardins au peigne fin. Laincourt a été rappelé à l'hôtel de l'Épervier.

— Rappelé ?

— Une visite. Il a promis de ne pas tarder.

— Bien.

La Fargue regarda autour de lui d'un air absent, en homme qui réfléchit à ce qu'il a pu oublier et à ce qu'il pourrait mieux faire. Ce soir, ces murs et ces dorures abriteraient une rencontre secrète sur laquelle le cardinal de Richelieu l'avait chargé de veiller. L'Italienne en avait arrangé les détails en qualité d'intermédiaire et, certaines résistances ne pouvant être dépassées, le plus difficile avait été de convenir d'un lieu. On s'était finalement entendu sur l'hôtel des Ambassadeurs parce qu'il était facile à garder et que les allées et venues n'y étonnaient pas plus que les carrosses sans armoiries roulant tous rideaux baissés. Pour autant, il ne présentait pas que des avantages sur le plan de la sécurité. Comme les Lames l'avaient constaté très tôt, le danger pouvait venir des toits voisins, mais aussi du parc qui s'étendait à l'arrière jusqu'à la rue Garance. La nuit venue, il faudrait y multiplier les patrouilles.

– Il sera bientôt 15 heures, dit La Fargue. Tu ferais aussi bien de te rendre au Palais-Cardinal.

– À vos ordres, répondit Leprat. À plus tard, capitaine.

– À plus tard.

Le mousquetaire s'en fut.

Au Palais-Cardinal, il trouverait l'Italienne et l'un des deux hommes attendus ce soir. Pour l'heure, celui-ci s'entretenait incognito avec Richelieu. Il était un envoyé du roi d'Espagne mais, en fait, parlait au nom de la Griffe noire. Que le « principal ministre » de Louis XIII reçoive un représentant de cette société secrète honnie était moins exceptionnel que l'on pouvait croire : elle était un acteur de la scène diplomatique et politique européenne et, à ce titre, la plupart des gouvernements avaient des contacts avec elle. En revanche, la mission que les vieux dragons de la Grande Loge avaient confiée à leur émissaire était sans précédent. Il s'agissait d'avertir la France qu'un terrible danger la menaçait et de l'assurer que ce danger était le fait d'une poignée de renégats. Impuissante à les arrêter, la Griffe noire était cependant disposée à donner des gages de bonne foi et souhaitait convenir par avance d'un *statu quo ante bellum* au cas où le pire se produirait.

La rencontre de ce soir était l'un de ces gages.

*

Les deux étant situés dans le faubourg Saint-Germain, il n'y avait pas loin de l'hôtel des Ambassadeurs extraordinaires à celui de l'Épervier. Laincourt arriva néanmoins en sueur et, sans prendre le temps de se rafraîchir, retrouva Jules Bertaud qui faisait nerveusement les cent pas dans la salle d'armes, où Guibot l'avait prié d'attendre.

— Ah ! Arnaud ! s'exclama le petit libraire. Enfin !

— Que se passe-t-il, Bertaud ? demanda Laincourt. J'ai fort à faire ce jour et ne peux…

— C'est Clotilde ! l'interrompit Bertaud, très agité. Elle a disparu !

— Quoi ?

— Disparu ! Ma fille a disparu, Arnaud ! Elle a été enlevée !

— Calmez-vous, Jules. Calmez-vous, dit Laincourt d'un ton posé.

Avec des gestes mesurés, il assit le libraire, lui versa un verre d'eau et l'obligea à le boire.

— Voilà. Lentement… Maintenant, respirez… C'est cela… Lentement…

Et lorsque Bertaud fut quelque peu calmé, il dit :

— À présent, expliquez-moi. Du début.

Alors le libraire raconta comment Clotilde n'était pas revenue du marché ce matin. Lui-même était à l'hôtel de Chevreuse, où il finissait de faire l'inventaire de la bibliothèque du cabinet de magie de la duchesse. Il ne s'était donc pas inquiété tout de suite de l'absence de sa fille. Puis, en se demandant si elle ne s'était pas couchée, incommodée par la chaleur, il était allé voir dans sa chambre et avait trouvé sur son lit une lettre adressée à Laincourt.

— Je l'ai ouverte, dit Bertaud en lui tendant la lettre en question d'une main tremblante. Pardonnez-moi.

L'ancien espion du Cardinal prit le billet décacheté, constata qu'il lui était bien adressé sans reconnaître l'écriture, le déplia soigneusement. Ce n'était en fait qu'une épaisse feuille de papier vierge, mais dans laquelle une mèche de cheveux était glissée. Des cheveux qui ne pouvaient appartenir qu'à Clotilde. Laincourt n'eut pas à demander au libraire s'il en était sûr : il lui suffit de regarder dans les yeux d'un père torturé par l'angoisse.

— Elle… Elle a été enlevée, n'est-ce pas ? demanda Bertaud.

— Oui.

— Mais est-elle sauve ?

— Je le crois.

— Est-ce par ma faute ? Si Clotilde a été enlevée, est-ce par ma faute ?

— Par votre faute ? Mais d'où peut vous venir pareille idée ? s'enquit Laincourt.

Il ne savait que trop, lui, par la faute de qui la jeune et innocente Clotilde avait été enlevée.

— J'ai accepté de faire parvenir un billet à la duchesse de Chevreuse pour vous. Peut-être l'a-t-on su. Peut-être veut-on…

— Non, Jules. Non… Cela est sans rapport et vous ne devez vous faire aucun reproche. Voyez. Cette lettre m'est adressée. C'est donc à moi que l'on veut faire parvenir un message…

— Mais qui ? Qui ? Et pourquoi ?… Oh, Arnaud, dans quelle néfaste aventure nous avez-vous entraînés ?

— Qui ? Je l'ignore… Quant au pourquoi, ceux qui ont emmené Clotilde veulent nous effrayer, gêner notre entendement. Sans doute dans l'idée de m'attirer dans un piège. Ils vous feront parvenir bientôt un autre message. Ce soir ou au plus tard demain…

Laincourt était d'un grand calme.

En lui, l'espion avait pris le dessus et analysait froidement la situation. Clotilde avait été enlevée. Mais en plein jour et dans le quartier de la place Maubert, elle ne pouvait avoir été emmenée de force sans esclandre. Elle avait donc été attirée dans un piège, avait probablement suivi une personne qu'elle connaissait et n'avait aucune raison de soupçonner.

– On a certainement abusé de la confiance de Clotilde, dit Laincourt. Il faut donc m'écouter et bien réfléchir. Clotilde a-t-elle fait dernièrement une nouvelle rencontre ? Lui connaissez-vous une nouvelle amie ?

– Non, répondit le libraire en secouant la tête. Non.

– Réfléchissez. Il pourrait également s'agir d'un galant…

– Un galant ? Non !

– Les filles ne disent pas tout à leur père. Mais vous auriez pu deviner que…

– Non ! Rien de cela… (Le regard du libraire se perdit un bref instant, puis son visage exprima le début d'un soupçon.) À moins que…

– Quoi, Bertaud ?

– Il y a bien cette nouvelle cliente mais…

– Qui est-elle ?

– Une jeune veuve récemment établie dans le voisinage. Une excellente cliente amoureuse des livres et qui semble s'être prise d'affection pour Clotilde. Clotilde a plusieurs fois porté des livres chez elle.

– Son nom ?

— Mme de Chantegrelle. Mais vraiment, Arnaud, je crois que vous vous trompez si vous…

— Faites-moi son portrait.

Bertaud rassembla ses souvenirs.

— Jeune. Ravissante. Blonde. Des yeux bleus pétillants et un sourire angélique. Une voix douce. Un air d'innocence… Mais pourquoi cette question ?

Laincourt ne répondit pas.

Il n'écoutait plus et avait pâli. Le libraire venait de lui décrire la vicomtesse de Malicorne.

*

Coiffée du voile et vêtue de la robe blanche des Sœurs de Saint-Georges, Agnès priait sous la coupole octogonale de l'église Sainte-Marie-du-Temple, lorsqu'une jeune sœur s'approcha d'elle, lui glissa timidement quelques mots à l'oreille et s'en fut à pas feutrés. Sœur Marie-Agnès – elle avait prononcé ses vœux perpétuels la veille – acheva sa prière. Puis elle se signa, se releva et gagna le grand cloître de l'Enclos.

La mère Béatrice d'Aussaint l'y attendait.

Elle aussi portait l'habit immaculé des Châtelaines. Mais elle avait une épée au côté et des bottes aux pieds. Quant à sa robe, elle était solidement doublée et, fendue pour la monte, elle laissait voir des chausses de cavalier. Enfin, une croix latine et un dragon héraldique étaient brodés sur son cœur. Elle était une louve et même, depuis peu, celle qui les dirigeait toutes en qualité de mère supérieure de l'abbaye de Saint-Loup.

Grande, belle et grave, la mère Béatrice n'était guère plus âgée qu'Agnès. Les deux jeunes femmes échangèrent une amicale accolade.

— Te voilà des nôtres, Agnès. Bienvenue.

– Désormais, c'est sœur Marie-Agnès, ma mère.

– C'est vrai, dit la mère supérieure avec un sourire. Alors faisons quelques pas ensemble, ma fille.

Elle prit le bras d'Agnès et elles marchèrent un moment en silence, dans l'ombre de la galerie du cloître.

– Je tenais à te saluer, Agnès. Et aussi à m'assurer que tu étais prête.

– Il est un peu tard pour s'en inquiéter, considérant que j'ai prononcé mes vœux solennels.

– Cela fait de toi une Châtelaine. Mais tu n'es pas une louve. Pas encore, même si tu es promise à devenir la meilleure d'entre nous…

– De cela, l'avenir jugera.

– Non. De cela, il n'y a pas à douter…

Agnès jeta un coup d'œil en coin à mère Béatrice et choisit de ne pas insister. Elles continuèrent à déambuler d'un pas égal jusqu'à ce que la mère supérieure des Louves dise :

– Nous allons devoir hâter ton initiation, Agnès. Tu subiras l'Épreuve ce soir. J'ai apporté moi-même la Sphère d'Âme qui t'est destinée.

Interloquée, la jeune Châtelaine s'arrêta.

– Ce soir ? Mais pourquoi si tôt ?

– La vérité est que nous n'avons pas le choix. Nous venons d'apprendre que les Arcanes avaient commencé d'éveiller l'Archéen. Or nous savons toi et moi à quoi ils veulent l'employer. C'est cette nuit qu'ils…

– Je ne suis pas prête !

– Tu l'es sans doute moins qu'il ne faudrait, mais plus que tu ne le crois.

– Non ! C'est impossible ! Jamais je ne pourrai…

– Je sais sur toi des choses que tu ignores, Agnès. Fie-toi à moi. Tu le peux.

— C'est trop tôt !

— Le temps nous manque, certes. Mais au moins savons-nous à quoi nous attendre… Ce soir, les Châtelaines feront face. Mais elles périront toutes et échoueront à vaincre l'Archéen sans toi. Il manque une louve, et tu es celle-là.

*

Laincourt raccompagna Bertaud chez lui, puis se rendit rue des Bernardins, où habitait cette Mme de Chantegrelle qui ressemblait tant à la vicomtesse de Malicorne. Prudent, il commença par faire un repérage discret du voisinage. La rue des Bernardins était toute proche de la place Maubert et de la petite librairie Bertaud. Elle était également située à proximité de la porte Saint-Victor et de celle de la Tournelle.

— *Commode si l'on veut quitter rapidement Paris*, dit le Vielleux en regardant par-dessus l'épaule de Laincourt.

Le jeune homme ne se retourna pas et continua à observer la rue depuis le renfoncement d'une porte cochère.

— *Tu aurais dû te méfier dès l'instant où Marciac a appris le retour de la Malicorne. Tu aurais dû te douter qu'elle aurait le projet de se venger de toi… Après tout, c'est toi qui l'as démasquée alors qu'elle allait créer une loge de la Griffe noire en France.*

— *Un bel exploit qui te coûta la vie.*

— *Bah ! Tu n'ignores pas comment l'on fait les omelettes…*

— *Et rien ne garantit que cette veuve de Chantegrelle soit la Malicorne. Il y a d'autres jolies blondes qu'elle. Je me trompe peut-être.*

— Tu sais bien que non… Au fait, qu'est-il advenu de Maréchal ?

Maréchal était le dragonnet du vieil homme. Borgne et efflanqué, il ne payait pas de mine mais le Vielleux y était très attaché. À sa mort, Laincourt avait hérité du reptile.

— Il est à l'hôtel de l'Épervier. Je l'ai confié aux bons soins de Guibot.

Le jeune homme concentra son attention sur la façade de la maison que lui avait indiquée Bertaud. Un rez-de-chaussée et deux étages. Avec une enseigne représentant un dragon endormi suspendue au-dessus de la porte. Le motif du dragon était très fréquent à Paris. Mais sachant qui occupait les lieux…

Laincourt se demanda si la Malicorne avait apprécié l'ironie.

Le couvent des Bernardins, voisin, avait donné son nom à la rue. La cloche de sa chapelle sonna cinq fois.

— Bon sang ! lâcha Laincourt à mi-voix. Déjà 17 heures.

— Tu deviens imprudent, Arnaud.

Le ton du Vielleux était grave.

Se reculant dans l'ombre, Laincourt se tourna vers le spectre et découvrit qu'il avait de nouveau la figure tuméfiée et ensanglantée, comme au moment de sa mort. Ces derniers temps, pourtant, le mendiant lui était apparu le visage crasseux, certes, mais intact.

— Imprudent ?

— Personne ne sait que tu es là.

— Bertaud sait.

— Et est-ce lui qui ira chercher les Lames si tu tardes à revenir ?

Laincourt ne disant rien, le Vielleux reprit :

— Et d'ailleurs, que comptes-tu faire ?

— La Malicorne et ses spadassins pensent avoir un coup d'avance. Selon leurs plans, je devrais être en train de me ronger les sangs en attendant qu'ils se manifestent. Ils ignorent que j'ai déjà commencé de remonter leur piste. Il se peut même qu'ils soient encore là…

— J'en doute fort.

— Alors allons voir.

— Non, gamin ! Tu…

Mais Laincourt s'élançait déjà.

Il trouva bientôt comment accéder à la maison de la prétendue Mme de Chantegrelle par l'arrière et, après avoir vérifié que personne ne l'épiait, il escalada souplement un mur et se reçut dans un jardin laissé sauvage. Là, il tira son épée avant de jeter un coup d'œil par une fenêtre mi-close, puis de l'ouvrir en grand.

Silencieuse et propre, modestement meublée, la maison semblait vide.

Laincourt s'y introduisit sans bruit et écouta. Après quoi, il visita le rez-de-chaussée à pas de loup, tous les sens en éveil. Un escalier menait à l'étage. Il l'emprunta et, au premier, une porte entrebâillée attira son attention. Il s'en approcha, crut entendre un gémissement étouffé.

Pressentant un drame, il poussa prudemment le battant.

Clotilde et la Demoiselle étaient assises l'une en face de l'autre à une table coquettement dressée. La nappe était brodée et la vaisselle délicate. Les pâtisseries sur les assiettes semblaient délicieuses. Un vin doré et liquoreux chatoyait dans une carafe et de petits verres en cristal. Parfaitement à son aise, la Demoiselle grignotait les fruits confits qu'elle ôtait, du bout des doigts, à la croûte d'une part de gâteau. Mais Clotilde avait les joues souillées de larmes séchées. Le regard plein de détresse, elle retenait ses sanglots et n'osait bouger sur sa chaise. Protégé par le dossier du siège, un spadassin drac se tenait debout derrière elle et lui collait la lame d'un poignard contre la gorge.

— Mes félicitations, dit celle qui, pour Laincourt, était encore la vicomtesse de Malicorne. Vous avez fait aussi vite que je l'escomptais.

*

Dans des profondeurs caverneuses et secrètes, une conscience sommaire s'éveilla, un œil reptilien s'entrouvrit. L'Archéen lentement s'anima et enfin entendit celui qui l'appelait, à des lieues de distance. Le joyau sur le front écailleux libéra un éclat de lumière lorsque l'Hérésiarque projeta son esprit dans celui du dragon primitif. Alors l'Archéen rugit. Puis, ses pattes griffant la pierre, il se laissa glisser dans les eaux d'un boyau souterrain qui menait au lac noir d'où il allait bientôt surgir dans le soir, avant de voler vers Paris.

*

— Des nouvelles de Laincourt ? demanda La Fargue.

— Non, répondit Marciac.

Le soir tombait.

Sur le perron de l'hôtel des Ambassadeurs extraordinaires, les deux hommes attendaient que Leprat revienne du Palais-Cardinal avec l'Italienne et le représentant de la Griffe noire. Il y avait moins d'une heure que l'entrevue de ce dernier avec Richelieu avait pris fin. Son arrivée sous bonne escorte était imminente et des flambeaux éclairaient déjà la cour d'honneur. Tout était prêt pour l'accueillir, lui mais aussi celui qu'il venait rencontrer en secret.

Des bruits de sabots heurtant la boue séchée de la rue de Tournon approchèrent.

– Les voici, dit le capitaine des Lames.

Monté sur un cheval noir, Leprat entra le premier dans la cour. Trois cavaliers en armes le suivaient, puis un carrosse sans armoiries et encore six cavaliers. La Fargue ignorait qui était l'envoyé de la Griffe noire, mais il reconnut sans mal le borgne qui chevauchait juste derrière Leprat et commandait l'escorte. Armé d'une solide rapière, il portait des vêtements et un chapeau de cuir noir. Un cache – en cuir noir également, et orné de petits clous d'argent – masquait son œil gauche mais ne suffisait pas à dissimuler une tache de ranse qui s'étalait sur sa pommette et sa tempe. Il se nommait Savelda et se trouvait être l'un des exécuteurs des basses œuvres des maîtres de la Grande Loge.

La Fargue et le Gascon échangèrent un regard.

Les Lames avaient plusieurs fois croisé la route de Savelda dernièrement. Et il n'y avait pas si longtemps que, dans les jardins du château de Dampierre, il leur avait échappé en menaçant la vie de la reine de France.

Premier à mettre pied à terre, Leprat se hâta de rejoindre La Fargue et Marciac sur le perron. Son visage était grave.

– Ce n'est pas le pire, annonça-t-il.

Et le capitaine des Lames comprit en voyant qui descendait du carrosse et donnait galamment le bras à l'Italienne.

C'était le comte de Pontevedra.

La Fargue pâlit et prit machinalement le billet qui lui tendait Leprat.

– Qu'est-ce ? demanda-t-il.

– De la part de Son Éminence, capitaine.

La Fargue décacheta la lettre, la survola et la rendit ouverte au mousquetaire, qui put la lire à son tour et la passer à Marciac.

« Monsieur le capitaine,
Veuillez me faire la grâce d'oublier la promesse que vous fîtes au comte de Pontevedra lors de votre dernière entrevue.

Richelieu »

— Quelle promesse ? demanda le Gascon.

— Je lui ai promis de le tuer.

De marbre, La Fargue regarda Pontevedra qui montait les marches du perron et entrait dans l'hôtel illuminé en échangeant des sourires et des politesses avec Alessandra, Savelda trois pas derrière lui.

*

Si elles étaient capables de vaincre les dragons qu'elles traquaient et affrontaient pour le salut du royaume de France, les Louves de Saint-Georges ne le devaient pas seulement à leur courage et à leur piété, ni même aux vertus surnaturelles des lames en draconite qu'elles maniaient sans faillir. Elles le devaient d'abord à la protection de puissantes entités. À la protection de dragons disparus, en fait. Ou plutôt de dragons oubliés qui, certes, n'avaient plus d'existence physique mais qui continuaient — parfois depuis des siècles — de hanter le monde spectral.

Chaque louve associait ainsi son âme à celle d'un dragon protecteur, grâce à un rituel enseigné jadis aux Châtelaines par les Gardiens. Ce rituel était dangereux et Agnès savait les risques qu'elle courait lorsqu'elle laissa les lourdes portes de la salle de l'Épreuve se refermer sur elle. Uniquement vêtue d'une aube blanche, les cheveux coupés très court depuis qu'elle avait prononcé ses vœux, elle était agenouillée en prière sur des dalles de pierre nue. Des cierges brûlaient dans le noir. Le silence était profond, propice au recueillement. Devant Agnès se trouvait, sur un petit socle en bois, un globe qui semblait empli d'une encre noire et mouvante dont les volutes lentes devenaient un abîme.

Une Sphère d'Âme.

Étrange ironie du destin. La dernière fois qu'elle en avait vu une, Agnès l'avait détruite afin d'interrompre une cérémonie de la Griffe noire. Elle avait pu, alors, mesurer l'extraordinaire puissance que contenait une Sphère d'Âme. Une puissance qu'elle allait devoir affronter seule avant de se faire admettre d'elle, car il s'agissait autant de dominer son dragon spectral que de gagner son respect. Or l'Épreuve méritait bien son nom. Elle avait fait perdre la raison à certaines et la vie à quelques-unes. D'autres en étaient revenues hébétées ou brisées. Et celles qui avaient réussi ne parlaient pas, ou seulement aux autres louves, qui seules comprenaient.

Concentrée, déterminée, Agnès plongea mentalement dans les ténèbres tourmentées de la Sphère d'Âme…

… et sentit une présence immense envahir la salle.

Ce fut comme si les ténèbres vibraient du tréfonds de la terre.

L'Épreuve venait de commencer.

*

La nuit était tombée.

À l'hôtel des Ambassadeurs extraordinaires, depuis

la terrasse éclairée aux flambeaux, La Fargue regardait les massifs sombres et les allées rectilignes du grand jardin, ainsi que les patrouilles qui l'arpentaient d'un pas régulier. Seul et sans pouvoir réellement fixer sa pensée, il songeait aux Arcanes et à leur Grand Dessein, à Laincourt qui semblait avoir disparu, aux secrets des Gardiens, aux étranges manœuvres de la Griffe noire et au comte de Pontevedra.

Pontevedra…

Il s'était d'abord appelé Louveciennes et avait été le meilleur ami de La Fargue. Il était à l'époque un gentilhomme d'honneur et de devoir. Ensemble, ils avaient rendu de courageux services au trône de France sur les champs de bataille et dans les coulisses de l'Histoire, avant de fonder les Lames à la demande du cardinal de Richelieu. Ainsi avaient-ils soigneusement recruté Almadès d'abord, Leprat et Bretteville ensuite, Marciac presque aussitôt. Très vite, les Lames avaient remporté leurs premiers succès et gagné en audace. Agnès et Ballardieu, bientôt, les avaient rejointes.

Accoudé à la rambarde de la terrasse, La Fargue entendit quelqu'un approcher derrière lui. Il jeta un coup d'œil par-dessus son épaule et reconnut la haute et élégante silhouette de celui qui, désormais, était le comte de Pontevedra. Impassible, il dirigea de nouveau ses regards vers le jardin. L'autre le rejoignit sans un mot et, sur la balustrade, posa les deux verres et la bouteille de vin qu'il avait apportés. Il remplit les verres et en poussa un devant le capitaine.

Celui-ci baissa brièvement les yeux sur le verre.

— Tu plaisantes, lâcha-t-il froidement. Je te tuerais, si je le pouvais.

— Oui mais voilà, tu ne le peux point…

La trahison de Louveciennes avait été brutale,

inattendue. Elle était survenue durant le siège de La Rochelle, lors d'une mission qui allait se solder par un épouvantable fiasco et la mort de Bretteville. Le coup avait été terrible pour La Fargue mais le doute n'était pas permis : son ami, son frère avait fui en Espagne, où il connaîtrait une ascension fulgurante et deviendrait le comte de Pontevedra.

– Vous devriez retourner dans vos appartements, monsieur l'ambassadeur, dit La Fargue. Vous y seriez bien plus en sûreté qu'ici.

– Savelda est là qui veille sur mes arrières. Et puis l'on étouffe, là-haut !

Le borgne de la Griffe noire, en effet, se tenait non loin d'eux.

– À ta guise. Tu sais que je serai le dernier à te pleurer si une balle tirée d'un toit voisin te traverse la gorge.

Sur ces mots, La Fargue s'en retourna et fit quelques pas vers l'hôtel, mais Pontevedra lança :

– Comment se porte Ana-Lucia ?

– Ma fille se prénomme Anne. Et elle se porte bien.

– Vraiment ? Qu'en sais-tu ? Je veux dire : qu'en sais-tu vraiment ?

Le capitaine des Lames tiqua.

– Que veux-tu dire ?

Le comte de Pontevedra s'approcha de lui.

– Sais-tu ce que je fais ici ?

– Tu représentes la Griffe noire, dit La Fargue en affichant un parfait mépris. Il ne suffisait pas que tu aies trahi ton roi. Il fallait que tu trahisses aussi ta race.

– Vraiment ? Serais-je le seul ici à servir des dragons ? ironisa Pontevedra d'un air mauvais. (Et comme La Fargue se taisait, il ajouta :) Et puisque nous en sommes aux leçons de morale, tâchons de ne pas oublier lequel a séduit l'épouse de l'autre, veux-tu ?

Ils avaient en effet aimé la même femme, un sentiment auquel La Fargue avait résisté de toutes ses forces par loyauté envers son ami.

— Nous nous aimions et il n'y eut qu'une nuit, répondit-il. Une nuit qu'Oriane et moi nous ne nous sommes jamais pardonnée. D'ailleurs, c'est toi qu'elle a rejoint en Espagne. Avec Anne.

Les deux hommes restèrent un moment silencieux, prisonniers de souvenirs douloureux qui étaient peut-être les mêmes. Après quoi Pontevedra s'adressa à Savelda :

— Laissez-nous.

L'ordre prit le spadassin espagnol de court.

— Monseigneur, je…

— Laissez-nous, vous dis-je !

Savelda hésita encore, puis s'inclina et se retira.

Alors Pontevedra prit La Fargue par le coude et l'entraîna un peu à l'écart. Intrigué, le capitaine des Lames se laissa faire.

— Tiens, dit Pontevedra en tirant une enveloppe en cuir de son pourpoint brodé d'argent. Je voulais te remettre ceci de la main à la main.

La Fargue prit l'enveloppe.

— Qu'est-ce ? demanda-t-il avec méfiance.

— Je dispose de ressources que tu ne peux imaginer. Je sais que tu as confié ta fille aux Gardiens pour la soustraire à la Griffe noire et à la curiosité de Richelieu. Je sais également que les Gardiens t'assurent qu'elle est en sûreté. Cela est faux, et il y a là-dedans des documents qui te le prouveront… Tu vois, je ne te demande pas de te fier à mes dires.

— Tu fais bien.

Le capitaine des Lames glissa l'enveloppe sous sa chemise, contre sa peau.

*

Peu après, de retour à l'intérieur, La Fargue s'interrogea en regardant le comte de Pontevedra monter le grand escalier vers ses appartements. Puis il rejoignit Alessandra et Leprat sur le perron de la cour d'honneur. Soucieuse, l'Italienne serrait dans son poing un billet qu'un messager venait d'apporter du Palais-Cardinal.

— Alors ? demanda le vieux capitaine.

— Aucune nouvelle, dit Alessandra. J'ai voulu y croire mais je commence à penser qu'il ne viendra pas…

Celui que l'on attendait encore, celui que Pontevedra était venu rencontrer en secret, n'était autre que Valombre. La Griffe noire avait en effet demandé à entrer en contact avec les Gardiens sous l'égide du cardinal de Richelieu. Tout en insistant sur l'urgence de cette rencontre sans précédent, Pontevedra n'avait pas daigné en expliquer la raison, ce qui n'avait pas facilité la tâche de l'Italienne. Car les Gardiens étaient d'une prudence légendaire. Ils n'aimaient pas s'avancer sans savoir.

— Valombre viendra si les Sept le lui permettent, dit La Fargue.

Un cavalier arriva alors dans la cour. C'était Marciac qui revenait de l'hôtel de l'Épervier.

— Laincourt n'a toujours pas reparu, dit-il après avoir sauté de selle. Or voilà déjà plusieurs heures qu'il s'en est allé avec son ami libraire.

— Bertaud, glissa Leprat.

— Oui, Bertaud. À en croire Guibot, l'homme se mourait d'inquiétude.

— Laincourt a sans doute voulu lui apporter son aide, supposa La Fargue. Mais il n'a dit à personne où il allait et ce qu'il allait y faire ?

— Non.

— Cela ne lui ressemble pas, dit Alessandra d'un air grave.

Elle avait rencontré Laincourt à Madrid, à l'époque où il espionnait au service du Cardinal. Elle connaissait ses qualités et le tenait en haute estime.

— Peut-être le libraire est-il chez lui, dit Marciac. Il tient boutique près de la place Maubert, je crois. Je pourrais l'aller visiter…

La Fargue pesta.

L'un de ses hommes manquait à l'appel et il ne pouvait rien faire, retenu par une rencontre secrète qui n'aurait peut-être pas lieu ! Et une rencontre à laquelle participait un individu qu'il détestait et devait protéger, pour le comble !

Le capitaine des Lames s'obligea à recouvrer son calme et, les poings sur les hanches, il prit une profonde inspiration en se cambrant, le visage levé vers une lune énorme et pleine dans un ciel marine.

Une fenêtre vola en éclats juste au-dessus de lui, l'arrosant de débris scintillants tandis que le cadavre désarticulé de Savelda s'écrasait en bas du perron.

Un bref instant de stupeur passé, La Fargue, Leprat et Marciac se ruèrent à l'intérieur. Ils dégainèrent leurs rapières et saisirent leurs pistolets en montant quatre à quatre les marches du grand escalier. Défoncèrent la porte de l'appartement attribué à Pontevedra. Franchirent l'antichambre d'un bond. Firent irruption dans la pièce voisine.

Hoquetant, Pontevedra s'était traîné jusqu'au lit en laissant une large trace de sang. Un drac était penché sur lui et s'apprêtait à l'achever d'un coup d'épée dans la poitrine. Un second se tenait près de la fenêtre par laquelle ils étaient entrés, et que Pontevedra avait sans doute ouverte pour profiter de la fraîcheur nocturne. Ils étaient armés et vêtus en spadassins, mais ce n'étaient pas des dracs ordinaires : ils avaient dans le dos des ailes de cuir assez amples et puissantes pour leur permettre de voler.

Surpris, le premier drac bondit par la fenêtre et s'échappa en déployant ses ailes. Mais les Lames ne laissèrent pas le temps à l'autre de réagir. La Fargue fit feu, puis Marciac et Leprat. Une balle frappa le drac ailé en pleine poitrine. La deuxième lui transperça le cou et la troisième lui creva un œil et emporta l'arrière de son crâne.

L'Italienne arriva, vite bousculée par les sentinelles qui, dehors, gardaient les portes et les fenêtres au rez-de-chaussée. Le drac ailé était mort et ce fut bientôt la cohue dans la chambre. Quelques coups de mousquet tirés par la fenêtre manquèrent une cible déjà lointaine. La Fargue donna de la voix pour ramener l'ordre tandis qu'on couchait Pontevedra agonisant sur le lit. Il renvoya les sentinelles à leur poste, sauf deux qui restèrent à la porte. Leprat, lui, aidait Marciac à examiner les blessures de celui qui — naguère — avait été un des leurs, tandis qu'Alessandra s'intéressait au cadavre du drac ailé. Intriguée, elle ramassa sa rapière, l'observa, pâlit soudain en affichant un air de stupéfaction et lâcha l'arme.

— Mon Dieu !

Elle partit en courant.

Marciac, lui, venait de s'écarter du lit et s'essuyait les mains avec un linge. Il n'y avait rien qu'il puisse faire pour sauver Pontevedra, ce que les deux autres avaient compris. Surpris par le comportement de l'Italienne, il hésita à la suivre, interrogea son capitaine du regard.

— Va voir ! ordonna La Fargue juste avant que le moribond l'agrippe par le col d'une main empoissée de sang.

Le Gascon décampa.

*

Dans la cour d'honneur de l'hôtel des Ambassadeurs extraordinaires, des chevaux sellés attendaient. Alessandra montait déjà l'un d'eux en amazone quand Marciac la rejoignit.

— Où allez-vous ? demanda-t-il en saisissant la bête par le mors.

— La rapière du drac ailé. Elle est en draconite.

La draconite était une pierre alchimique redoutée par les dragons. Elle permettait en particulier la fabrication d'un acier qui leur infligeait des blessures terribles, mais que les humains n'avaient aucune raison de craindre plus qu'un autre.

— Ne trouvez-vous pas étrange que des dracs manient des armes en draconite ? reprit l'Italienne. Et pourquoi se donner cette peine, s'il ne s'agissait que de tuer Pontevedra ?

Alors Marciac comprit.

Si l'envoyé de la Griffe noire n'était pas un dragon, Valombre en était un. Alessandra craignait donc que les dracs ailés aient reçu pour mission de l'assassiner lui aussi. Peut-être même avaient-ils déjà frappé, ce qui expliquerait l'inquiétant retard du représentant des Gardiens.

L'Italienne obligea Marciac à lâcher sa monture et franchit la porte cochère au grand trot.

— Attendez ! s'écria le Gascon en enfourchant un cheval.

Il s'élança à sa poursuite.

*

Crachant du sang, le regard déjà vitreux, Pontevedra avait attrapé La Fargue par le col dans un sursaut. Son poing était ferme mais son bras tremblait quand, balbutiant, il voulut attirer à lui le capitaine des Lames. Celui-ci se pencha, approcha son visage de celui de son ancien ami.

— Si tu espères un pardon, commença-t-il…

— Pas… Pas de… pardon, murmura le mourant d'une voix à peine audible. (Sans lâcher La Fargue, il déglutit douloureusement et rassembla ses dernières forces.) La… reine… La reine… en… danger… La r…

Il n'acheva pas et mourut sur ces mots.

La Fargue dut tirer sur le poignet du cadavre pour se libérer de son emprise. Il se redressa et se tourna d'un air inquiet vers Leprat.

— Que vous a-t-il dit ? demanda le mousquetaire.

— Il… Il a dit que la reine était en danger.

— Quoi ? En danger maintenant ?

— Je le crois, oui. Je n'en sais rien, en fait.

— La reine est à Saint-Germain avec le roi et je ne… (Mais Leprat se reprit :) Non, je me trompe. La reine n'est pas à Saint-Germain puisque nous sommes vendredi.

— Et où est-elle ?

— Ici. À Paris.

*

C'était une créature massive et noire qui, dans le ciel nocturne, avançait à grands battements d'ailes réguliers.

L'Archéen volait vers Paris, dont il voyait les premiers feux au loin devant lui, mais aussi les éclats lumineux de trois puissantes « pierres solaires ». L'une — blanche — était au sommet de la Tour du Temple, dans l'Enclos des Châtelaines. Une autre — rouge — indiquait le Palais-Cardinal. Une troisième — bleue — brillait au-dessus du Louvre.

Le dragon au front couronné sentit une émotion étrange l'envahir : dans la salle de magie des Arcanes, l'Hérésiarque venait de sourire.

*

Laincourt émergea du néant et grimaça de douleur.

Dans la pénombre, Clotilde pressait doucement sur son visage meurtri un morceau de tissu arraché à sa robe et mouillé d'un peu d'eau croupie. Elle penchait sur lui un visage souriant mais épuisé, aux yeux rougis et aux joues sales. Des mèches longues s'échappaient de son chignon défait.

Laincourt revint lentement à lui.

Et se souvint.

Contrairement aux apparences, la maison de la rue des Bernardins n'était pas vide. Non seulement la Demoiselle y attendait Laincourt en gardant Clotilde prisonnière, mais plusieurs mercenaires dracs et humains se cachaient à l'étage.

Laincourt avait été désarmé.

Puis, à la demande de la Demoiselle et sous les yeux de Clotilde, il avait été battu. À coups de poing d'abord. À coups de botte ensuite, quand il était tombé et s'était recroquevillé sur le plancher. Et les coups avaient continué, méthodiquement administrés, avec une cruauté froide, sans passion ni fureur, tandis que Clotilde, en pleurs, suppliait les dracs d'arrêter et implorait la Demoiselle qui avait seule le pouvoir de mettre fin à un supplice.

Laincourt avait fini par s'évanouir.

— Où sommes-nous ? demanda-t-il d'une voix pâteuse.

Plissant les paupières, il se redressa et découvrit un réduit vide, humide et poussiéreux, dans lequel la lumière d'une lanterne entrait par un jour assez large sous la porte.

— Je l'ignore, répondit Clotilde. Lorsque vous avez perdu conscience, ils vous ont enfermé dans un coffre et moi dans un autre. Je ne sais pas où ils nous ont emmenés, mais je crois que nous sommes encore à Paris. On dirait… On dirait une cave, n'est-ce pas ?

Il acquiesça, se leva sans pouvoir contenir un gémissement.

— Monsieur Laincourt ! Vous ne devriez pas vous lever ! Vous…

— Ça ira, Clotilde. Ces dracs savaient ce qu'ils faisaient. Ils ne voulaient que me faire souffrir et vous tourmenter.

— Mais pourquoi ?

— Par cruauté. Et je crois que vous pouvez vous permettre de m'appeler Arnaud, Clotilde.

L'explication avancée par Laincourt laissa la jeune fille incrédule et muette. Il en profita pour examiner la porte : elle était fermée à double tour et solide. Il n'y avait pas d'autre issue.

— Qui sont ces gens ? demanda Clotilde. Pourquoi nous font-ils du mal ? Que nous veulent-ils, au juste ? Et pourquoi est-ce qu'ils… Cette femme. Elle… Elle a dit que vous étiez de vieux amis…

Laincourt prit soudain la mesure de la détresse de la jeune Clotilde. Il revint s'asseoir près d'elle, lui prit les mains et lui dit :

— Tout ce qui vous arrive est ma faute, Clotilde. J'en suis désolé.

Alors, parce qu'elle le regardait sans comprendre, il décida qu'elle méritait de savoir. Il dit qu'il était un agent du cardinal de Richelieu. Il révéla qui était la vicomtesse de Malicorne, ce qu'elle avait tenté de faire et comment il avait fait échouer ses plans. Enfin, il expliqua que celle qui se faisait désormais appeler la « Demoiselle » était revenue pour se venger.

— Et c'est pour mieux m'atteindre qu'elle s'en est prise à vous, Clotilde, avoua-t-il.

Mais le courage lui manqua pour dire qu'il ne comprenait pas pourquoi elle était encore en vie. L'appât n'avait plus d'intérêt dès lors que la proie était tombée dans le piège. Clotilde ne servait plus à rien…

… sauf si la Demoiselle lui réservait quelques raffinements de cruauté.

La porte s'ouvrit soudain. Un drac et deux hommes firent irruption dans la pièce. Le premier frappa Laincourt au visage avant qu'il ait le temps de réagir. Les autres saisirent Clotilde malgré ses cris de terreur. Laincourt voulut la défendre, mais un coup de botte dans le ventre lui coupa le souffle. Les hommes emmenèrent la jeune fille de force et le drac referma brutalement derrière eux. Il donna un tour de clé tandis que Laincourt se relevait, titubait jusqu'à la porte, se jetait contre elle en vain. Le front collé au bois, il martela le solide battant des deux poings et ne put qu'entendre Clotilde qui pleurait et l'appelait à l'aide.

— NON ! hurla-t-il. NON ! PRENEZ-MOI ! MOI ! PRENEZ-MOI !

*

Alessandra servait les Gardiens depuis plusieurs années. Elle jouissait de leur confiance et connaissait bien Valombre, qui était leur représentant à Paris. Elle l'appréciait, avait de l'affection pour lui. C'est donc la peur au ventre qu'elle chevaucha vers la maison que le dragon habitait sur l'île de la Cité. Devinant son trouble, Marciac la guettait du coin de l'œil en silence. Il avait piqué des talons pour la rattraper au bout de la rue de Tournon et il l'escortait depuis, sans trop savoir à quoi s'en tenir.

Après avoir traversé la Seine par le pont de l'Hôtel-Dieu, ils passèrent devant la cathédrale Notre-Dame et s'étonnèrent de la voir illuminée. Dominés par la galerie des rois d'Israël et de Juda, les trois portails de la façade occidentale étaient ouverts et laissaient deviner de l'animation à l'intérieur, tandis que des Châtelaines et des gardes noirs étaient assemblés sur le parvis. Il sembla même à Marciac que des louves étaient du nombre.

— Qu'est-ce qui se prépare ici ? demanda-t-il.

— Je l'ignore, répondit l'Italienne.

Mais comme lui, elle pressentait le pire.

Ils entrèrent dans le petit quartier privé du Cloître, dont Alessandra avait une clé.

— C'est Valombre qui me l'a confiée tantôt, expliqua-t-elle avant que le Gascon pose la question.

Le dragon logeait rue du Chapitre, non loin de la vieille passerelle qui reliait encore l'île de la Cité à l'île Notre-Dame-des-Écailles, vestige du temps où — avant que les dracs s'y établissent — les chanoines de Notre-Dame avaient encore des prétentions sur cette dernière. Marciac et Alessandra trouvèrent porte close mais, reculant de quelques pas, le Gascon remarqua une fenêtre ouverte au premier.

– Ouvrez l'œil, dit-il à l'Italienne en lui tendant les rênes de sa monture.

Puis il escalada aisément la façade et se glissa à l'intérieur.

Anxieuse, Alessandra fit le guet en attendant que Marciac se manifeste. Dans le silence nocturne, elle crut entendre la rumeur de chants religieux venant de Notre-Dame. Et n'était-ce pas une cloche qui sonnait dans le lointain ? Une cloche à laquelle d'autres répondaient ?

Marciac lui ouvrit.

– Entrez vite, dit-il.

Attachant les chevaux à un anneau rivé dans le mur, elle suivit le Gascon dans la maison. Silencieuse et obscure, celle-ci semblait déserte.

– Personne à l'étage, annonça Marciac à mi-voix.

Ils visitèrent le rez-de-chaussée à la lueur du clair de lune qui entrait par les fenêtres. Ils voulurent rester discrets. Ils n'appelèrent pas, ne firent pas de lumière et faillirent ne pas remarquer un panneau mural très abîmé. Quelqu'un semblait s'être acharné contre lui à coups de botte portés à mi-hauteur. C'était à croire qu'on avait tenté de le défoncer.

Comme on défonce une porte.

Alessandra et Marciac comprirent. Ayant échangé un regard, ils examinèrent le panneau de bois, frôlèrent son cadre du bout des doigts, tâtonnèrent et finirent par trouver où appuyer, et dans quel ordre. Cela leur prit un peu de temps mais l'Italienne, heureusement, avait l'expérience de ces choses. Enfin, le panneau glissa sur un côté et révéla une porte en fer que le Gascon ouvrit prudemment, pistolet au poing. Elle cachait un escalier en bas duquel Valombre gisait dans son sang, éclairé par la flamme mourante d'une lampe à huile.

*

En 1621, la reine Anne d'Autriche acquit une propriété dans le faubourg Saint-Jacques, au bout de la rue du même nom. Elle y installa une communauté de religieuses bénédictines venues du val de Bièvre et posa, en 1624, la première pierre de leur cloître. Ainsi naquit l'abbaye du Val-de-Grâce, où la reine trouvait une tranquillité qu'elle n'avait pas au Louvre, loin de la Cour et — croyait-elle — des espions de Richelieu. Elle s'y rendait souvent et y dormait volontiers le vendredi, prenant ses repas au réfectoire et logeant dans un modeste appartement de deux pièces. Après l'affaire de Dampierre, le roi avait sévèrement diminué les libertés dont son épouse bénéficiait. Mais il n'avait pu la contraindre à renoncer à ses retraites hebdomadaires au Val-de-Grâce, quand bien même en profitait-elle pour rencontrer la duchesse de Chevreuse en secret ou faire parvenir des lettres en Espagne grâce à la complicité de l'abbesse, la mère de Saint-Étienne. Rien de tout cela, d'ailleurs, n'échappait au Cardinal.

*

Par la rue du Faubourg-Saint-Jacques qui s'offrait à eux déserte et presque rectiligne, La Fargue et Leprat se rendaient au Val-de-Grâce au grand galop. Si la reine s'y trouvait, un danger la menaçait peut-être. Du moins était-ce ce que Pontevedra avait dit avant de rendre l'âme.

— Il aura fallu que Louveciennes soit à l'article de

la mort pour nous révéler que la reine était menacée, dit Leprat tandis qu'ils chevauchaient. Pourquoi ?

— Sans doute savait-il que la reine était en danger, mais sans savoir combien ce danger était imminent.

— Et il l'aura compris en tombant sous les coups de ses assassins ?

— Je le crois. Il s'est dit que si on l'attaquait, c'est que le complot contre la reine était sur le point d'aboutir.

— Mais s'en prendre à lui, c'est s'en prendre à la Griffe noire. Qui peut vouloir ça ?

Le capitaine des Lames ne répondit pas : ils arrivaient et ralentirent l'allure.

Le Val-de-Grâce offrait un spectacle inhabituel à pareille heure de la nuit. Approchant au pas, les deux cavaliers découvrirent l'abbaye éclairée et le portail ouvert. Dans la cour, plusieurs membres de la compagnie des chevau-légers de Saint-Georges — les célèbres Gardes noirs — allaient et venaient. Tous étaient en plastron de cuirasse et la plupart avaient encore l'épée au poing. Ils s'affairaient efficacement, dans le calme, sans cris ni précipitation.

— On ne passe pas !

La Fargue donna son nom aux sentinelles qui gardaient la grille, montra son laissez-passer signé de la main du Cardinal et annonça qu'il avait un message de la plus haute importance pour l'officier responsable.

— Un instant, dit l'un des factionnaires après avoir examiné le document à la lueur d'une lanterne.

Il s'en fut.

— Des gardes noirs ? s'étonna Leprat à mi-voix. Que font-ils ici ? Il ne leur appartient pas de veiller sur la reine.

— Je sais bien. Et pourtant…

La sentinelle parlait à un officier au milieu de la cour. Celui-ci l'écouta puis, se retournant, fit signe à La Fargue et Leprat de le rejoindre. Ils mirent pied à terre et marchèrent à sa rencontre en tirant leurs montures par la bride. Ils reconnurent alors François Reynault d'Ombreuse.

— Que s'est-il passé ici ? demanda La Fargue après avoir échangé une franche poignée de main avec le jeune officier aux Gardes noirs.

— Nous venons de repousser une attaque de dracs ailés. Aucun mérite à cela, nous nous attendions à être attaqués.

— La reine est-elle sauve ? s'inquiéta Leprat.

— La reine n'est pas ici, mais en sûreté en un lieu secret que j'ignore. Vous veniez avertir d'un danger la menaçant, n'est-ce pas ?

— Oui, dit La Fargue. Mais vous le saviez déjà. Comment ?

— Grâce à un renseignement secret transmis aux Sœurs de Saint-Georges. Et vous ?

Le capitaine des Lames allait répondre lorsqu'un rugissement caverneux fit trembler la nuit. Ensemble, ils se tournèrent vers le nord, vers le centre de Paris que divisait la Seine, et ils virent l'Archéen qui tournait lentement dans le ciel étoilé et rugissait encore.

*

La rage au ventre, Laincourt s'était résigné à attendre. Il avait compris qu'il s'épuiserait en vain à s'acharner contre la porte du réduit où on le tenait enfermé. Inutile aussi de crier, d'appeler, d'insulter. Il devait ménager ses maigres forces afin d'être en mesure d'agir le moment venu. Ses bourreaux avaient négligé de lui lier les mains. Sans doute le croyait-on bien moins dangereux qu'il n'était, une erreur dont il comptait profiter.

Pour l'heure, le plus dur était de ne pas devenir fou en imaginant ce que Clotilde subissait. Voilà d'ailleurs pourquoi la jeune fille était encore en vie et pourquoi on les avait d'abord enfermés ensemble. C'était pour la lui arracher ensuite, le réduire à son impuissance et le livrer à ses tourments intérieurs. La Malicorne – elle ne porterait jamais d'autre nom pour Laincourt – savait torturer les âmes…

La clé joua dans la lourde serrure.

Assis dos au mur au fond du réduit, Laincourt semblait prostré, résigné. Voire presque inconscient : corps mol, respiration lente, tête pendante et cheveux devant les yeux. Sa main gauche reposait inerte sur le sol, paume vers le haut, bien en évidence. Il espérait détourner ainsi l'attention de la droite, qui cachait sous sa cuisse un tesson de poterie découvert dans la poussière. Une piètre arme qui ne lui permettrait que de porter un coup, mais qui pouvait déchirer une jugulaire.

À condition que la victime s'approche assez. Et se penche.

Laincourt attendit, entendit la porte s'ouvrir en grinçant et quelqu'un entrer en traînant… un sac ?

– J'apprécierais un coup de main, dit une voix familière.

Ahuri, Laincourt ouvrit les yeux et découvrit Saint-Lucq qui tirait par les pieds le cadavre de l'un des deux gardes en faction dans le couloir.

– Saint-Lucq ? Mais comment se fait-il que…

– Il y en a un autre, dit le sang-mêlé.

Laincourt se releva et, ensemble, ils couchèrent un second cadavre sur le premier dans le réduit. L'un avait été égorgé, l'autre poignardé en plein cœur. Et cela sans le moindre bruit.

— Hâtez-vous, dit Saint-Lucq.

Il se posta sur le seuil pour jeter de discrets coups d'œil dans le couloir.

— Mais d'où tombez-vous ? demanda Laincourt en débarrassant un corps de son épée et de son baudrier.

— Le Cardinal m'a chargé d'éliminer le culte de la Malicorne. Ce sera fait quand j'en aurai fini ici.

— D'éliminer…

— Oui.

Laincourt acheva d'ajuster son fourreau.

— Clotilde est retenue prisonnière.

— La fille du libraire. Je sais, oui.

— Il faut la sauver !

Impassible, Saint-Lucq tourna vers Laincourt le regard aveugle et hypnotique de ses bésicles écarlates.

— Je me doutais que vous diriez quelque chose de ce genre.

Il lui offrit l'un de ses pistolets par le canon.

*

Valombre vivait.

Gisant inanimé au pied de son escalier dérobé, il avait d'abord gémi lorsque Marciac l'avait délicatement retourné sur le dos, puis il avait repris conscience pendant que le Gascon l'examinait.

— Ne bougez pas, monsieur. Je m'appelle Marciac et sers sous les ordres du capitaine La Fargue.

— Je sais qui vous êtes, monsieur.

— Alors vous savez aussi que je suis un peu médecin.

Le dragon avait au côté une profonde plaie dont les bords semblaient avoir été rongés par de l'acide, signe que le coup avait été porté par une lame en draconite. Il avait également une jambe cassée et une vilaine bosse ornait son front.

— Vous vous êtes rompu la cuisse. Mais je vais d'abord devoir me charger de cette blessure, avant que vous vous vidiez de votre sang.

Alessandra revint avec du fil, une aiguille, une bassine d'eau et des linges qu'elle était allée chercher dans la maison. Il aurait fallu une civière pour monter le blessé au rez-de-chaussée. Faute de pouvoir le transporter, Marciac avait résolu de parer au plus pressé sur place. On verrait après.

Grimaçant de douleur tandis que le Gascon suturait sa plaie, Valombre expliqua qu'il avait été surpris par deux dracs ailés dans sa chambre, qu'ils l'avaient blessé mais qu'il avait pu leur échapper et refermer sur lui le passage secret. Il avait ensuite perdu connaissance en haut des marches.

— Quelle est cette pièce ? demanda Marciac.

Ils étaient dans une petite pièce hexagonale, vide et nue.

— Un cabinet de recueillement, répondit Valombre. Un lieu indispensable si l'on veut garder le contrôle de... (Il chercha ses mots.) Si l'on veut garder le contrôle du dragon.

Le Gascon acquiesça distraitement.

— Vos assassins ne pouvaient s'attarder, ce qui vous a certainement sauvé la vie, dit l'Italienne. Ils avaient encore à faire.

Et elle raconta comment deux dracs ailés — les mêmes, sans doute — avaient assassiné Pontevedra à l'hôtel des Ambassadeurs extraordinaires. Voilà ce qui les avait amenés ici, elle et Marciac.

— Alors ils ont osé, lâcha le dragon. Les Arcanes ont osé s'en prendre à la Griffe noire...

— Et aux Gardiens.

— Malheureusement, j'ai peur qu'ils osent bien pire avant demain, madame.

— Entendez-vous ? demanda Marciac en dressant l'oreille.

*

L'Archéen avait d'abord survolé Paris assez bas, en faisant des cercles et en poussant des rugissements. Alors, tandis que les clochers de la capitale s'unissaient pour sonner le tocsin, les Parisiens surpris dans leur sommeil avaient cherché à comprendre ce qui arrivait, avant de lever des regards inquiets vers le grand dragon noir qui passait et repassait, dessinait de larges boucles dans le ciel nocturne mais ne faisait rien d'autre que rugir parfois, ses écailles noires luisant à la lueur des étoiles et du clair de lune.

L'incertitude de la population, cependant, ne dura pas.

Elle céda vite à l'effroi lorsque l'Archéen entreprit de cracher son feu destructeur, pulvérisant des toitures et semant au hasard d'immenses brasiers.

*

Reynault d'Ombreuse et son détachement de chevau-légers quittèrent le Val-de-Grâce au grand trot. Accompagnés de La Fargue et Leprat, les gardes noirs remontèrent la rue du Faubourg-Saint-Jacques tandis que le quartier s'animait, passait de l'inquiétude à la peur. Le dragon semblait épargner les faubourgs, mais pour combien de temps ? Fallait-il attendre et espérer, ou partir déjà ? Et sauver sa vie en abandonnant un domicile et des biens qui seraient peut-être pillés ?

Reynault avait pris soin d'envoyer l'un de ses hommes devant. La troupe trouva donc la porte Saint-Jacques ouverte à son intention, mais dut cependant ralentir l'allure. Intra-muros, on se pressait dans les rues. Des maisons brûlaient et le grondement des incendies se mêlait aux cris et aux pleurs, au vacarme assourdissant de toutes les cloches qui battaient à la volée. Des gens désertaient leur logis en emportant ce qu'ils pouvaient. D'autres combattaient les flammes avec des moyens dérisoires, ou s'efforçaient d'aider leurs voisins. On criait qu'il fallait fuir, rester, se réfugier dans les caves, dans les églises pour prier, courir vers les berges et la Seine. Des bousculades devenaient des rixes. Des malheureux furent piétinés. Leprat vit une femme se jeter du deuxième étage d'une maison en feu avec un nourrisson dans les bras.

Ils durent souvent forcer le passage.

Reynault, La Fargue et les cavaliers de tête n'eurent ainsi d'autre choix que de pousser leurs chevaux contre des innocents qu'ils renversèrent, mais ils devaient arriver à Notre-Dame au plus tôt. La troupe parvint ainsi au Petit Châtelet, lequel gardait le pont qui lui permettrait de gagner l'île de la Cité. Et tandis qu'ils franchissaient le petit bras de la Seine, Leprat s'exclama :

— REGARDEZ !

Dans le ciel, l'Archéen n'était plus seul.

Montées sur des vyvernes blanches, des louves de Saint-Georges volaient autour de lui, le harcelaient, attiraient son attention, s'esquivaient, l'aiguillonnaient encore et encore de leurs lames en draconite. Elles prenaient tous les risques pour le rendre fou. Mais au moins épargnait-il Paris. Au moins crachait-il vers elles ses jets incandescents.

Derrière Reynault, des cavaliers lancèrent des vivats.

— Hâtons-nous ! ordonna-t-il pourtant. C'est seulement un répit que ces sœurs nous offrent !

L'île de la Cité avait elle aussi basculé dans un chaos de flammes, de cris et de terreur. À travers la cohue, Reynault et sa troupe prirent par la rue Neuve-Notre-Dame qui menait droit vers la cathédrale et ses belles tours jumelles. Trois maisons mitoyennes brûlaient et, comme leurs façades menaçaient de s'effondrer, ils piquèrent des talons pour les longer et traverser des tourbillons torrides de braises et de cendres.

Enfin, ils arrivèrent sur l'étroit parvis.

Des hommes, des femmes, des enfants et des vieillards y étaient attroupés. Venus se réfugier dans Notre-Dame, ils butaient contre des gardes noirs à cheval qui, impassibles, l'épée au côté et la crosse du mousqueton sur la cuisse, maintenaient leurs montures d'une main sûre et ne laissaient approcher personne. La peur et la colère des uns, l'intransigeance des autres menaçaient d'engendrer une émeute. Des poings se levaient dans la foule qui vociférait. Deux ou trois pierres, déjà, avaient volé.

Prudemment, Reynault d'Ombreuse contourna le parvis et longea la cathédrale jusqu'à son portail sud, le portail Saint-Étienne. Celui-ci était également gardé mais, protégés par le palais épiscopal, ses abords étaient calmes. La Fargue et Leprat mirent pied à terre en même temps que le reste de la troupe. Eux seuls, cependant, suivirent Reynault à l'intérieur.

Il régnait un calme étrange dans Notre-Dame.

Haute d'une trentaine de mètres, longue de dix travées, l'immense nef était déserte, de même que les bas-côtés, le transept et sa croisée dont les quatre imposants piliers montent directement jusqu'à la voûte. L'air semblait vibrer. Le silence, en fait, résonnait en sourdine d'une incantation chuchotée avec ferveur par des Châtelaines agenouillées dans le chœur, derrière le maître-autel. Il y avait de la magie dans cette prière. Il s'en dégageait une puissance qui agaçait les nerfs.

Sentinelles discrètes mais vigilantes, quelques gardes noirs veillaient aux portes et devant les marches de l'autel. Appelant l'un d'eux, Reynault le chargea de conduire le capitaine La Fargue auprès de la mère d'Aussaint. Puis il pria Leprat de rester à ses côtés : nul doute qu'il aurait bientôt besoin d'un officier d'expérience.

Le mousquetaire accepta.

*

Depuis la Grande Galerie, au troisième étage de la magnifique façade occidentale de Notre-Dame, la mère Béatrice d'Aussaint regardait ses sœurs qui — silhouettes drapées de blanc sur des vyvernes blanches — risquaient leur vie pour détourner la colère de l'Archéen. En dessous s'étalait l'île de la Cité entre les deux bras de la Seine, dont les eaux sombres et lentes se rejoignaient et divisaient Paris, avec le faubourg Saint-Germain à gauche et la Ville à droite. Une grande clameur montait des rues et des places envahies. Des brasiers s'élevaient partout. Ils grondaient, ronflaient, crépitaient. Des bâtiments de l'abbaye Saint-Germain brûlaient. De hautes flammes s'échappaient des fenêtres du Vieux Louvre.

— Est-ce le Cardinal qui vous envoie ? demanda la mère supérieure des Louves en voyant approcher La Fargue.

— Plutôt les circonstances.

— Alors c'est la divine Providence.

Côte à côte, ils levèrent les yeux vers l'Archéen et les formes blanches qui l'affrontaient.

— Vos louves mènent un combat perdu d'avance, ma mère.

— Elles le savent. Mais il ne s'agit que de gagner du temps.

— En attendant quoi ?

— Que commence le rituel auquel se préparent les sœurs qui prient à l'intérieur… Oh mon Dieu !

Le grand dragon noir venait de frapper une Châtelaine d'un jet incandescent. Brûlant vive dans les pans de sa robe embrasée, elle tomba, un long silence accompagnant sa chute avant qu'elle disparaisse dans les eaux noires de la Seine.

*

Sur l'île Notre-Dame, des exclamations joyeuses et des cris de guerre répondirent au spectacle terrible de cette torche vivante qui descendait en déroulant une écharpe de flammes. Les ruelles humides et pourrissantes des Écailles étaient pleines de dracs exaltés qui, depuis que le tocsin sonnait, suivaient les évolutions de l'Archéen. Ils avaient instinctivement pris son parti contre les Châtelaines et l'applaudissaient.

Keress Karn cessa d'observer le combat dans le ciel pour surveiller ses hommes qui, à l'angle d'une rue, sous une énorme lanterne, remplaçaient un tonneau. Leur retour fut salué par des acclamations : celles des dracs déjà saouls qui voulaient boire encore et celles de ceux qui arrivaient, attirés par la rumeur. Il avait fallu moins d'une heure pour vider la première barrique. La seconde fut aussitôt percée et ne durerait guère.

Karn savait que des scènes semblables avaient lieu

çà et là dans le dédale étouffant des Écailles. L'Hérésiarque lui avait ordonné de faire couler le « vin des dracs » à flots et voilà exactement à quoi il s'employait. La tâche était aisée : les dracs adoraient ce mélange de vin, d'eau-de-vie et de jusquiame dorée qui les enivrait après quelques verres. Mais Karn devait veiller à ce que ses hommes n'y touchent pas. Or si le gros de sa bande attendait en lieu sûr de passer à l'action, ceux qu'il avait chargés des tonneaux étaient soumis à la tentation. Keress Karn lui-même évitait de seulement respirer les effluves de cet irrésistible breuvage. À ses hommes, il avait expliqué qu'ils devaient garder la tête froide en prévision des combats qu'ils devraient bientôt livrer.

C'était la vérité, mais pas toute la vérité.

Car Karn se méfiait des mercenaires qu'il avait engagés dernièrement pour remplacer ceux tombés à Bois-Noir. Les nouveaux savaient se battre et obéir, n'avaient pas peur de mourir et encore moins de tuer. De vrais guerriers dracs. Mais comment réagiraient-ils s'ils savaient ? Que feraient-ils s'ils apprenaient que la Magicienne avait versé dans les barriques un poison qui rend fou ? Accepteraient-ils d'empoisonner d'autres dracs uniquement pour accomplir la volonté des Arcanes ?

Le drac rouge, lui, s'en moquait bien.

L'idée que Paris brûlait le ravissait et il avait maintenant hâte de voir la ville mise à sac.

*

Longue et spacieuse, la cave était jalonnée de colonnes qui soutenaient d'élégantes voûtes. De larges dalles de pierre recouvraient le sol et les cierges de grands candélabres brûlaient, projetant des ombres torturées sur les murs nus. Réunis devant l'autel, ils étaient une trentaine qui incantaient dans la vieille langue draconique. Tous étaient masqués et drapés dans des manteaux écarlates. Tous portaient l'épée. Ils avaient secrètement juré allégeance à la Griffe noire et — non contents d'avoir mis à son service leur nom, leur fortune ou leur influence — ils lui vouaient un culte dont les sinistres rituels exerçaient sur eux une fascination malsaine en flattant leurs pires instincts.

La Demoiselle dirigeait la cérémonie.

Psalmodiant les mots que répétaient ses adeptes, elle ne ressemblait guère à la charmante petite personne qu'elle affectait d'être d'ordinaire. Les traits de son visage étaient marqués, anguleux, creusés. Ses yeux brillaient d'un éclat froid et cruel. Ses cheveux blonds emmêlés tombaient sur sa poitrine dénudée. Elle paraissait plus grande et plus forte. Plus mûre, aussi. Mais cela n'était rien : au-dessous des hanches, son corps se prolongeait en une épaisse queue écailleuse sur laquelle elle se tenait droite.

Les bras écartés et la tête rejetée en arrière, elle ondulait légèrement, s'abandonnait à un plaisir qu'augmentaient les vapeurs des décoctions de jusquiame qui, sur l'autel, de part et d'autre de deux longs poignards croisés, chauffaient dans des vasques emplies de braises rougeoyantes. Les senteurs puissantes s'élevaient, jaunes et épaisses. Elles affectaient les adeptes et avaient également plongé Clotilde dans une torpeur hypnotique. Celle-ci était attachée derrière la Demoiselle sur une table de pierre inclinée de manière à l'exposer à la vue de tous. Le corps nu, rasé et couvert d'inscriptions peintes, elle avait les poignets et les chevilles tenus par des lanières de cuir.

En extase, la Demoiselle ne vit pas les outres de naphte voler vers l'assistance. Elle ne les vit pas retomber, s'éventrer et tout éclabousser. Elle ouvrit seulement les yeux lorsqu'un adepte, trempé et surpris, renversa l'un des grands candélabres en reculant et s'embrasa soudain. La couche d'huile dans laquelle tous pataugeaient s'enflamma. D'autres adeptes prirent feu aussitôt. Ce fut la panique. Les torches humaines hurlaient et se débattaient tandis qu'on s'écartait d'elles à la hâte, en se bousculant. Certains se débarrassaient de leurs manteaux qui brûlaient, tapaient sur leurs manches ou leurs chausses pour étouffer des flammes, jetaient des gants qui fumaient, frottaient leurs cheveux roussis. Et ceux que le feu épargnait regardaient autour d'eux sans comprendre, tardaient à reprendre leurs esprits par la faute des émanations de jusquiame dorée.

Saint-Lucq approchait l'épée au poing, laissant derrière lui deux cadavres à la porte.

– LUI ! hurla la Demoiselle en le montrant du doigt.

Arrivés par une seconde porte, deux spadassins – un drac et un homme – se précipitèrent à la rencontre du sang-mêlé. Très calme et avançant toujours, il para l'attaque de l'homme et lui transperça la poitrine, dégagea sa lame à temps pour esquiver l'assaut du drac, qu'il foudroya d'un coup de genou dans l'entrejambe avant de l'achever d'un autre coup de genou sous le menton.

Échevelée, enragée, la Demoiselle rugit en même temps que les traits de son visage devenaient plus brutaux et que des écailles apparaissaient sur ses épaules et sur sa gorge, comme un pectoral. Elle saisit les deux dagues sacrificielles posées devant elle, se tourna vers la table de pierre inclinée. Et là encore elle rugit de fureur, une arête saillante lui apparaissant au milieu du front. Laincourt avait libéré Clotilde. La jeune fille peinait à tenir debout et s'accrochait à son cou, aussi la tenait-il serrée contre lui dans son bras gauche tandis qu'il reculait et braquait un pistolet sur la Demoiselle, ou plutôt sur la créature qu'elle était devenue.

Il fit feu.

Touchée à l'épaule gauche, la Demoiselle pencha en arrière mais se redressa tel un roseau sur sa queue écailleuse et considéra avec stupeur la blessure qui grésillait, car la balle était en draconite. Une autre détonation claqua. Cette fois, la créature reptilienne se cambra, frappée dans le dos par une seconde balle en draconite. Elle fit volte-face, vit Saint-Lucq qui la tenait en joue avec un pistolet fumant.

— FUYEZ ! ordonna-t-il à Laincourt. (Puis, toisant la Demoiselle du regard :) Je me charge de cette garce.

Des cadavres embrasés gisaient dans des crépitations de graisse chaude. Seules quelques flaques de naphte éparses brûlaient. Parmi les adeptes qui n'avaient pas déjà fui, certains tirèrent l'épée et s'en prirent au sang-mêlé. Très calme, celui-ci retourna son pistolet d'un geste sec du poignet et l'attrapa par le canon. Puis il fracassa une tempe, trancha une gorge, perfora un cœur, vint à bout de ses adversaires en trois coups d'une précision mortelle. Les corps s'effondrèrent presque ensemble. Le dernier toucha le sol au moment où Laincourt disparaissait avec Clotilde et jetait un dernier regard en arrière.

Saint-Lucq accrocha ce regard et acquiesça.

Écumante, la Demoiselle sombra dans une folie furieuse. Sa mâchoire s'ouvrant démesurément, elle hurla vers le sang-mêlé et libéra toute son aura de terreur. Cela eut pour effet de chasser les derniers adeptes qui s'enfuirent en plein effroi, et de faire rebrousser chemin aux quelques spadassins qui arrivaient, prêts à en découdre.

Saint-Lucq, lui, resta. Le sang de dragon qui coulait dans ses veines l'immunisait. Impassible, il leva un sourcil derrière ses bésicles rouges et se mit en garde, sa rapière noire dans la main droite et son pistolet tenu comme un casse-tête dans la gauche.

Armée des deux longs poignards rituels, la Demoiselle fonça sur Saint-Lucq, sa queue de serpent ondulant en crissant sur les dalles de pierre. Un duel terrible s'engagea. Les coups étaient portés, parés, déviés, évités plus vite que l'œil ne pouvait voir. Les lames d'acier cliquetaient comme animées d'une vie propre. Concentré, le sang-mêlé savait que la moindre erreur lui serait fatale, qu'il devait autant se méfier des dagues que de cette queue écailleuse qui menaçait de lui faucher les jambes. Les deux adversaires étaient d'une vivacité égale. Ils semblaient danser. Ils tournaient sur eux-mêmes, frappaient à droite et à gauche, ripostaient aussitôt, avançaient et battaient en retraite, ne s'épargnaient pas.

Et cela dura.

Enfin, Saint-Lucq se résolut à risquer le tout pour le tout. Il fatiguait. La sueur qui lui coulait dans les yeux le gênait. Il devait réagir.

Baissant sa garde, il frappa avec son pistolet et, d'un coup de crosse, brisa le poignet de la Demoiselle, qui lâcha l'une de ses dagues. Mais il avait exposé son côté. La sanction fut immédiate : de sa seconde dague, la créature lui lacéra le flanc. Le piège était là, cependant. Car un autre que Saint-Lucq aurait aussitôt reculé, alors qu'il n'en fit rien.

Il riposta aussitôt.

Et planta jusqu'à la garde sa rapière dans le ventre de la Demoiselle.

Elle se figea, hoquetant, saisie par la douleur et la stupeur.

Collé à son ennemie, Saint-Lucq lui aussi attendit avant de bouger. Enfin, tandis qu'il sentait la Demoiselle peser de plus en plus lourd contre lui, il fit lentement tourner sa rapière au travers du corps, la remonta d'un coup sec en maintenant sa victime, puis la repoussa en reculant.

La Demoiselle resta un moment debout, l'amas de ses entrailles tombant par l'énorme blessure de son abdomen et heurtant le sol avec un bruit flasque. Après quoi elle s'effondra et, poussant un long cri strident, elle se contorsionna frénétiquement jusqu'à ce que la mort l'emporte.

Un ultime frisson agita la queue écailleuse.

Saint-Lucq regarda le cadavre avant de glisser son pistolet dans sa ceinture et, rapière au poing, partit en se tenant les côtes.

*

Saint-Lucq sortit sans rencontrer de résistance et retrouva une ville en détresse que des incendies ravageaient et que ses habitants effrayés cherchaient à fuir. Souffrant plus qu'il ne voulait l'admettre, il s'appuya à un mur. Il était rue Saint-Honoré, au débouché de la rue Gaillon. Sa main contre son flanc était empoissée de sang.

– Saint-Lucq !

C'était Laincourt qui revenait.

Très pâle, Saint-Lucq se redressa.

– La fille ? demanda-t-il.

– En sûreté. Confiée aux capucines de la rue Saint-Honoré.

– Bien.

– La Malicorne ?

– Morte.

— Vous êtes blessé.

— Cela ira.

— Laissez-moi voir.

— Cela ira, vous dis-je ! (Et s'apaisant, le sang-mêlé ajouta :) Il faut aller à Notre-Dame. C'est là que tout se joue désormais et je gage que c'est là que La Fargue se trouve.

Laincourt acquiesça mais considéra d'un œil soucieux la cohue de la rue Saint-Honoré. Une maison incendiée s'écroula non loin en provoquant des cris d'effroi et de grandes volutes incandescentes. Hommes et bêtes se bousculaient. Saint-Lucq comprit ce qui préoccupait le jeune homme et, du doigt, il lui désigna la tour des Messageries Gaget.

*

Depuis l'hôtel des Arcanes, l'Hérésiarque s'efforçait de contrôler l'Archéen. Il aurait voulu mépriser les Châtelaines en armes qui le harcelaient dans les airs, mais le grand dragon noir, lui, voulait en finir avec ces insupportables créatures blanches et ailées. Elles l'attaquaient et se dérobaient, lui infligeaient parfois de brèves et cinglantes douleurs qui augmentaient sa colère. L'Hérésiarque ne pouvait rien y faire. Il voyait par les yeux de l'Archéen. Il le guidait. Mais il ne pouvait aller contre ses instincts. Le risque était grand, d'ailleurs, de se perdre dans les méandres primitifs de l'intelligence de l'Archéen, de se laisser gagner par ses émotions brutales, ses pulsions premières.

Il y avait en effet une ivresse à n'être qu'une force.

Plusieurs louves avaient péri. D'autres avaient été contraintes de battre en retraite sur des vyvernes blessées ou épuisées. Elles n'étaient plus que quelques-unes à détourner la fureur de l'Archéen. Sans elles,

Paris ne serait qu'un immense brasier, mais leur sacrifice ne faisait que reculer l'inéluctable. Elles ne tiendraient plus très longtemps.

Un choc.

Un choc psychique frappa l'Hérésiarque en même temps qu'une douleur fulgurante aveuglait l'Archéen. L'esprit du maître des Arcanes chancela. Sonné, il lui fallut un moment pour se remettre et renouer le lien avec le dragon noir, mais il y parvint…

… juste avant qu'un même choc l'ébranle.

Une goutte de sang coula de sa narine.

*

Quand le bourdon de Notre-Dame sonna pour la deuxième fois, ce fut de nouveau comme si un boulet de canon frappait l'Archéen de plein fouet. Repoussé au loin, le dragon primitif ne retrouva la maîtrise de son vol qu'après quelques contorsions et rugissements. La douleur s'estompa en même temps que la note grave et profonde de l'énorme cloche diminuait dans la nuit, mais l'Archéen ne répéta pas sa première erreur : il resta à bonne distance de la cathédrale.

Dans les rues de la capitale, cette victoire sur le dragon fut célébrée par des hourras. Pourtant, sous les hautes arcades de la Grande Galerie de Notre-Dame, La Fargue demanda :

— Et maintenant ? Car l'on ne pourra pas toujours maintenir ce monstre à l'écart de la sorte, n'est-ce pas ?

— Non, répondit la mère supérieure des Louves sans quitter des yeux le grand dragon noir qui planait. L'on ne pourra pas.

*

L'Épreuve avait pris fin et il n'était plus temps d'attendre ni d'espérer.

— Ouvrez, dit la mère Thérèse de Vaussambre dans le silence de la crypte.

Une porte massive se dressait devant elle.

Solennelles, deux sœurs de Saint-Georges empoignèrent les anneaux des lourds battants jumeaux, les firent pivoter puis les tirèrent à elles en s'écartant l'une de l'autre.

Lentement, la porte s'ouvrit, sans bruit, et laissa entrer la lumière.

Debout, tête baissée, Agnès de Vaudreuil tenait quelque chose contre sa poitrine, caché dans la conque de ses mains.

— Es-tu louve ? demanda la supérieure générale des Châtelaines.

Pour toute réponse, Agnès montra un visage grave et tendit ses mains jointes, dévoilant une Sphère d'Âme désormais vide et translucide.

*

Chez Valombre, Marciac remonta l'escalier secret en s'essuyant le front et rejoignit Alessandra, qui scrutait le ciel depuis une fenêtre. Il avait soigneusement suturé la blessure du dragon et venait, enfin, de poser des attelles de fortune sur sa jambe brisée.

— Alors ?

— Je ne vois plus l'Archéen, répondit l'Italienne. On dirait que le glas de Notre-Dame le tient à distance.

Le bourdon de Notre-Dame, en effet, continuait à sonner sur un rythme lent, mais régulier.

— Nous pouvons sans doute en remercier les Châtelaines. Voilà donc ce qu'elles préparaient tout à l'heure, ajouta le Gascon.

Il se souvenait que, quand Alessandra et lui étaient passés devant Notre-Dame en se rendant au domicile de Valombre, la cathédrale était illuminée et occupée par les Sœurs de Saint-Georges.

— Sauf que le dragon ne s'était pas encore montré, objecta la jeune femme. Mais comme les Châtelaines n'étaient certainement pas là par hasard, elles avaient sans doute de bonnes raisons de croire que l'Archéen frapperait cette nuit. Et elles s'y préparaient.

— Comment pouvaient-elles savoir ?

— Ça…

L'Italienne haussa les épaules, songeuse. Puis elle se détourna enfin de la fenêtre pour regarder Marciac. Le clair de lune éclaira son joli profil et jeta de l'argent dans ses cheveux roux.

— Comment se porte Valombre ?

— Il s'est endormi. Ou s'est évanoui. Dans son état, c'est un peu la même chose… Même s'il a perdu beaucoup de sang, il vivra. Bien sûr, il serait mieux dans son lit mais je ne me sens pas de force à le porter sur mon dos… Quoi qu'il en soit, si vous ne vous étiez inquiétée de lui, il serait mort à l'heure qu'il est.

Tandis qu'Alessandra descendait au côté du blessé, Marciac alla dans la cuisine en quête de quelque chose à boire et d'un moment de calme. Il trouva une bouteille de vin entamée qu'il vida au goulot en trois gorgées, et commençait seulement à sentir qu'il se détendait quand il entendit des cris, des bruits et des rires féroces dehors.

Intrigué, il alla jeter un coup d'œil par une fenêtre et jura.

*

Des bandes de dracs quittaient les Écailles. Par les ponts de bois grossiers qui reliaient leur île aux deux rives de Paris, mais aussi par la passerelle branlante et presque oubliée qui menait au quartier canonial, au bout de l'île de la Cité. Et même sur des barques dont certaines chavirèrent et dérivèrent, emportées par le courant.

Ils étaient ivres, excités par les incendies, exaspérés par le tintamarre du tocsin, exaltés par le spectacle que leur offrait le grand dragon noir dans le ciel. Surtout, ils avaient basculé pour la plupart dans une folie engendrée par le vin des Arcanes et le poison que la Magicienne y avait versé, selon les plans de l'Hérésiarque. Une folie temporaire, certes. Mais une folie qui les aveuglait, réveillait leur ardeur guerrière, ravivait chez eux le goût du sang. Il leur fallait tuer et détruire, se livrer à toutes les violences possibles pour satisfaire leurs pulsions. Ils brandissaient des armes et des torches, poussaient des cris de guerre, éclataient de grands rires féroces.

Dans le Cloître, le pillage des premières maisons de la rue du Chapitre commençait quand Marciac regarda dans la rue.

*

Alessandra avait glissé un coussin sous la tête de Valombre. Assise par terre près du dragon dans la petite pièce secrète, elle entendit le Gascon dévaler l'escalier et se redressa, inquiète.

— Que se passe-t-il ?

— Il faut fuir. Venez.

— Pourquoi ?

— Les dracs attaquent. Ils arrivent des Écailles et

mettent le quartier à sac. Ce n'est qu'une question de minutes avant qu'ils enfoncent la porte.

— Les dracs attaquent ? Mais c'est impossible !

— Il faudra songer à le leur dire. Venez !

Il voulut lui prendre la main de force mais elle ne se laissa pas faire.

— Nous ne pouvons pas abandonner Valombre ici.

— Nous n'avons pas le choix, Alessandra.

— Je ne l'abandonnerai pas !

— Alessandra !

— Je reste !

Marciac pesta mais s'abstint de disserter sur l'entêtement des femmes dignes d'être aimées. Il lui fallait réfléchir vite et bien. Certes, ils pouvaient s'enfermer tous les trois ici et prier pour que les dracs ne trouvent pas l'escalier dérobé. Mais si l'Italienne et lui y étaient parvenus, pourquoi pas eux ? Et quand bien même les pillards n'auraient pas la patience de chercher le mécanisme d'ouverture, il leur resterait encore la solution de tout défoncer. Les dracs ailés qui avaient tenté d'assassiner Valombre étaient pris par le temps, et ils ne pouvaient faire trop de bruit sans risquer d'alerter les voisins. Les dracs qui arrivaient, eux, avaient les coudées franches.

— Soit, se résigna le Gascon. Restez ici. Je vais faire mon possible.

— Vous nous laissez ?

— Il le faut.

Il remonta au rez-de-chaussée, adressa un au revoir de la main à Alessandra, referma la porte de fer d'abord, le panneau de bois coulissant ensuite.

Des torches dansaient derrière les carreaux.

S'arc-boutant contre une grande et lourde armoire dans le couloir, Marciac réussit à la déloger, puis à la pousser jusqu'au mur du passage secret. Là, il lui fallut la faire tourner avant de la mettre en place tandis que des coups de botte ébranlaient la porte. Soufflant, peinant, il parvint enfin à ses fins et, épuisé, n'eut que le temps de vérifier l'effet général produit : Alessandra et Valombre ne risquaient rien si personne ne songeait à déplacer cette armoire.

Marciac s'enfuit par le jardin au moment où la porte d'entrée cédait.

Il enjamba un mur, sauta dans une ruelle et, rue Chanoinesse, vit des gens qui fuyaient en direction de Notre-Dame. Des dracs forçaient les portes des dernières habitations de la rue du Chapitre. Des corps défenestrés s'écrasaient en sang sur le pavé. Homme, femme, enfant ou prêtre, nul n'était épargné. Ce serait bientôt le tour de la petite rue des Chantres.

Marciac savait qu'il ne pouvait pas faire grand-chose, sinon presser les retardataires et exhorter le plus de monde possible à fuir. Or il y avait des gens qui se terraient chez eux par peur de l'Archéen, et qui ignoraient tout du nouveau danger qui les menaçait. Alors le Gascon frappa aux portes, aux carreaux, s'égosilla en vain dans le vacarme que faisaient le bourdon de Notre-Dame et les mille cloches de Paris sonnant le tocsin. Enrageant d'impuissance, il crut surprendre un mouvement à travers la fenêtre d'une maison, enfonça la porte d'un grand coup de pied, entra, appela, hurla au feu.

Une petite porte s'entrouvrit sous l'escalier, et un homme apeuré passa sa tête dans l'entrebâillement.

— Il faut partir, monsieur ! lui dit Marciac. Vous n'êtes pas en sûreté ici !

— Mais…

— Êtes-vous seul ?

— Non. Avec ma femme… Et… Et mes enfants. Dans la cave.

— Alors qu'ils se hâtent ou vous mourrez tous ! ordonna le Gascon. Et moi avec vous, ajouta-t-il dans sa barbe.

Lorsqu'il revint, l'homme portait un garçon de trois ans et donnait la main à une fillette. Son épouse suivait. Elle était enceinte de huit mois, marchait avec peine, soufflait beaucoup. Marciac l'aida à franchir la porte basse.

Un bruit de verre brisé vint de la cuisine, côté jardin.

— Qu'est-ce que c'est ? s'inquiéta la femme.

— Vite ! dit le Gascon à mi-voix.

Mais la petite fille hurla : un drac gris en maraude venait d'entrer dans la pièce.

— Fuyez ! lança Marciac. À Notre-Dame ! Fuyez !

Et tirant sa rapière, il se mit en garde tandis que le couple et ses deux enfants s'échappaient dans la rue.

Le drac gris dégaina lui aussi, aussitôt rejoint par un autre drac — noir, celui-ci — qui avait l'épée déjà au poing. Ils avancèrent. Marciac recula, renversa contre le mur une table qui pouvait le gêner. Le drac noir gloussait sans pouvoir se retenir et ses yeux, dans la pénombre, brillaient d'une lueur insane. Le drac gris, lui, avait le pas légèrement incertain, mais rien de plus. D'un coup de talon, Marciac fit glisser un tabouret vers le drac noir, qui évita sans mal le siège et gloussa de plus belle. Raté. Les dracs s'écartèrent l'un de l'autre, dans l'intention d'obliger leur adversaire à faire face sur deux fronts. Voyant cela, le Gascon prit un air vraiment inquiet. Sa garde se fit hésitante et le drac gris afficha un sourire supérieur…

Du moins jusqu'à ce que Marciac plonge sa main gauche dans son dos, brandisse soudain un pistolet et fasse feu. Le drac gris tomba à la renverse, touché en plein front. Sidéré, le drac noir réagit trop tard : le

Gascon s'était déjà fendu de toute son allonge et lui avait planté son estoc dans le cœur.

Dégageant son fer et se reculant, Marciac observa les deux cadavres.

Déloyal, mais efficace.

Sans plus y songer, il sortit sur le seuil et vit que des gardes noirs prenaient position dans la rue tandis que d'autres protégeaient la fuite des rescapés, aidaient ceux qui peinaient, portaient ceux qui n'en pouvaient plus. Il était plus que temps : des dracs arrivaient de la rue Chanoinesse, et furent aussitôt mis en déroute par des tirs de mousqueton.

Marciac reconnut l'officier qui commandait les gardes.

— Leprat !

— Marciac !

Les deux hommes échangèrent une accolade.

Reynault avait confié à Leprat la surveillance du portail de la façade nord de la cathédrale : le portail du Cloître. Comprenant ce qui se passait dans le quartier canonial, le mousquetaire avait décidé de se porter au-devant de tous ceux qui pouvaient encore être sauvés.

— Où est La Fargue ? demanda le Gascon.

— À Notre-Dame.

— Mais que s'y passe-t-il ?

— Les Châtelaines prient, grâce à quoi le glas de Notre-Dame tient l'Archéen à distance. Ne m'en demandez pas plus, je n'entends rien à ces choses... Et l'Italienne ?

Marciac n'eut pas l'occasion de répondre.

D'autres dracs arrivaient, avec Keress Karn à leur tête. Ni Leprat ni Marciac ne connaissaient son nom, mais ils reconnurent en lui le drac rouge qui dirigeait l'assaut au château de Mareuil-sur-Ay, quand Alessandra avait été enlevée.

Cela ne pouvait être un hasard.

Leprat donna l'ordre du repli et les gardes abandonnèrent la petite rue des Chantres, au pas car tous les réfugiés n'avaient pas encore atteint la cathédrale. Mais les dracs chargèrent et un corps-à-corps furieux s'engagea le long de Notre-Dame, les gardes rompant en bon ordre vers le portail du Cloître, auquel se bousculaient les derniers réfugiés du quartier canonial. Disciplinés, courageux et combattant pied à pied, les gardes noirs formèrent bientôt un arc de cercle devant le portail, arc de cercle qui se resserra à mesure que les rescapés entraient.

Puis ce fut le tour des blessés, de Marciac et des suivants, un à un.

Enfin, Leprat et quelques autres reculèrent ensemble dans la cathédrale, en même temps que les lourds battants du portail se refermaient sur eux.

Le siège de Notre-Dame venait de commencer.

*

Brassant la nuit à grands battements d'ailes, deux vyvernes sellées survolaient Paris. Au-dessus d'elles, le ciel s'étendait, immense, étoilé et paisible sous l'œil impassible d'une belle lune ronde. Sous elles, la ville était livrée à la peur et à la panique, à des scènes de violence, à des ruées vers les portes d'enceinte, à des bousculades aveugles et des débuts d'émeute. Des feux brûlaient partout où le souffle du dragon avait frappé. Et ils se répandaient, s'élevaient en grondant tels des monstres avides et furieux.

Son visage meurtri caressé par le vent, Laincourt menait sa vyverne en s'efforçant de ne pas se laisser gagner par l'émotion. Ou plutôt par toutes les émotions qui se démenaient en lui : haine, colère, peur, révolte. Il serrait ferme les rênes de sa monture anxieuse et suivait Saint-Lucq qui volait devant, comme il l'avait suivi jusqu'aux Messageries Gaget, où le sang-mêlé avait réquisitionné deux vyvernes. Après quelques lourds et malhabiles pas d'élan dans la cour, les reptiles avaient pris leur envol. Ils les emportaient maintenant vers Notre-Dame, dont le chant traversait les nuées en y laissant traîner une vibration sourde qui remuait les tripes.

De marbre, Saint-Lucq ne quittait pas des yeux les tours jumelles de la citadelle sacrée.

« C'est là que tout se joue », avait-il dit à Laincourt.

Tout.

Livide, crispé, ses longs cheveux flottant sur ses épaules, il tenait son flanc blessé d'une main tandis que les lueurs de grands brasiers se reflétaient sur les verres de ses bésicles.

*

La Fargue et la mère Béatrice d'Aussaint étaient montés au sommet de la tour sud de Notre-Dame, celle abritant le bourdon qui – lent, grave et régulier – continuait à sonner un glas protecteur.

Depuis cette terrasse exposée aux vents à soixante-dix mètres du sol, ils voyaient les bandes qui quittaient les Écailles et se livraient à des pillages sauvages depuis le quai Saint-Paul sur la rive droite, le quai de la Tournelle sur la rive gauche, et dans le quartier du Cloître. La mère supérieure des Louves avait envoyé des messagers donner l'alerte au Louvre, à la Bastille et à l'Arsenal, où des troupes étaient en garnison. Mais même celles qui n'étaient pas mobilisées par les incendies interviendraient bien trop tard. Pour l'heure, les dracs ne rencontraient aucune résistance et se livraient à leurs atrocités en toute impunité, terrorisant une population sans défense. Mis à sac, le quartier canonial brûlait presque entièrement et le reste de l'île de la Cité était désormais menacé. Sous les ordres de Reynault d'Ombreuse, la compagnie des Gardes noirs se préparait à défendre le parvis de Notre-Dame. Le portail du Cloître, lui, avait déjà subi un assaut.

— Rien ne nous aura été épargné, lâcha la mère d'Aussaint. À peine avons-nous repoussé l'Archéen que des émeutes partent des Écailles et qu'il nous faut protéger Notre-Dame.

Le grand dragon noir passait au loin : les larges cercles qu'il accomplissait le maintenaient à bonne distance du beffroi de la cathédrale, mais il n'avait pas renoncé.

Au contraire, il semblait attendre.

— Ces émeutes arrivent à point nommé, en effet, dit La Fargue. J'ignore comment, mais les Arcanes les ont provoquées. En outre, les dracs qui ont attaqué le portail du Cloître et qui continuent à l'assiéger, ces dracs-là sont des mercenaires disciplinés qui, d'évidence, obéissent à des ordres.

— Des ordres qui seraient d'interrompre à tout prix le rituel qui se déroule dans Notre-Dame. Sans lui, le glas sonnerait en vain.

— Je le crois, oui, répondit le capitaine des Lames en se retournant. Peut-être devriez-vous déplacer certains des gardes qui défendent le parvis et… ATTENTION !

La Fargue bondit et plaqua la mère d'Aussaint au sol, qu'un drac ailé frôla en donnant un grand coup d'épée dans le vide. Et tandis qu'ils se relevaient et dégainaient, cinq dracs se posèrent sur la terrasse et, rapière au poing, replièrent leurs ailes de cuir.

Dos à dos, La Fargue et la supérieure des Louves attendirent en garde.

– Ils veulent accéder au beffroi, dit la châtelaine. Car si le glas cesse de sonner…

Les dracs ailés attaquèrent.

*

Dans Notre-Dame, alors que l'on fermait le portail du Cloître assiégé, les gardes noirs s'étaient hâtés de faire franchir le transept aux rescapés du quartier canonial, puis de les faire sortir par le portail Saint-Étienne afin qu'ils trouvent refuge dans le palais épiscopal voisin. Quelques-uns voulurent rester sous la double protection de la cathédrale et des Sœurs de Saint-Georges, mais les gardes se montrèrent inflexibles : il fallait préserver autant que possible la quiétude des Châtelaines en prière. Agenouillées dans le chœur derrière le maître-autel, celles-ci n'avaient cessé de prier depuis des heures, leur murmure hantant le vide de la nef immense. Leur ferveur était telle que l'air semblait vibrer, comme traversé d'échos lointains entre les coups graves et lents du bourdon. Elles s'épuisaient, au point que certaines s'évanouissaient et devaient être emportées.

Mais elles tenaient bon.

Tant qu'elles prieraient et que le glas de Notre-Dame sonnerait, l'Archéen resterait à l'écart de Paris.

En rejoignant Leprat près du portail du Cloître, Marciac surprit chez son ami un accès de faiblesse qu'il fut seul à remarquer. Les jambes du mousquetaire fléchirent soudain et il dut s'appuyer à une colonne pour masquer son état. Il était pâle, cependant. Et les muscles de son visage étaient tendus à l'extrême, mâchoires serrées : il se retenait de grimacer.

Marciac prit Leprat par le coude en un geste qui pouvait sembler n'être qu'amical, mais il le soutint discrètement en l'entraînant à l'écart, sous les premières arcades du déambulatoire.

– Qu'as-tu ? demanda le Gascon à mi-voix.

– Rien. Je… La fatigue.

– À d'autres. C'est ta ranse, n'est-ce pas ?

Leprat soupira. Regarda ailleurs. Acquiesça.

Alors Marciac comprit.

– C'est ce rituel hostile aux dragons, dit-il. Il menace ta ranse qui se défend et te ronge. Elle te tuera si tu restes !

– Et où veux-tu que j'aille ? À l'Hôtel-Dieu tout proche ?

– Allons, Antoine. Personne ne te demande de…

– En cette heure, ma place est ici, Nicolas. Ici, et nulle part ailleurs.

Agacé, le Gascon se détourna.

– Et si l'on y songe, ajouta Leprat sur le ton de la plaisanterie, ne crois-tu pas que j'ai plus à craindre d'un coup d'épée drac que de la ranse, en restant ici ? Et cela vaut aussi pour toi…

Marciac ne répondit pas.

Ils étaient près de la porte Rouge, laquelle devait son nom à la couleur de ses battants. Bien plus petite que le portail du Cloître, elle permettait aux chanoines d'accéder directement au chœur. Les gardes noirs l'avaient barricadée afin de ne pas avoir à la défendre.

Un rien de fumée passait sous elle.

Et lorsqu'il s'en aperçut, Marciac songea trop tard aux mines qui avaient emporté la porte du château de Mareuil.

— À TERRE ! hurla-t-il en poussant Leprat derrière une colonne.

L'explosion projeta le Gascon en l'air.

Il retomba lourdement sur les dalles de pierre et, couvert de poussière, du sang lui coulant des narines, il voulut se relever. Un sifflement aigu lui emplissait les oreilles ; les battements de son propre cœur l'assourdissaient ; les sons extérieurs lui parvenaient étouffés. Il voyait trouble et le monde tanguait, roulait, donnait le tournis. Les jambes en coton, il se redressa en s'appuyant contre une colonne et faillit glisser. Dans un grand flou, il distingua des dracs en armes qui entraient dans Notre-Dame par la porte Rouge détruite. Il reconnut également Leprat qui avançait vers eux. L'explosion de la mine n'avait pas épargné le mousquetaire. Son pas était incertain. Il peinait à rester debout et tira sa rapière blanche avec des gestes bien trop amples, des gestes d'homme ivre. Un combat s'engagea. Des gardes noirs arrivèrent à la rescousse. L'un d'eux bouscula Marciac en le dépassant. Le Gascon trébucha, se rattrapa comme il put. Les bruits du combat lui parvenaient distants et distordus. Pour lui, les secondes s'étiraient dans une cacophonie lente. Il se redressa, vit Leprat qui brandissait son épée à deux mains au milieu d'une mêlée confuse et faisait de larges moulinets. Une furie guerrière habitait le mousquetaire. Il avait déjà reçu plusieurs blessures sans fléchir et il continuait à frapper à droite, à frapper à gauche, à frapper encore. Marciac voulut lui porter secours. Il tenta de dégainer sa rapière, fit un pas, deux, trois, fut pris d'un vertige et tomba sur un genou. Les immenses perspectives de la cathédrale dansaient, se croisaient, s'écartaient au-dessus de lui.

Se ressaisissant, il chercha Leprat du regard…

Et soudain un grand silence se fit.

Soudain ses oreilles cessèrent de siffler et son cœur cessa de battre.

Soudain un effroi glacé fixa dans sa mémoire une image qui ne le quitterait jamais : Leprat avait une lame plantée jusqu'à la garde dans le ventre et vomissait du sang.

*

Sur le toit de la tour sud, La Fargue et la mère Béatrice d'Aussaint avaient éliminé un drac ailé chacun. En restaient donc trois, dont deux unissaient leurs forces contre le capitaine des Lames. Frappant, parant, ripostant, celui-ci défendait la tourelle qui – à l'un des angles de la terrasse – abritait l'escalier menant au beffroi. Il fallait à tout prix empêcher que les dracs l'atteignent et interrompent la volée lente du bourdon. Esquivant un coup de taille malhabile, La Fargue passa sous la garde de l'un de ses adversaires et lui trouva la poitrine. Puis il rompit pour éviter l'estoc du deuxième drac, engagea son fer, l'écarta de la ligne de son corps et – obéissant à de vieux réflexes – projeta le reptilien dans le vide d'un grand coup de botte dans l'abdomen. Mais l'autre n'eut qu'à déployer ses ailes et revint aussitôt à la charge tandis que La Fargue pestait. À peine avait-il reposé le pied sur la terrasse, cependant, qu'une balle le frappait en plein front. C'était un service que la supérieure des Louves venait de rendre au capitaine, juste après s'être débarrassée du drac qu'elle affrontait seule.

– Vite ! dit-elle avant de s'engouffrer dans la tourelle, un pistolet fumant dans une main et sa rapière dans l'autre.

Notre-Dame était une forteresse menacée.

Pour la défendre, des gardes noirs et quelques louves se battaient sur le parvis devant les trois portails de la façade principale ; aux baies jumelles de la galerie de la Vierge ; sous les arcades de la Grande Galerie, où des dracs ailés s'étaient posés en nombre ; et même sur la coursive qui, couronnant la fine arcature de la Grande Galerie, reliait les deux tours.

La Fargue suivit la mère supérieure et referma sur eux la porte de la tourelle, dont il poussa les loquets. Après quoi ils dévalèrent l'étroit escalier à vis de la tour qui abritait, derrière les abat-son de ses hautes baies en ogive, l'énorme bourdon de Notre-Dame et la magnifique charpente en bois à laquelle il était suspendu. En bas, une petite porte s'ouvrit et un drac ailé entra. Surprise, la mère d'Aussaint reçut un coup d'épée à l'épaule et recula. La Fargue bondit à la rescousse, fendit le crâne du drac et le repoussa à l'extérieur. Mais d'autres arrivaient en même temps que l'énorme bourdon sonnait un coup assourdissant. Le capitaine se rua sur eux et les obligea à battre en retraite dehors, dans la Grande Galerie.

– Fermez ! cria-t-il à la supérieure des Louves.

Celle-ci, une main crispée sur sa blessure, referma la porte derrière La Fargue. C'était le condamner à vaincre ou à périr, mais l'important était de protéger le bourdon.

*

À l'intérieur de Notre-Dame, dans la mêlée furieuse qui opposait dracs et gardes noirs près des vestiges de la porte Rouge, Marciac se rua sur Keress Karn au moment où celui-ci, avec une joie mauvaise, retirait sa lame du corps de Leprat. Le Gascon frappa à coups redoublés, obligea le drac rouge à parer et à rompre. Puis Karn se ressaisit et, sans prendre l'avantage, cessa de plier sous l'assaut.

Un duel acharné s'engagea.

Aux attaques répondaient les parades. Aux contres succédaient les ripostes. Le drac rouge savait se battre et gardait la tête froide. Son escrime était celle – efficace et sans fioritures – des champs de bataille. Tendu, concentré, Marciac comprit qu'ils se valaient. Alors il songea à Leprat et, veillant à ne pas se laisser aveugler par la colère, il puisa en elle des forces nouvelles. Son bras devint celui de la vengeance. Ses coups se firent puissants, précis, redoutables. Il sentit bientôt que le poignet du drac faiblissait, que son épée tremblait dans son poing. Karn commença à s'inquiéter. Il voulut appeler mais leur affrontement avait emmené les deux adversaires loin dans le déambulatoire, à l'écart de la mêlée principale. Le drac rouge ne faisait plus que se défendre. Et si ses gestes étaient de plus en plus précipités, de plus en plus approximatifs, ceux du Gascon ne variaient pas en efficacité.

Enfin, Marciac sut que le moment était venu.

Enroulant la lame de Karn dans la sienne, il l'expédia au loin et, à bout de bras, glissa son estoc sous le menton du drac désarmé. Puis il plongea son regard dans celui de son ennemi vaincu et, portant brusquement l'épaule en avant, lui enfonça deux pouces d'acier acéré dans la gorge. Keress Karn rejeta la tête en arrière et trébucha, les mains contre sa blessure d'où jaillissait un sang épais et dru.

Le Gascon le regarda tomber et mourir.

*

La Fargue prit rapidement la mesure de la situation : elle n'était pas à son avantage. Les dracs s'étaient rendus maîtres de la Grande Galerie, une poignée de gardes noirs se repliant dans la tour nord. Et il ne restait plus personne du côté de la tour sud, sinon quelques cadavres et lui.

Le capitaine des Lames se mit en garde dos à la porte, bien décidé à vendre très chèrement sa peau. Il agrippa la poignée de sa rapière à deux mains. Jeta un regard mauvais aux dracs qui s'approchaient lentement de lui. Prit une grande inspiration.

Chargea en poussant un hurlement guerrier.

Il éjecta un premier drac d'un violent coup d'épaule, en cueillit un deuxième d'un coup de coquille sous le menton, abattit sa *Pappenheimer* sur un crâne à droite, une épaule à gauche, l'enfonça dans un ventre en face. Il avait pris ses adversaires au dépourvu mais la riposte ne tarda pas. Il dut parer des attaques d'estoc et de taille, reçut une blessure au bras qu'il ne sentit pas, un choc à la tête qui l'estourbit. Il recula, porta deux bottes qui firent deux morts, sentit une douleur à la cuisse et une brûlure au côté. Il recula encore en ferraillant, heurta du dos la porte de la tour et sut qu'il n'en avait plus pour longtemps. Il fit face néanmoins, essoufflé mais bien campé sur ses jambes, les yeux étincelants et le visage constellé de gouttes de sang.

Prêt à en finir.

Pourtant les dracs hésitèrent. L'hallali ne vint pas.

Alors La Fargue comprit que la bataille avait tourné à l'avantage des gardes noirs dans Notre-Dame. Les reptiliens le devinaient et ne savaient que faire. On ne se battait déjà plus sur le parvis. Des dracs ailés s'élançaient dans les airs depuis la galerie de la Vierge et des renforts arrivaient par la tour nord. Des coups de feu claquèrent, tirés sur les dracs indécis de la Grande Galerie. Cela les persuada que le salut était dans la fuite et ceux qui le purent se jetèrent dans le vide en déployant leurs ailes. Les autres tombèrent sous les balles ou sous les coups d'épée des gardes qui reprenaient le contrôle des lieux.

La victoire lui semblant assurée, La Fargue se laissa glisser contre la porte qu'il avait si bien défendue et s'assit par terre, épuisé, la tête basse et les poignets posés sur ses genoux relevés.

Bientôt, quelqu'un s'approcha de lui.

— Content de vous revoir, capitaine.

C'était Laincourt, le visage meurtri et une rapière ensanglantée au poing. Plus surprenant encore, Saint-Lucq était juste derrière lui, occupé à retourner les cadavres dracs et à leur planter son épée dans le cœur. Chevauchant les vyvernes empruntées aux Messageries Gaget, ils s'étaient posés sur la tour nord de la cathédrale et l'avaient défendue jusqu'à la contre-attaque victorieuse de la compagnie des gardes de Saint-Georges.

Acceptant la main que lui tendait le jeune homme, La Fargue se releva en grimaçant de douleur.

— Vous êtes blessé, capitaine ?

— Rien de grave. Vous faites peine à voir, Laincourt.

— Un mauvais tour que me joua la Malicorne. Sans Saint-Lucq, je serais mort ou prierais pour l'être, à cette heure.

La Fargue se tourna vers le sang-mêlé, qui le regarda. Ils échangèrent des signes de tête. L'un disait : « Merci d'être là. » Et l'autre répondait : « De rien. »

— Quels sont vos ordres, capitaine ?

L'Archéen rugit, soudain tout proche.

*

Marciac retourna près de la porte Rouge et de ses décombres jonchés de cadavres. Après avoir victorieusement défendu le parvis de Notre-Dame, Reynault s'était replié à l'intérieur. Cela lui avait permis d'envoyer une partie de ses troupes dans les tours afin de reprendre les galeries, mais aussi de se porter, avec quelques hommes, au secours des défenseurs de la porte Rouge. Les dracs de Karn furent ainsi vaincus et repoussés, même si l'explosion de leur mine et leur assaut avaient eu l'effet escompté : interrompre la prière des Châtelaines qui se recueillaient dans le chœur et mettre un terme au rituel grâce auquel le glas de Notre-Dame repoussait l'Archéen.

Une victoire amère, donc. Et qui annonçait un désastre certain.

Mais Marciac n'en avait cure.

S'agenouillant, il souleva doucement la tête de Leprat qui entrouvrit les paupières.

— Cela… Cela fait moins mal que… que d'ordinaire, dit le mousquetaire d'une voix faible et rauque. C'est… C'est que c'est grave, n'est-ce pas ?

Le Gascon ne trouva rien à répondre.

Écartant les cheveux englués de sueur et de sang qui tombaient sur les yeux de son ami, il acquiesça et s'efforça de sourire.

*

— DRAGON !

Quand ce cri retentit, tous n'eurent pas le réflexe de plonger à couvert.

Passant en trombe entre les tours jumelles de Notre-Dame, l'Archéen cracha son feu sur la Grande

Galerie et surprit plusieurs gardes noirs qui s'embrasèrent et basculèrent dans le vide en hurlant.

— Seigneur ! jura La Fargue. Mais qu'est-ce que… ?

Il se releva et, incrédule, regarda le dragon qui entamait une large boucle au-dessus de l'île de la Cité. Le glas sonnait toujours mais ne l'affectait plus. À l'évidence, la magie des Châtelaines avait cessé d'agir.

Ce qui signifiait que la cathédrale était condamnée.

— À l'intérieur ! ordonna le capitaine des Lames. À l'intérieur, vite !

L'Archéen revenait déjà.

Emportant leurs blessés, les gardes se replièrent dans les tours. La Fargue, Laincourt et Saint-Lucq en firent autant, le sang-mêlé refermant la porte au moment où, comme suspendu dans les airs et battant lentement des ailes devant la Grande Galerie, le dragon l'arrosa d'un long souffle incandescent qui incinéra les cadavres et rongea la pierre tel un acide.

Après quoi l'Archéen reprit son vol.

*

Les derniers défenseurs de Notre-Dame se rassemblèrent dans la nef, autour de la mère Béatrice d'Aussaint. Ils n'étaient qu'une vingtaine en comptant les Lames, et blessés pour la plupart. Tous étaient épuisés. Ils avaient combattu, souffert, vu des frères d'armes tomber et ils pressentaient que cela avait été en vain.

Ils n'en doutèrent plus lorsque le glas cessa de sonner.

L'Archéen triomphait.

— Il faut vider les lieux, affirma La Fargue.

— Fuir ? s'offusqua Reynault d'Ombreuse.

— L'Archéen aura bientôt réduit cette cathédrale

en cendres et cela, ni vous ni moi ne pouvons l'empêcher.

— Le capitaine a raison, intervint la mère supérieure des Louves. Nous devons pouvoir mener d'autres batailles.

Un bandage de fortune entourait son épaule blessée. Elle était pâle, avait les traits tirés, mais son regard brillait d'une détermination farouche. Très calme, elle réfléchit et dit :

— Nous gagnerons le palais de l'Évêché par la sacristie. Nous échapperons ainsi au regard du dragon.

Reynault acquiesça et s'en fut donner des ordres, tandis que la mère supérieure prenait La Fargue par le bras et lui confiait :

— Tenez si vous le pouvez. Il reste un espoir.

— Je sais, ma mère.

*

Sûr de sa victoire, l'Archéen tournait autour de Notre-Dame.

Enivré de sa propre puissance et de sa liberté recouvrée, il poussait des rugissements triomphants. L'Hérésiarque ne le dominait plus : il avait été comme emporté, submergé par les émotions simples et brutales qui guidaient le dragon primitif. Celui-ci pouvait donc s'abandonner à ses premiers instincts, qui étaient de voler et de détruire.

L'Archéen cracha par jeu des boules de feu qui explosèrent çà et là dans Paris, incendia les moulins de la butte Saint-Roch, s'amusa à brûler les grands arbres du parc des Tuileries. Il finit cependant par revenir vers Notre-Dame. Il prit de la vitesse, visa la rosace qui ornait la façade principale de la cathédrale et, collant ses ailes à son corps, la traversa dans une explosion de vitraux multicolores pour retomber lourdement à l'intérieur.

Les Lames attendaient sur les marches du chœur. La Fargue au milieu et, à ses côtés, Laincourt, Saint-Lucq, Marciac et même Leprat qui, mourant, tenait à peine sur ses jambes et s'agrippait à l'épaule du Gascon. Ils avaient tous la rapière au poing car ils n'imaginaient pas, en cette heure, périr autrement qu'ainsi.

Et debout.

Intrigué, méfiant, l'énorme dragon noir avança d'un pas lent et pesant, ses pattes défonçant les dalles chaque fois qu'elles heurtaient le sol, sa queue écailleuse fouettant les gravats derrière lui.

Il s'arrêta.

Tendit le cou et approcha sa tête ornée d'un joyau façonné.

Les Lames n'esquissèrent pas un geste.

Dans le silence, le souffle puissant de l'Archéen emplissait la cathédrale dévastée d'un son de forge. Il observa longuement les créatures dérisoires qui lui barraient le chemin et semblaient le défier.

D'une voix rauque, il articula avec peine :

— POUR... POURQUOI ?... INU... TILE...

— Parce qu'il n'est pas donné à tout le monde de choisir sa mort, dragon, répondit La Fargue sans ciller.

L'idée qu'un être pouvait se sacrifier était parfaitement étrangère à l'Archéen. Il considéra les cinq hommes devant lui, comme si leur attitude l'obligeait à s'interroger sur la nécessité de les tuer.

Et soudain le dragon fit volte-face, fila en se dandinant tel un gros lézard, escalada la tribune de l'orgue — qu'il fracassa — et se faufila dehors par la rosace détruite.

*

Agnès se tenait seule sur le parvis jonché de cadavres de dracs et de gardes. Elle était armée et vêtue en Louve de Saint-Georges : des bottes hautes et beiges dont le rabat lui couvrait le genou, des chausses de monte doublées, une robe fendue, un lourd ceinturon lui serrant la taille, des manches amples, des gants épais, une guimpe dont la toque lui encadrait le visage dans un ovale, un voile. Elle portait sur le cœur la croix et le dragon de son ordre mais, alors qu'il était brodé en noir chez les autres louves, le sien était écarlate. Elle avait tiré l'épée, qu'elle tenait pointe vers le bas au bout de son bras tendu, légèrement écartée du corps. La lame et le pommeau de sa rapière étaient faits d'une draconite noire et luisante.

Elle attendait.

Derrière elle brûlait la petite église Saint-Christophe.

L'Archéen examina soigneusement Agnès sans trop approcher. Il était inquiet. Il savait d'expérience qu'il devait se méfier des louves mais il devinait en celle-ci une puissance immense, hors du commun. Une puissance qui peut-être était supérieure à la sienne, même si elle ne pouvait habiter un corps si fragile, si chétif.

La puissance d'un Dragon Ancestral.

Le grand dragon noir rugit, sans que cela émeuve la louve le moins du monde.

Et bondit.

Agnès plongea aussitôt en avant, roula sur elle-même tandis que le dragon passait au-dessus d'elle, et lui entailla le ventre au passage. La lame en draconite trancha net les écailles et entama des chairs palpitantes qui crépitèrent, comme rongées par un acide. Agnès se releva en faisant volte-face. L'Archéen aussi se retourna vivement, d'un puissant coup de reins. Ils se toisèrent de nouveau, mais la louve tournait maintenant le dos à Notre-Dame. Le dragon souffrait. Furieux, il se ramassa sur ses pattes, hurla encore et cracha.

D'un même mouvement, Agnès mit un genou à terre et retourna sa rapière pointe en bas devant elle. Paupières closes, elle priait déjà quand les flammes la frappèrent, ou plutôt s'écartèrent devant elle comme des flots heurtant l'étrave d'un navire. Le dragon s'acharna, souffla un enfer de flammes hurlantes et tourbillonnantes. L'air parut s'embraser. Les cadavres engloutis dans cette fournaise devinrent des tas de cendres aussitôt balayés. Les pavés éclatèrent, noircis et incandescents. Et les flammes en frappant la façade de Notre-Dame roulèrent et explosèrent telle une houle d'écume embrasée.

Mais rien n'y fit.

Exaspéré mais épuisé, l'Archéen renonça. Il cessa de cracher le feu et regarda la louve se redresser tandis que, derrière elle, les vantaux des trois portails de la cathédrale brûlaient. Agnès leva les yeux, plongea sans crainte son regard dans celui, abyssal et terrifiant, du dragon primitif.

Il comprit qu'elle n'avait pas peur et poussa un long grognement caverneux.

— À mon tour, dit la louve.

Écartant brusquement les bras, elle déclama des mots de pouvoir.

L'air vibra, crépita.

Des décharges d'énergie jaillirent autour d'Agnès tandis qu'une forme blanche se détachait d'elle, une forme blanche qui se développa, grandit, devint immense. Elle libérait son dragon spectral, convoquait sa puissance. Et celui-ci se dressait et déployait ses ailes devant l'Archéen effrayé et fasciné. En transe, les bras en croix et la tête rejetée en arrière, Agnès entra en lévitation tandis que des éclairs virevoltaient, que des bourrasques fouettaient ses manches et les pans de sa robe, que la nuit se déchirait, qu'un grondement sourd s'élevait…

Et que l'Ancestral crachait.

Un feu blanc s'abattit sur l'Archéen et le noya dans un brasier éblouissant. À la torture, le dragon noir se débattit mais ne put s'échapper. Dans ses violentes contorsions, il défonça la façade de l'une des maisons bordant le parvis, fit s'effondrer la bâtisse et, d'un grand coup de queue, acheva de détruire l'église Saint-Christophe incendiée. Il hurla, gémit, prisonnier du calvaire que lui infligeaient les flammes sacrées. Et soudain il se cambra, s'immobilisa une brève seconde quand le joyau sur son front vola en éclats.

L'Archéen sans vie s'effondra lourdement.

*

Seul dans la salle de magie de l'hôtel des Arcanes, l'Hérésiarque s'affaissa sur le dos, les yeux écarquillés, le front ouvert par une blessure profonde. Un sang noir lui coula des narines et des oreilles tandis qu'il rendait son dernier souffle.

*

Tout était redevenu calme sur le parvis de Notre-Dame.

Agnès rengaina son épée.

Puis, se détournant du cadavre fumant de l'Archéen, elle entra dans la cathédrale par le portail principal qui achevait de brûler, traversa d'un pas calme la grande nef silencieuse et dévastée, retrouva La Fargue et les autres sous la croisée du transept.

Graves, muets, immobiles, ils étaient réunis autour de Leprat qui gisait mort sur les marches du chœur.

3

Avec l'aube vint une pluie fine et fraîche.

Elle n'aida guère à combattre les incendies, mais fut comme un baume apaisant passé sur les blessures de Paris. La population voulut y voir un signe. Elle l'accueillit avec espoir et reconnaissance. Après avoir sonné un sinistre tocsin toute la nuit, certains clochers fêtèrent cette pluie avec des carillons joyeux.

*

Il pleuvait encore, ce matin-là, quand Agnès retrouva La Fargue dans la cour de l'hôtel de l'Épervier, dont il ne restait que des ruines calcinées et fumantes. Le capitaine regardait ces vestiges sans vraiment les voir, mais il ne s'en détourna pas lorsqu'il entendit Agnès approcher à cheval et descendre de selle.

— Naïs a rendu son tablier, dit-il d'une voix atone. André a été gravement brûlé en sauvant les chevaux de l'incendie. Et Guibot est mort, quelque part sous ces décombres.

La louve se signa.

— Paris est sauvé, dit-elle. L'ordre y sera bientôt rétabli et l'on rebâtira.

— Mais les morts ne reviendront pas, n'est-ce pas ?

Agnès ne répondit pas.

Un silence se fit.

La Fargue ne s'était pas changé depuis les combats de la nuit. Ses vêtements étaient encroûtés de crasse et de sang, son visage sali de suie. Il était tête nue et ses rides s'étaient creusées.

— Qu'es-tu venue me dire, Agnès ? demanda-t-il.

— La vérité. Vous méritez de la connaître. Les Lames ont payé un assez lourd tribut pour cela…

— Je t'écoute.

— Le Grand Dessein des Arcanes était d'asseoir un dragon sur le trône de France. Un dragon qui serait né du ventre de la reine, grâce à un germe draconique placé en elle à son insu lorsqu'elle était encore l'infante d'Espagne, mais déjà promise à Louis le Treizième.

— Un germe draconique ?

— À Madrid, le médecin de l'infante était un Arcane. Lorsqu'elle fut atteinte d'un début de ranse, il pratiqua sur elle divers rituels qui la sauvèrent. Mais il en profita aussi pour placer en elle un… un principe draconique qui imprégnerait les enfants qu'elle porterait, bouleverserait leur nature et ferait d'eux des dragons.

— Cet Arcane, c'était l'Hérésiarque.

— Oui.

— Mais le rôle des Châtelaines n'est-il pas d'éviter que ces choses-là arrivent ? D'ailleurs, n'ont-elles pas soumis la jeune reine à des examens si scrupuleux qu'elle leur voue aujourd'hui encore une rancune tenace ?

— Si fait. Mais les Châtelaines échouèrent à déceler ce germe. Et il était bien trop tard lorsque finalement elles comprirent. Elles ne pouvaient reconnaître leur faute sans se désavouer. Et quel scandale cela aurait été ! Quelle insulte pour l'Espagne ! Quelle humiliation pour la France !… Par chance, la reine n'avait pas encore enfanté.

— Ainsi les Châtelaines se turent. Et que firent-elles, sinon protéger leur secret ?

— Ce qu'elles purent…

La Fargue fronça le sourcil, et comprit.

— Quoi ? Le désamour du roi pour la reine ?

— Provoqué par des poudres.

— Et les fausses couches de la reine ?

— Il fallait à tout prix éviter que ces enfants naissent, capitaine. Et leur examen révéla chaque fois que l'imprégnation draconique avait commencé…

— Le roi, la reine, le Cardinal, tous ignoraient ?

— Maintenant, le Cardinal sait.

La Fargue se tut, réfléchit, considéra certains mystères sous un jour nouveau. Tel le rituel de fertilité auquel l'Alchimiste avait voulu soumettre la reine, sans doute pour contrecarrer les manœuvres des Châtelaines et provoquer un enfantement. Tel aussi l'assassinat d'Henri IV, dont l'Italienne lui avait dit qu'il était l'œuvre des Arcanes : au contraire de sa femme, le bon roi Henri était farouchement opposé au mariage de son fils avec l'infante…

— Et maintenant ? demanda le capitaine des Lames. Les Châtelaines ne peuvent pas priver toujours le trône de France d'un héritier… Pensez-vous faire répudier la reine ?

Agnès hésita.

— Nous trouverons bien une solution. Peut-être faudra-t-il se contenter d'un pis-aller.

Un pis-aller ? songea La Fargue.

Pour s'apercevoir aussitôt qu'il se moquait bien de ce que ce pis-aller pouvait être, comme il se moquait de presque tout désormais… Il avait, sous sa chemise, l'enveloppe de cuir que Pontevedra lui avait remise. Elle contenait divers documents en rapport avec la disparition de sa fille qui, pour recouvrer sa liberté, avait échappé à la surveillance des Gardiens et s'était enfuie.

La Fargue s'était juré de la retrouver.

— J'ai décidé de déplacer la dépouille de Ballardieu, annonça brusquement Agnès. Je lui ferai creuser une tombe à Vaudreuil, au fond du jardin, sous un arbre au bord de la rivière. Il aimait s'y reposer.

— Il s'y plaira certainement, dit le capitaine. (Un souvenir lui revint.) Un jour que Ballardieu avait bu…

— Oui, ironisa la jeune femme en esquissant un sourire attristé. Je me souviens de ce jour…

— Un jour qu'il avait bu, reprit La Fargue, Ballardieu m'a confié qu'il avait passé les années les plus heureuses de sa vie à Vaudreuil, avec toi. Il n'en faisait d'ailleurs pas mystère.

La sœur Marie-Agnès de Vaudreuil acquiesça.

La gorge serrée et des larmes aux yeux, elle s'en fut en tirant son cheval par la bride.

— Adieu, Agnès.

— Adieu, capitaine.

*

Depuis les hauteurs du village de Montmartre, le Gentilhomme et la Magicienne, à cheval et drapés dans de grands manteaux qui les protégeaient de la pluie, regardaient Paris. Des flammes dansaient encore ici ou là, mais c'étaient surtout d'épaisses colonnes de fumée noire qui s'élevaient vers le ciel bas. Après les émeutes, l'ordre n'était pas tout à fait rétabli dans la capitale. Refusant de déposer les armes, des dracs avaient érigé des barricades que des compagnies des Gardes-Françaises emportaient une à une. Des cadavres reptiliens pendaient à tous les gibets. Pour un drac, il ne ferait pas bon quitter les Écailles avant longtemps…

— Reviendrons-nous ? demanda la Magicienne.

— Sans doute.

*

Laincourt ramena Clotilde chez elle mais n'assista pas aux retrouvailles. Sitôt la fille réfugiée dans les bras de son père, il se retira.

— *Ils te manqueront, n'est-ce pas ?* dit le Vielleux en marchant au côté du jeune homme.

— Oui.

— *Tu pourras toujours leur écrire.*

— Mieux vaut qu'ils m'oublient.

— *Et moi ?*

— Toi, je sais que tu ne me quitteras jamais.

*

Après avoir retrouvé l'Italienne et Valombre sains et saufs, Marciac se rendit rue Grenouillère. Quelques maisons y avaient brûlé et Gabrielle, ainsi que ses grenouilles, aidaient leurs propriétaires à dégager des décombres ce qui pouvait encore être sauvé.

Gabrielle abandonna son ouvrage en voyant venir le Gascon. Souriant et pleurant presque, elle marcha vers lui, pressa le pas et courut pour se jeter dans ses bras, éclata en doux sanglots.

— Comme je t'aime, lui murmura-t-elle en l'étreignant de toutes ses forces. Oh, comme je t'aime…

Il sourit, épuisé mais heureux, et respira le parfum de ses cheveux.

— Reparle-moi de ce domaine en Touraine, dit-il.

Et reparle-moi de l'enfant que tu portes. Je veux savoir à quoi va ressembler ma vie.

*

Le lendemain, dans le carrosse qui l'emmenait à Paris afin qu'il se montre au peuple et le rassure, le roi demanda :

– Quel est le nom de ce capitaine, déjà ?

– La Fargue, sire, répondit le cardinal de Richelieu.

– Il faudra qu'un jour nous le récompensions, n'est-ce pas ?

– Oui, sire.

– La Fargue... La Fargue... Il me souvient que mon père avait de l'estime et de l'amitié pour un La Fargue...

– Celui-là même, sire.

Et comme le roi se taisait, le Cardinal l'imita en songeant à l'ingratitude des princes.

*

À la recherche de sa fille enfuie, La Fargue, seul et sans fortune, embarqua à Dieppe le 27 septembre 1633 à bord de *La Bienfaisance*, en partance pour la Nouvelle-France. Les aventures et événements qui marquèrent sa vie en Amérique restent à raconter.

Marciac vécut heureux avec Gabrielle jusqu'à ce qu'une crise cardiaque l'emporte, lors d'une partie de cartes. Il avait soixante-dix-neuf ans et apprenait à tricher à sa petite-fille.

Une chapelle ardente fut dressée pour Leprat dans l'hôtel de M. de Tréville, rue du Vieux-Colombier. Trois jours et trois nuits durant, la compagnie des mousquetaires de la Garde veilla sa dépouille. Il fut enterré avec les honneurs et repose, aujourd'hui encore, dans le caveau familial du château d'Orgueil.

Laincourt disparut sur la route de la Lorraine, et l'on n'entendit plus parler de lui.

Non plus que de Saint-Lucq.

Quant à Agnès…

4

Le 5 septembre 1638, au château de Saint-Germain-en-Laye, Anne d'Autriche donna secrètement naissance à des garçons jumeaux et pourtant très dissemblables.

Présente, la mère de Vaudreuil fut aussitôt consultée.

— Lequel ? demanda Louis XIII en lui présentant les deux nouveau-nés emmaillotés.

— Celui-ci, répondit la mère supérieure des Louves.

— Je veux qu'il vive ! s'écria la reine depuis son lit. Je veux bien qu'on me l'arrache, mais je veux qu'il vive ! ajouta-t-elle avant d'éclater en sanglots.

— Madame, je vous l'ai promis, dit le roi d'un air grave.

Peu après, la mère de Vaudreuil emportait l'enfant au galop dans la nuit.

Il devint le Masque de Fer.

DU MÊME AUTEUR

Aux Éditions Bragelonne

LES LAMES DU CARDINAL

LES LAMES DU CARDINAL (Folio Science-Fiction n° 444)

L'ALCHIMISTE DES OMBRES (Folio Science-Fiction n° 460)

LE DRAGON DES ARCANES (Folio Science-Fiction n° 473)

HAUT-ROYAUME

LE CHEVALIER

L'HÉRITIER

LE ROI

HAUT-ROYAUME – LES SEPT CITÉS

LE JOYAU DES VALORIS

LE SERMENT DU SKANDE

LA BASILIQUE D'OMBRE

LE PARIS DES MERVEILLES

LES ENCHANTEMENTS D'AMBREMER (Folio Science-Fiction n° 571)

L'ÉLIXIR D'OUBLI (Folio Science-Fiction n° 575)

LE ROYAUME IMMOBILE (Folio Science-Fiction n° 578)

Aux Éditions Pocket

LA TRILOGIE DE WIELSTADT

Aux Éditions Imaginaires sans frontières

VIKTORIA 91

Dans la même collection

474. Alain Damasio — *Aucun souvenir assez solide*
475. Laurent Genefort — *Les opéras de l'espace*
476. Roger Zelazny — *Dilvish le Damné*
477. Thomas Day — *Dæmone*
478. Philip K. Dick — *Ne pas se fier à la couverture*
479. Léo Henry — *Le casse du continuum* (INÉDIT)
480. Frank M. Robinson — *Destination ténèbres*
481. Joël Houssin — *Le Temps du Twist*
482. Jean-Marc Ligny — *La mort peut danser*
483. George R. R. Martin — *Armageddon Rag*
484. Lewis Shiner — *Fugues*
485. Collectif — *Alternative Rock*
486. Arnaud Duval — *Les Pousse-pierres*
487. Christian Léourier — *Le cycle de Lanmeur*, I
488. Lisa Tuttle — *Ainsi naissent les fantômes*
489. Pablo de Santis — *La soif primordiale*
490. Norbert Merjagnan — *Treis, altitude zéro*
491. Robert Charles Wilson — *Julian*
492. Patrick Ness — *La voix du Couteau* (Le Chaos en marche, I)
493. Patrick Ness — *Le Cercle et la Flèche* (Le Chaos en marche, II)
494. Patrick Ness — *La guerre du Bruit* (Le Chaos en marche, III)
495. S.G. Browne — *Comment j'ai cuisiné mon père, ma mère... et retrouvé l'amour*
496. Glen Duncan — *Le dernier loup-garou*
497. Christian Léourier — *Le cycle de Lanmeur*, II
498. Mira Grant — *Feed* (Feed, I)
499. Richard Matheson — *Par-delà la légende*
500. Dan Simmons — *L'échiquier du mal*

501. Mira Grant — *Deadline* (Feed, II)
502. Robert Holdstock — *Avilion*
503. Graham Joyce — *Lignes de vie*
504. Mira Grant — *Red Flag* (Feed, III)
505. Jean-Philippe Jaworski — *Même pas mort* (Rois du monde, I)
506. Arkadi et Boris Strougatski — *Il est difficile d'être un dieu*
507. Laurent Genefort — *Omale*, 1
508. Laurent Genefort — *Omale*, 2
509. Laurent Whale — *Les étoiles s'en balancent*
510. Robert Charles Wilson — *Vortex*
511. Anna Starobinets — *Je suis la reine*
512. Roland C. Wagner — *Rêves de Gloire*
513. Roland C. Wagner — *Le train de la réalité*
514. Jean-Philippe Depotte — *Le chemin des dieux*
515. Ian McDonald — *La maison des derviches*
516. Jean-Michel Truong — *Reproduction interdite*
517. Serge Brussolo — *Anges de fer, paradis d'acier* (INÉDIT)
518. Christian Léourier — *Le Cycle de Lanmeur*, III
519. Bernard Simonay — *Le secret interdit*
520. Jean-Philippe Jaworski — *Récits du Vieux Royaume*
521. Roger Zelazny — *Les princes d'Ambre* (Cycle 1)
522. Christopher Priest — *Les insulaires*
523. Jane Rogers — *Le testament de Jessie Lamb*
524. Jack Womack — *Journal de nuit*
525. Ray Bradbury — *L'Arbre d'Halloween*
526. Jean-Marc Ligny — *Aqua*™
527. Bernard Simonay — *Le prince déchu* (Les enfants de l'Atlantide, I)
528. Isaac Asimov — *Fondation 1*
529. Isaac Asimov — *Fondation 2*

530. J. G. Ballard — *La forêt de cristal*
531. Glen Duncan — *Talulla*
532. Graham Joyce — *Les limites de l'enchantement*
533. Mary Shelley — *Frankenstein*
534. Isaac Asimov — *Les vents du changement*
535. Joël Houssin — *Argentine*
536. Martin Millar — *Les petites fées de New York*
537. Mélanie Fazi — *Le jardin des silences*
538. Graham Joyce — *Au cœur du silence*
539. Bernard Simonay — *L'Archipel du Soleil* (Les enfants de l'Atlantide, II)
540. Christopher Priest — *Notre île sombre*
541. Bernard Simonay — *Le crépuscule des Géants* (Les enfants de l'Atlantide, III)
542. Jack Vance — *Le dernier château*
543. Hervé Jubert — *Magies secrètes* (Une enquête de Georges Hercule Bélisaire Beauregard)
544. Hervé Jubert — *Le tournoi des ombres* (Une enquête de Georges Hercule Bélisaire Beauregard)
545. Hervé Jubert — *La nuit des égrégores* (Une enquête de Georges Hercule Bélisaire Beauregard, INÉDIT)
546. L. L. Kloetzer — *Anamnèse de Lady Star*
547. Paul Carta — *La quête du prince boiteux* (Chroniques d'au-delà du Seuil, I)
548. Bernard Simonay — *La Terre des Morts* (Les enfants de l'Atlantide, IV)
549. Jo Walton — *Morwenna*

550. Paul Carta	*Le Siège des dieux* (Chroniques d'au-delà du Seuil, II)
551. Arnaud Duval	*Les ombres de Torino*
552. Robert Charles Wilson	*La trilogie Spin*
553. Isaac Asimov	*Période d'essai*
554. Thomas Day	*Sept secondes pour devenir un aigle*
555. Glen Duncan	*Rites de sang*
556. Robert Charles Wilson	*Les derniers jours du paradis*
557. Laurent Genefort	*Les vaisseaux d'Omale*
558. Jean-Marc Ligny	*Exodes*
559. Ian McDonald	*La petite déesse*
560. Roger Zelazny	*Les princes d'Ambre* (Cycle 2)
561. Jean-Luc Bizien	*Vent rouge* (Katana, I)
562. Jean-Luc Bizien	*Dragon noir* (Katana, II)
563. Isaac Asimov	*Cher Jupiter*
564. Estelle Faye	*Thya* (La voie des Oracles, I)
565. Laurent Whale	*Les damnés de l'asphalte*
566. Serge Brussolo	*Les Geôliers* (INÉDIT)
567. Estelle Faye	*Enoch* (La voie des Oracles, II)
568. Marie Pavlenko	*La Fille-Sortilège*
569. Léo Henry	*La Panse* (INÉDIT)
570. Graham Joyce	*Comme un conte*
571. Pierre Pevel	*Les enchantements d'Ambremer* (Le Paris des Merveilles, I)
572. Jo Walton	*Le cercle de Farthing*
573. Isaac Asimov	*Quand les ténèbres viendront*

574. Grégoire Courtois	*Suréquipée*
575. Pierre Pevel	*L'Élixir d'oubli* (Le Paris des Merveilles, II)
576. Fabien Cerutti	*L'ombre du pouvoir* (Le Bâtard de Kosigan, I)
577. Lionel Davoust	*Port d'âmes*
578. Pierre Pevel	*Le Royaume Immobile* (Le Paris des Merveilles, III)
579. Jean-Pierre Boudine	*Le paradoxe de Fermi*
580. Fabrice Colin	*Big Fan*
581. Fabien Cerutti	*Le fou prend le roi* (Le Bâtard de Kosigan, II)
582. Jo Walton	*Hamlet au paradis*
583. Robert Charles Wilson	*Les Perséides*
584. Charles Yu	*Guide de survie pour le voyageur du temps amateur*
585. Estelle Faye	*Un éclat de givre*
586. Ken Liu	*La ménagerie de papier*
587. Chuck Palahniuk et Cameron Stewart	*Fight Club 2*
588. Laurence Suhner	*Vestiges* (QuanTika, I)
589. Jack Finney	*Le voyage de Simon Morley*
590. Christopher Priest	*L'adjacent*
591. Franck Ferric	*Trois oboles pour Charon*
592. Jean-Philippe Jaworski	*Chasse royale – De meute à mort* (Rois du monde, II-1)
593. Romain Delplancq	*L'appel des illustres* (Le sang des princes, I)
594. Laurence Suhner	*L'ouvreur des chemins* (QuanTika, II)
595. Estelle Faye	*Aylus* (La voie des Oracles, III)
596. Jo Walton	*Une demi-couronne*

597. Robert Charles Wilson — *Les affinités*
598. Laurent Kloetzer — *Vostok*
599. Erik L'Homme — *Phaenomen*
600. Laurence Suhner — *Origines* (QuanTika, III)
601. Len Deighton — *SS-GB*
602. Karoline Georges — *Sous-béton*
603. Martin Millar — *La déesse des marguerites et des boutons d'or*
604. Marta Randall — *L'épée de l'hiver*
605. Jacques Abeille — *Les jardins statuaires*
606. Jacques Abeille — *Le veilleur du jour*
607. Philip K. Dick — *SIVA*
608. Jacques Barbéri — *Mondocane*
609. Romain d'Huissier — *Les Quatre-vingt-un Frères* (Chroniques de l'Étrange, I)
610. David Walton — *Superposition*
611. Christopher Priest — *L'inclinaison*
612. Jacques Abeille — *Un homme plein de misère*
613. Romain Lucazeau — *Latium I*
614. Romain Lucazeau — *Latium II*
615. Laurent Genefort — *Étoiles sans issue*
616. Laurent Genefort — *Les peaux-épaisses*
617. Loïc Henry — *Les océans stellaires*
618. Romain d'Huissier — *La résurrection du dragon* (Chroniques de l'Étrange, II)
619. Romain Delplancq — *L'Éveil des Réprouvés* (Le sang des princes, II)
620. Jean-Philippe Jaworski — *Chasse Royale – Les grands arrières* (Rois du monde, II-2)
621. Robert Charles Wilson — *La cité du futur*
622. Jacques Abeille — *Les voyages du fils*
623. Iain M. Banks — *Effroyabl Angel*
624. Louisa Hall — *Rêves de Machines*

625. Jean-Pierre Ohl	*Redrum*
626. Fabien Cerutti	*Le Marteau des Sorcières* (Le Bâtard de Kosigan, III)
627. Elan Mastai	*Tous nos contretemps*
628. Michael Roch	*Moi, Peter Pan*
629. Laurent Genefort	*Ce qui relie* (Spire, I)
630. Rafael Pinedo	*Plop*
631. Jo Walton	*Mes vrais enfants*
632. Raphaël Eymery	*Pornarina*
633. Scott Hawkins	*La Bibliothèque de Mount Char*
634. Grégory Da Rosa	*Sénéchal*
635. Jonathan Carroll	*Os de Lune*
636. Laurent Genefort	*Le sang des immortels*
637. Estelle Faye	*Les Seigneurs de Bohen*
638. Laurent Genefort	*Ce qui divise* (Spire, II)
639. Ian McDonald	*Luna – Nouvelle Lune* (Luna, I)
640. Lucie Pierrat-Pajot	*Les Mystères de Larispem, I* (Le sang jamais n'oublie)
641. Adrian Tchaikovsky	*Dans la toile du temps*
642. Karin Tidbek	*Amatka*
643. Jo Walton	*Les griffes et les crocs*
644. Grégory Da Rosa	*Sénéchal II*
645. Saaf Z. Hossain	*Bagdad, la grande évasion !*
646. Al Robertson	*Station : La chute*
647. Pter Cawdron	*Rétrograde*
648. Fabien Cerutti	*Le Testament d'involution*
649. Yoon Ha Lee	*Le gambit du Renard*
650. Sabrina Calvo	*Toxoplasma*
651. Karoline Georges	*De synthèse*
652. George R. R. Martin / Lisa Tuttle	*Elle qui chevauche les tempêtes*
653. Katherine Arden	*L'Ours et le Rossignol*
654. Laurent Genefort	*Ce qui révèle*
655. Léo Henry	*Thecel*

Ce volume a été composé
par IGS-CP à L'Isle-d'Espagnac (Charente)
et achevé d'imprimer par Novoprint
à Barcelone, le 24 août 2020
Dépôt légal : août 2020
Premier dépôt légal dans la collection : janvier 2014

ISBN 978-2-07-044864-7/Imprimé en Espagne.

373232